Venero Armanno

Am anderen Ende der Welt

Venero Armanno

Am anderen Ende der Welt

Roman

Aus dem Englischen
von Wolf Koehler

List

Die Originalausgabe erschien 1996 unter dem Titel
STRANGE RAIN *als Vintage Book im Verlag*
Random House Australia in Sydney, Australien.

Die deutsche Ausgabe wurde vom Commonwealth Government
of Australia durch das Australia Council,
den dortigen Literaturausschuß und dessen beratende
Kommission gefördert.

Australia Council
for the Arts

Der List Verlag ist ein Unternehmen
der Econ & List Verlagsgruppe

ISBN 3-471-77031-3

Satz: Franzis print & media GmbH, München
Druck und Bindung: Pustet, Regensburg

Inhalt

Weite, freie Straße

Die Dinosaurierknochen einer verlassenen Siedlung flimmerten im Hitzedunst.

Es war ein skurriles Werk der Zerstörung, das die Zeit hier angerichtet hatte, dieser übriggebliebene Wirrwarr von etwas, das ebensogut ein Vergnügungspark oder ein Zirkus hätte gewesen sein können und nur darauf zu warten schien, von einem zufällig Vorbeireisenden in näheren Augenschein genommen zu werden. Das Rückgrat der Achterbahn, die Nieten des Riesenrads, die Zähne des Zirkusdirektors wie eine Handvoll zerschlagener Perlen verstreut. An einem Ort wie diesem waren der eigenen Vorstellungskraft keine Grenzen gesetzt.

Ich stand in der unerbittlichen Vormittagssonne, in demselben schmuddeligen weißen T-Shirt, das ich gestern und auch am Tag davor getragen hatte und das mir an Rücken und Brust festklebte wie eine widerwärtige zweite Haut. Der Vormittag war bereits zu heiß für ernsthaftes Denken; es war besser, in leichter Benommenheit umherzuwandern. Ich streifte mir das Shirt ab und band es mir um den Schädel, doch es war trotz allem eine Affenhitze, der verschollene Scheich von Arabien schmolz in der Sonne dahin. Wie Ameisen krochen mir die Schweißperlen den Körper hinab, und meine Schultern verbrannten, einfach so, in nicht mehr als einer Minute. Die Luft, eine feste Wand, die mich wie einen Irren japsen ließ, wirkte auf ihre bewegungslose Art erstickend, doch ich mußte zugeben, daß meine eigentliche Unruhe nicht von der Hitze herrührte, sondern von diesem geheimnisumwitterten Ort.

Die eingestürzten Überdachungen von etwas, das wahrscheinlich einmal Arbeiterunterkünfte gewesen waren, die vielen Wracks von verbogenen, verrosteten, halb verschütteten Maschinen, all das gab einem schon zu denken. Das Schlimmste an dem Ort aber waren die Schädel, eine unermeßliche Fülle von gebleichten Schädeln und nackten Gerippen, einst Tiere von mörderischem Gewicht und übler Veranlagung – aber auch mit leise klagenden Stimmen. Man mußte sich den Laut dieser Stimmen vorstellen, ihre Schreie, um das eigene Menschsein zu erspüren.

Die Hitze machte mich ganz dumpf. Träge und dumpf und gefühlsduselig. Im Bruchteil einer Sekunde fügten sich die verstreuten Fragmente der unheimlichen Szenerie wie Teile eines magischen Puzzlespiels zusammen. Der flimmernde Dunst konnte nicht mehr verhüllen, was dieser Ort wirklich war, und er gefiel mir deshalb kaum besser. Ich spuckte Staub hinunter in den Staub. Manchen Leuten gelingt es, an die schönsten und exotischsten Ziele zu reisen. Paris, Istanbul, Rom, Montreux – das hier jedoch war eine dicke, fette Null von Welt, hinter deren Kulissen der Tod lauerte, und ich und Clifford Watt mittendrin, unterwegs mit unserem Kleinlaster, einem zerbeulten alten 73er Holden Pickup-Truck.

Ein leichter, heißer Wind erhob sich über der offenen Ebene, und mit ihm schien das Muhen und Raunen ganzer Reihen von Rindern aufzukommen, als ob sie auf die Gebäude zugetrieben würden, die ich jetzt als verfallene Schlachthofschuppen erkannte. Die Treibrufe sonnenverbrannter Arbeiter, die Pfiffe von Farmeleven hoch zu Pferde, das aufgeregte Kläffen der Hunde, all diesen Lauten gelang es, Jahr um Jahr in den Ecken dieser Viehhöfe zu warten, darauf zu warten, von vor Hitze verrückt gewordenen Reisenden wie mir gehört zu werden. Vielleicht hatte ich an einem Ort wie diesem gar nichts zu suchen. Für den Fall, daß ich noch nicht ganz begriffen haben sollte, blähte sich dieser unbedeutende Wind bereits auf. Als er zu einem stürmischen Staubwirbel anwuchs, erwies sich dessen Auge als mein eigener erbärmlicher Kopf, und ich bedeckte mein Gesicht und drehte mich hierhin und dorthin, während die lose Erde und der Staub eines trockenes Sturmes über mich hinwegfegten, so sengend und aggressiv wie die Hitze selbst. Der Pickup schien weit entfernt. In diesem Gelände hat die Natur ein erklärtes Ziel: lebendige Wesen in der kürzestmöglichen Zeit in ausgebleichte Gerippe zu verwandeln. Die Hände vor das Gesicht gelegt, die nackten, verbrannten Schultern eingezogen, wich ich nicht von der Stelle und sagte mir, es sei zu früh auf meiner Reise, um von so etwas wie dem Wetter zugrunde gerichtet zu werden. Die ganze Zeit über war das Aufstöhnen mitten im Abschlachten getroffener gespensterhafter Rinder irgendwo in diesem peitschenden Wind zu hören, und beinahe glaubte ich daran.

Ich habe bessere Vormittage erlebt.

Also, ich heiße Joe Santo, und ich mag vielleicht ein Möchtegern, Gernegroß und jämmerlicher Blindgänger sein, aber ich habe für derartige Sachen trotzdem keine Zeit. Überhaupt keine Zeit. Da zog der Staubsturm an mir vorüber und durch die verfallenen Pferche und über die Ebenen davon.

Ich rieb mir Dreck aus den Augen und dem Mund.

Die Dinosaurierknochen würden bei diesem Reisenden einen ebenso nachhaltigen Eindruck hinterlassen wie die Meisterwerke eines Museums bei einem zappeligen Fünfjährigen. Gespenstische Stätten gibt es, wenn man es recht bedenkt, überall, aber in Wüsten, Häusern und selbst in Herzen liegt ihr Schrecken doch nur in den Wahrheiten, die sie einem eröffnen können. Die Wahrheit für mich aber war nicht hier zu finden, sondern lag weiter voraus auf unserem Weg, das wußte ich sehr wohl, und es gefiel mir auch sehr gut, weil ich so einen guten Grund hatte, auf dem Highway davon und in die Sonne zu fahren.

Meine Kehle war ausgedörrt, meine Lippen aufgesprungen, und ich ging durch den Staub zur Straße zurück. Es tat nicht gut, sich schnell zu bewegen, nicht hier draußen, und allzubald entdeckte ich, daß mein Reisegefährte die Kühlbox auf der abgedeckten Ladefläche des Pickups nicht richtig verschlossen hatte.

Cliff war nun einmal so. Er würde seiner Prothese die Schuld an seiner Nachlässigkeit geben, doch ich würde es immer nur so nennen – Nachlässigkeit.

Der Deckel der Kühlbox war wahrscheinlich vor hundert oder mehr Kilometern heruntergerutscht, und das Eis, mit dem ich sie vorsorglich gefüllt hatte, war verdunstet, als sei es nie dagewesen. Sich einen Schluck aus der Wasserflasche herunterzuquälen, brachte all die Freuden, die das Schlukken von Schlamm am Rande eines stehenden Flusses bietet. Aus dem Mundwinkel heraus schleuderte ich einen Fluch in Cliffs Richtung, aber nur halbherzig. Es war zu heiß, um sich schnell zu bewegen, zu heiß, um wütend zu sein.

»Hast du was gesagt, Joe Santo?« rief Cliff durch ein Fenster des Pickups. Sein Profil zeigte einen Halbbart, völlig zerzaust. Ich quälte mir noch mehr von dem Schlamm die Kehle hinunter. Cliff grinste, während er sich Kinn und Backen mit den steifen Fingern seiner Plastikhand kratzte, lehnte sich dann aus dem Fenster und blinzelte ins Sonnenlicht.

»Erinnerst du dich an die Geschichte von den beiden Farmeleven in Westaustralien«, meinte er, »denjenigen, die sich in der Wüste verirrten? Vor zehn Jahren oder so. Die Zeitungen schrieben damals, es sei der heißeste Sommer seit Beginn der Aufzeichnungen gewesen. Die armen Jungs schafften es nicht mehr nach Hause. Einer endete damit, daß er sich selbst einen Schuß zwischen die Augen gab, und der andere legte sich einfach unter einen Baum und wartete darauf zu sterben. An manchen Tagen wurde es bis zu 55 Grad heiß. Wenn es so ist, dann schmelzen einem glatt die Schuhsohlen im Sand weg. Daran solltest du mal denken. Sollten wir nicht lieber weiterfahren?«

»Sollten wir nicht Eis in der Kühlbox haben?«

Cliff antwortete nicht, doch er wußte genau, was ich meinte. Er ließ sich auf dem rissigen Vinyl des Beifahrersitzes nieder und las in seinem Buch weiter, so, wie es mir eigentlich am liebsten war.

Der hitzeflimmernde Belag der Landstraße verlor sich in der Ferne, tauchte dort, wo die Erde zu enden und der Himmel zu beginnen schien, in einen seltsam dunklen, schmierigen Fleck ein. Wenn ich die alte Karte meines Vaters richtig las und mich auch meine Erinnerung an die Aufzeichnungen in seinen Tagebüchern nicht trog, waren die Berge, die wir suchten, hinter diesem Horizont verborgen, dort lag das wahre Reiseziel für den einhändigen Cliff und mich. Mich beunruhigte, daß ich noch keine Umrisse der Bass-Berge ausmachen konnte. Die Tagebücher meines Vaters – Tagebücher, deren Seiten ich niemals vergessen würde, Seiten, die ich inzwischen mit eigener Hand verbrannt und vernichtet hatte – würden uns sagen, daß wir sehr nahe waren. Unsere Karte bestätigte das, und je nach Beschaffenheit des Geländes, das wir vorfanden, verblieben wahrscheinlich nur noch ein oder zwei Tage eigentlicher Fahrt. Genauer gesagt, sollten wir bei Einbruch der Nacht in einer Stadt namens Thornhill ankommen, würden wir uns direkt am Fuß der Bass-Berge befinden.

Obwohl das, was mein Vater als eine großartige Kette von Hügeln und Tälern und Schluchten beschrieben hatte, nicht weit entfernt war, umgab uns jetzt nur eine unermeßliche Weite, angefüllt mit Hitze und gleißendem Licht. Eine Null von Welt. Keine Berge, nichts als flaches Land. In gewisser Weise hatte man den Eindruck, es gäbe gar keinen Horizont, man fühlte sich verloren – nicht an einem Ort mit einem Namen und einem Punkt auf einer Karte, einem Ort, von dem man eine Ansichtskarte in einem Fernfahrerlokal kaufen konnte, sondern in einem Loch, das sich irgendwo zwischen Himmel und Hölle auftat.

Ich blinzelte lange und angestrengt in die Ferne und sagte mir, daß es dort draußen nichts gäbe, vor dem man sich fürchten müsse, überhaupt nichts. Nicht vor dem Geist meines Vaters. Nicht vor Teufel oder Gott, nicht einmal vor meiner eigenen Seele. Falls die Welt irgendwie in der Zeit, in der ich mich nicht in der Stadt aufgehalten hatte, zu Ende gegangen sein sollte, nun, mir bedeutete es nichts. Wichtig war es, aufrecht und stark zu bleiben, auf das Schlimmste gefaßt zu sein, auf alles, auf das ich mich womöglich eingelassen hatte, als ich diese Reise antrat – doch jetzt setzte ich mich auch noch den sengenden Strahlen der Sonne aus. Das brachte überhaupt nichts. Immer schön der Reihe nach. Angst stand nicht an erster Stelle. Ich wickelte mir das durchschwitzte T-Shirt vom Kopf, zog es wieder an und ging um den Pickup herum zur Fahrertür.

Erwartungsvoll blickte Cliff von seinem Buch auf.

Doch ich stieg nicht ein.

Eine brennende Neugier rief in mir den Wunsch hervor, den außerirdischen Charakter dieser Welt noch länger zu betrachten. Sie war so anders als alles, was ich kannte. In gewisser Weise war sie ein Ort, wie er einem sonst nur im Traum begegnet. Vielleicht würde diese Outback-Hitze eines Tages Erscheinungen vor meinen Augen aufquellen lassen, vielleicht würde ich eines Tages an einem leeren Horizont die Lagune meiner schweißnassen Träume erblicken oder einen kühlen Fluß, in dem ich schwimmen konnte, oder Palmen, unter denen ich liegen konnte, während mir eine sanfte Brise den Schweiß vom Antlitz leckte, jetzt jedoch nicht. Ich war stark und aufrecht in meinem Innersten, und das war gut so, weil ich wußte, daß die schlimmsten meiner Tage womöglich noch vor mir lagen.

Ich war so ungefähr auf alles vorbereitet, doch der Gedanke an Regen war das einzige, das mir nie in den Sinn gekommen wäre.

Dieser alte Kleinlastwagen, den ich einem pleite gegangenen Malermeister für siebenhundert Dollar abgekauft hatte, dieses Stück Schrott hatte Cliff und mich bereits ziemlich weit gebracht. Wir beide hatten Orte gesehen, an denen sich kein normaler Mensch aufhalten würde. Meistens fuhren wir in nordwestlicher Richtung, so, wie es in den Tagebüchern meines Vaters beschrieben gewesen war, doch dann machten wir Umwege, die uns in kleine Ortschaften führten, schliefen in kleinen Zimmern mit kleinen Betten, die Cliffs Gewicht kaum aushielten und aus denen meine Füße am Ende herausragten. Wir verbrachten zuviel Zeit mit Trinken und Quatschen in alten Pubs und Hotels, die aus dem Staub und aus der Hitze auftauchten. Manchmal, wenn kein Ort in der Nähe war oder ich ein paar Dollar sparen wollte, konnte ich Cliff dazu überreden, es sich mit Decken und Säcken auf der Ladefläche des Pickups bequem zu machen, während ich bei hochgekurbelten Fenstern in der Kabine schlief und die ganze Nacht über meine eigenen muffigen Ausdünstungen einatmete.

Die Wahrheit ist, daß ich die Fahrt in die Länge zog. Die Tagebücher hatten uns einen direkten Weg gewiesen, aber ich nahm immer wieder Abzweigungen von der Landstraße und fuhr Umwege. Heißer und staubiger war es auf diese Weise allemal, aber ich konnte ein bißchen Zeit schinden. Cliff war darüber nicht erfreut. Er wußte so gut wie ich, daß unsere Fahrt in die Bass-Berge nicht länger als zwei Tage gedauert hätte, wenn wir den kürzesten Wege genommen hätten, doch ich bestand darauf, daß wir die Dinge auf meine Art erledigten. Cliff maulte und quengelte wie ein alter Hund, aber er mußte sich meinem Willen beugen. Die Fahrt war seine Idee gewesen, seine beharrliche, hartnäckige Idee, jetzt aber war ich der Fahrer, und er war der Mitfahrer, und der Grund dieser Mission – und ich sorgte dafür, daß Cliff es nicht vergaß – war schließlich mein Vater.

Mein Vater.

Nach den ersten paar Tagen, die wir unterwegs waren,

verlor ich den Überblick über die Anzahl der Biere, die wir gemeinsam mit den Einheimischen in Bars oder geruhsam zu zweit getrunken hatten, unter den Flügeln eines Deckenventilators, die sich so langsam drehten, daß seine Blätter übersät waren mit Fliegen, die sich zu einer Rundfahrt niedergelassen hatten. Wir nahmen uns Zeit, und ich redete Cliff ein, wir seien ja nicht in Eile. Wenn uns ein Katzenjammer erfolgreich daran hinderte, nach Plan weiterzufahren, nun, das war in Ordnung, weil in Wahrheit in der Großstadt da hinten auf keinen von uns etwas Lohnendes wartete, jetzt jedenfalls nicht mehr, und was vor uns lag, würde immer da sein, ob wir nun die Kolben des Pickups zum Glühen brachten oder gemächlich auf Nebenstraßen mit unserer eigenen Geschwindigkeit dahinfuhren.

So fand ich mich im Verlauf jener Tage als Zuhörer von Geschichten über den Schrecken eines Staubbeckens wieder, über Felder, die austrockneten und ihre letzte Feuchtigkeit an den Weizen und die Gerste und den Mais abgaben, Felder, derentwegen Farmer schwitzten und fluchten und weinten. Wenn das Unvermeidliche geschah und die Erde aufbrach, trocken wie zerstampftes Gestein, substanzlos wie Staub, verwandelten sich diese Feldfrüchte in Spinnweben, und der Nachmittagswind brauchte nur noch einen heißen Hauch auszustoßen, um sie davonzuwehen. Die Menschen verloren ihren Lebensunterhalt, und Politiker kamen auf eine Stippvisite vorbei. Fernsehaufnahmeteams folgten, und dann fuhren sie alle wieder weg. Überall, wo Cliff und ich anhielten, waren die Geschichten die gleichen.

Außer dieser.

Ich kann mich nicht erinnern, wie viele Tage wir schon unterwegs waren. Vier oder fünf vielleicht, aber lange genug für mich, um von der Hitze und Cliffs Marotten die Nase voll zu haben. In einem der Pubs, in dem wir eine Nacht verbringen wollten, setzte sich ein komischer alter Kauz direkt neben meinen Ellenbogen, während ich am

Tresen etwas aß, das aus Reis und nicht viel anderem bestand. Jedenfalls aus nicht viel anderem, das grün war. Cliff saß mit einem Buch und einem Teller voll aufgebratenem Steakfleisch in einer Ecke, und ich in meiner Stadtjungenunwissenheit hatte Reis und Gemüse bestellt. Ich hätte es besser wissen sollen. Ich kam mir ganz schön dämlich vor, als ich schließlich merkte, daß dies nicht der Sommer für Gemüse war und daß das, was die Leute womöglich an Gemüse eingelagert hatten, sicher nicht einem Fremden aufgetischt wurde, jedenfalls nicht zu einer Tresenmahlzeit für zweifünfzig. Aber Reis gaben sie mir eine Menge.

»Wohl auf der Durchreise, hm?« fragte der komische alte Kauz.

Er rückte seinen Hocker noch näher an meinen. Ich kaute auf einem Mund voller Reis und ließ ihn starren. Er glotzte mich richtiggehend an. Das eine seiner Augen stand schief zum anderen. Mit einer knotigen und zittrigen Hand zupfte er vorn an meinem T-Shirt und studierte eingehend den verblaßten Namen einer amerikanischen Universität, auf der ich nie gewesen war.

Ich meinerseits gab mir ganz den Anschein, als mustere ich seine Leberflecke. Das ließ sein Interesse allerdings nicht erlahmen.

»Es wäre besser, wenn diese Superhirne einem jungen Mann beibringen könnten, wie man Regen macht. Warum arbeiten die in der Großstadt nicht an so 'ner Sache?«

»Es gibt doch schon so was wie einen Tanz, oder?«

»Einen Tanz?«

»Einen Regentanz.«

Der komische alte Kauz nahm sein Glas, schluckte sein Bier und wischte sich blasigen Schaum von den Lippen. Ich war genau jene Art von Trottel, bei dem er sich wichtigtun konnte. Ich saß schon in seiner Falle, und wenn er spöttisch grinste, ließ er in der dunklen Höhle seines Mundes drei verfaulte Zähne sehen.

»Für dich mag das ja ein Scherz sein, mein Freund«, meinte er, »aber für uns hier ist es eine verdammte Katastrophe. Weißt du überhaupt, wie lange es her ist, seit wir Regen hatten?«

»Wie lange?«

»Weißt es also nicht. Liest du eigentlich auch mal Zeitung? Oder schreiben die in der Großstadt nichts über uns?«

Der Reis war körnig, ich aß trotzdem weiter. Hinter uns, in seiner Ecke des Pubs, gähnte Cliff laut.

Der Alte grunzte und schneuzte sich und warf einen ordentlich langen Blick auf Clifford Watt.

Schleppend fragte er: »Was ist mit der Hand von dem Dicken da hinten?«

»Er hat nur noch eine. Die andere ist Attrappe.«

»Er ist schlimmer mit Narben übersät als ein alter Hund.«

»Ist ein Kriegsheld.«

Die Augen des alten Kauzes machten mich nervös und ließen ihn ein bißchen verrückt wirken. »Deinem Kriegshelden würde eine Abmagerungskur guttun«, meinte er. »Weißt du was?«

»Was?«

»Gott wird uns erretten.«

»Was Sie nicht sagen.«

Da hatte sich ein Schalter umgelegt. Ein Schalter im hageren Kopf des kauzigen Alten. Mit dem einen Auge starrte er in sein leeres Glas, mit dem anderen auf mich, und er kam so richtig in Schwung.

»Gott wird uns erretten, genauso, wie er es Weihnachten sechsundvierzig getan hat.«

»Verstehe.«

»Sechs Monate lang war kein Tropfen Regen gefallen. Nicht ein Tröpfchen. Alles war trocken wie Zunder, und das Farmland meilenweit ringsum war die pure Wüste. Wir flehten den Gütigen Herrn um Erbarmen an. Hab Erbarmen, Herr, riefen wir daheim und drüben in der Kirche. Allmächtiger Gott, hab Erbarmen mit uns.«

Ich schaufelte Reis in mich hinein.

»Erbarmen, erlöse Dein Volk! Doch Er erhörte uns nicht. Dann kam eines Tages ein Fremder in die Stadt und saß den ganzen Tag und bis in den Abend hinein in Jack Hendersons Pub. Ein junger Bursche, jünger als du, aber er hatte nicht so ein flottes Mundwerk. Er hatte überhaupt nicht viel zu sagen. Saß bloß da und trank und schaute auf die Straße. Gegen acht verließ er den Pub, voll bis zum Eichstrich. Torkelnd, aber niemand sagte ein Wort zu ihm. Stieg in sein Auto und fuhr die Hauptstraße entlang, als wollte er aus der Stadt hinausfahren, aber dann hielt er am Straßenrand an. Ich habe ihn beobachtet, während ich dasaß und mich mit der armen Annie Johns unterhielt, und wir haben alles mit angesehen. Dieser Junge, der steigt also aus seinem Auto, und er macht die Kofferraumklappe auf, und er holt einen Kanister heraus, einen großen Blechkanister.«

Ich schaute ihm in die Augen und sah, daß sie feucht waren. Keine Altersnässe, das waren Tränen. Mit den Rücken seiner verkrümmten alten Hände wischte er sich beide Augen aus. Speichel sammelte sich in seinen Mundwinkeln.

»An allen Stellen der Stadt waren Schilder angebracht, die vor den Gefahren von offenem Feuer warnten. Sie waren nicht zu übersehen. Sie befanden sich an jeder Ecke, waren im Pub direkt hinter dem Tresen aufgehängt, und sogar der dicke Jack Henderson ging in die Luft, wenn jemand mit Schlagseite und einer brennenden Zigarette nach draußen ging. ›Mach das verdammte Ding aus‹, brüllte er dann. Er schwor, er würde jedem das Genick brechen, der leichtsinnig wurde, ob Mann oder Frau.«

Ich schob den Teller von mir und versuchte aufzustehen. Der Alte packte mich an der Schulter. Er war nicht sonderlich stark, und seine Hand war verkrümmt und zitterte, doch ich ließ mich niederdrücken. Er ging in seiner Geschichte derart auf, daß er mir leid tat. Als ich meine Unterarme auf den Tresen legte, wurde mir ein Bier vorgesetzt, das ich nicht bestellt hatte.

»Doch dieser junge Bursche, der holte einfach den Kanister mit dem Benzin aus dem Auto und goß es unmittelbar vor die Stirnseite des alten Bankgebäudes. Ich saß mit der armen Annie da und starrte nur und starrte. Ich konnte einfach nicht glauben, was ich da sah.«

»Warum hieß sie die arme Annie?«

»Sie hieß einfach so«, meinte er, und seine verdrehten Augen schlossen sich für einen Augenblick.

Ohne es zu wollen, musterte ich die tiefen Furchen in seinem Gesicht. Es war ein hartes Gesicht. Seine Visage hatte diese eingefallenen Züge von einem, der in zu vielen Jahren zuviel durch die Kehle hatte laufen lassen. Als er die Augen öffnete, waren sie auf mich gerichtet. Blickten direkt in mich hinein.

»Es war dunkel, aber die Straße war beleuchtet. Dieser betrunkene Mistkerl hat einfach das ganze Benzin ausgeschüttet, und dann konnte ich sehen, wie er in aller Seelenruhe ein Päckchen Glimmstengel aus der Tasche zieht und sich eine Zigarette in den Mund steckt. Ich war damals auch noch jung. Ich rannte los, zu ihm hin, aber mir fehlte einfach die Luft, um zu schreien, und ich war noch auf der anderen Straßenseite, als er seine Streichhölzer herausholte und eins davon anstrich.«

»Und?«

»Nicht das Streichholz hat ihm die Zigarette angezündet, der Feuerball hat das für ihn erledigt. Ich habe gesehen, wie es passiert ist. Mitsamt der Bank und seinem Auto flog er in die Luft, während es mich auf der Straße flach auf den Rücken warf. Da war ein Tosen in meinen Ohren, und die Hitze hat mir die Haut so richtig vom Gesicht gesengt, nicht, daß ich das damals gewußt hätte. Es war, als hätte die Hauptstraße samt und sonders Feuer gefangen. Die ganze Nacht über haben wir mit dem Rest unserer Wasservorräte gegen das Feuer gekämpft und zu Gott gebetet, wie es Menschen wohl noch nie zuvor getan haben. Dieser junge Mann war keineswegs bloß ein junger Mann. Er war schlicht und einfach der Teufel. Der Satan war in Gestalt eines jungen Mannes zu uns gekommen und hatte versucht, uns alle zur Hölle zu schicken.«

Der Alte legte mir erneut die Hand auf die Schulter, obwohl ich mich gar nicht gerührt hatte. Er zitterte nicht, und sein Griff war stärker als zuvor. Er starrte in mich hinein, als wüßte ich etwas über seine Geschichte, fünfzig Jahre nach all dem.

»Es war ein lebendiges Ding, dieses Feuer. Es bewegte sich die Hauptstraße entlang und in die Seitenstraßen hinein, während wir ihm mit unseren lächerlichen Wassermengen nachjagten. Gegen Mitternacht konnte sich keiner von uns mehr auf den Beinen halten. Wir waren zu Tode erschöpft, und es gab nichts, was wir tun konnten, weil es so aussah, als brenne die ganze Stadt. Die Frauen weinten und beteten, und wir Männer gingen dazu über, uns einfach auf den Boden zu legen und zuzuschauen. Zu dem Zeitpunkt hatte es sich ausgebetet. Manche Leute meinten, daß dieser Junge wohl einen Haß auf die Bank gehabt hatte. Viele Familien waren von ihrem Land vertrieben worden. Manche Leute meinten sogar, er sei vielleicht ein Kriegsveteran mit einer Kopfverletzung gewesen – unser Pech, daß er ausgerechnet in unserer Stadt durchgedreht war. Aber ich wußte genau, was dieser Junge war.«

Der Barkeeper schenkte dem alten Burschen ein zweites Glas kaltes Bier ein und warf mir einen Blick zu, als hätten schon viele Besucher die Geschichte von sechsundvierzig über sich ergehen lassen müssen. Während er in seinem Westernhemd und den gebügelten Jeans dastand, meinte er: »Laß es gut sein, Charlie, hör auf damit für heute.«

Der alte Charlie hörte gar nicht hin. Seine verworrenen Gedanken verbohrten sich in etwas, das mir nicht gefiel.

Er sagte zu mir: »Was für einer bist du?«

»Ich? Ich bin niemand.«

»Du und dein Kumpel. Ich durchschaue euch. Ich weiß genau, was für welche ihr seid. Ihr bedeutet Ärger. Was könnt ihr uns schon bringen? Nichts als Ärger.«

Charlie trank einen langen, nachdenklichen Schluck Bier und spuckte sich in die Handfläche. Ich hatte die unbestimmte Befürchtung, einer oder zwei oder gar alle drei seiner verfaulten Zähne könnten sich in diesem Speichel befinden.

»Schüttle mir die Hand.«

»Nein.«

»Dann solltest du dir das eine merken und Tag und Nacht daran denken. Gott hat Sein Herz uns gegenüber aufgetan. Du hörst mir doch wohl zu, Freundchen? Aus den Klauen des Untiers hat Er uns errettet. Es fing nämlich an zu regnen. Es donnerte! Gott war zornig, und der Donner riß den Himmel auf, und es regnete sieben Tage und sieben Nächte lang ohne Unterlaß. Die gute Erde saugte es alles auf, und Bäche füllten sich und begannen zu fließen. Der Teufel war an seinen Platz zurückverwiesen worden, und wir brachten dem barmherzigen Herrn unsere Gebete dar.«

»Halleluja.«

»Es ist schon einmal passiert, und es wird wieder passieren.«

Der Barkeeper sagte: »Er ist diesmal ein bißchen spät dran, meinst du nicht auch, Charlie?«

»O nein. Er wird uns erretten. Er wird uns sehr wohl erhören. Unsere Gebete erreichen Ihn selbst jetzt. Diese Erde dort draußen wird feucht und voller Fülle sein. Schon bald wird sie voller Leben sein. Die Familien, die sich auf die faule Haut gelegt haben, werden Abbitte tun, wenn sie sehen, was hier geschieht. 1946, nach jenem Feuer und jenem Regen, hatten wir jahrelang Rekordernten. Viele Jahre lang. Der Beelzebub war geschlagen. Jede Familie, die die Trockenheit durchgestanden hatte, wurde hundertfach belohnt. Für ihren Glauben. Jetzt wird es wieder genauso sein. Der Herr wird uns noch einmal den Klauen des Satans entreißen, und ich sage dir etwas, mein Freund, und dir auch, Wayne, werft nur einmal einen Blick ein Stück die Landstraße entlang, und ihr werdet sehen, was ich meine. Gott ist so zornig, daß Er drauf und dran ist zu platzen, und Er ist direkt hier bei uns.«

Charlie packte meine Schulter. Mit der Hand, in die er hineingespuckt hatte. Mein Maß an Verständnis war erschöpft. Ich schüttelte die Hand des Alten von mir ab.

Als Cliff und ich den Pub verließen, kam der verrückte Charlie zur Eingangstür und sah uns nach, als wir wegfuhren. Er deutete mit dem Finger auf uns, vielleicht, um Gott zu zeigen, wo wir waren, denn er hatte sich in seinen verworrenen alten Kopf gesetzt, daß wir des Teufels Spießgesellen sein mußten. Im übrigen hat Charlie uns wahrscheinlich nicht aus den Augen gelassen, um sicherzugehen, daß wir auf unserem Weg hinaus nicht die Stadt in Brand steckten.

Die Hitze hielt an, jeder Tag war wie der Tag zuvor, und ich schloß daraus, daß Gott Gebete einfach nicht mehr erhörte. Ganz bestimmt war er nicht auf dem Highway unterwegs, um Leute wie Charlie zu erretten. Nur Fetzen von Wolken zogen auf blauem Grund dahin. Jeder Tag schwitzte die Lebenskraft so richtig aus einem heraus, und in der Nacht lag man da wie eine Flickenpuppe. Ein kurzer Blick reichte aus, um zu erkennen, daß dieses Land genügend Hoffnungen und Träume zunichte gemacht hatte, um umfangreiche Bände des Ägyptischen Totenbuchs zu füllen. Es war das Herzland der Dürre. Das Herz, ja eigentlich der Tod – der mich auf eine komische Art und Weise tatsächlich überallhin begleitete. Bei mir, in einem kleinen versiegelten Bronzebehälter, befand sich mein Vater, und die Urne mit seiner Asche stand uns gegenüber vorn im Pickup.

Kein Wunder, daß uns niemand mochte.

Während ich so gegen die Fahrertür gelehnt dastand, drang die Hitze der Landstraße durch meine Ledersohlen. Ich hatte mir den aufgegebenen Schlachthof und die blaue, leere Welt nun lange genug angeschaut, und irgendwie hatte Cliff recht, wenn er meinte, die Hitze könne so stark werden, daß einem die Schuhe schmolzen. Meine Füße kochten. Ich setzte mich in die Kabine des Pickups und trommelte mit den Fingern auf die heiße Schalthebelkonsole.

Mir gegenüber, zwischen Armaturenbrett und Windschutzscheibe eingeklemmt, standen die irdischen Überreste des Begründers meiner Existenz. Sie befanden sich in der häßlichen Urne, die mir der Bestattungsunternehmer übergeben hatte, und diese Urne war jetzt fest auf dem von der Sonne brüchig gewordenen Armaturenbrett des Pickups verkeilt. Es wäre mir komisch vorgekommen, die Urne nach hinten zu der Kühlbox und den Decken zu packen oder sie zusammen mit meiner schmutzigen Unterwäsche und den Socken in eine Reisetasche zu stopfen oder sie einfach unter einem der Sitze zu verstecken. Es gab keinen Ort, an den ein solches Ding hingepaßt hätte, also stand sie dort oben und präsentierte sich der Welt wie ein Talisman. Ich hatte das nicht beabsichtigt, aber es war nun einmal so.

Cliff war in den Beifahrersitz hineingesunken, auf dem er es sich bequem gemacht hatte, um sein Buch zu lesen. Es wäre sehr viel hilfreicher gewesen, wenn er einige Zeit darauf verwendet hätte, unsere schweißverschmutzte Straßenkarte zu studieren, doch statt dessen war es dieses Buch, in das er sich vertiefte. Der alte Schlachthof hatte ihn nicht interessiert. Ebensowenig war ihm der Gedanke gekommen, sich einmal die Beine zu vertreten oder von dem schon anfänglich verdächtig riechenden, jetzt aber bestimmt fauligen Wasser zu trinken, mit dem wir unsere Flaschen gefüllt hatten, am Wasserhahn der Männertoilette, bei dem letzten heruntergekommenen Pub, an dem wir vorbeigekommen waren. Was die Chance anbelangte, sich den wahren Gespenstern des Outbacks zu stellen, also, das konnte man bei ihm vergessen, Cliff hatte ja sein Buch.

Während ich mit dem Hinterteil auf dem heißen Vinyl des Fahrersitzes herumrutschte, warf er mir verstohlene Blicke zu. Cliff sah verdreckt, verschwitzt, finster und schuldbewußt aus. Der Umschlag seines Buches behauptete: *Du lebst nur zweimal.* Er war in helle Aufregung geraten, als er es in der Ecke mit den Secondhand-Büchern fand, in einem Laden, der gleichzeitig Zeitungshandlung, Lebensmittelgeschäft und Postagentur war, zwei Ortschaften und sechsunddreißig Stunden die Landstraße entlang hinter uns. Er hatte unterwegs bereits einige andere Bücher gelesen, doch ich kann mich nicht daran erinnern, welche. Von ihnen war nichts übriggeblieben. Während wir die Landstraße entlangjagten, war es Cliffs Angewohnheit, die Seite, die er gerade zu Ende gelesen hatte, herauszureißen und sie dann zusammengeknüllt zum Fenster hinauszuwerfen. Das war seine Lieblingsmasche, um zu markieren, wie weit er in seinem Buch gekommen war. Manchmal, aus Gründen, die nur er verstand, hob er eine ganze Handvoll Seiten auf und hielt sie fest, bis es ihm in den Sinn kam, sie alle auf einmal aus seinen Fingern freizugeben. Die Seiten flatterten dann wie Schmetterlinge in das rote Land hinter uns, und Cliff reckte den Kopf aus dem Fenster, um seinen Schmetterlingen nachzublicken, wie sie, Worte tragend, in die Wüste davonschwirrten. Er war ein seltsamer Kerl, und ich erhob nicht den Anspruch, ihn zu verstehen.

Am Ende eines jeden Taschenbuchs war nichts mehr davon übrig, bloß der Umschlag, und selbst den riß er in

Stücke und überantwortete sie dem Wind. Es gibt Menschen, die die sentimentale Angewohnheit haben, Bücher zu horten, als ob sie eines Tages eine großartige Mitgift oder etwas Ähnliches abgäben, nicht jedoch Clifford Watt. Rührseligkeit war nicht sein Ding. Dieses gebrauchte Exemplar von *Du lebst nur zweimal* würde seinem Namen alle Ehre machen; ein drittes Leben würde es für dieses Buch nicht geben.

Die ledrige Haut von Cliffs Gesicht glänzte ölig. Richtig häßlich, so, wie die Hitze einen eben verändert. Als ob mein Gesicht auch nur ein bißchen besser aussähe. Ich spuckte Staub zu meinem Fenster hinaus, und Cliff riß die Seite, die er gerade gelesen hatte, aus seinem Buch und schnipste sie zu seinem Fenster hinaus. Ich war zu ausgedörrt, um zu sprechen, doch Cliff schien über seine Schuld wegen der Kühlbox und des Eises hinweg zu sein. Er grinste mich an, und die Narben in seinem Gesicht zogen sich in die Länge. Trotz seiner Klagen gefiel es ihm vielleicht sogar, wie sich die Reise in die Länge zog. Schließlich hatte er diese Idee in die Welt gesetzt, und sie brauchte für ihn eigentlich nie zu enden. Nachdem ich ihm von meinen Entdeckungen in den Tagebüchern meines Vaters erzählt hatte, hatte er wochenlang gedrängelt und gequengelt, hatte mir Schuldgefühle eingeimpft, daß es mich nicht kümmere, wo meines Vaters Asche letztlich verblieb, und natürlich hatte ich nachgegeben. Schließlich hing alles nur noch davon ab, meinen Bewährungshelfer zu überzeugen, daß ich innerhalb der vereinbarten drei Wochen zurück sein, mich von eventuellem Ärger fernhalten und nicht der Fahrer des Wagens sein würde. Ich war zwar der Fahrer, aber das brauchte ja niemand zu wissen.

Also, Cliff wollte in die Bass-Berge fahren, um die Asche eines Mannes, den er nicht einmal gekannt hatte, an einem Ort zu verstreuen, von dem dieser Mann behauptet hatte, er habe ihn auf dieser Erde am meisten geliebt. Vielleicht war Cliff letzten Endes doch ein Gemütsmensch. Es machte mich ganz konfus und ärgerte mich irgendwie, daß ich aus seiner Denkweise nicht schlau wurde, doch am wichtigsten für mich war, daß ich mich entschlossen hatte nachzugeben.

Denn Asche interessierte mich eigentlich überhaupt nicht.

Unser Zielort hieß Black Fella Ledge, hoch oben im Bass-Gebirge, und ich war zu der Überzeugung gelangt, daß dies der einzige Ort auf dieser Erde war, an dem ich vielleicht würde feststellen können, welche Art von Mensch mein Vater wirklich gewesen war.

Mein Vater. Mein Fremder.

»Da gibt es die Geschichte von so einem Burschen«, fing Cliff an, während der Wind durch das offene Fenster an seiner Seite sein langes und schmieriges Haar überallhin wehte, »so einem Burschen, der vom Stadtleben genug hat. Er kauft sich ein Grundstück auf dem Land, um all dem zu entfliehen. Es ist eine Farm mitten im Nirgendwo.« Cliff blinzelte durch die staubige Windschutzscheibe. »So wie hier. Er züchtet Schafe.«

»Du kannst wetten, daß es hier draußen keine Schafe gibt.«

»Spielt keine Rolle, dann baut er eben irgendwas an. Bohnen zum Beispiel. Eines Tages sieht er in der Ferne einen mächtigen Staubwirbel. Wirklich gewaltig, und je länger er ihn anstarrt, desto mehr wird ihm klar, daß er auf ihn zukommt. Übers Land und direkt auf sein Farmhaus zu. Mist. Er ist ein Stadtbursche, daher weiß er nicht, was er tun soll. Hat nicht die geringste Ahnung. Also setzt er sich auf die Treppe vor seinem Haus, wartet ab und fragt sich, was wohl passieren wird, dann sieht er schließlich, daß es kein Staubsturm, sondern ein Auto ist. So ein großes Mistding von Landrover mit Vierradantrieb, das überall Staub und Dreck aufwirbelt. Jetzt wird er so richtig nervös, weil er hier draußen noch nie jemanden gesehen hat. Schließlich fährt der Landrover vor, eingehüllt in eine Staubwolke, direkt bis vor sein Haus. Ein großer Kerl steigt aus und klopft sich den Staub ab. Ein mächtig großer Kerl. Vielleicht so groß wie ich. Er kommt zu dem Stadtburschen herüber, die Hand ausgestreckt und eine Art schüchternen Lächelns auf der Visage. ›Hallo, Nachbar!‹ sagt der große Kerl. ›Nachbar?‹ fragt der Stadtbursche. ›Jawohl, Nachbar. Sie werden es vielleicht nicht glauben, aber ich bin mir sicher, daß ich Ihr nächster Nachbar bin. Ich bin dreihundertfünfzig Kilometer gefahren, um vorbeizukommen und guten Tag zu sagen.‹ Der Stadtbursche kann das einfach nicht glauben. ›Mann, vielen Dank auch‹, erwidert er. ›Jawohl‹, sagt der große Kerl, ›ist gut, Sie kennenzulernen. Wir sollten nähere Bekanntschaft schließen. Wir Leute auf dem Lande müssen zusammenhalten.‹ ›Ja‹, meint der Stadtbursche, ›Sie haben recht.‹ Jetzt schwindet das schüchterne Lächeln vom Gesicht des großen Kerls, und er fängt an, sich wie ein Schneekönig zu freuen. ›Übrigens, Nachbar, ich habe da ein kleines Fest organisiert, um Sie in der Gegend willkommen zu heißen. Ich veranstalte eine Party bei mir, Ihnen zu Ehren. Ich weiß, es ist ein langer Weg, aber Sie müssen einfach kommen.‹ Der Stadtbursche ist davon ganz beeindruckt. ›Wirklich?‹ meint er. ›Nun ja, was wird denn auf Ihrer Party alles los sein?‹ Dieses Mal ist das Grinsen des großen Kerls so richtig breit. ›Ach, was schon‹, meint er und tritt dabei mit den Hacken in den Staub, ›das Übliche, was so auf dem Lande läuft. Da gibt's ein bißchen was zu essen, ein bißchen was zu trinken, vielleicht wird auch ein bißchen getanzt.‹ ›Tatsächlich?‹ fragt der Stadtbursche. ›Mann, dann also vielen Dank.‹ ›Ist mir ein Vergnügen‹, entgegnet der große Kerl. ›Ja, also, Essen, Trinken, Tanzen, ein bißchen Ringkampf und 'ne Menge Bumserei. Auch ein paar hübsche Faustkämpfe und 'ne kleine Rammelei im Heu. Was meinen Sie?‹ Der Stadtbursche weiß nicht recht, was er davon halten soll, aber noch klingt alles ganz in Ordnung. Er denkt sich, er wird am Landleben wohl mehr Gefallen finden, als er erwartet hatte. ›Mann, vielen Dank‹, sagt er noch mal, und er meint es auch so. ›Ich bin sehr gerührt‹, sagt er, ›aber ich habe keine besonders große Garderobe hier. Was sollte ich zu Ihrem Fest denn anziehen?‹ Der große Kerl kratzt sich hinterm Ohr und tritt erneut mit den Hacken in den Dreck. ›Tja, also, ich schätze, Sie können anziehen, was Sie wollen. Es werden ja bloß wir beide dasein.‹«

Cliff lachte, und ich lachte auch. Manchmal konnte er ein richtig bescheuerter Idiot sein.

Als das Unwetter einsetzte, war keiner von uns darauf vorbereitet. Am Nachmittag hielten wir an, um etwas zu essen. Cliff aß Fertigkost aus der Dose und ich Sandwiches und vertrocknetes Gebäck. Die Rücken an die heißen Reifen des Pickups gelehnt, saßen wir auf dem Boden und versuchten, etwas Schatten zu erhaschen. An jenem Tag waren wir nur langsam vorangekommen, weil die Straßen unwegsamer wurden, und das ließ mich zu der Entscheidung gelangen, daß für uns die Zeit gekommen war, zurück auf die Landstraße zu fahren, zurück zur direkten Strecke. Trotz der holprigen Straße hatte Cliff es geschafft, eine klaffende Lücke in seinem Buch zu hinterlassen. Er war ein großartiger Leser. Wir saßen in diesem drückenden Fleckchen Schatten, und ich hörte ihn loskichern: »Dieser Bondo-san« und weiterlesen, sich wahrscheinlich gar nicht bewußt, daß er etwas von sich gegeben hatte.

Während ich aß, beobachtete ich, wie die Landschaft und der Himmel flimmerten und glitzerten, dann merkte ich allmählich, daß etwas nicht stimmte. Der Himmel war stahlblau, doch ganz weit hinten breitete sich ein dunkler Schatten aus. Die Unruhe ließ mich aufstehen, ich hielt die Hand über die Augen. Was ich sah, war der verschmierte Fleck, den ich am Vormittag für den Horizont gehalten hatte. Oder für das Fehlen des Horizonts. Dieser Himmel hielt mich zum Narren, und mir gefiel nicht, was da vor sich ging. Jetzt erkannte ich, was es war, eine Wolkenbank, weit entfernt, aber in Bewegung und anwachsend.

»Der alte Charlie könnte recht haben.«

»Der alte wer?«

»Charlie, erinnerst du dich? ›Gott wird kommen!‹«

»O ja, die Sonne hat ihm zugesetzt.« Cliff riß eine Seite aus dem Buch und zerknüllte sie. Die Haare klebten ihm im Gesicht. »Womit hatte er recht?«

Ich machte eine Geste. Cliff blinzelte. Er schob einen Teil der Haare beiseite, stand aber nicht auf. Er steckte seine Nase wieder ins Buch.

»Ich glaube nicht«, meinte er. »Wenn du auf dem Land lebst, dann lebst du an einem Ort, an dem du nicht willkommen bist. Jedermann hier wünscht sich, daß die Dürre aufhört. Du hast dich davon anstecken lassen. Hier draußen ist jeder von dieser einen Sache besessen, nicht, daß man es ihnen vorwerfen könnte, aber es wird keinen Regen geben, nicht in diesem Jahr oder im nächsten. Charlie wird eine lange Zeit auf sein Wunder warten müssen.«

»Da sind Wolken.«

»Na ja, aber zwischen Wolken und Regen gibt es immer noch einen Unterschied.«

Cliff las weiter, doch ein Samenkorn des Zweifels keimte in seinem Kopf. Was auch immer dort oben vor sich ging, es war etwas, das ich aufmerksam beobachten wollte. Es machte mich innerlich krank, daß die Prophezeiung eines verrückten alten Kauzes in einem Pub wahr werden könnte. So, wie sich diese Wolken über den fernen Himmel verteilten, konnten sie nur Unwetter bedeuten, und so, wie sie sich in Größe und Farbe darboten, war Gott, sollte Er beabsichtigen, Sein gottesfürchtiges Land zu retten, im Begriff, es in keinem geringen Maße zu tun. Ich biß meinen letzten Happen von dem trockenen Sandwich ab und warf die Kruste einem grandiosen Zug schwarzer Ameisen hin, die sich auf nichts Bestimmtes zubewegten. Jetzt hatten sie etwas, wo sie hinströmen konnten, und die Kruste war in einer Sekunde von ihnen überzogen. Es überraschte mich, wie der Himmel auf einmal so groß und der Pickup so klein wirken konnte.

»Machen wir, daß wir weiterkommen.«

»Da tut sich überhaupt nichts«, beharrte Cliff. Er legte sein Taschenbuch beiseite und studierte den Himmel gründlicher. Ein Ausdruck überzog sein Gesicht wie bei einem Kind, das sich vor dem Buhmann fürchtet. Ächzend kam er auf die Füße, und die Art, wie er sagte: »Da zieht doch nicht wirklich was auf, Joe, oder?«, ließ mich erkennen, daß das Leben ihn mir als Bürde aufgehalst hatte, daß ich ihn ebensowenig würde abschütteln können wie irgendein kleines Kind, das sich vor der Dunkelheit fürchtet und sich an meinen Beinen festklammert.

Cliff wollte keinen Regen. Wenn ich es mir auch nicht eingestehen würde, tief in meinem Innersten hatte ich auch etwas gegen Regen. Wir teilten schlimme Erinnerungen an Regen. Regen hatte uns zu dem gemacht, was wir jetzt waren.

Wir verstauten unsere Sachen auf der Pritsche des Pickups, und ich mußte die Panik hinunterschlucken, die aus meiner Magengrube emporquoll. Es machte mich ganz krank, daß ich so ein Waschlappen sein konnte. Es war bloß schlichter, blöder Regen, doch ich sprach kein Wort mehr, weil ich Angst hatte, daß meine Stimme mich verriet. Cliffs Gesichtszüge konnten weniger verbergen als meine; es war leicht zu sehen, daß er aufgewühlt war. Er warf sein Buch auf den Beifahrersitz, stellte die Kühlbox hinten auf den Pickup und zog die Plane darüber. Er befestigte die Plane an den vielen Verschlüssen rings um die Ladefläche. Es ist schon komisch, wie flink sich ein beleibter Mann mit nur einer Hand bewegen kann, wenn er muß. Ohne ein Wort zu verlieren, stiegen wir in den Pickup, fuhren schnell los und genauso schnell weiter und waren uns, ohne ein Wort zu wechseln, einig, daß es unsere erklärte Absicht war, zurück auf die Landstraße zu kommen und eine Möglichkeit zu finden, dem aus dem Wege zu gehen, was sich da zusammenbraute. Das komische war, daß uns die alte Karte meines Vaters geradewegs auf diese dunkle Wolkenkette zuzuführen schien.

Wir fanden die Landstraße.

Dann, ein paar Stunden später, als ich es nicht mehr aushalten konnte, hielt ich am Straßenrand an. Es war am späten Nachmittag, und die Temperatur fiel spürbar, ein Phänomen, das sich jeden Tag um diese Zeit wiederholte. Die Sonnenstunden ließen einen in der Affenhitze schmoren, und die Abende und Nächte waren so kühl, daß man sich in Decken hüllen mußte. Diesmal fiel der Temperatursturz noch heftiger als gewöhnlich aus. Alles war ganz anders. Ich fühlte mich unbehaglich. Die Farbe des Himmels war befremdlich, und ein strenger Geruch lag in der Luft.

Ich entfernte mich vom Pickup und ging zu einem Flecken roter Erde neben dem ausgebrannten Stamm eines großen alten Baumes. Der sah aus, als sei er vor hundert Jahren vom Blitz getroffen worden. Eidechsen huschten über die harte schwarze Rinde. Ich erleichterte mich ausgiebig und schaute zu, wie der Bach, den ich machte, versuchte, seinen Weg in den Boden zu finden. Die rissige Erde, auf der ich stand, war so festgebacken, daß sie kaum Feuchtigkeit aufnehmen konnte, doch dann dellte sich die harte Oberschicht der Erde gleich neben meinem Bächlein ein wenig ein. Fiel gewissermaßen in sich zusammen. Eine Sekunde lang erwartete ich, daß Cliff neben mir auftauchte und sich ebenfalls erleichterte, doch als ich mich umdrehte, war sein dunkles Profil im Beifahrerfenster des Pickups zu sehen, als gehörte es zum Inventar. Ganz in sein Abenteuerbuch vertieft. Es kam mir in den Sinn, daß sich irgendeine bizarre Lebensform des Outbacks unter der Erde umherbewegen könnte, und ich beobachtete den Boden. Ich hörte zwei schnelle *Plopp! Plopp!*, die Abdrücke von der Größe eines Fünfzig-Cent-Stückes im Boden hinterließen. Ich blickte zum Himmel hinauf. Ein schwerer Regentropfen traf mich ins Auge, eine Schauerbö sprenkelte kurzzeitig die Erde, dann hörte es wieder auf. Wolken hatten sich aus allen Richtungen über mir zusammengezogen, und meine erste Reaktion war, wieder zu Cliff hinüberzuschauen.

Dicke Tropfen auf der Windschutzscheibe mußten ihn wohl aus der wilden Handlung seines Buches herausgerissen haben. Die Beifahrertür stand offen, und Cliff stieg gerade aus.

Er sah, was ich sah, schwarze, schwere Wolken, die aus allen Richtungen der Windrose aufzogen, die wie schäumende Wogen eines Ozeans im Sturm übereinanderstürzten und sich ihr Ziel an einer Stelle suchten, die unmittelbar über dem Pickup zu liegen schien. Wir waren ja so klein. Wieder stieg Panik in meinen Eingeweiden auf, dieses Mal nicht bloß meinetwegen, sondern auch wegen Cliff. Doch sein Gesicht war merkwürdig unbewegt. Wie aus Holz geschnitzt. Ich ging zu ihm hinüber, und wir standen neben dem Pickup und horchten auf das Grollen sich nähernden Donners, doch da war nichts, nur ein seltsam stummes Spiel von Licht und Schatten.

Skelettartige Finger elektrischer Entladungen krallten und streckten sich in diesen heranbrausenden Wolken, noch immer ohne jeglichen Laut. Der Nachmittag war unheimlich und gespenstisch. Das Licht der Sonne ging aus. Herbeistürmende Wolkenmassen kämpften und rangen lautlos miteinander, während sie zu einem einzigen tiefhängenden grauen Körper anschwollen, der den Himmel verdeckte. Die Welt lag in einer stillen Nacht, und Cliff und ich zitterten gemeinsam wie stumme Geschöpfe.

Doch *noch* hielt der Sturm den Atem an.

Und als er dann losbrach, da brach er richtig los.

Es erhob sich das Gebrüll einer Vielzahl von Maschinen. Donner dröhnte, und Blitze erhellten das schwarze Herz der verhüllenden Wolke. Der Himmel schien in Scherben zu fallen, und der Boden unter unseren Füßen bebte, als der Regen niederging. Er war überall, donnernd und krachend; sintflutartiger Regen bedeckte eine unbelebte Erde mit Wasser, Wasser, Wasser. Das Getöse war schrecklich. Cliff preßte seine gesunde Hand gegen die eine Seite seines Gesichts und fing an zu kreischen. Über den Donner und Wind hinweg konnte ich ihn kaum hören. Ich befürchtete, er würde vielleicht in die Wüste hinauslaufen oder in verrückten Kreisen umherrennen; ich packte ihn an den Schultern und hielt ihn fest.

»Cliff! Cliff!«

Er war so voluminös, daß ich ihn nicht ins Auto hineinzwängen konnte. Er zitterte und bebte, und ein tiefes Stöhnen entrang sich seiner Kehle, geradeso wie bei diesen Geisterrindern, die noch immer ins Schlachthaus geführt wurden. Ich wußte jetzt mit Bestimmtheit, was ich schon immer vermutet hatte, nämlich, daß Cliff nicht mehr der alte war, daß der Unfall, der sein Gesicht entstellt, ihm die Hand abgerissen und seine Karriere zunichte gemacht hatte, etwas noch viel Schlimmeres in seinem Kopf angerichtet hatte.

Ich schüttelte ihn so stark ich konnte, doch ich hätte ebensogut versuchen können, ein Haus durch Schütteln zum Leben zu erwecken. Cliff weigerte sich, sich zu bewegen. Sein Gesicht arbeitete. So standen wir dann mitten in diesem Regen, der uns bis auf die Haut durchnäßte, und ein Blitzschlag hätte uns in Stücke reißen können wie den ausgebrannten Stamm des großen Baumes dort. Der Boden verwarf sich, und es war, als ritten wir auf dem Rücken einer großen Wüstenschlange, und um die Wahrheit zu sagen, Cliff war nicht der einzige, der wie versteinert dastand.

Ich ließ seine Schultern los.

Als ich das tat, griff er mit der gesunden Hand nach seiner Prothese und preßte sich beide Hände fest an die Brust. Es schien eine große Willensanstrengung von ihm zu erfordern, sein Gesicht zu entspannen, sich zusammenzureißen, doch letztlich gelang es ihm. Bald schon war er so ernst und traurig wie ein Mann, der an einem Grab steht, und ich mußte mir in Erinnerung rufen, daß er lediglich ein korpulenter Mann war, der Angst vor Regen hatte. Es half nichts. Schuldbewußtsein überkam mich. Cliffs Kopf hing herab, und ich wußte, er erinnerte sich gerade an etwas, an das er sich am allerwenigsten erinnern wollte, und ich würde nie wieder größeres Mitleid mit Clifford Watt empfinden, nicht einmal bei all dem, was später noch geschah.

Einfach für immer

Ich wollte diesen Fleck auf der Karte, der als Thornhill gekennzeichnet war, erreichen, bevor das Unwetter meine Nerven endgültig aufrieb. Wenn ich die Dinge richtig sah, würden wir die Nacht geborgen in guten Betten verbringen und gleich morgen früh in die Berge starten können. Anfänglich hatten wir eine vernünftige Alternative ausprobiert, die darin bestand, im Pickup sitzenzubleiben und nirgendwohin zu fahren, doch mit der Zeit erwies es sich, daß keiner von uns über die Nervenkraft verfügte, Donner und Regen auszusitzen. Es war zu dunkel draußen, die Nacht lediglich von Blitzen erhellt. Während wir dasaßen, trommelte heftiger Regen auf Windschutzscheibe und Seitenfenster und ließ uns blind wie Fledermäuse dahocken, und das flößte uns noch mehr Angst ein. Es war, als könnte draußen alles mögliche vor sich gehen, als könnte alles mögliche auf uns zukommen. Hasenfüße. Beim Fahren konnte man sich wenigsten vorgaukeln, man hätte noch einen Anflug von Selbstbestimmung, und mein Instinkt gebot mir, Cliff und mich in Bewegung zu halten, selbst wenn es nur im Schneckentempo vorangehen sollte.

»Es liegt dort.« Ich hielt das Lenkrad mit einer Hand fest und reichte ihm die alte Karte. Die Scheinwerfer ließen von der Straße vor uns nicht viel erkennen. »Sag mir, wie weit es noch ist, dieses Thornhill.«

Doch Cliff ließ die Augen nicht von der Straße. Die Karte kümmerte ihn nicht. Während ich fuhr, starrte er auf diese verschwommene, armselige Landstraße, als glaubte er, daß wir unausweichlich in einen Unfall verwickelt würden, wenn er wegschaute. Wenigstens verlor Cliff nicht die Nerven. Er schwitzte, doch er nahm sich mehr oder weniger zusammen, und es war ein merkwürdiges Gefühl zu denken, er vertraue mir vielleicht mehr, als ich wußte. Dann schien er richtiggehend in sich zusammenzusinken, die Augen auf das Unwetter geheftet. Er murmelte ein einziges Wort: »Blöd«, und es konnte sich auf die Nacht oder einen von uns beiden oder auf irgend etwas beziehen, von dem nur er wußte; wer konnte das schon sagen?

Danach gab er keinen Laut mehr von sich.

Das komische war, daß dort draußen ja nichts anderes war als Regen. Auf den ländlichen Nebenstraßen hatten wir uns daran gewöhnt, allein unterwegs zu sein und mit der Vorstellung zu spielen, daß wir uns in einem außerirdischen Land befanden, doch in jener Nacht ließ ein schlichtes Gewitter es so aussehen, als hätten wir wirklich den Schritt an einen außerweltlichen Ort getan. Und es war auch kein ausgesprochen freundlicher Ort. Wir waren durch und durch Stadtjungen, und niemand hatte uns hierher gebeten, das war es, was ich dachte. Wir hatten den Boden unter den Füßen verloren, und wir hätten wenden und nach Hause fahren sollen, doch in Wirklichkeit wurden wir nirgendwo erwartet, und unser Zuhause schien uns keines mehr zu sein, und obwohl ich versuchte, es vor mir selbst zu verleugnen, mußte es wohl das sein, was Cliff und mich miteinander verband.

Je weiter wir fuhren, je mehr ich mich konzentrieren mußte, um die Straße im Auge zu behalten, desto mehr verkrampften sich mein Rücken und meine Schultern. Meine Muskeln schrien auf, aber ich würde nicht anhalten, um eine Verschnaufpause einzulegen. Kaum, daß ich die Markierungen am Straßenrand oder gar die unterbrochene weiße Linie erkennen konnte. Die Scheibenwischer klackten, liefen nie schnell genug, und das Fahrzeug ratterte über diesen angeblich besseren Fahrweg, die Landstraße. Man bekam das Gefühl, als würden wir beim Fahren stückchenweise auseinanderfallen. Meine siebenhundert Dollar hatten einen Satz Runderneuerte eingeschlossen, und in deren

Obhut gaben wir gerade unser Leben. Wenn ich auch nur eine Minute daran gedacht hätte, daß es Regen geben würde, hätte ich diesen Pickup nie gekauft. Musik gab es natürlich auch keine. Das Kassettenradio hockte stumm wie ein Klotz im Armaturenbrett. Manchmal waren die Bremsen gerade um einen winzigen Deut schwammiger, als es mir recht war, und die Windschutzscheibe hatte etliche Steinschlagspuren. Ich war ein Narr, unser Leben dieser Klapperkiste anzuvertrauen. Der Auspuff war durchgerostet, und das verlieh dem Motor ein hübsches kehliges Brummen, wenn man diese Art von Geräusch mochte. Ich mochte es übrigens. Wenigstens war der Motor in Ordnung. Die Kiste qualmte nicht allzusehr, und beim ersten Dreh des Schlüssels sprang der Motor normalerweise an, doch zwei- oder dreimal hatte die Hitze den Kühlerverschluß davongeblasen und uns an den Straßenrand gezwungen, bis sich alles wieder abgekühlt hatte.

Ich verfluchte den Pickup, ich verfluchte mich selbst – dafür, ihn gekauft zu haben –, und ich verfluchte das unvorhergesehene Unwetter um uns herum. Ganz egal, wie weit oder wie schnell wir während der nächsten beiden Stunden fuhren, es würde uns nichts weiter umgeben als dieser Regen, und ich fragte mich, ob die Landschaft am nächsten Morgen anders aussehen würde. An dem einen Tag herrschte Dürre – und am nächsten? Ich konnte mir nicht vorstellen, daß es irgendeine Veränderung geben würde. Am Morgen würde die Sonne aufgehen, ohne daß am Himmel noch eine Spur von Wolken zu sehen war, ohne den kleinsten Hinweis auf Regen, und so würde es die kommenden Tage und Wochen und Monate und Jahre wieder sein.

Was den Augenblick anbetraf, ging der Regen einfach stärker nieder. Wir fuhren im Schneckentempo, und die Straße sah aus wie ein Fluß. Meine Nerven zerrten an mir, und im Geist sah ich den Unfall, der auf einer anderen einsamen, verregneten Landstraße passiert war.

»In Ordnung, halt an«, sagte Cliff, seine ersten Worte

seit sehr langer Zeit. »Gib's auf. Es führt doch zu nichts.« Er kannte mich gut. Ganz unvermittelt fügte er hinzu: »Ganz egal, was du auch denkst, es war nicht dein Fehler, Joe«, und mir war nur zu bewußt, was er da sagte und wie er es sagte, so nüchtern und auf den Punkt gebracht, und es ließ mein Herz heftiger schlagen.

Er hatte das noch nie zuvor zu mir gesagt. Die Sache war die, die wirkliche Sache war die, daß seine Worte mir zu verstehen gaben, daß der Unfall mein Fehler gewesen war und daß er mich tatsächlich dafür verantwortlich machte. Cliff würde mir niemals vergeben, nicht in seinem Herzen, das war es, was seine Worte wirklich bedeuteten. Mir war übel. Von jetzt an würde ich mich nicht mehr verstecken können, und wir würden uns feindselig gegenüberstehen.

Dann fuhren wir an etwas vorüber, das vom Regenschleier eingehüllt am Straßenrand stand. Verschwommene, nebelhafte Umrisse, ganz hoch und schmal.

»Hast du da was gesehen? Ob du wohl mal ein klein bißchen langsamer fahren könntest?« Cliffs Tonfall klang nicht gut. Während all der Stunden des Schweigens zwischen uns mußte er lange über mich nachgedacht haben. Das Unwetter hatte ihm alles ins Gedächtnis zurückgerufen.

Er sagte: »Halt den Wagen an. Wir drehen um.«

»Wir wissen doch, wo wir sind. Die Schilder spielen keine Rolle.«

Cliff sagte mit sehr klarer, harter Stimme: »Fahr zurück, und schau dir dieses verdammte Schild an.«

Wir waren nicht schnell gefahren. Ich fuhr an den Straßenrand und kämpfte gegen das Verlangen an, meine Backe aufs Lenkrad zu legen und die Augen zu schließen. Ich haßte Cliff. Ich haßte ihn, weil er die Wahrheit über mich wußte. Warum hatte ich mich auf diese Fahrt mit ihm eingelassen? Wenn ich mir nur vorgaukeln könnte, ich sei ein harter Bursche, dann wäre alles in Ordnung, doch ich fühlte mich, als vibrierten alle Muskeln und Bänder und

Gewebefasern in meinen Armen. Der Regen trommelte aufs Kabinendach.

Cliff sagte: »Hast du vor, hier stehenzubleiben? Ich möchte, daß du dir dieses Schild anschaust.«

»Du willst, daß *ich* mir das Schild anschaue?«

»Fahr einfach zurück.«

Wir wendeten und kamen an die Stelle, und ich wendete den Pickup erneut. Von den auf Fernlicht geschalteten Scheinwerfern wurden mehrere, mit Schrotkugeleinschüssen übersäte Verkehrsschilder auf gespenstische Weise angestrahlt. Eines davon sollte einen Känguruhwechsel darstellen, doch es war so zerschossen, daß man Regen und einen Lichtblitz am Himmel dahinter sehen konnte. Das nächste besagte: THORNHILL 12 KM.

Cliff blickte mich an, und ich blickte Cliff an. Jetzt sah ich, daß vor uns eine Abzweigung lag, die von der Landstraße abbog und ins pechschwarze Nichts führte. Der Regen hatte dafür gesorgt, daß ich die Abzweigung verpaßt hätte. Cliff war völlig zu Recht hartnäckig geblieben. Ich war ein Narr, und mein Verstand war auf Abwege geraten. Wir brauchten nur noch diese zwölf Kilometer zu fahren und uns Betten für die Nacht zu suchen. Dann, am Morgen, konnte ich Cliff in Thornhill zurücklassen und allein in die Bass-Berge fahren. Ihn absetzen. Ihn einfach vergessen. Sein wissendes, narbenübersätes Gesicht nie wiedersehen.

So dachte ich oder träumte ich gerade, als aus dem Nirgendwo Lichter auftauchten, Lichter, die im Rückspiegel anschwollen, groß und grell wie Himmelskörper.

Die Lichter und was auch immer sie hervorrief kamen so schnell die Landstraße entlanggeschossen, daß es aussah, als wollten sie einfach über uns hinwegrasen. Das einzige, was ich tun konnte, war, das Lenkrad herumzureißen und den Pickup von der Straße herunterzujagen, und mit einem harten Schlenker kamen wir holpernd zum Stillstand. Cliff und ich drehten uns auf den Sitzen um. Der gegen das Rückfenster peitschende Regen spaltete das Licht, und unsere Augen wurden von einem Anblick geblendet, der ebenso absurd wie furchteinflößend war. Ein gewaltiges Etwas kam mitten aus der Nacht, es bewegte sich bedrohlich auf uns zu und war so hell erleuchtet, daß es ebensogut ein die Landstraße entlangjagender Tennisplatz hätte sein können. Doch dann raste innerhalb einer Sekunde ein Haufen Autos vorüber, alle mit Breitreifen auf Alufelgen und Rennstreifen ausgestattet. Ein Monaro, ein Torana XU-1, ein abgespeckter EH Holden, die fuhren ganz dicht an uns vorbei. Die anderen konnte ich nicht auseinanderhalten. Alle Autos preßten sich eng aneinander, versuchten, sich eine gute Position zu sichern; ihre auf Fernlicht geschalteten Scheinwerfer und die auf den Dächern montierten Suchstrahler leuchteten die regnerische Nacht ab, und scherten sich weder um das Unwetter noch um den Straßenzustand.

Sieben Paar rote Schlußlichter bogen in die Abzweigung ein und fuhren in die Ferne. Regen und Blitze ließen sieben aufgemotzte Blechkisten aussehen wie Dämonen, die der Hölle entronnen waren.

»Arschlöcher«, meinte Cliff.

»Auf dem Weg nach Thornhill.«

Die Lichter waren verschwunden, und wir saßen am Straßenrand fest. Der Motor war verreckt. Vielleicht setzte die Nässe dem Pickup zu. Ich brauchte fünf Minuten, um das Ding wieder in Gang zu bringen.

Fünf Minuten lang starrte Cliff mich zornig an, als wäre ich ein Verbrecher.

Die kurvenreiche Straße nach Thornhill war in einem schlechten Zustand. Das Lenkrad ruckte und zuckte in meinen Händen, während wir durch Wasserlachen und über Kies- und Schlammschichten fuhren, die auf die Straße gespült worden waren. Bei Tageslicht wäre ich in der Lage gewesen festzustellen, ob diese Abzweigung von der Landstraße uns in grünere Landschaften führte, doch bei dem Unwetter und der Dunkelheit konnte ich mich schon glücklich schätzen, wenn ich die weiße Linie in der Straßenmitte erkannte. Bei so viel Regen, der über der Gegend niederging, kam mir die Frage, ob das nächste Problem für die Einheimischen womöglich Überschwemmung sein würde. Wie viele Regentage wie dieser sind erforderlich, bevor man damit rechnen kann, davongespült zu werden? Die Karte zeigte eine Menge Flüsse und Zuläufe in der Umgebung, doch ich hatte nicht die geringste Ahnung, ob diese Gegend von steigendem Wasser gefährdet war. Wenn das so sein sollte und genügend Regentage vergingen, dann würde ich wohl bei irgendwelchen örtlichen Behörden nachfragen müssen, in welchem Zustand diese ländlichen Straßen waren.

Diejenige, auf der wir fuhren, so stellte ich schon kurz darauf fest, war bereits blockiert, jedoch nicht durch den Regen.

Die sieben Autos, die dort hinten am Zwölf-Kilometer-Schild an uns vorbeigerast waren, versperrten die Straße. Sie standen in zwei Reihen zu dritt nebeneinander, während das siebte Auto dahinter den Motor aufheulen und röhren ließ. Scheinwerfer und Suchstrahler leuchteten in den Regen, ließen jedoch nur sehr wenig von dem erkennen, was vor ihnen lag. Es war alles reine Energieverschwendung. Die Autos beleuchteten den Weg zu der Stadt, die auf einem Straßenschild und einer Karte existierte, aber noch nicht in Sicht war. Cliff und ich kamen so dicht an die Szenerie heran, daß wir den Wasserdampf sehen konnten, der aus den dicken Auspuffrohren und von den Motorhauben aufstieg, und wir sahen auch, wie der Regen einen nebligem Halo um jedes Fahrzeug legte. Wir fuhren an den Straßenrand. Es führte sowieso kein Weg um diese Phalanx von Straßenbestien herum. Sie bereiteten sich auf ein weiteres Rennen vor, und ich war keineswegs darauf erpicht, meine Scheinwerfer aufzublenden oder auf die Hupe zu drücken, falls jemand das gedacht haben sollte; es war schon bedrohlich genug, daß diese Autofahrer sich das Recht herausnahmen, eine Straße so mir nichts, dir nichts zu blockieren.

»Sie brauchen nicht unbedingt zu wissen, daß wir hier sind«, meinte Cliff.

Also schaltete ich die Scheinwerfer aus.

Er drehte mir seinen massigen Körper zu. Er war erregt. »Mir gefällt nicht, wie sich die Dinge entwickeln. Mord und Landstraßen gehen Hand in Hand, weißt du das?«

»Nein, das habe ich nicht gewußt.«

Wir beobachteten die Autos. Zwischen den Fahrern schienen eine Menge Schreie und Rufe ausgetauscht zu werden, aber hauptsächlich hörten wir den Regen, der gegen den Pickup klatschte.

»In einer aktuellen Sendung haben sie einmal einen Beitrag gebracht, wo sie im Knast so einen siebzehnjährigen Kacker interviewt haben, der ein älteres Ehepaar umgebracht hatte. In der Stille der Nacht auf dem Bruce Highway. Kennst du den Abschnitt bei Marlborough?«

»Na klar«, sagte ich. »Da sorgt man besser dafür, daß der Tank voll ist, bevor man diese gut hundert Kilometer befährt. Lkw-Fahrer halten dort um nichts auf der Welt.«

»Genau. Der Grund ist dieser Junge. Na, jedenfalls, er sagt, er möchte ein öffentliches Bekenntnis abgeben. Er sagt, er habe Gott gefunden.«

»Wem hat er das gesagt, den Leuten vom Fernsehen? Die hätten ihm doch noch Geld dafür gegeben, daß er Gott gefunden hat. Die hätten ihn für seine Story bezahlt. Ich wette, dieser Junge hat sich gedacht, wenn er rauskommt, braucht er ein kleines Ei im Nest. Also hat er sich eine Geschichte ausgedacht, die etwas wert ist, und die will er verkaufen. Aber wenn er wirklich Gott gefunden hat, warum hat er ihn dann nicht ein bißchen früher gefunden und dem alten Paar den Ärger erspart?«

»Na ja, die haben wahrscheinlich am Ende auch Gott gefunden.«

»Aber nicht gerade freiwillig.«

Cliff strich sich mit der gesunden Hand durch sein strähniges und öliges Haar.

»Dieser Junge, also der hatte jede Möglichkeit zur freien Entscheidung, Joe. Er sieht aus wie der typische Rübenkrauterjunge vom Lande. Hohe Backenknochen und einen dicken Hals und lauter unordentliche blonde Haare. Er fängt an, seine Geschichte zu erzählen, und das mit einer ganz piepsigen Stimme. So wie jetzt. Da sagt er zum Interviewer: ›Also, ich habe mein Auto vom Highway die Böschung hinunter in den Straßengraben gefahren, damit es so aussieht, als sei mir die Achse gebrochen oder so was, und ich saß da und habe darauf gewartet, daß ein Auto auftaucht. Es war ein ziemlich schlechtes Stück vom Highway, und es war dunkel, und daher mußte es so ausgesehen haben, als ob eine ganz normale Panne passiert war, und schon nach ganz kurzer Zeit konnte ich einen Pickup anhalten, um mir zu helfen.‹«

»Einen Pickup?«

»Ironie. Ich ziehe keine voreiligen Schlüsse.« Cliff kehrte zu dieser piepsigen Stimme zurück: »›Der Fahrer, der auftauchte, war nicht auf den Kopf gefallen, denn er stellte sein Auto so, daß die Scheinwerfer mein Auto anstrahlten, dann stieß er die Tür auf, so daß die Innenbeleuchtung anging und ich sein Gesicht sehen konnte. Sie waren nur zu zweit: er und seine Frau. Ich fand es gut, daß wir unmittelbar am Highway waren. Es war zwar spät, aber ein anderes Auto hätte ganz leicht auftauchen können, und dann hätte ich in der Patsche gesessen, denn an meinem Auto war gar nichts kaputt. Und ich hatte ein Gewehr. Bis zu meinem Siebzehnten hatte mein Pa mich immer nur mit der Zweiundzwanziger schießen lassen, aber zum Geburtstag hat er mir diese doppelläufige 30er Winchester geschenkt. Das war eine prima Sache. Trotzdem, meine Knie waren ganz weich, weil womöglich ein Polizeiauto aufkreuzen konnte oder irgend so ein lästiger Menschlichkeitsapostel von Trucker, und ich fand es gut, daß es gefährlich war, was ich da tat. Also, dieser alte Herr, der fragt mich, was passiert ist und ob mit mir alles in Ordnung ist, aber er hat nicht versucht auszusteigen, also bin ich zu ihm hingegangen und habe meine Winchester angelegt. Vorher war das einzige, worauf ich je geschossen habe, Vieh gewesen, das getötet werden mußte. Na ja, das Gesicht von dem alten Herrn wurde ganz grün und gelb, und er hat am Gewehrlauf entlang auf mich geschaut, und er hat mich gefragt, ob ich wüßte, was ich da tue. Er hätte genügend Grips haben sollen, um das zu schnallen, hatte er aber nicht. War bloß alt und hatte Fracksausen, schätze ich. Bei dieser Winchester macht sich noch jeder in die Hosen. Also habe ich ihn seitlich durch den Kopf geschossen, während er noch immer was sagte, und er krachte aufs Lenkrad.‹«

»Warum hat er sich statt dessen nicht selbst eine Kugel durch den Kopf gejagt?«

»Hör dir den Rest an: ›Die Missus fängt an, ach und weh zu schreien, und ich denke mir gewissermaßen, das klingt gar nicht so schlecht, jedenfalls nicht, wenn es meinetwegen ist, daß sie sich so aufregt, und wir sind ja sowieso allein, also kann sie sich die Seele aus dem Leib schreien, solange sie will. Es läßt mich denken, daß der einzige Unterschied zwischen Menschen und Vieh der ist, daß das Vieh mit solchen Dingen viel leichter fertig wird. Dann hört sie ganz plötzlich auf, und mit ziemlich normaler Stimme fragt sie mich, wie ich heiße, und ich sage ihr, ich heiße James. Sie sagt, der Name von ihrem Vater sei James gewesen, aber ich war nicht so blöd, ihr das zu glauben. Sie hat bloß versucht, mich reinzulegen. Sie hätte mir doch erzählt, daß jeder brave Mensch auf Mutter Erde James heißt, wenn sie geglaubt hätte, daß ihr das was hilft. Als sie merkt, daß sie damit nicht weit kommt, fragt sie mich, warum ich sie umbringen will, und ich sage, ich weiß nicht, vielleicht will ich bloß mal sehen, wie Menschen so sterben. Sie sagt, sie weiß, was mit mir los ist, und daß bei meiner Erziehung

Fehler gemacht worden sind, und wenn ich ihr bloß die Möglichkeit dazu gäbe, würde sie mir zeigen, was die Liebe einer Familie bei einem braven Jungen wie mir bewirken kann. Sie sagt, kein Junge sei bösartig auf die Welt gekommen. Ich erzähle ihr, daß ich überhaupt nicht bösartig bin und mein Vater und meine Mutter ein ziemlich gutes Paar sind, auch wenn sie sich gern und oft gegenseitig anschreien. Dann sagt sie, also, wenn das so ist, dann wüßte sie nicht, warum sie und ihr Mann sterben müßten, und ich sage, ja, es stimmt, es ist ja so schade, das Durcheinander auf dieser Welt, alle möglichen Meinungen über Leben und Tod, und dann verpasse ich ihr einen. Diese Winchester hat einen Rückstoß, und dabei muß ich wohl verrissen haben. Die Kugel hat sie nicht richtig getroffen. Beim Vieh hat mir mein Vater beigebracht, ich soll dafür sorgen, daß ich einen sauberen Schuß anbringen kann, und wenn nicht, dann soll ich es lieber ganz lassen. Diese alte Schachtel krümmt sich ein bißchen, und ich lasse sie, weil ich mir denke, vielleicht will ich mir mal ansehen, wie sie damit fertig wird, dann erst, als sie anfängt schlappzumachen, verpasse ich ihr noch einen. Es liegt nicht in meiner Natur, lebendige Dinge mehr leiden zu lassen als nötig, jedenfalls normalerweise nicht. Eine Sekunde später hat sie sich nicht mehr bewegt. Dieser unsaubere Schuß hat mir aber zu denken gegeben, und ich war mir wegen dem alten Herrn nicht mehr hundertprozentig sicher, also habe ich ihm die Mündung in den Nacken gesetzt und noch mal geschossen. Er hat nicht mehr viel gezuckt, daher vermute ich, daß er doch schon nach der ersten Kugel tot gewesen ist.‹«

»Und dann?«

»Dann fragen sie ihn, warum er es getan hat, und er gibt ihnen eine Art von Erklärung, die er im Knast mit Hilfe eines Priesters ausgearbeitet hat. Er sagt, er habe herausfinden wollen, ob das Leben wie ein Märchen sei, mit einer Moral am Ende.«

»Einer Moral?«

»Genau das hat er gesagt.«

»War er nicht einfach durch und durch bösartig?«

»Nein.«

»Also, als er keine Moral entdeckt hat, hat er natürlich Gott gefunden.«

»Na ja, er meint, Gott sei die Moral. Denn er sagt, er habe im Knast gelernt, daß es so etwas wie das ewige Leben geben könnte. Und wenn es so etwas wie das ewige Leben gibt, dann muß es natürlich auch einen Gott geben, und es sei Gott gewesen, der ihn in den Knast gebracht habe, damit er vom ewigen Leben erfahren könne. Wenn das so sei, dann wäre sein Weg dorthin gerechtfertigt.«

»Ich glaube, eine vorzeitige Entlassung auf Bewährung kann er vergessen.«

»Es sei denn, er fängt im Knast ein Priesterstudium an.«

»Die Geistlichkeit wird wohl ihre Bedenken haben, ihn in ihren Schoß aufzunehmen.«

»Na ja, es sind schon seltsamere Dinge passiert. Da erklärt er also, das, was er dem alten Pärchen angetan habe, hätte ihnen sowieso bevorgestanden. Er sei Gottes Hand gewesen, und sie seien jetzt wohl bei Gott, weil es offensichtlich das gewesen sei, was Er ohnehin geplant hatte. Darin liegt die Moral der Geschichte. Gottes Wille geschehe.«

»Er wird einen braven Priester abgeben, mit einer Winchester.«

»Komischerweise denke ich mir, dieser Junge hatte in gewisser Hinsicht recht. Manche Dinge kommen auf völlig bizarre Weise zu einem Ende, doch dann scheint alles, was vorher passiert ist, irgendwie unvermeidlich.«

»Du glaubst, Gott hat heute abend noch etwas mit uns vor?«

Cliff klopfte mit den Fingern seiner gesunden Hand an das Plastik der anderen. Er hatte die Autos, die die Straße versperrten, nicht aus den Augen gelassen.

»Ich glaube nicht an Religion. Aber dieser James steht

auf der Welt nicht allein da.« Sein starrer Blick wanderte auf die Urne mit der Asche auf dem Armaturenbrett. »Na egal. Ich jedenfalls sehe es so, Joe, die Moral von James' Geschichte ist ganz einfach. Wenn man sich im Dunkeln und im Regen auf einer Straße draußen auf dem Lande in aller Abgeschiedenheit befindet, dann bewegt man sich leise voran und trägt einen dicken Knüppel bei sich.«

»Hältst du mich für blöd?« Ich nickte in Richtung der Autos. »Wenn wir irgendwo anders hinfahren könnten, würde ich das schon machen.«

»Ich meine bloß, ich will diesen Burschen nicht in die Arme laufen. Die kommen wahrscheinlich vor Langeweile um und sind voll wie die Haubitzen.«

»Vor dir würden sie sich sowieso die Hosen vollmachen.«

Cliff blickte von den Autos zu mir. Sein Ausdruck verriet nicht, ob er es als eine Beleidigung auffaßte. Er schaute mich bloß an.

Es stimmte durchaus, daß Cliff zu seinem eigenen dicken Knüppel geworden war. Seit dem Unfall war er so aufgegangen, daß er, obwohl übergewichtig, eher dem Klischee eines bösartigen Motorradrockers aus den Siebzigern glich als einem Fettkloß. Seine Arme waren schon immer kräftig gewesen, jetzt waren sie es erst recht. Er hatte einen Fünftagebart und ein Narbengesicht, tiefliegende schwarze Augen und eine Plastikhand, und es war nicht viel Phantasie erforderlich, um zu verstehen, wie sehr er selbst den mutigsten Kerl einschüchtern konnte. Das einzig Traurige an Cliff war, daß er keinen Mumm mehr hatte. Früher einmal war er ein echter Typ, ein Klischee, der wilde Mann des Rock 'n' Roll, doch jetzt war er innerlich wirklich nur noch ein Fettkloß.

Vor uns heulten die Motoren all dieser Autos wie irrsinnig auf. Zwei oder drei der Fahrzeuge bäumten sich, kamen aber nicht voran, schleuderten Regen und Matsch hoch wie mächtige Stiere, bereit, in einer Arena umherzustampfen.

Ein entsetzlich heller Blitz explodierte aus einem Autofenster, und eine Leuchtkugel flog in weitem Bogen in den Regen hinaus. Wie zur Erwiderung blitzte es in den Wolken auf. Die Leuchtkugel spratzte, als sich der Regen ihrem Aufstieg entgegenstellte, doch die sieben Autos rasten jetzt davon, zwei von ihnen kamen auf dem Wasserfilm ins Rutschen, und es sah ganz danach aus, als ob sie auf dem Dach liegend in einem Graben enden würden, doch es gelang ihnen gerade noch, wieder unter Kontrolle zu kommen und hinterherzujagen. Räder drehten wie wild durch, und Funken stoben, als der Torana XU-1 und der EH Holden seitlich kollidierten und voneinander abprallten. Ich konnte nicht sagen, ob sich in jedem Auto mehr als eine Person befand. Jetzt zwängte sich der Torana vorbei und raste auf Teufel komm raus davon, dann verschwanden all die verrückten Lichter allmählich auf der kurvenreichen, jetzt welligen Straße. Wir hatten das Flachland hinter uns gelassen, und das Gelände war viel hügeliger, deswegen konnten wir die weißen und roten Lichter kilometerweit auftauchen und wieder verschwinden sehen, wie die Lichter einer seltsamen und fernen Bergbahn.

»Das ist die Richtung, in die wir auch fahren müssen«, meinte Cliff.

»Wir halten uns zurück.«

Der Regen und die unebene, holprige Straße hielten uns in freundschaftlicher Entfernung, und obwohl ich dafür sorgte, daß es genauso blieb, konnte man die Autos gar nicht aus den Augen verlieren. Das lag daran, daß die sieben Fahrzeuge eine ungeheure Kakophonie von Licht ausstrahlten. Ein Blick auf sie in der Ferne zeigte eine Feuerkugel, die den anderen weit voraus war. Der Torana XU-1, dachte ich.

Reklametafeln und Schilder zogen vorüber, und die Umrisse einer Stadt stiegen aus dem Unwetter empor. Dies war für mich der schönste Teil des Reisens, weil man nie wußte, ob sich die Stadt, in die man hineinfuhr, als interessant und hübsch oder als häßlich und reizlos entpuppen würde, doch beim ersten Blick auf die Umrisse einer Stadt gab es immer diese Ahnung einer schönen neuen Welt. Es war eine rätselhafte Sache, und man konnte sich in den gefühlsduseligsten Gedanken darüber ergehen; wer konnte schon begreifen, wie ein unermeßlich weiter Raum Anlaß zum Entstehen einer Ansiedlung gegeben hatte?

Manchmal wollte ich mehr darüber erfahren, wie die Menschen dort lebten, aber dadurch, daß man in einem Pub ein paar Bier hinunterschüttete oder eine Hauptstraße entlangschlenderte, ließ sich das nie wirklich ergründen. Oberflächlichkeiten mußten genügen. In meinen romantischeren Stimmungen oder wenn ich verkatert war, wollte ich mir all die Gesichter um mich herum anschauen, riechen, wie Frühstück zubereitet wurde, die Beschaffenheit von Anzac-Keksen ertasten und die Seitenwände von Häusern berühren. Dem örtlichen Rundfunksender zuhören, wie er unglaublichen Country-Kitsch spielte, und danach eine Schweißperle beobachten, die einer Frau übers Gesicht lief, und ihr nahe genug sein, um ihre Vitalität zu spüren oder bloß den Sommer in ihrem Haar zu riechen.

Wenn ich die Freuden oder Enttäuschungen einer neuen Stadt hinter mir hatte, dann kehrte ich zum Pickup zurück, um eine neue Nebenstraße zu suchen, die mich auf Umwegen zu den Bass-Bergen bringen würde, und Cliff war über die vergeudete Zeit verärgert und las weiter und riß die Seiten aus einen Buch, so, wie sich manche Leute die Haare vom Kopf raufen.

So war es eben, wenn man durchs Nirgendwo fuhr.

Jetzt sah es aus, als ob die Hauptstraße von Thornhill geradewegs durch die Häuser, Geschäfte und Kirchen der Gemeinde hindurchführte. Wir waren nicht so weit hinter den Rowdies und ihren heißen Öfen, daß wir nicht hätten sehen können, wie sie von der Straße abbogen und Kurs auf ein großes, mit Gras bewachsenes matschiges Feld mit den Abmessungen eines Fußballplatzes nahmen. Vielleicht war es ja ein Fußballplatz, und die Fahrer mochten Ballsportarten nicht. Cliff und ich sahen zu, wie diese Autos schleuderten und schlenkerten und sich drehten und das ganze Gras in einen schwarzen See aus Schlamm verwandelten. Gab es in diesem Ort denn nirgendwo Bullen?

Das freie Spiel für alle ging noch weiter. Zwei Autos vollführten waghalsige Manöver, dann drei, dann vier, und alle gerieten sie ins Schleudern, und die Reifen drehten wie wild durch, und ohne Bodenhaftung schlitterten die Autos seitwärts – ohne irgendwo anzustoßen. Tiefe Furchen wurden ins Gras gegraben. Aus irgendeinem Grund war der Torana XU-1 nicht an dem Getümmel beteiligt. Er parkte am Rand des Platzes. Jetzt konnte ich sehen, wie die anderen Fahrer ihre Lenkräder mal in die eine Richtung und mal in die andere Richtung rissen und aus dem Regen ein Fest machten.

»Also«, meinte Cliff in einem trockenen Ton, »ich frage mich, wer das Rennen gewonnen hat.«

»Das Autorennen war heute abend die Nummer eins.«

Ich fuhr mit dem klapprigen alten Pickup weiter, und wir machten uns auf in die Stadt, um das Beste zu suchen, was ein kleiner Ort wie dieser an Unterkunftsmöglichkeiten zu bieten hatte. Es war einer unserer härteren Tage gewesen, und ein winziges Zimmer mit Moskitos und einem schlechten Bett war nicht das, was ich mir wünschte. Die Straßen waren leer, und während wir umhersuchten, flaute sogar der Regen ab. Er verwandelte sich in ein Nieseln, das von der Stadt Thornhill etwas mehr preisgab, und wir fuhren um ein paar Häuserblocks herum und sahen, daß viele der schmalen Seitenstraßen von großen, prächtig gedeihenden Laubbäumen gesäumt waren. Das Morgenlicht würde uns vielleicht zeigen, daß wir uns an einem Ort befanden, der mit den staubigen Outback-Flecken, die wir gewohnt waren, nichts gemein hatte. Die Straße mußte uns tatsächlich in eine total andere Gegend geführt haben, doch das Unwetter hatte alles vor uns verborgen. Aus der Art und Weise, wie die Tagebücher meines Vater von den üppigen Bass-

Bergen gesprochen hatten, hätte ich das auch erwarten sollen, aber dieser plötzliche Wechsel überraschte mich trotzdem.

In einer Sekunde gelangten wir ans Ende der Hauptstraße, wo der blaue Schriftzug eines kleinen Motels eine aufregende Nachricht hinausflackerte: *MOTEL TH R ILL.* Wir mußten gehörig darüber lachen.

»Wie viele Sterne hat das Ding?«

»Nicht genug«, sagte ich. »Fahren wir weiter.«

Cliff meinte: »Laß doch, wir sind schon einmal rundum gefahren. Es reicht jetzt.«

Ich entgegnete: »Das ist eine Absteige. Vergiß es.«

Cliff beharrte: *»Nun mach mal gefälligst halblang.«*

Also hörte ich auf, mich herumzustreiten und fuhr den Pickup in die schmale Einfahrt. Es war spät und nicht verwunderlich, daß vorn im Büro kein Licht mehr brannte. Wir parkten und vertraten uns die Beine.

»Zufrieden jetzt?« fragte ich Cliff.

Er antwortete nicht.

Ich ging hinüber und drückte die Nachtklingel neben der Eingangstür.

Der Nieselregen auf meinem Gesicht war federweich, angenehm nach der langen Fahrt im Pickup. Ich starrte die nahe gelegenen Kleinunternehmen und Häuser an und dieses gedrungene Gebäude mit der defekten Leuchtschrift. Das Motel war ein flacher, eingeschossiger Bau mit etwa acht bis zehn Zimmern. Ein paar Schilder warben für Preisnachlässe während der Ferien, für ein Vibrationsbett, Fernsehen und Video, doch sie konnten den Verfall nicht verbergen, den die roten Backsteinwände kundtaten. Von außen sahen die Zimmer klein und schlecht belüftet aus, und was an Fenstern zu sehen war, das hatte keine Fliegengitter. Eine Feriensaison, für die dieses Motel auf Vordermann gebracht werden würde, war nicht in Sicht. An heißen Tagen mußten die Fliegen einen hier in den Wahnsinn treiben.

Wir standen im Dunkeln da und warteten. Ich wollte nicht noch einmal klingeln, wenn niemand erschien, könnte ich wieder in den Pickup steigen und nach einer besseren Unterkunft suchen, und Cliff würde seine Klappe halten müssen. Bald darauf jedoch öffnete ein stämmiger Mann von etwa fünfzig eine Tür gleich neben dem Büro. Er schaltete die Außenbeleuchtung an. Ich sah, daß die Tür in einen Zwischenbau führte, der das Motel mit einem angrenzenden Eternithaus verband.

»'n Abend.« Er trug kein Hemd, war jedoch der Typ von Mann, der besser ständig eins tragen sollte. Er schob einen dicken Wanst vor sich her und besaß ein ordentliches Paar behaarter Brüste. »Was für ein Abend, he?«

»Ja, ich bin froh, daß es endlich aufhört.«

»Es hört nicht auf. Eine Woche Regen, und man schätzt, daß noch mehr kommt.«

Aus irgendeinem Grund ging er mit mir zum Pickup. Der Nieselregen legte sich wie Babyöl auf seine weichen Schultern.

Cliff fiel hinter uns in den gleichen Schritt. »Haben Sie ein Zimmer frei?«

»Eins? Doppelbett für euch zwei?«

»Das reicht völlig.«

»In Ordnung.«

Mitteilsamer war dieser Tittenmann nicht. Wir kamen am Pickup an, und er lugte durchs Beifahrerfenster hinein, klopfte danach mit den Fingern auf die fest verspannte Plane.

»Die eine Nacht, Freunde?«

»Ganz recht.«

»Wo seid ihr her?«

»Oh, von ziemlich weit her.«

»Ja? Ich schätze, ihr seid auf dem Weg in die Berge.«

»Wir sind schon ziemlich lange unterwegs. Keiner von uns ist schon mal dort oben gewesen.«

»Ihr seid jetzt ziemlich nahe dran. Was habt ihr vor, Camping, Wandern, im Chimera Chalet absteigen oder sowohl als auch?«

Ich war noch nie einem Motelbesitzer begegnet, der so viele Fragen stellte.

Ich fragte: »Was ist das denn für eine Absteige?«

»Das Chimera Chalet? Na ja, einer von diesen verrückten Idioten, über die man immer wieder in der Zeitung liest, hat oben in den Bergen so eine Art Schweizer Hotel gebaut. Es ist eindeutig schweizerisch, obwohl er sich für österreichisch ausgibt und sein Hotel auch. Ich sehe sowieso keinen großen Unterschied darin, all diese Länder sind doch kalt wie Hund, und das können sie von mir aus auch gern bleiben. Also, er hat dieses Haus als Kopie einer Skihütte gebaut. Das einzige Problem ist, daß es hier kein Skigebiet gibt.« Er stieß ein Lachen aus. »Nicht einmal Gras. Einer mit großen Rosinen im Kopf. Ehemaliger Architekt, und der baut sich so ein kleines Häuschen oben in den Bergen und läßt die Leute dafür bezahlen, daß sie da rauf kommen und dort wohnen. Gesundheitsfarm, Abspeckfarm, Urlaubmachen, weiß der Kuckuck.« Er lachte erneut, weil er es wirklich komisch fand. »Man könnte es einen Schweizer Bonsai-Urlaubsort nennen. *Bonsai.* Haha! Und wißt ihr, was passiert ist?«

»Was ist denn passiert?«

»Das Ding wurde ein großer Erfolg. Erfüllung aller Träume. Ein Schlupfwinkel in den Bergen für jeden, der dem Streß nicht mehr gewachsen ist. Klein genug, um exklusiv zu sein, und durch Mundpropaganda wird es immer populärer. Reiche Mistkerle steigen da oben ab. Industriemanager. Ist zu allem Überfluß sogar zum Zielort für japanische Flitterwöchner geworden, und unser schlauer österreichischer Architektenfreund überarbeitet sich darüber derart, daß er jetzt derjenige mit dem Herzinfarkt ist. Seitdem wimmelt es in dem Haus nur so von Personal. Da drin liegen ein paar Broschüren, falls ihr interessiert seid. Hat sich als ein gutes Haus erwiesen. Bin mit meiner Missus auch mal da oben gewesen, und sie schwärmt noch immer davon. Verdammt teuer, falls ihr es wissen wollt. Schon das Wochenende kostet ein Schweinegeld, für die ganze Woche lassen sie einen dann richtig zur Ader. Und das außerhalb der Saison. Na, was soll's.«

»Ein bißchen heftig für mich.«

»Also gut.« Er deutete mit seinem Kinn in Richtung Ferne, dorthin, wo nichts zu sehen war. »Wenn das Wetter am Morgen aufklart, wacht ihr mit Blick auf die Berge auf. Folgt einfach der Hauptstraße. Auf dem Weg dorthin kommt ihr durch ein paar kleine Ansiedlungen; es lohnt sich anzuhalten, wenn ihr Töpferwaren und so was mögt. Das ist kein schlechter Typ von Pickup. Seid ihr Burschen Geologen?«

»Nein.«

»Hätte gewettet, daß ihr welche seid. Das sind normalerweise diejenigen, die hier durchkommen. Und ein paar verirrte Japse. Die Leute kommen aus der Stadt, um die Berge zu erkunden. Nehmen an, daß sie potentiell vulkanisch sind oder ganz früher einmal gewesen sein könnten. Ich habe noch nie soviel Blödsinn gehört.« Er ging zur Fahrerseite. »Was zum Teufel ist denn das da auf dem Armaturenbrett?«

»Das Ding da?« Ich blickte zu Cliff und wieder zurück. »Eine Blechbüchse mit Erde.«

»Ihr *müßt* Geologen sein«, aber er sagte es nur so dahin.

Der Tittenmann richtete sich mit einem Grinsen auf dem Gesicht und einer Hand im Kreuz vom Fenster auf. Er hatte Probleme. Dann schien er mich zum ersten Mal zu mustern. Es beunruhigte mich noch immer, daß er so viele Fragen stellte und sich dazu berufen fühlte, den Pickup zu inspizieren. Was gab es denn Verdächtiges? Es war, als versuchte er, einen guten Grund dafür zu finden, warum wir ausgerechnet in seinem Motel übernachten wollten. Bei einer derartigen Einstellung verdiente er es, pleite zu gehen. Nachdenklich strich er mit der Zunge an den Innenseiten seiner beiden Pausbacken entlang.

Er sagte: »Das ist ja eine verdammt makaber aussehende Büchse Erde, wenn mir die Bemerkung gestattet ist.«

Dann schaute er auf, um zu sehen, wie Cliff darauf reagierte. Das brachte nichts. Seine Augen blieben an der Handprothese und den schräg über Cliffs Gesicht verlaufenden Narben hängen.

Eine nicht sonderlich freundliche Stimme rief von hinten: »He, Tom. Willst du etwa das ganze Spiel verpassen?«

Wir drehten uns alle um.

Ein Mann in Uniform wurde von der Eingangstür des Motels einen Augenblick lang eingerahmt, dann kam er heraus. Thornhill hatte also doch Bullen, oder wenigsten einen Bullen, und hier war er. Das komische war, daß ich, je näher er kam, um so genauer sah, daß er dem Tittenmann, den er Tom genannt hatte, aufs Haar glich. Der einzige Unterschied zwischen Tittenmann Tom und dem Neuen war, daß der Neue die Uniform eines Polizeibeamten und im Gesicht ein Grinsen trug. Bauchmäßig hatte er mindestens den gleichen Umfang, und nur sein blaues Hemd machte es schwierig zu sagen, ob auch seine Brust genauso aussah. Nach näherer Betrachtung tippte ich darauf, daß das wohl der Fall sein mußte. Er hielt eine kleine Flasche Bier in der Hand, sah aber so aus, als wäre er in Dienst. Im Halfter steckte eine Pistole, und im Gürtel hing ein Paar Handschellen; sein Namensschild, das Bullen meines Wissen eigentlich tragen sollten, hatte er nicht angesteckt.

Die Kanone wirkte nicht so ungewöhnlich wie das Grinsen auf seinem Gesicht, denn die beiden Männer gehörten zu einer Familie und waren noch dazu die perfekten Zwillinge.

»Dave, ich kümmere mich bloß um die beiden Burschen hier.«

Tittenmann Toms Zwillingsbruder, Polizist Dave, kam zum Pickup und schaute sich uns an. Zu seiner beleibten Gestalt passend hatte er ein großes, freundliches Gesicht, dieses breite, freundliche Grinsen, und es war so aufgesetzt, wie es nur sein konnte. Die beiden hatten ein Monopol auf böse Gene. Polizist Dave blickte Cliff an und zog ein Gesicht. Er nuckelte an seiner Bierflasche, rülpste artig und fing dann wieder an zu grinsen. Cliff und ich, wir wußten beide, daß hier vor uns das größte Arschloch der Welt stand.

»Wohl gerade angekommen?«

Tittenmann Tom antwortete an meiner Stelle: »Sie sind auf dem Weg in die Bass-Berge, Dave. Sie wollen ein Zimmer.«

»Dann gib ihnen ein Zimmer.« Der Polizist schaute auf seine Uhr, danach die Einfahrt entlang, als erwarte er jemanden. Sein unfreundlicher Ton war zurückgekehrt, als er sagte: »Louise ist nicht sonderlich glücklich, daß ich noch immer in deinem Wohnzimmer herumsitze.«

»Louise wird sich zusammenreißen. Jetzt, wo du hier bist, kannst du ja ebensogut mal einen Blick auf das da werfen.« Tom führte seinen Bruder zum Fahrerfenster des Pickups und zeigte ihm die Urne. »Was hältst du davon?«

»Jesus Maria!« rief Polizist Dave aus. Er richtete sich mit der gleichen Grimasse und der gleichen Hand im Kreuz wie sein Bruder vom Fenster auf. Ihre Ähnlichkeit war verblüffend. »Verdammt schaurige Gelüste, die manche Leute haben«, meinte er, »ist aber nichts Strafbares, soweit ich weiß.« Zu mir sagte er: »Wer soll das sein?«

»Ein Familienangehöriger«, erwiderte ich, und er starrte mich weiter an, wartete auf mehr. Es liegt da so irgend etwas in der Art, wie ein Polizist einen anschaut. »Es ist die Urne meines Vaters.«

Polizist Dave leerte seine Flasche Bier und warf sie in das hohe Unkraut, das hinten im Dunkeln sproß.

»Das soll wohl komisch sein, dort oben auf dem Armaturenbrett, Ihr Vater in seiner Urne?«

Dieses Mal antwortete ich nicht. Er grinste auch nicht.

»Ein paar Schwachköpfe«, meinte er zu seinem Bruder, dann wieder an mich gewandt: »Manche Dinge im Leben sind dazu da, daß man sie ernst nimmt, verstehen Sie das?

Wenn ich wüßte, daß ein Sohn von mir mit meinen Überresten eine solche Schau abzieht, dann würde ich ihm eine Lektion erteilen, die er nie wieder vergißt.« Polizist Dave zutschte zwischen den Zähnen und schaute erneut nach seiner Armbanduhr. »Euch werde ich mir merken.«

Er zog sich die Hosen hoch und ging pfeifend davon.

Und damit hatte es sich.

Tittenmann Tom sagte: »Ich gebe euch ein Zimmer, das sechzehnfünfzig die Nacht kostet. Zweibettzimmer mit Einzelbetten und Toilette. Gemeinschaftsdusche ist hinten. Kommt mit ins Büro. Der Pickup kann bleiben, wo er ist.«

Das klügste wäre gewesen, die Lehren hieraus zu ziehen und auf dem schnellsten Weg weiterzufahren, doch ich sagte: »Was ist denn eigentlich Ihr bestes Zimmer?«

»Das beste? Das wären die Hochzeitssuiten. Zwar nichts Extravagantes mit Champagner und Schokolade, aber die haben ein großes Doppelbett und ein Nebenzimmer mit einem hübschen Einzelbett. Das eine der Badezimmer haben wir letztes Weihnachten gefliest. Ist hübsch geworden. Eine der Suiten ist heute nacht belegt, aber für achtundzwanzig Dollar kann ich euch die andere geben. Dazu bekommt ihr Kaffee, zum Frühstück etwas Gebrutzeltes von Louise, meiner Frau, und ihr braucht nicht so früh abzureisen, wenn ihr das nicht wollt. Liegt ganz an euch, Freunde.«

Trotz des bösen Blicks, den er und sein Bruder hatten, reizte mich die Vorstellung, wie Cliff und ich in einer der bescheuerten Hochzeitssuiten des Motels Thornhill schmachten würden. Das gäbe eine Geschichte ab, die man anderswo erzählen könnte, und Thornhill war ohnehin ein Ort, an dem wir uns mit Sicherheit nicht eine Minute länger aufhalten würden, als wir unbedingt mußten. Der strahlend blaue Morgen würde uns auf dem Wege aus der Stadt sehen. Ich schaute Cliff an, und er schien nicht allzu glücklich über die Hochzeitssuite zu sein. Wahrscheinlich wollte er nicht, daß der Motelinhaber und sein Polizistenbruder dachten, wir seien ein homosexuelles Pärchen, das in einem herzförmigen Bett gleich aus Leibeskräften loslegen würde.

Daher mußte Cliff, als wir Tom ins Büro folgten und ein Anmeldeformular ausfüllten, auch von sich geben: »Es ist schon komisch, aber ich und Barbara haben den letzten Urlaub in genau so einem Motel verbracht. Da haben wir auch die rosa Suite genommen.«

Es gab gar kein Mädchen namens Barbara.

Toms wache Augen schossen zu Cliff hinauf, und ich fragte mich, welcher der beiden Brüder in seinem Innersten wohl netter war, denn bestimmt konnten sie nicht durch und durch die gleichen Arschlöcher sein. Und außerdem fragte ich mich noch: Warum hat Tom den Pickup so eingehend inspiziert? Vielleicht lag es einfach daran, daß er von Natur aus mißtrauisch war; wenn man ein Motel führte und ein Mann mit Titten war, mußte man schließlich immer damit rechnen, daß das Leben einem eins auszuwischen versuchte. Wie dem auch sei, bei so einem Talisman da vorn im Pickup und Cliff, der aussah, als wäre er durch die Mangel gedreht worden, und mir, der die Hochzeitssuite verlangte, damit hatten wir Tom und Dave etwas gegeben, worüber sie sich die Köpfe zerbrechen konnten, während sie drüben in ihrem Eternithaus Bier tranken und sich ihr Spiel anschauten.

Tittenmann Tom nahm die Anmeldung, die ich ausgefüllt hatte, und bat darum, einen Blick auf meinen Führerschein werfen zu dürfen. Dann las er meinen Namen und kratzte sich nachdenklich die Haare zwischen seinen Brüsten. Für manche Leute bedeutet mein Name gelegentlich etwas, aber bestimmt nicht für ihn.

»Santo. Joseph James Santo.« Tittenmann Tom grübelte bloß. Er wußte überhaupt nichts über mich. »Ich behalte den Führerschein in der Kasse.«

»Sie machen wohl Witze.« Das ging zu weit. »Geben Sie ihn wieder her.«

»Wo liegt denn das Problem?«

»Sie haben doch das Anmeldeformular. Mein Auto steht draußen. Was brauchen Sie denn noch mehr?«

Mir wurde bewußt, daß Cliff unruhig von einem Fuß auf den anderen trat. Wenn mir schon nicht gefiel, wie die Dinge gelaufen waren, dann mußte er ein nervliches Wrack sein. Ich streckte die Hand aus.

»Ich bekomme meinen Führerschein zurück, Tom.«

Der Tittenmann blickte mir in die Augen und ließ meine geöffnete Hand dort hängen, wo sie war.

»Achtundzwanzig Dollar«, sagte er.

Also bezahlte ich den gesamten Betrag und zählte ihm die letzten sechs Dollar in kleinen Münzen vor, bloß, um ihm auf die Nerven zu gehen.

»Nach der Minibar gucken wir am Morgen«, meinte er, was ich wohl so verstehen sollte, daß er sie am Morgen persönlich überprüfen würde.

»Danke.«

Der Tittenmann beugte sich vor und legte die Unterarme auf den Tresen, seine Brüste hingen pendelnd herab. Es war kein schöner Anblick. Er las von meinem Führerschein ab und nicht von der Anmeldung – die Daten hätten ohnehin übereingestimmt – und schrieb meinen Namen und meine Anschrift und die Führerscheinnummer umständlich in kritzliger Schrift auf einen viereckigen gelben Haftzettel. Er zog den Haftzettel vom Block ab. Ich wußte bloß, daß er ihn seinem Bruder zeigen würde – falls sie nicht Informationen allein durch Willenskraft austauschten.

»Führerschein. Zimmer acht. Geradeaus. Schlüssel für die Eingangstür.« Er griente uns mit dem Grinsen seines Zwillingsbruders an.

»Ich wünsche eine romantische Nacht, Mädels.«

Cliff war danach ganz zerknirscht.

Seit dem Unfall hatte er keine Freundin mehr gehabt, und das machte ihn schier wahnsinnig. Vorher war alles prima gewesen. Nach außen hatte er den wilden Mann markiert, aber im Kern war er fügsam wie ein Schoßhündchen gewesen. Er hatte ein Funkeln im Auge und eine rauhe, einnehmende Art zu lächeln, und die Leute mochten ihn. Damals, als man ihn noch um seinen Körper beneidete und ihn nicht abstoßend fand, war er für jede Art von Amüsement zu haben.

Der Unfall hatte ihn völlig verändert. So, wie Cliff einst gewesen war, hatte er es damals, wenn auch nur wenige Jahre lang – ich kann mich kaum entsinnen, die Zeit schwand so rasch dahin –, mit seiner Art geschafft, daß ihm die Welt offenstand. Wir waren populär gewesen. Wir waren keine Unbekannten mehr. So, wie er aussah, war es für Cliff am schwersten, und er muß sich gefragt haben, warum er es war, der im Gegensatz zu Jimmy, dem toten Jimmy, bei dem Unfall am schlechtesten weggekommen war. Ich war nicht mit Narben übersät so wie Cliff. Er mußte sich jeden Tag seinen Stummel anschauen. Er mußte sich jeden Tag sein Gesicht anschauen. Jeden Tag mußte er versuchen, sich die Hosen über den immer dicker werdenden Bauch und Hintern zu ziehen. Ich wußte, Tittenmann Toms Stichelei war wie ein Messer in das gebrochene Herz dieses Clifford Watt eingedrungen.

Cliff sagte: »Mir hängt das hier zum Halse raus, Joe, weißt du das eigentlich?« Ich reagierte nicht auf das, was er sagte. Ich schaute ihn nicht einmal an.

»Hörst du mir überhaupt zu, Joe?«

Ich studierte den dunklen, vernieselten Himmel, den klapprigen, alten Pickup, das kleine bißchen von Thornhill, das von der Moteleinfahrt aus zu sehen war. Cliff blieb stehen, bevor wir das Auto erreichten. Der Nieselregen überzog seine zottligen Haare und seinen Bart. Er war so aufgedunsen wie ein Ochsenfrosch, und meine schlimmste

Vermutung war, daß lediglich seine neue Leidenschaft für Bücher sein Interesse am Leben wachhielt. Sie waren sein Trost, diese Bücher, seine Zuflucht, und ansonsten fraß er wie ein Scheunendrescher, war so fern wie der Mond und brauchte mich, um ihm die Nase zu putzen.

»Du hörst mir ja noch immer nicht zu.«

Ich sagte: »Cliff, kannst du nicht mal eine Minute lang still sein?« und ging zum Pickup. Ich wußte genau, wie er mir jetzt nachstarrte. Ich wollte mich nicht mit ihm abgeben müssen. Mir gefiel dieses Motel nicht, aber im Moment konnte ich nichts anderes denken als: Was sah Cliff bloß, wenn er mich anschaute? Was dachte er? In den kommenden Tagen sollte ich die Wahrheit erfahren, doch in jenem Augenblick konnte ich nichts davon ausmachen. Was ich wollte, war, ihm ein paar Fragen um die Ohren zu hauen: Merkte er nicht, was für eine Witzfigur er abgab, wenn er von mir erwartete, ihm sowohl Mutter als auch Bruder zu sein? Erkannte er nicht, daß es lediglich ein von uns gehaßtes zurückliegendes Ereignis war, das uns miteinander verband? Trotz des Regens war das Land, durch das wir reisten, ausgedörrt, ausgedörrt wie unsere Herzen. Die pure Symmetrie. Wir würden uns nicht verändern. Der Regen würde kein Leben bringen. Unsere Unverbrüchlichkeit war wie unsere Umgebung. Tot.

Ich tat geschäftig.

Cliff durchschaute mich sofort. Ich warf ihm einen Blick zu, und sein Gesichtsausdruck verriet, daß das Theaterspielen so gut wie vorbei war. Es würde enden, rasch.

So rasch.

Wir standen unter diesem bißchen Nieselregen und waren im Begriff, unsere Sachen von der Pritsche des Pickups zu holen, da wurde die Einfahrt und die Seite des Motels Thornhill erhellt, als zöge der Jahrmarkt in die Stadt ein. Der Jahrmarkt in Form von sieben Paar Scheinwerfern und unzähligen Känguruhsuchstrahlern. Ich beschattete meine Augen, und Cliff schaute beiseite. Die Motoren klangen rauh und dröhnten. In Formation, oder beinahe in einer solchen, fädelte sich ein Auto nach dem anderen in säuberlicher Parkordnung auf der Zufahrt ein.

Der Tittenmann schloß jetzt sein Büro und rief mit der Zuneigung eines Mannes, der einen weiteren Bruder auf dieser Erde begrüßt, vom Türeingang her: »He, Isaac!« Ohne Cliff und mich zu beachten, kam er in den Nieselregen hinaus, und er sagte: »Wir haben schon fast geglaubt, ihr Burschen hättet es euch anders überlegt.«

Tom sprach die gertenschlanke Silhouette an, die aus dem abgespeckten EH Holden aufgetaucht war. Das war die Person, die er Isaac nannte. Isaac zündete sich eine Zigarette an und schaute nach den Wolken.

»Hallo, guten Abend, Mr. Smith.« Isaac warf mir einen Blick zu, ließ seine Augen auf Cliff ruhen und betrachtete sich dann den Pickup. Er drehte sich um und hielt die Tür seines Wagen für seinen Passagier offen. Ein geschmeidiger Dobermann sprang heraus und wackelte wie wild mit dem Schwanz, den er nicht hatte. »Es hat ein Weilchen gedauert, bis wir unsere Vorräte zusammenhatten«, meinte Isaac. »Sie glauben doch nicht etwa, daß wir die Preise bezahlen, die Sie verlangen, oder?« Er kam voll ins Licht. »Wo ist der Brave Polizist Dave?«

»Guckt sich das Fußballspiel an. Er hat schon gewartet.«

»Das Warten hat ein Ende, Bruder.«

Andere Autotüren öffneten sich und schlugen zu, während sich die Fahrer und ihre Passagiere unter eine Markise drängten, die sie vor dem Nieselregen schützte. Zigaretten wurden angezündet, und ein paar Biere machten die Runde. Schraubverschlüsse schnipsten ins Unkraut, und ein Autoradio gab eine Country-Western-Nummer von sich. Die Fahrer waren größtenteils Jungs, die aussahen, als hätten sie ihre Führerscheine noch nicht länger als ein Jahr. Die Art und Weise, wie sie mit ihren Autos umgingen, ließ darauf schließen, daß sie sie wahrscheinlich auch nicht mehr lange haben würden, jedenfalls nicht, wenn der

Brave Polizist Dave etwas taugte. Die Jungs lachten und gaben sich gegenseitig auf sehr selbstsichere Weise Klapse, und der Grund für dieses übermütige Verhalten waren drei junge Frauen, die mit den Jungs gekommen waren und ganz und gar nicht lachten oder Klapse austeilten. Sie waren ein bißchen älter und wirkten fehl am Platz, nichts als nackte Beine und aufgetürmte Frisuren. Cliff konnte die Augen nicht von ihnen lassen. Er blickte hungrig wie ein Wolf.

Die Jungs zogen eine große Schau damit ab, die Schlachtverletzungen ihrer Fahrzeuge zu studieren, doch die Autos sahen gar nicht so schlimm aus, vielleicht, weil der Regen den Schlamm und den Matsch bereits wieder von ihnen abgewaschen hatte. Genaugenommen ließen der Nieselregen und die Beleuchtung der Zufahrt die sieben Fahrzeuge so glanzvoll aussehen, als zierten sie den Parkplatz eines Himmels der Autonarren.

Isaac sagte: »Macht zu, Jungs, fangt an, die Sachen reinzubringen«, und einige der Jungs maulten und drückten sich, während andere die Kofferräume öffneten und Kartons mit Bier und Schachteln mit Fast food ins Motel trugen. »Und bringt das Bier im Kühlschrank unter, und stellt den Kühlschrank ganz hoch, damit er auch richtig kühlt. Dieser Schlamper läßt ihn nämlich immer fast abgestellt.« Dann sagte Isaac lächelnd direkt in Toms Gesicht: »Dieser billige Jakob glaubt, er spart Strom dadurch.«

Tittenmann Tom lachte bloß laut heraus.

Wir hatten unsere beiden Taschen und die Kühlbox. Cliff ging um den Pickup herum und zurrte die Plane dicht. Es sah aus, als könnte es über Nacht noch viel mehr Regen geben. Ich schloß die Türen ab und wartete auf ihn. Der Dobermann stand gleich in der Nähe, ganz schlank und schwarz und geschmeidig, und er blieb an Isaacs Seite. Ich hielt die Augen auf ihn gerichtet. Es gefiel mir nicht, welchen Lauf die Dinge nahmen. Ich mochte auch den Anblick von Isaac nicht.

Doch Isaac war bloß ein gutaussehender Junge mit einem messerscharfen Lächeln, nicht mehr und nicht weniger. Sein Gesicht hatte Züge, die ihn beinahe hübsch aussehen ließen, seine Lippen waren so voll, seine Wangen so porzellanweiß. Er war groß und breitschultrig, wirkte jedoch irgendwie gertenschlank, und er hätte wohl diese besondere Eigenschaft eines Stars haben können, der so aussieht, als könnte er durch Wände gehen, wäre da nicht seine schlaksige, elastische Art des Ausschreitens gewesen. Auch sein Kopf war, wenn man genau hinschaute, leicht gesenkt. Er trug an einer Last. Das Leben war hart. Oder vielleicht hatte er eine schlechte Haltung und sollte lieber aufhören, romantischen Gedanken nachzuhängen. Ein nicht ganz so romantischer Gedanke setzte sich in meinem Kopfe fest. Er mochte zwar der Anführer des Rudels sein, doch Isaac war jene Art von Arschloch, die ich in zwei Stücke brechen konnte, einfach so, mit einem Schnippen meiner Finger.

Während er zappelig wie ein Kasper umherging, fragte er: »Gehören die dazu?«

»Die? Die sind auf dem Weg in die Bass«, erwiderte Tom. »Freut mich, dich zu sehen.«

Tom schlug dem Jüngeren auf die Schulter, vielleicht aus Zuneigung, vielleicht bloß, damit er stillstand, und der Dobermann wurde starr wie ein Denkmal. Aus seiner Kehle drang eine Art winselnder Laut. Tom nahm seine Hand sofort von Isaacs Schulter, und Isaac langte ins Auto und holte eine große Flasche Diätcola heraus. In großen Schlucken schlürfte er die Hälfte der Flasche hinunter, stieß danach auf und wischte sich den Mund mit dem Handrücken ab.

»Hi, Bruder«, sagte Isaac zu mir, ganz fix und fertig. »Wir haben euch oben auf der Landstraße den Weg versperrt. Ihr hättet ein Zeichen geben sollen, daß ihr vorbeiwollt. Ich habe mir gedacht, ihr wolltet euch vielleicht das Rennen ansehen. Stimmt's?«

»Nicht unbedingt.«

Natürlich mußte Isaac gewußt haben, daß Cliff und ich dort auf der Straße einen Heidenbammel gehabt hatten. Er kramte sich eine Zigarette heraus und zündete sie an, nahm einen Zug und warf sie beiseite. Dieses kribbelige Gefühl wollte nicht aus meinen Gedärmen weichen. Cliff fummelte mit der Plane herum. Seine Hand war ihm stets eine Stütze, wenn er nervös war. Er war echt nervös. Er mußte das zweite Gesicht gehabt haben, als er mir auf der Landstraße sagte, er wolle keinem dieser Jungs in die Arme laufen müssen. Ich ging vorn an Isaac vorbei, um Cliff zu helfen. Jetzt wühlte Isaac in den Taschen seiner Jeans, zog ein Päckchen Kaugummi hervor und wollte sich gerade einen nehmen.

»Kaugummi?« Er bot mir einen Streifen an. »Kalorienarm.«

»Nein, danke.«

Isaac steckte sich einen Streifen in den Mund und fing an, wie wild zu kauen. Nachdenklich betrachtete er mich. »Ist euch danach, bei 'ner Party mitzumachen, Bruder?«

Ich ging weiter und half Cliff bei den letzten Ösen an der Pritsche des Pickups. »Danke«, sagte ich, »der Tag war lang genug.«

»Könnte auch noch 'ne lange Nacht daraus werden.«

»Wir haben morgen noch viel vor.«

»Na, nichts für ungut«, meinte Isaac.

Tittenmann Toms Gesichtsausdruck verriet, daß er stocksauer war, weil Isaac mit mir redete. Wenigstens das war ein bißchen erheiternd, zu sehen, wie ihm dieses sein beschissenes Grinsen verging, daher trieb ich es aus Sturheit und nichts anderem weiter:

»Wir konnten nicht ausmachen, wer euer Rennen gewonnen hat.«

Isaacs Aufmerksamkeit war noch immer auf mich gerichtet. In gewisser Weise fraßen mich seine Augen auf. Es war entnervend, das und seine Art, die wirkte, als brenne ein Feuer in ihm. Die Jungs brachten weitere Kartons ins Motel. Isaac und seine Brut stellten sich auf eine lange Nacht ein.

Die unruhigen Augen flogen zwischen den Jungs und mir hin und her, dann fragte er: »Wirklich nicht?«

Die Fahrertür des Torana XU-1 öffnete sich. Es war das einzige Auto, aus dem bisher niemand ausgestiegen war. Jetzt kletterte jemand aus dieser aufgemotzten Blechkiste, eine junge Frau, und ein Blick verriet, daß sie nichts mit den anderen drei Frauen und wahrscheinlich auch nicht viel mit den Jungs zu tun hatte. Sie trug eine weiße Bluse und Jeans. Die anderen Frauen hatten kurze Tops und die Röcke von Schlampen an. Daneben wirkte ihre Kleidung wie die allervernünftigste auf der Welt. Ich blickte sie an, und mir fiel auf, daß die Einwohner von Thornhill wohl alle miteinander verwandt sein mußten; sie war das genaue Ebenbild von Isaac, abgesehen von ihrem aufrechten Gang und ihrem Haar. Sein Haar war kurzgeschnitten und strohfarben und ihres schulterlang und pechschwarz.

Isaac sagte zu mir: »Da habt ihr den Sieger.«

Sie blickte mir direkt in die Augen. Sie brauchte keine Minute, um mich zu erkennen. Und ich brauchte keine Minute, um das zu erkennen. Sie war einer jener Menschen, denen mein Name etwas sagte, und das freute mich ganz und gar nicht. Es bedeutete, daß Cliff und ich am Morgen noch schneller aus Thornhill verschwinden würden als geplant, das heißt, falls nicht die Überprüfung meines Führerscheins und meines Namens durch den Braven Polizisten Dave das Spiel ohnehin bereits zu meinen Ungunsten entschieden hatte. Das Spiel bestand darin, daß mir der Führerschein entzogen worden war, und zwar auf Lebenszeit. Der einzige Grund dafür, daß sich dieses Stück Plastik mit meinem Foto darauf noch in meinem Besitz befand, war der, daß die Polizei es nie gefunden hatte. Führerscheinentzug auf Lebenszeit ist das, was einen erwartet, wenn man einen Bedford-Transporter zu Schrott fährt und drei Leben zerstört. Wenn ich Pech hatte, würde Polizist Dave mich noch vor dem Morgengrauen in eine Zelle stecken, und es würde nichts Gebrutzeltes von Mrs. Tittenmann Tom geben.

Cliff griff nach seinem Zeug, und ich nahm die Kühlbox und die Tasche mit meinem Kram. Wir mußten noch mal an Isaac und dem Dobermann vorbeigehen, sofern man das wirklich vorbeigehen nennen konnte: Isaac lief mehr oder weniger im Kreis. Er war wie ein Hai; ihn aufhalten zu wollen, hieß zu sterben. Isaacs und Cliffs Blicke trafen sich, und Isaac lächelte ihn an. Er nahm sich noch einen Kaugummi. Isaac hielt Cliff das Päckchen hin.

»Willst du einen, Bruder?«

Cliff blieb stehen.

Isaac sagte: »Hier, nimm nur.«

Cliff trug noch seine Tasche in der Hand. Er mußte sie entweder absetzen oder seine Plastikhand ausstrecken. Er entschied sich für das letztere, als wollte er sagen: *Hier, damit verpaß ich dir eine*, eine herausfordernde Geste, die ich häufig genug mit angesehen hatte. Isaac legte ein Stück kalorienarmen Kaugummi in die hart strukturierte Handfläche, doch als Cliff versuchte, es sich in den Mund zu schieben, vermasselte er es, und der Kaugummi fiel zu Boden.

»Nimm einen anderen«, sagte Isaac. Sein Tonfall war freundlich. Er stichelte nicht. Er hörte auf herumzuhampeln. Sie wiederholten die Prozedur, und dieses Mal bekam Cliff den Kaugummi in den Mund. Es wäre sehr viel weniger mitleiderregend gewesen, wenn er von Anfang an einfach seine Tasche abgestellt und seine gesunde Hand gebraucht hätte.

»Wie steht's mit dir, Bruder?« fragte Isaac ihn. »Bist du in der Stimmung aufzubleiben?«

Cliff tat etwas ganz Merkwürdiges. Er warf mir einen Blick zu, bevor er seinen großen alten zottigen Kopf schüttelte. Isaac folgte seinem Blick. In sage und schreibe einer Minute war er sich über die Beziehung zwischen uns klargeworden, und es amüsierte ihn auf ganz absonderliche Weise. Danach marschierte Cliff geradewegs davon. Das Wechselspiel zwischen diesen beiden beunruhigte mich vom Scheitel bis in die Zehenspitzen, aber in Wirklichkeit war mir viel wichtiger, daß ich mich wie gerädert fühlte; bald schon würde es heißen, Licht aus, und mit etwas Glück würde wenigstens vom Lichtausschalten bis zu der Zeit, da die ersten Anzeichen der Morgendämmerung den Himmel färbten, alles auf der Welt ganz in Ordnung sein.

Amen.

Schweinestreicheln

Es war wie im richtigen Leben, ja, das war es, denn der geschundene Körper rotierte und sauste umher, und das Herz zersprang, innerlich und äußerlich. Geradeso wie bei meinem Unfall oder geradeso wie im Alltag, man endet mit verbrannter Haut und verbrannten Träumen, man lebt mit ihnen, man erschauert im Schlaf über sie, man wirft sie mit den Gemüseabfällen und leeren Wein- und Bierflaschen fort.

Amen.

Es herrschte eine gewaltige Bewegung und Verbitterung auf der Welt, und das deswegen, weil ich den Tod überlistet hatte, das war meine größte Errungenschaft, ich hatte noch ein paar Jahre für mich herausgeschunden. Doch was hatte ich gelernt, wen hatte ich geliebt, was hinterließ ich? Camus, der Philosoph, hatte sich die gleichen, sehr menschlichen Fragen gestellt, bevor sein Körper und sein Gehirn bei einem Verkehrsunfall zermalmt wurden und er diese Welt verlassen mußte. Ihm war es im Gegensatz zu mir nicht gelungen, dem Tod ein Schnippchen zu schlagen, daher werden wir seine Antworten nie kennen, nur seine Fragen, und selbst diese mußten mir auf dem Umweg über einen Traum kommen. Dieser Traum. Was allein zählen konnte, waren also meine Antworten, doch für den Augenblick verfügte ich über keine einzige.

Dann trug sich dieses zu: Endlich stieg ich in die Unterwelt hinab, so, wie es schon Jahre zuvor hätte geschehen sollen. Ich konnte mich nicht erinnern, ob ich ein reifes Alter erreicht hatte. Es spielte auch kaum eine Rolle, denn es war vorüber, mein irdisches Leben, und hier nun war der Hades. Betrüger und Meisterdiebe trifft der Tod natürlich besonders hart, all jene, die gerissen genug sind, Ihn oder Sie zu täuschen, und sei es noch so kurz. Den Tod zu überlisten, ist vergebliche Liebesmüh, und um genau zu erfahren, wie vergeblich, standen mir diese zusätzlichen Jahre des Lebens zur Verfügung; es war einfach mein Schicksal, einen Bedford-Transporter die steilste Steigung, die Gottes oder des Teufels Phantasie hatte entspringen können, hinaufzuschieben und dies ohne Unterlaß tun zu müssen. Hades ohne Unterlaß. Dieser Bedford-Transporter stank nach Öl und Schmutz und abgestandener gelber Pisse.

Sie nennen mich Joe Sisyphus, einen Möchtegern, Gernegroß und jämmerlichen Blindgänger.

Derart verdammt ging ich daran zu zeigen, daß ich meine Strafe auch verdient hatte. Ich widmete der Aufgabe meine ganze Kraft und sah doch nur, wie sich das volle Gewicht eines Lastkraftwagens einen Schritt vorwärtsbewegte und zwei zurückrollte. Ich strengte mich stärker an. Es brach mir das Rückgrat, aber noch mehr das Herz, denn war es letztlich nicht das Herz, das stets mein schwächstes Glied gewesen war? Ich war froh, dieses morsche alte Ding loszuwerden, aber es war dennoch die schlimmste Strafe. Um noch einmal den Geist des toten Philosophen heraufzubeschwören: Camus zog es in *Le Mythe de Sisyphe* vor, eine andere Auslegung des Schicksals zu geben, das nach unserem Verständnis der Tod für den verschlagenen König von Korinth bereithielt. Wir pflegten zu glauben, einen Felsblock auf alle Ewigkeit vorwärtswälzen zu müssen, sei der Inbegriff der Hölle; Camus war anderer Ansicht. Er schrieb, daß Sisyphus' nie enden wollende Aufgabe symbolisch für alles menschliche Streben stünde, und ihre scheinbare Zwecklosigkeit dem Geplagten in Wirklichkeit zu großer Glückseligkeit verhelfen solle. In der Zwecklosigkeit liegt Schönheit, weil die ganze volle Pracht des Lebens schön ist und unsere Mühen nichts weniger als unendlich sind.

Also lächle, Joe.

Ich schob und wuchtete, doch von den vielen Empfindungen, die ich verspürte, weckte keine einzige in mir den Wunsch zu lächeln. Jetzt hatte ich begriffen, was es hieß, in der Hölle zu weilen.

Clifford Watt befand sich in diesem Bedford-Transporter und ebenso Jimmy, und sie spielten laut dröhnende Musik und tanzten miteinander, während ich meine Schulter ans Rad gelegt hielt. Die Musik war Regen, der auf meinen Kopf trommelte. Der Boden unter meinen Füßen wich zurück wie eine vom Ufer zurücklaufende Welle. Ich mußte nach irgendeinem Halt greifen, Zweigen, Felsblöcken, irgend etwas, doch so, wie die Steigung steiler wurde, verdoppelten sich Größe und Gewicht des Bedford. Und der Gestank. Schwarze, ölige Rauchfahnen quollen aus seinem After. Ich hörte, wie meine Muskeln rissen, mein Rückgrat splitterte. Falls Camus sich irgendwo in der Nähe in ähnlicher Weise abmühte, würde ich ihn während einer Pause fragen müssen, ob seine eigene Aufgabe ihm zu großer Glückseligkeit verhalf. Vielleicht gab es hier unten in der Gegend ja gar keine Pausen. Die Musik war laut, der Regen unerbittlich. Cliff und Jimmy tanzten mit schweren Füßen, mit absoluten Plattfüßen. Dann erreichte der Hügel seinen Scheitelpunkt, und an dessen Ende lag ein hellerleuchtetes Fenster in einem unbekannten Haus, und das war es, was mich in Gang hielt, das Licht in diesem Haus, denn es verlieh mir ein hübsches Gefühl der Vorsehung, daß dort etwas Fabelhaftes und Faszinierendes wach lag und wartete, auf mich allein. Mit meiner letzten Kraft wuchtete ich diesen Felsblock von großem, stinkendem Bedford-Transporter ans Fenster heran.

Wo meines Vaters Gesicht erschien, emporschwebte, leuchtend wie der Mond. Ich taumelte vor Entsetzen, und ich taumelte vor Angst, doch irgendwie taumelte ich auch vor Liebe. Ich und der Laster rasten abwärts – hinab, hinab, zurück in den Abgrund.

Fang noch einmal an, Joe.

Es war zwar meine Aufgabe, diesen Bedford nach oben zu bringen, aber ich würde nie wieder damit anfangen, nicht in all der Ewigkeit, die vor mir lag, und nicht einmal, wenn der Teufel mir auf den Rücken spränge. In pechschwarzer Dunkelheit spuckte ich ausgebrochene Zähne und Glas von der Windschutzscheibe, der Regen peitschte mich, und das Blut war warme Erdbeermarmelade über meinen Augen. Der Donner ließ Cliff und Jimmy einen Marionettentanz aufführen, und meines Vaters Gesicht war unten in der Schwärze bei mir. Es leuchtete. Es war natürlich kein Körper an ihm, denn er war ja jetzt ein Häufchen Asche, doch welch vollkommenes Gesicht! Die spitzen grauen Stoppeln an meines Vater Kinn kratzten an meinen Wangen, als er zuerst die linke und dann die rechte küßte. Der warme Atem seines Mundes strömte an mein Ohr, und er sprach, langsam, leise, bedächtig. Ich verstand nur einen einzigen langen Satz, und der lautete: *Friede zieht so bereitwillig hier ein, bei Tageslicht und bei Mondschein, und mein Herz ruht, und alles ist gut.*

Das ließ mich einen Berg erblicken.

Dann gab es diese Flut von zuviel Licht und einen Schmerz zwischen meinen Augen und ein Doppelbett und Kissen, die nach Antiseptikum oder billigem Rasierwasser rochen; es war schwierig festzustellen, wonach genau. Laken ganz dünn vor Abnutzung, Teppichboden in der Farbe von Kotze, Tapeten im leuchtenden Rosa eines Flitterwochenalptraums. Und mehr noch. Ein billiger Massendruck eines zerlumpten Segelboots in einem Hafen in derart bizarren Farben, daß man nur darauf hoffen konnte, niemals in ihn einlaufen zu müssen. Zu allermindest versprachen diese Farben einer Nuklearkatastrophe, daß man schon sehr bald getoastet sein würde, sollte man tatsächlich in diesen Hafen hineinsegeln. Die Sehnen in meinem Hals knarzten wie brüchige Segelbootstaue. Dort der aufgerissene Schlund eines Kleiderschranks, angefüllt mit Bügeln von der Sorte, die man nicht abnehmen und sich in den Koffer stecken kann, und da ein elektrischer Wasserkessel mit ausgefranster Schnur, umgeben von weißen Tassen und gesprungenen Untertassen aus dem Warenhaus Coles und Beutel mit Bushells-Tee, Twinings englischem Frühstückstee, Instantkaffee der Marke International Roast, weißem Zucker, kalorienarmer Kaffeesahne, dazu trockene Kekse von Arnotts in einer Zellophanhülle, all diese Sachen in einem Flechtkörbchen oben auf dem winzigen Barkühlschrank angeordnet, auf dessen weißer Tür ein rostiger Feuchtigkeitsfleck in Herzform erneut von einem Flitterwochenalptraum sprach.

Meine Augenlider brannten. Meine Arme wollten sich nicht bewegen lassen, und mein Kopf war träge und benommen. Tief in meinen Eingeweiden ein Verlangen, das Handtuch zu werfen. Mich zu übergeben. Nervöse Erschöpfung.

Ich kam zu mir.

Das Licht brannte in diesem großen Schlafzimmer der Hochzeitssuite, einem Schlafzimmer, so unromantisch, daß sich jedes Flitterwöchnerpärchen mit auch nur einem bißchen Sinn für Romantik eine andere schlaffe Matratze ausgesucht hätte, um darauf ihr Eheversprechen einzulösen. Cliff schlief im zweiten Schlafzimmer in einem Einzelbett. Es war wahrscheinlich genauso schlaff, aber er war das vollkommene Rock-Tier; Cliff schlief in jeder Situation bequemer als ich. Deshalb war es immer so leicht, ihn zu bewegen, auf der Ladefläche des Pickups zu schlafen, wenn mich nach dem Luxus der brüchigen Vinylsitze gelüstete. Deshalb und weil er fügsam wie ein Schoßhündchen war.

Ich weiß nicht, wie lange ich auf diesen Laken auf dem Bauch gelegen hatte. Meine innere Uhr sagte: *Ein und eine dreiviertel Stunde, wetten daß?* Wie auch immer, meine verbitterten alten Knochen hatten sich fallen lassen, und ich war in den Schlaf gesunken, ohne zuvor noch in den Genuß einer heißen Dusche oder einer Tasse Tee gekommen zu sein. Nicht einmal die flackernden und viel zu grellen Lampen hatte ich ausgeschaltet. Es waren übrigens Leuchtstofflampen. Was glaubten Mr. und Mrs. Tittenmann Tom wohl, wie vorteilhaft sich diese flackernden Röhren auf das Leistungsvermögen eines frischgebackenen Ehemannes in angestrengter Bauchlage auswirken oder wie dienlich sie sein würden, die Sinne der gelegentlich noch jungfräulichen Braut zu beruhigen? Natürlich könnten solche Frischverheirateten immer noch die Dunkelheit wählen. Sie könnten im Dunkeln anfangen und im Dunkeln aufhören und für immer Fremde bleiben, dank des Entgegenkommens von Tittenmann Tom & Co. Ich hielt mir die Augen zu. Ich war völlig von der Rolle. Bald würde ich wieder mit den alten Schreckgespenstern anfangen: Wo war meine Karriere hin? Warum schnitten mich die Nachbarn? Wie würde die Welt noch enden?

Die Straße und die Hitze und der Regen waren zuviel für einen einzigen Tag gewesen. Ich konnte mich nicht an meine letzten Worte an Cliff erinnern oder wie wir entschieden hatten, wer in welchem Zimmer schlief.

Zwei Minuten vor Mitternacht und ein abscheuliches Bett in einem abscheulichen Zimmer. Joe Santo, wie er von Zauber und Schmerz träumt oder zuallermindest von einem gesunden Schlaf. Draußen Thornhill, das erneut von unglaublichen Regenmassen gepeitscht wird, und der Regen ist so heftig, daß dieses Motel Thornhill wird versinken müssen. Über dem Geräusch des Regens ein Tumult aus Musik und Temperamentsausbrüchen, im unklaren blieb, was mich aufgeweckt hatte, der Regen oder der Radau. Cliff jedoch würde wie ein Baby schlafen.

Sie johlten und brüllten, diese Jungs, und ihr Fernseher dröhnte, während sie in Motel Thornhills erstaunlichster Luxuseinrichtung, einer zweiten Hochzeitssuite, Himmel und Hölle auferstehen ließen. Doch während ich horchte, schienen die Geräusche abzuklingen, als ginge die Party langsam ihrem Ende entgegen oder, noch einfacher, als hätte der Alkohol all diese Großmäuler gestopft. Ich versuchte, mir vorzustellen, was dort drinnen vor sich ging. Ich malte sie mir aus, die Jungs, die Zimmer, die schlaffen Matratzen, Tittenmann Tom und den Braven Polizisten Dave, Isaac und seinen Freund, den geschmeidigen Dobermann.

Flach auf diesen dünnen Laken liegend, das Kinn auf die schlecht riechenden synthetischen Kissen gestützt, horchte ich auf irgendein Anzeichen weiblichen Lachens. Da war nichts. Das bedeutete, daß die braven Jungs sich prächtig amüsierten und die Prostituierten ein gutes Geschäft machten. Mit Mühe erhob ich mich und griff nach dem Telefon, aber wen könnte ich anrufen? Isaac und seine Kumpel waren keine Motelgäste, sie waren geladene Gäste oder genauer gesagt Selbstversorger, und diese vollkommenen Zwillinge Tom und Dave waren wahrscheinlich Leben und Seele von Isaacs Party.

Es gab eine Menge, was ich tun konnte, um mir die Zeit zu vertreiben. Daliegen. Horchen. Mir meinen Teil denken.

Also, abgesehen vom Plärren eines Fernsehers waren die Jungs still. Der Alkohol mochte sie umgehauen haben. Ich konnte sogar darauf hoffen, daß in absehbarer Zeit diese sieben aufgemotzten Scheißkisten da draußen gestartet würden und sich alle angesoffen auf den Heimweg machen würden. Die Jungs sollten sich auf den Straßen ruhig zu Tode fahren, mich würde es nicht stören. Alles in allem wäre das gar nicht so schlecht, wenn ich darüber nur einschlafen konnte.

Ich fühlte mich schmierig wie ein alter Löffel, zog meine Sachen aus und drehte die Dusche auf. Die Düsen waren durch irgendwelchen Dreck zur Hälfte verstopft, doch das sollte mich nicht abschrecken. Mit soviel heißem Wasser, wie herauszuholen war, einem schäbigen Scheibchen Motelseife und einem knausrigen Klecks Shampoo als Zugabe wusch ich mir den Schweiß und den Schmutz eines beschissenen Tages ab, setzte mich dann auf die Bettkante und überdachte die Nacht. Gleich würde ich mich langmachen, und kein Laut würde mich je wieder aufwecken können, doch die Wände dieses Hauses schienen dünn wie Papier zu sein, und ginge es mit rechten Dingen zu, müßte dieser Regen imstande sein, sie an einem einzigen Abend auszuwaschen. Kein einziges unvermitteltes Auflachen ging verloren. Das Zimmer schien ein Resonanzkörper zu sein. Ich schaltete meinen Fernseher ein, schaltete ihn aus und schaute mich in den eigenen rosa Wänden um. Das hölzerne Kopfende des Doppelbetts war unmittelbar oberhalb der Kissen gebrochen, als hätte ein übereifriger frischgebackener Ehemann sich den Schädel gerammt. An der Wand gegenüber von dem gerahmten Druck eines Segelbootes in einem von einer atomaren Katastrophe betroffenen Hafen befand sich ein weiterer Druck, diesmal ein Wesen darstellend, das ich als den griechischen Waldgott Pan ansah. Er geleitete Nymphen durch einen Hain, doch Gott und Menschen sahen ziemlich dürftig aus. Die Flöte zwischen Pans Lippen glich mehr einer Havannazigarre, und die Nymphen bildeten eine Conga-Schlange fetter Huren.

Isaac und seine Brut.

In der Minibar befanden sich Cola und Orangensaft und Bier. Die kleinen Bierflaschen hatten einen hübschen Eisglanz, und nach ein paar Schlucken fühlte ich mich weniger zittrig. Auch weniger bammelig. Also putzte ich in Null Komma nichts eins weg, und meine Hände waren schwer und matt, als wären sie mit Ablagerungen angefüllt. Ich öffnete noch ein Bier und trank es so gierig aus, als steckte zuviel Landstraßenstaub in meiner Kehle und als müßte ich das auch noch betonen. Es war gut, dieses Bier, es war gut. Ich fühlte mich ganz müde, aber schlaflos, an einem lauten, geschäftigen Ort – und einsam.

Allein.

Es stimmte, daß Cliffs Anwesenheit jetzt so sehr zu einer Konstanten in meinem Leben geworden war, daß ich ihn ganz entsetzlich zu vermissen schien, wenn er nicht in Sichtweite war, als fehlte ein Stück von der Welt. Daß ich Cliff in der einen Minute haßte und ihn in der nächsten brauchte, war ein Gedanke, der einen erwachsenen Mann kleinlaut machen konnte. Ich war tief gesunken. Mir war schwindelig. Um Mitternacht oder so in einem seltsamen Motel in einer seltsamen Stadt, mit bloßen Füßen, ein feuchtes, fadenscheiniges weißes Handtuch um die Hüften geschlungen, ging ich auf der Suche nach Clifford Watt ins zweite Schlafzimmer.

Im Gegensatz zu mir war es Cliff gelungen, das Licht auszuschalten, bevor er sich auf den Sack gehauen hatte. Sein Zimmer roch nicht nach Antiseptikum oder billigem Rasierwasser aus dem Supermarkt, es war eher der Gestank nach alten Socken in einem Umkleideraum, der Cliff ohnehin anhaftete. Das war ein Geruch, den ich schon damals in der Zeit unserer Tourneen zu akzeptieren gelernt hatte, und einen Augenblick lang führte er mich beinahe zu den Erinnerungen zurück, die zu vergessen ich mir antrainiert hatte. Als ich mich wieder mehr oder weniger zusammengerissen hatte, merkte ich, daß es trotz dieses schweren Geruchs kein weiteres Anzeichen dafür gab, daß Cliff sich überhaupt in seinem Schlafzimmer befand. Es gab kein hartes oder weiches Schnarchen, kein Seufzen im Schlaf, kein Ein- und Ausatmen. Nichts von einer von ihm ausgehenden *Atmosphäre*.

Ich hätte wieder in mein Bett gehen und mir sagen sollen, daß ich spinne, aber ich langte in die Dunkelheit und suchte nach dem Lichtschalter. Meine Augen schreckten vor einer weiteren häßlichen, flackernden Leuchtstoffröhre zurück. Ich sah, daß Cliffs Bett zerwühlt und er nicht mehr da war. Er hatte sich wer weiß wie lange hin und her gewälzt, und dann war er aufgestanden.

Der herzförmige Rostfleck auf dem Kühlschrank starrte mir ins Gesicht, als ich mir noch ein Bier herausholte. Sollte Tittenmann Tom mir doch abknöpfen, soviel er wollte. Cliffs Tasche hatte neben seinem Bett gestanden, doch jetzt sah ich, daß seine staubigen Schuhe auf dem Sofa im großen Zimmer lagen. Das Sofa war grün. Die Schuhe hatten die Farbe der trockenen Landschaften angenommen, durch die wir gefahren waren, ein sattes Ocker. So etwas beschwor Ärger herauf, diese Schuhe auf dem Sofa, und Cliff hätte es mehr als jeder andere wissen müssen. Ein Paar deiner Schuhe auf der Couch oder dem Tisch oder dem Bett liegenzulassen führt zum Niedergang deines Hauses; jedenfalls pflegte die Mutter meiner Mutter, meine italienische Großmutter, das zu sagen. Mein in Australien geborener Vater meinte, es sei Quatsch, doch ich habe nie etwas gesehen, das das alte ländliche Glaubensbekenntnis meiner Oma Maria hätte bestätigen oder widerlegen können. Daher hielt ich es, wie es alle hielten und ließ mich von Cliffs Unarten nerven, diesem fetten, häßlichen Mistkerl.

Die Eingangstür der Suite war nicht abgeschlossen. Cliff hatte sie in seiner Eile davonzukommen entweder einfach unverschlossen gelassen, oder er war zu nervös gewesen, und seine Plastikhand war mit dem Schloß nicht fertiggeworden. Oder vielleicht war es ihm auch egal gewesen. Als ich die Tür öffnete, tat das Unwetter sein Bestes, um mich zurückzuwerfen, sintflutartiger Regen stürzte nieder, als seien elementare Seiten der Bibel zu neuem Leben erweckt worden. Dieser Regen platterte in Strömen, ganz satt und geräuschvoll, wenn er von den geparkten Autos auf die Einfahrt platschte. Die Nacht war kalt. Der Wind zerrte an meinem Handtuch und ließ es wie eine Fahne flattern. Das Bier machte mich zur gleichen Zeit scharfsinniger und müder, und ich glaube nicht, daß ich einen anderen Gedanken im Kopf hatte, als mich nach Cliffs Verbleib zu fragen und ihn gewaltig zu verfluchen. Wenn ich noch eine Sekunde länger hier draußen stehenbliebe, würde der Wind mein Handtuch die Straße entlangtreiben. Ich ging nach drinnen und zog ein paar frische Kleidungsstücke an, keilte die Tür fest, suchte Schutz unter einer gestreiften, heftig rüttelnden

Markise und trank den Rest dieser dritten – oder war es die vierte? – Flasche Bier.

Eine Minute lang verlieh mir das ein gutes Gefühl. Trotz all der Kälte und des Regens schaffte es die Nacht dennoch, frisch zu sein, frisch zu riechen, einen Hauch von Blumen von einem geheimnisvollen und unsichtbaren Ort herzutragen. Es war so merkwürdig, dort draußen zu stehen, als sei Thornhill tatsächlich von Zauber und Schmerz erfüllt. Ich war völlig von der Rolle. Ich fühlte mich richtig dösig. Meine Füße waren naß, und vom Wind aufgegriffener Sprühnebel befeuchtete mein Gesicht und meinen Hals. Es war gar nicht so schlimm. Ich dachte über die Dürre nach, und ich dachte über den Straßenzustand nach. Ich dachte über Isaac nach und über seinen Dobermann, doch über Cliff brauchte ich nicht weiter nachzudenken, denn wohin er gegangen war, das war offensichtlich, selbst für mich bei meinem dösigen Kopf. Bei diesem starken Regen hätten der Fernseher und die sporadischen Jubelrufe übertönt werden müssen, wurden sie aber nicht; sie waren glockenklar. Was mochten sich die Jungs dort drinnen nur angeschaut haben, daß es ihnen ein derartiges Vergnügen bereitete – doch nicht etwa die Verleihung des jährlichen Fernsehpreises?

Ich schmiß die leere Bierflasche rüber zu dem Unkraut, das jeder andere auch als Abfallplatz zu benutzen schien. Es war nicht Verachtung oder Wut, die mich dazu veranlaßte, mir war nur einfach nach Schmeißen zumute. Die Flasche verfehlte das Unkrautdickicht und zerschellte an einer brüchigen Stützmauer.

»Würden Sie bitte nicht auch noch Lärm machen?«

Ich war also nicht der einzige Mensch, der die wilde Nacht in sich aufnahm.

Der Wind zerrte an ihrem pechschwarzen Haar. Im Halbdunkel standen wir vor ähnlich rosafarbenen Hochzeitssuitetüren, zwischen uns eine Reihe unscheinbarer Moteltüren. Sie hatte im Dunkeln gestanden. Der Fußweg, der an der Motelseite entlangführte, war vom Regen überspült, auch wenn diese gestreifte Markise ihn davor schützen sollte. Das letzte, was ich jetzt haben wollte, war Gesellschaft. Sie kam trotzdem. Ich konnte die scheue Art sehen, mit der sie lächelte, als sie auf mich zukam, mit ihren nackten weißen Füßen und dem Saum ihrer Jeans platschte sie durch die Pfützen, als würde es ihr Spaß machen. Sie bestand ganz aus dunklen Augen und langen Beinen, zumindest sah es von hier so aus.

»Wissen Sie denn nicht, daß es Leute gibt, die schlafen wollen?«

»Sie meinen, außer mir noch welche?«

Sie nickte mit dem Kopf den Weg entlang. Ich sah, daß ihr Mund ein wenig schief war. Ihr Lächeln würde immer schüchtern wirken, selbst wenn es das nicht sein sollte.

»Ein paar von denen sind schon weggetreten.«

»Ich habe das Unkraut nicht getroffen.«

»Wollten Sie Ihren Freund holen? Clifford Watt? Er ist dort drüben, und ich glaube, er ist noch nicht betrunken. Wenn er die anderen einholen will, hat er noch eine lange Strecke vor sich, aber die scheinen ja jede Menge Vorrat zu haben.«

»Also, er ist ein großer Junge, und er braucht mich nicht, um nach ihm zu schauen und ihn nach Hause zu bringen.« Ich blickte sie an. »Sie machen wohl mal gerade Pause?«

»O nein. Da würde ich nicht reingehen. Ich warte hier nur einfach so.«

»Worauf?«

Sie zuckte mit den Schultern, aber es war gekünstelt. Ihre lässige Art ebenso.

Ihr pechschwarzes Haar war gefärbt, und Regenperlen verfingen sich darin, es verlangte mich regelrecht danach, sie für sie abzutupfen. Sie war so hübsch, daß ich mir wünschte, mein Kopf wäre nicht so dösig. Der Wind ließ ihre Brustwarzen unter der weißen Bluse hervortreten, oder vielleicht lag es an ihrer schlechten Stimmung, denn ich konnte sehen, daß sie in schlechter Stimmung war. Der

Wind und der Regen pfiffen die Einfahrt entlang, und dieses ihr pechschwarzes Haar umwehte ein weißes Gesicht. Sie sah aus wie Isaac, und sie blickte fast die ganze Zeit in den Regen hinaus. Ich merkte, daß sie nicht direkt mit mir sprechen wollte, obwohl sie zu mir herübergekommen war. Sie konnte sich nicht entscheiden, ob sie zurückhaltend oder dreist sein sollte. Sie war zu jung.

»Sind Sie auf dem Weg zu denen? Ich habe gehört, wie man Sie eingeladen hat. Sie müßten allerdings etwas Bares mitbringen. Clifford Watt brauchte nicht zweimal gefragt zu werden.«

»Sie sind wohl nicht eingeladen?«

»Als ob die mich in ihrer Nähe haben wollten.«

»Nein?«

»Ich bin seit drei Wochen wieder hier, und niemand war sonderlich froh darüber, daß ich aufgetaucht bin. Also, warum sollten die mich dort drinnen haben wollen?« Sie errötete, weil die Antwort so offen und ehrlich war. Ihre Wangenröte wollte nicht nachlassen. In ihrer Stimme lag ein verteidigender Ton, als sie sagte: »Isaac ist mein Bruder. Mein Halbbruder, genauer gesagt, aber immerhin mein Bruder.«

»Also, ich habe nicht vor hineinzugehen.«

Danach war ihr Mund nicht mehr so verkniffen.

»Kann ich Ihnen mal was sagen? Ich habe die Band im Phoenician Club gesehen, als Sie das letzte Mal dort gespielt haben. Vor zweieinhalb Jahren? Sie waren sehr gut. Das Mal davor im Selina waren Sie nicht so gut.«

»Zu langsam gelernt.«

»So würde ich das nicht sagen. Unsere Pfade haben sich übrigens schon einmal gekreuzt, im Old Castille in Bondi Junction. Sie saßen mit einer Gourmet-Pizza in der Ecke. Lachs, Kapern und roter Spanischer Pfeffer, glaube ich. Sah sehr farbenfroh aus. Sie haben sie mit irgendeinem blonden Superbomber geteilt.«

»Jetzt habe ich Cliff, wer braucht da noch Blondinen?«

»Ich wollte Ihnen hallo sagen, kam mir aber blöd vor.«

»Ach was.«

»Wohnen Sie dort in der Nähe?«

»Nein. Es war auch bloß so ein Ausflug.«

»Wo wohnen Sie denn dann?«

Jetzt war ich an der Reihe, ihr etwas vorzumachen. Ich zuckte die Schultern auf diese Rock-Art, die melancholische Highways und verlauste Hotels und flammend rote Sonnenuntergänge andeutet, in die man hineinfahren muß, und ich kam mir so falsch vor wie jeder beliebige Musiker, der jemals einem Fremden gegenüber auf diese Art mit den Schultern gezuckt hat. Im wirklichen Leben hatte ich eine ganz hübsche Wohnung in einem Sandsteinhaus aus den Dreißigern mit einem guten Ausblick auf einen ganz hübschen innerstädtischen Stadtteil einer ganz hübschen Stadt, und nie werde ich jemandem verraten, wo das ist.

»Komisch, daß ich schließlich an einem so abgelegenen Ort wie Thornhill mit Ihnen ins Gespräch komme. Sie sind Joe Santo, und er ist Clifford Watt. Großartiger, ganz großartiger Schlagzeuger. Was passiert ist, war schrecklich. Ich habe die Sache verfolgt.«

»Haben Sie das.«

»Man hätte Sie nie ins Gefängnis stecken dürfen.«

»So sahen die Gesetze es vor.«

»Man hätte es trotzdem nicht tun sollen.«

Die Glut von drei oder vier Bieren hielt nicht länger an und ebensowenig die Glut von einem Mädchen wie sie. Sie wandte das Gesicht ab und schaute zu der anderen Hochzeitssuite hinüber. Ihr Hals war von auserlesener Schönheit. Ich wollte nicht mehr reden. Ich wollte sie nicht mehr anschauen. Ich wollte meine Einsamkeit zurück.

»Ich glaube nicht, daß Ihr Freund in Schwierigkeiten ist.« Sie hielt inne, weil sie nicht wußte, wie sie fortfahren sollte. Sie glaubte vielleicht, schon zuviel gesagt zu haben. Sie mochte meine häßliche Visage zwar schon mal gesehen haben, aber wer konnte sagen, daß ich jemand war, dem sie vertrauen konnte? Dann ergänzte sie den Satz und sagte: »Aber ich glaube, es könnte noch Ärger geben.«

Sie war fast zehn Jahre jünger, aber ein wenig größer als ich. Ich mußte beinahe zu ihr aufschauen. Hinter ihr war der Himmel ganz schwarz und gewittrig.

Ich sagte: »Sie meinen, schlimmer werden, als es jetzt schon zugeht?«

»Also, hören Sie mal, was machen die denn jetzt schon Großartiges? Sie haben drei Prostituierte da drinnen, das macht sie wohl kaum zu schweren Jungs. Es ist zwar nicht sonderlich schön, aber daß Leute für Sex bezahlen, ist nun einmal das älteste Geschäft der Welt. Daß es so ist, dafür gibt es Gründe. Gelangweilte Männer sind wie läufige Köter, und in dieser Gegend hier langweilen sich die Jungs zu Tode. An was anderes sollten sie denn auch denken? Ans Angeln?«

»Was ist mit den Zwillingen? Langweilen die sich auch?«

»Na ja, die sollten es eigentlich besser wissen, aber Junge, Junge, die sind die Schlimmsten. Isaac hat mir erzählt, ein paar von deren Freunden kämen später noch dazu. Warten Sie ab, bis Sie die gesehen haben, falls Sie noch wach sind. Im Vergleich zu diesen Burschen sind Tom und Dave die reinsten Ölgemälde. Die Mädels werden sich ihr Geld schon verdienen müssen. Sie tun mir beinahe leid. Isaacs Freunde sehen wenigstens so aus, als ob sie Speedy Gonzalez für einen Bummelzug halten, aber ich frage mich bloß, was passieren könnte, wenn die Dinge außer Kontrolle geraten.«

Hier brach sie unvermittelt ab. Nichts war leicht für sie, obwohl sie den Eindruck vermitteln wollte, daß alles kinderleicht sei. Es war gut, daß mein Herz ein Stein war.

»Sie glauben, daß die Dinge außer Kontrolle geraten werden, nicht wahr?«

»Ich weiß nicht. Ich habe da so Geschichten gehört. Ich möchte auf Isaac aufpassen.«

»Seien Sie vorsichtig.«

»Sollte ich wohl sein.« Sie nickte, dann sagte sie: »Vor ein paar Monaten, als ich in Melbourne an der Uni war, ist mein Vater gestorben. Deshalb bin ich zurückgekommen. Es war ein Herzinfarkt. Er war schon alt.«

»So ein Pech. Mein Vater ist auch gestorben. Er war noch ziemlich jung.«

»Tut mir leid.«

»Bloß noch so ein Ladenbesitzer, der umgebracht worden ist.«

Ich wünschte mir, ich hätte kein Wort gesagt. Ich wünschte mir, ich wäre hinter meiner Tür und allein. Ich wünschte mir, es gefiele mir nicht, mit ihr zu reden.

»Wo sind Sie her?«

»Na ja, von hier, früher einmal und zwischendurch hin und wieder. Eltern geschieden. Studiere jetzt Jura am Royal Melbourne Institute of Technology.«

»Sagten Sie nicht, Sie hätten die Band in Sydney gesehen?«

»Ich habe ein Jahr lang dort gelebt. Mein Vater war früher bei der Armee, daher kenne ich das Umherziehen. Mir gefällt es so. Isaac hat sich entschlossen, hierzubleiben und seine Autowerksatt in Gang zu bringen, aber ich wollte um nichts in der Welt hier leben. Wenn man das Umherziehen einmal im Blut hat, ist das so. Ich bin nur während der Semesterferien hier, um nachzuschauen, wie die Dinge mit Isaac und dem Haus der Familie stehen. Er weigert sich, dort zu wohnen, daher muß ich mich darum kümmern. Mum ist auch schon lange von hier fort. Jedenfalls, bevor das nächste Semester anfängt, werde ich auch wieder weg sein. In ein paar Wochen. Ich will meinen Studiengang wechseln. Ich möchte Literatur, Psychologie und Geschichte in Adelaide oder vielleicht auch in Perth studieren, aber die Leute sagen mir immer wieder, diese Fächer brächten einen nirgendwohin.«

Eine Sekunde lang blickte sie mich direkt an, dann hielt sie das Unwetter wieder für die angenehmere Aussicht.

»Ich weiß, ich quassele etwas viel. Es heißt, wenn man redet, dann lernt man nichts, und ich quatsche mir die Seele aus dem Leib, und Sie hören bloß zu.«

Der Wind zauste noch etwas an ihrem Haar, und wenn sie lächelte, dann zog sie den einen Mundwinkel ein ganz klein wenig hoch.

»Gute Nacht«, wünschte ich.

Sie sagte kein Wort. Dann ertönte ein markerschütternder Schrei. Schlagartig. Kein Zweifel, was es gewesen war. Es war ein schrilles Kreischen aus einer weiblichen Kehle, und wie es durch Wind und Regen gellte, war es wirklich grauenerregend. Der Ansatz eines Lächelns schwand von ihrem Mund, und ich stand da. Alles, was wir gesagt hatten, wehte wie Staub davon, und wir waren zwei Menschen, die einander nicht kannten und in einer bösen, bösen Nacht unter einer wild klatschenden Markise standen. Wir sagten nichts. Wir horchten auf einen weiteren Schrei, als wäre es nicht die beängstigendste Sache auf dem Planeten Erde. Wenigsten glaube ich, daß es dies war, was wir taten. Nichts weiteres folgte.

Sie ging geradewegs von mir fort, und ich hätte sie gehen lassen sollen, aber mir gefiel dieser Laut oder das, was er bedeutete, nicht. Ihr Gesicht war bleich, doch ihre Arme waren braun, und als ich einen dieser Arme ergriff und sie aufhielt, kam die Berührung mit ihr einem solchen Schock gleich, als hätte ich ihr Gesicht in meine Hände genommen und sie auf die Lippen geküßt.

»Warten Sie.«

»Ich will Isaac sehen«, sagte sie. »Verstehen Sie? Ich will meinen Bruder sehen.«

Die Art, wie sie das sagte, verriet mir, daß sie diesem Halbbruder unterwürfig ergeben war. Das ließ mich Abneigung ihr gegenüber empfinden. Das ließ mich wünschen, ich hätte nicht mit ihr gesprochen. Isaac war nicht gut. Und wenn Isaac nicht gut war, war es gut, sie nicht zu mögen.

Ich ließ ihren Arm los und ging in mein Zimmer. Die

Tür war noch immer auf einen Spaltbreit festgeklemmt. Sie stand unter dieser tropfenden, flatternden Markise und entschloß sich, mir zu folgen. Sie trat den Keil fort und schloß die Tür. Es war klug von ihr, das zu tun. Auch ich würde bleiben, wo ich war. Mich einfach entspannen. Nichts von dem, was in diesem Motel vorging, war meine Angelegenheit. Wenn es ihre Angelegenheit war, schön, das lag ganz an ihr, denn selbst, wenn Cliff sich in dieser zweiten Hochzeitssuite befand, während ein Haufen Unholde ein, zwei oder drei Frauen zerstückelten oder sie in einem Schwefelsäurebad auflösten oder sie in Plastikbahnen packten und in die Kofferräume ihrer Autos luden, was hatte das mit mir zu tun?

Trotzdem zog ich mir Socken und Schuhe an.

»Welche Nummer hat die Polizei?«

»Sie können nicht die Polizei rufen.«

Die Nummer stand auf dem Aufkleber seitlich am Telefon. Es war die gleiche Nummer wie die für die Feuerwehr, den Krankentransport und entlaufene Vierbeiner. Es hatte keinen Sinn, allzuviel nachzudenken, weil ich dann wieder ganz teilnahmslos sein würde. Ich wählte die Nummer, während sie zur Tür ging und sie öffnete. Sie benutzte den Holzkeil nicht und stand halb drinnen, halb draußen. Es waren keine weiteren Schreie zu hören.

»Hören Sie, legen Sie auf.«

Die Polizei, die Feuerwehr, der Krankentransport und die Leute für entlaufene Vierbeiner waren sowieso nicht daheim. Ein Anrufbeantworter lief, darauf eine Nachricht, die einem mitteilte, man solle seine eigene Nachricht hinterlassen. Ich legte auf.

»Das kam aus dem Fernseher«, sagte ich. »Sie haben ihn so laut gestellt. Was wir gehört haben, das kam aus dem Fernseher.«

Sie trat wieder in das Zimmer.

»Ich weiß nicht recht, sie haben da so ein ausgefallenes Lautsprechersystem. Der Fernseher ist so groß wie ein

Haus. Es ist, als ob man im Kino wäre. Isaac hat Tom geholfen, das alles in Gang zu bringen, hat er mir erzählt. Er hat gesagt, daß sie erst alle Hi-Fi-Magazine durchgelesen haben und danach in die Großstadt einkaufen gefahren sind. Die Hochzeitssuite dort drüben ist viel größer als diese.«

»Wir sind schon ein paar nervöse Nulpen, nicht wahr?«

»Nervöse Nulpen, das ist ein Ausdruck, den man nicht gerade oft hört.« Sie ging ein paar Schritte auf und ab. Sie sah wirklich besorgt aus. Vielleicht war sie doch gar nicht so übel. »Ich kann nicht hierbleiben. Ich muß nachschauen, was vor sich geht.«

»Es war bloß dieser Fernseher, von dem Sie gesprochen haben.«

Sie ging zur Tür. Ich stand von der Bettkante auf und folgte ihr.

»Ich gehe, wenn Sie hierbleiben.«

Sie blickte mich an. Sie nickte. Ihr Gesicht war bleicher, als es vorher gewesen war. In Wahrheit hatte sie kein größeres Verlangen als ich, zu dieser anderen Hochzeitssuite hinübergehen.

»In Ordnung. Ich hole Cliff. Das ist mein Vorwand.«

Sie kam in das rosa Zimmer zurück und setzte sich auf das grüne Sofa und blickte neugierig auf Cliffs ockerfarbene Schuhe.

Der Nachtwind wehte mir durchs Haar und übers Gesicht, und ich spürte erneut diese kühlende Feuchtigkeit. Das Blut stand mir in den Wangen. Der regenüberspülte Weg führte an den dunklen Zimmern des Motels Thornhill vorüber, und irgendwie ließ das Unwetter meine Ohren klingeln. Die aufgemotzten Autos waren alle noch ordentlich geparkt, und der Pickup stand gegen das Wetter gut verschnürt da.

Am liebsten wäre mir gewesen, ich hätte einsteigen und davonfahren können.

Durch die Windschutzscheibe glitzerte matt die bronzefarbene Urne. Die Art, wie sie dort oben auf dem Armaturenbrett stand, wirkte überhaupt nicht mehr komisch oder irgendwie seltsam. Es war einfach nur blöd. Mein Vater war tot, und ihr Vater war tot, und durch nichts von alledem hätte ich mich verpflichtet fühlen sollen, für sie hinüberzugehen und nach Isaac zu schauen. Falls sie einen Helden brauchte, dann war das bestimmt nicht ich, und sie sah ohnehin nicht wie der Typ aus, der einen Helden nötig hatte. An der Art ihrer Mundstellung konnte man ihre Unabhängigkeit erkennen. Er zeugte von einer anderen Art von jungem Mädchen, ein Mund wie dieser. Es war auch etwas Grimmiges an ihr. Etwas Grimmiges an der Art, wie sie ihren Halbbruder liebte. Den Mann, den sie liebte, würde sie mit dem gleichen Gefühl lieben, und es würde ihn direkt in den siebenten Himmel versetzen. Sie war mindestens zehn Jahre jünger als ich; es würde niemals eine Verbindung geben.

Ich fühlte mich unbehaglich; Scheiße, das war doch ihre Stadt, ihr Bruder, ihr Problem. Jetzt saß sie in meiner Suite. Ich würde nur einmal einen Blick da hineinwerfen und sofort wieder umkehren. Ich kannte nicht einmal ihren Namen. Wahrscheinlich irgend so ein Name, der zu einem Mädchen vom Land paßte. Margaret, Dolores, Florence oder kurz Maisie, Dolly, Flo. Shirley oder Dawn. In der vorigen Woche hatte ich an einem Nachmittag drei Marys kennengelernt.

Auf dem Land.

In meinen beschissenen Schuhen waren mir die Füße naß geworden. Eine Menge Licht leuchtete in den Fenstern der größeren Hochzeitssuite. Es wirkte sehr ruhig dort, und jetzt war sogar der Fernseher zurückgedreht worden. Ich schaute durch eines der Fenster hinein. Ein paar verfärbte Vorhänge flatterten in der Brise, doch es war nichts zu sehen. Die Eingangstür stand weit offen, und ein Junge lehnte auf eine Art und Weise dort, die verriet, daß er sich gerade eben noch auf den Beinen hielt.

»Was willst du?« Er hielt eine Dose Bier in den Händen, und zwischen seinen Lippen hing eine selbstgedrehte Zigarette, die ausgegangen war. Er trug kein Hemd, und der Bund seiner Jeans hing locker auf einem eingesunkenen Bauch.

»Ich habe irgendwas gehört«, sagte ich.

Er beugte sich ein bißchen vor, und der Alkohol in seinem Atem und sein stechender Schweißgeruch ließen mich ein Stück zurückweichen. Das war unser Tanz. Seine glänzenden Augen nahmen den Regen in sich auf.

»Beschissene Nacht, nicht?«

»Ich habe ein Zimmer dort drüben.«

»Weiß ich.«

»Ich bin mir ziemlich sicher, daß ich einen Schrei gehört habe.«

»Kannst wohl nicht schlafen?«

»Nein, nicht richtig.«

»Trink 'ne Dose Bier. Danach kannst du besser pennen.«

Die zweite Hochzeitssuite war eine Kopie von meiner, nur, wie sie es ja gesagt hatte, etwas größer. Zusätzlich nahm eine mächtige Fernseh- und Stereoanlage deutlich sichtbar die Mitte des Wohnzimmers ein. Sie war eingeschaltet, zeigte aber weder ein Bild, noch gab sie einen Ton von sich. Überall lagen aus den Latschen gekippte Jungs herum. Drei schliefen, zwei teilten sich, die Füße an den Kopf des anderen gelegt, ein grünes Sofa wie das meine, und ein Junge lag mit dem Gesicht nach unten auf dem Fußboden. Aus einem der geschlossenen Schlafzimmer hörte ich heiseres Lachen und etwas, das wie das Bellen eines Hundes klang. Das komische war, daß ich nicht sagen konnte, ob es dieser Dobermann war, den ich bellend aus Isaacs EH Holden hatte herauskommen sehen, oder ein Mann. Ein unbeholfener und etwas älterer Bursche saß in einem tiefen Sessel, und er hielt in jeder Hand eine Dose Bier. Seine Beine waren ausgestreckt, und er sah aus wie ein Gorilla, der ein paar Bananen fest im Griff hat. Seine Haare waren dicht und zerzaust und kräuselten sich sowohl auf seinem Kopf wie auch auf seiner Brust und den Schultern. Seine Lippen glänzten vor Speichel und waren zu einem hübschen Flunsch verzogen.

»Sag guten Tag, Roller«, meinte derjenige, der mich hereingelassen hatte.

»Scheiß gu'n Tag.« Rollers Stimme war hoch, und sie paßte nicht zu seiner Statur. Blutunterlaufene Augen mit schweren Tränensäcken wichen nicht von dem blauen Geflimmer, das den großen Fernsehbildschirm ausfüllte.

»Nimm das.«

Der erste drückte mir eine Dose Bier in die Hand. Er setzte sich im Schneidersitz auf den Fußboden, und ich dachte mir, es wäre vielleicht das beste, das auch zu tun. Mich den Landessitten anzupassen. Oder mich zu verkriechen. Ich war doch durch und durch ein Feigling. Ich setzte mich neben ihn, und er versuchte, seine kalte Selbstgedrehte mit einem Bic-Feuerzeug wieder in Gang zu bekommen. Das Feuerzeug war zu hoch eingestellt, und die Flamme drohte, ihm die Wimpern zu versengen. Er gab auf.

»Len.« Wir schüttelten uns die Hände. »Ich halte immer länger durch als die Scheißer dort.«

»Sieht ganz so aus.«

»Wie heißt ...?«

»Joe.«

»Joe. Salz der Erde. Joe. Joe. Das ist ein Name. Ich wünschte mir, ich würde Joe heißen.«

Er wollte mir unbedingt noch einmal die Hand schütteln, also taten wir das.

Len war schmal und rot. Seine Brust war knochig und hier und da mit roten Haarbüscheln gesprenkelt. Genauso sah es auch auf seinem Kopf aus. Ihm gingen die Haare aus, und zwar keilförmig, auch wenn er erst wie siebzehn oder achtzehn aussah. Vielleicht litt er an einer Krankheit. Seine Nase war schmal wie ein Schnabel und mit Sommersprossen übersät, und während wir beieinander saßen, blickte er mich nicht wirklich an.

Das Zimmer war voller ausgetrunkener Bierdosen, leerer Kartons und Schachteln. Twisties, Maischips, Kartoffelchips, Marsriegel, Schokolade, alles mögliche, mit all dem war der Fußboden übersät. Der Gestank nach schalem Hopfen und verschwitzten Achselhöhlen der Jungs lag schwer in der Luft.

»Dieser Schrei. Weißt du, der klang wie von einem Mädchen.«

»Ja, das war er auch.« Len nickte mit seinem spärlich behaarten roten Kopf. »Wir hören ihn gleich nochmal. Ist schon zurückgespult.« Vage fuchtelte er umher, und ich dachte, er meinte, irgend etwas würde passieren, und ich sollte lieber die Schlafzimmertüren im Auge behalten. »Isaac sagt, er will es noch mal laufen lassen. Mich läßt er an sein doofes Videogerät ja nicht ran.«

Len spielte mit einer Fernbedienung, die so kompliziert aussah, als könne man mit ihr eine Rakete starten. Er ließ die Finger über die Tasten und Knöpfe gleiten. Er zielte damit auf den Fernseher und machte ein zappendes Geräusch. Er legte sie beiseite, strich aber eine Sekunde später erneut liebevoll darüber.

Der Fernseher war genauso stumm wie vorher.

Eine der Türen öffnete sich tatsächlich, doch war es nicht Isaac, der herauskam, es war der Brave Polizist Dave. Auch er war ohne Hemd, und das bewies, daß er, jawohl, in jeder Hinsicht der Zwillingsbruder des Tittenmannes war. Sein Gesicht war gehörig mit Schweiß bedeckt, und die Haare standen ihm zu Berge. Er sah aus, als sei er eben die Vierminutenmeile gelaufen, allerdings wohl eher in vier Stunden. Ein wenig überrascht grinste er mich an, steuerte auf einen Karton Bier zu, stellte fest, daß er leer war, stieß ihn mit dem Fuß beiseite, suchte sich einen anderen und grub eine Dose Victoria Bitter aus. Dann kam Tittenmann Tom in mehr oder weniger dem gleichen Zustand aus derselben Schlafzimmertür. Kein Dobermann kam heraus. Da konnte sich einem schon der Magen umdrehen. Ich dachte an die Frauen, die Schweine für Geld streichelten. Der große Tittenmann schaute mich mit Abneigung an. Sein Bruder warf ihm die Dose Victoria Bitter zu und wühlte umher, bis er noch eine für sich gefunden hatte. Ihre Dosenverschlüsse zischten auf, als wäre es ein einziger.

»Sie haben also Ihre Meinung geändert. Sieh mal an. Immer zu, gehen Sie nur rein. Allerdings sollten Ihre Geldscheine schon die richtige Farbe haben.« Tom wartete ab. »Wollen Sie da sitzenbleiben? Was läßt Sie glauben, Sie könnten einfach da herumsitzen? Sie denken wohl, wir sind auf Ihre Gesellschaft erpicht?«

Ich blickte ihn nicht an. Er war der Typ von Mann, bei dem man am liebsten losgekotzt hätte. Es gab nichts, was mich hier noch hielt, nichts geschah, was Isaacs Schwester hätte beunruhigen können, von den Dingen abgesehen, die in der schmutzigen Welt eines Haufens von Hinterwäldlern eben passierten. Und Cliff, wo immer er auch sein mochte, konnte jetzt, da er schon einmal bei ihnen war, auch bei ihnen bleiben. Scheiß auf ihn.

Es gab noch eine Schlafzimmertür, und ich wußte, er war dahinter. Dann konnte ich die Dusche wieder hören. Vielleicht war Cliff fertig und versuchte, sich zu reinigen. Nach seiner Nacht in der großen Hochzeitssuite des Motels Thornhill würde er lange dazu brauchen. Isaacs Schwester lag völlig daneben. Was hier passierte, war völlig daneben. Keiner von denen war irgendwie ein schwerer Junge, aber das bedeutete nicht, daß sie nicht Abschaum waren, der Abschaum der Erde, und ich haßte sie, und ich haßte die Frauen dafür, daß sie ihnen gegeben hatten, was sie wollten. Statt gewitzt zu sein und gleich aufzustehen, verpaßte ich Tittenmann Tom eine weitere Dosis von meinem Gift:

»Mein Freund Rot hier und ich, wir trinken bloß in aller Freundschaft ein Bier.«

»Rot?« fragte Len. »Len. Lenny.«

»Haben Sie Lenny das freundschaftliche Bier bezahlt?«

»Ich kann hier keine Kasse sehen. Sind Sie der Kellner?«

»He, Tom«, meinte sein tittiger Polizistenbruder, »mach mal halblang.« Er strich sich die Haare glatt und wischte sich mit einem Taschentuch den Schweiß vom Gesicht und trank einen Schluck. Er stieß einen dicken, fetten Rülpser aus. »Laß den Burschen doch erst mal seinen Mut zusammennehmen. Er hat eine Menge Geld. Man muß diesen Stadtjüngelchen Zeit lassen, um in Gang zu kommen, nicht? Er hat doch Geld, um zu bezahlen, nicht wahr, mein Sohn? Du hast doch eine Menge Geld, nicht wahr?«

»Ich, also ich brauche keinen Cent«, meinte Len. »Keinen Cent.«

Mit großer Würde stand Len aus dem Schneidersitz auf und steuerte auf die offenstehende Schlafzimmertür zu. Er lief gegen den Türpfosten, schaffte es dann aber nach drinnen. Eine Frauenstimme, dann eine weitere, forderte ihn auf, sich hinauszuscheren. Er tat es, tauchte wie ein rotes Gespenst mit einer Dose Bier und einem enttäuschten Blick im Gesicht wieder auf.

Polizist Dave lachte.

»Klein Lenny allerdings befindet sich in finanzieller Verlegenheit.«

Er warf eine neue Dose in Lens allgemeine Richtung, doch Len bekam sie nicht zu fangen, und sie rollte über den Teppichboden, wo sie neben dem grünen Sofa liegenblieb. Roller, der Gorillajunge, lehnte sich aus seinem tiefen Sessel heraus, schaufelte sie hoch, riß den Dosenverschluß auf und ließ eine Schaumfontäne sprudeln und fing an zu schlürfen. Die Beine die ganze Zeit über weit von sich gestreckt. Eine der Frauen kam aus dem Schlafzimmer. Ihre Beine waren braun und nackt, und sie trug eine Art Nachthemd. Ihr Rücken war gerade, als habe sie einen Ladestock verschluckt, während sie das Zimmer durchquerte, zu dem kleinen Kühlschrank ging und eine Dose Coke herausholte, sich ein sauberes Glas suchte, es trotzdem sorgfältig mit einem Küchentuch auswischte und an uns vorbei wieder zurückging.

Auch ich hatte völlig danebengelegen. Ich haßte sie nicht. Ich fühlte mich bloß müde, und mir war übel, tief unten im Magen. Die Art, wie sie so aufrecht vorbeiging, die Art, wie sie das Glas auswischte, ein blauer Fleck, der sich auf dem einen braunen Schenkel zeigte, und die Art, wie ihre Zehennägel so kurz geschnitten waren, sprachen diese Dinge nicht von Menschlichkeit? Oder Würde. Oder irgend etwas. Sie zu hassen hatte nichs mit Menschlichkeit zu tun; sie zu gebrauchen ebenfalls nicht. Die Art, wie sie keinen einzigen von uns auch nur eines Blickes gewürdigt hatte, sprach davon, daß auch sie über diese Dinge Bescheid wußte. Sie wußte, was in unseren Herzen vorging, wußte ebenso, was in ihrem eigenen vorging. Sie kannte die Männer. Sie kannte Tittenmann Tom und den Braven Polizisten Dave und Roller und Lenny und Isaac und Cliff und jeden anderen in dieser Hochzeitssuite. Sie kannte die Männer, die noch unterwegs waren, diejenigen, die aus den nassen Straßen Thornhills kamen oder von den Anwesen außerhalb der Stadt. Sie kannte alle diese Männer vom Land und alle diese Männer aus der Stadt und alle diese Männer aus der ganzen stinkenden Welt, und das hieß, sie kannte auch mich.

Das reichte.

Tittenmann Tom kam auf mich zu, und die Art, wie er über mir stand, hielt mich vom Aufstehen ab. Er ließ etwas in meinen Schoß fallen. Eine Sekunde lang glaubte ich fast, es sei eine Dose Bier als Friedensangebot. Das war es nicht. Es war eine harte, prothetische Hand. Er und sein Bruder lachten laut und heftig über den blöden Ausdruck in meinem Gesicht.

»Warum nimmst du die nicht in deine Obhut? Dein Freund kann sie zur Zeit nicht gebrauchen.«

»Was ist passiert?«

»Kann man das einem Mädchen denn verübeln?«

»Was ist denn passiert?«

»Das arme Mädchen wollte ihn so nicht in ihre Nähe lassen, nicht mit diesem Apparat. Er hat sie sich daraufhin direkt vor ihrem Gesicht heruntergerissen, wie die Hand einer Schaufensterpuppe. Junge, ich dachte schon, sie kippt aus den Latschen. So was habe ich noch nie gesehen.«

Tom und sein Bruder lachten noch immer. Sie waren näher herangekommen. Mir war noch übler im Magen, und das war meine Angst. Roller hustete, und das war sein Lachen. Len tat gar nichts, spielte ein bißchen mit der Fernbedienung, die abgetretenen Jungs blieben abgetreten, und die auf dem Sofa lagen noch immer mit dem Kopf an den Füßen des anderen, wie kleine Kinder.

Dann konnte Len der Anziehungskraft der Fernbedienung keine Sekunde länger widerstehen. Er richtete das Infrarot-Techno-Spielzeug auf den Fernsehbildschirm und machte dieses zappende Geräusch. Er sah wie ein unartiges Kind aus, das mit roter Farbe eingesprüht und von einem Haufen Gören mit stumpfen Scheren seiner Haare beraubt worden war. Das Videogerät lief.

»Er kriegt dieses Zeugs aus L. A. Das ist in A-mer-ika. Hab's schon dreimal gesehen.« Len flüsterte, als wollte er nur zu sich selbst sprechen. »Den Teil mag ich nicht.«

Ein Hund wurde mit einem Stock geprügelt. Dazu lief Jazzmusik, aber sie war abgeschmackt, ganz Arpeggios und schlechte Septimen. Als der Hund aufhörte, sich zu bewegen, wurde eine Frau mit gelbem Haar mit einem Gummischlauch geschlagen. Sie warf den Kopf zurück, stemmte sich gegen grobe Seile, öffnete den Mund und schrie auf. Der Schrei war so gellend, daß ich mir am liebsten die Ohren zugehalten hätte. Und die Augen auch. Noch nie hatte ich etwas Derartiges gesehen, noch nie etwas so Realistisches. Tittenmann Tom und der Brave Polizist Dave, der rote Len und der Gorillajunge Roller blickten mit atemloser Faszination auf den Bildschirm. Jetzt starb die Frau mit den gelben Haaren. Man konnte es ihrem Gesicht ansehen.

Dann war sie tot. In der Hochzeitssuite süffelten vier Männer Bier, als schauten sie sich ein Fußballspiel an.

Ich wollte fliehen. Ich wollte ein Gewehr, um jeden in diesem Zimmer totzuschießen. Ich wollte fragen: *Wie kann das möglich sein? Wie kann das nur möglich sein?*

Isaac kam aus dem Badezimmer, und ich stand auf den Füßen. Er hatte sich geduscht, und er trug Jeans, nichts anderes. Sein Bauch war flach. Auf seiner Stirn trat eine dicke Ader deutlich hervor, und er war keineswegs gebeugt. Die Last war von ihm, seine Schultern waren aufrecht. Er war mächtig wütend und würdigte mich keines Blickes, wahrscheinlich hatte er mich nicht einmal gesehen, so sehr war er auf Len konzentriert. Er ging zu Len und schlug ihn mit der flachen Hand an den Hinterkopf.

»Was machst du denn da? Was glaubst du wohl, was du da machst?«

Er schlug Len noch einmal auf die gleiche Weise, und Len warf sich seitlich nieder, eher vor Beschämung und Angst als aus einem anderen Grund. Er fing an zu flennen. Tom und Dave versuchten, Isaac zurückzuhalten. Sie mußten Len, den kleinen roten Len, wohl mögen. Isaac hielt inne. Er drehte sich um, und er blickte mir direkt in die Augen.

»Gut. Gut. Hallo, Bruder.«

Er atmete nicht schwer, und sein Gesichtsausdruck war mehr oder weniger normal, aber für mich sah er aus, als würden alle Schrecken dieser Welt im Körper dieses einen Mannes stecken. Seine Augen hatten die Farbe und die Form wie die seiner Schwester, doch sie waren glanzlos, hart und unerbittlich. Jetzt fürchtete ich ihn. Ich fürchtete ihn wirklich. Dieser Film oder was es auch war, es war seiner. Die Frauen in der Suite, sie waren seine. Ich fürchtete um mich, und ich fürchtete um Cliff.

Isaac ließ mich an ihm vorbeigehen. Er schien außerordentlich vergnügt zu sein.

Statt die Suite zu verlassen, ging ich zur Tür des großen

Schlafzimmers und stieß sie auf. Im Halbdunkel zappelte mein Halbbruder Cliff wie ein aus dem Wasser gezogener Fisch auf jemandem herum, von dem ich das Gesicht nicht sehen konnte. Meine Gedärme waren ein einziger Knoten. Mein Herz fühlte sich an, als würde es mit einem Hammer zerschmettert. Das sterbende Angesicht dieser gelbhaarigen Frau würde ich niemals vergessen können. Cliff hielt die eine Hand der Prostituierten fest niedergedrückt, und der Stumpf seines Handgelenks lag oben auf ihrem Kopf, und er sah aus wie ein Tier. Ob es nun stimmte oder nicht, es sah aus, als sei er zur bösen Seite übergelaufen. Zu Isaacs Seite. Ich konnte kein Wort herausbringen. So heftig ich konnte, warf ich mit Cliffs steifer Handprothese nach ihm und schlug die Tür zu.

Isaac knöpfte sich sein Hemd zu. Er kratzte sich den Bauch. Er rümpfte die Nase.

Er sagte: »Ich gebe dir noch eine Chance. Du gehst jetzt nach Hause. Wie war noch mal dein Name?«

»Joseph James Santo«, sagte der Brave Polizist Dave zu ihm. Polizist Dave war guter Laune. »So lautete doch der Name, nicht wahr, Tom?«

Tittenmann Tom trank einen weiteren Schluck. Len heulte, und der große Rotzlümmel oder Rohrkrepierer oder wie sein blöder Name auch immer lauten mochte, versuchte, aus seinem Sessel herauszukommen, was ihm nicht gelang.

»Ein Haufen Scheiße«, sagte ich zu jedem einzelnen von ihnen. Ich dachte nicht nach. Ich hätte mich davonmachen sollen. »Das seid ihr doch. Wißt ihr das eigentlich? Ihr solltet euch schämen. Schämen solltet ihr euch alle.«

Isaac schien ein Weilchen zu überlegen.

Er sagte: »Das sind sehr unfreundliche Worte, Joseph«, und er mußte mich dann mit irgend etwas am Brustbein getroffen haben.

Der Schlag war nicht sehr heftig, aber ich konnte einfach nicht glauben, daß er wußte, wie man so genau trifft.

Ich ging neben Len nieder und konnte kaum mehr Luft holen. Die Fernbedienung lag auf dem Boden, und das einzige, was zu tun mir einfiel, war, sie nach diesem prachtvollen Fernsehapparat zu werfen. Die Bildröhre explodierte zwar nicht, wie ich es mir gewünscht hätte, aber die Fernbedienung zerschellte, so, als hätte man sie zu diesem Zweck konstruiert. Wenigstens das hatte sich gelohnt, auch wenn ich keine Luft mehr bekam.

Das brachte Isaac nun wirklich auf, aber auf eine andere Art. Ich blickte zu ihm hinauf. Er suchte sich eine Zigarette und zündete sie an, und seine Augen flatterten bloß über die anderen hinweg.

Tittenmann Tom und der Brave Polizist Dave zogen mich an Kleidern und Haaren hoch. Mit einem lauten gemeinsamen Schrei warfen sie mich hinaus, und zwar mit solcher Macht, daß ich direkt auf die Zufahrt kullerte, unmittelbar in den Regen. Ich schlug hart auf und versuchte aufzustehen, aber meine Beine wollten mich nicht tragen. Ein Tritt in die Seite sorgte für den nötigen Nachdruck, um mich aufstehen zu lassen, aber ich kann nicht sagen, welcher der Herren mich erneut zu Boden schlug. Im strömenden Regen lag ich auf den Knien, und unter der Markise stand Isaac und schaute zu und trank jetzt aus einer Flasche, die weder Bier noch Diätcola enthielt, sondern so etwas wie Whisky oder Gin oder Wodka. Die Welt drehte sich, und das Unwetter donnerte in seiner Unzufriedenheit.

Der Regen schlug zu, hart wie Hagel.

Dort hinten den Weg entlang lag die Tür meines Motelzimmers, sie stand hübsch offen und sah recht einladend aus, und ein spitzer Lichtkegel fiel aus dem Rauminneren. Ich erinnerte mich an die komischen gerahmten Drucke und an die Minibar, aus der man sich kleine Bierflaschen nehmen konnte. Selbst die schlappe Doppelmatratze wirkte jetzt attraktiv. Wäre ich doch nur dort drinnen geblieben. Mein Atem ging röchelnd.

Dann flammten Scheinwerfer im niedergehenden Regen

auf, und ein Auto kam unmittelbar neben meinem Kopf rutschend zum Stehen, oder wenigstens kam es mir so vor, und Isaacs Schwester schrie und fuchtelte mit den Händen, und Geschrei und Gezänk wogten hin und her, und durch das Handgemenge drang Isaacs Stimme: *He, kleine Schwester, he, kleine Schwester,* als sei er Elvis Presley, der a cappella singt. Diese kleine Schwester mit den pechschwarzen Haaren und den dunklen Augen und den kleinen Brustwarzen, die durch ihre weiße Bluse schimmerten, half mir hoch und auf den Beifahrersitz und schlug die Tür hinter mir zu, und in dieser bemerkenswerten Stille des Wagens, des Torana XU-1, setzte sie sich hinters Lenkrad. Grünes Licht vom Armaturenbrett spielte in ihrem jetzt erröteten Gesicht, so daß sie selbst außerweltlich und fremd aussah, die Haare vom trommelnden Regen naß und zottlig, und mit großer und dann noch größerer Geschwindigkeit fuhr sie mich davon, und ich blickte zurück zum Motel Thornhill, und die blaue Leuchtschrift war noch immer defekt, und sie lautete noch immer MOTEL TH R ILL, und irgendwie mußte ich darüber lachen, oder vielleicht war es auch nur ein Husten. Das Überraschende war, daß auch sie etwas Komisches an der ganzen Sache fand, und sie lachte, und dann stieß sie einen Schrei aus und trat das Gaspedal bis aufs Bodenblech durch.

Ich bin Frau

Auf der Straße außerhalb der Stadt hatte es einen Erdrutsch gegeben. Er versperrte die Straße zur Hälfte, und kein Auto war unterwegs. Wir hätten weiterfahren können. Der Erdrutsch konnte erst vor kurzem passiert sein, denn es waren keine Straßenarbeiter zu sehen, keine Hilfsdienste, keine Schilder, aber sie fuhr den Torana trotzdem an den Straßenrand und ließ den Motor laufen und die Scheinwerfer eingeschaltet. Sie war außer Atem und erregt, und ihre Augen leuchteten jedesmal, wenn sie mich anblickte. Das lag an diesem eigenartigen Licht, dieser grünen Armaturenbeleuchtung. Mir wäre am liebsten gewesen, sie hätte mich ständig so angeschaut. Sie hatte das Auto angehalten, weil sie zu sich kommen mußte, schließlich war sie nicht jeden Tag eine Heldin. Ihr Gesicht war naß, und ihr schwarzes Haar hing wie Seetang herab, so daß sie es sich hinter die Ohren schieben mußte. Ihre Wangen hatten noch immer Farbe. Ihr Profil war außerdem großartig. Diese dunklen Augen und diese ausgeprägte Kinnlinie verliehen ihr eine Art klassisches Aussehen. Wenn man so aussah, konnte man die ganze Welt haben, sofern man sich nur traute zuzugreifen. Ich dachte mir, daß sie sich sehr wohl traute.

Sie blickte erneut zu mir herüber und lächelte mich kurz an, lachte dann wie über sich selbst. Ihre Hände zitterten, und sie nahm sie und rieb sie aneinander. Ich ertappte mich dabei, tatsächlich diese ihre kalten weißen Hände nehmen und in den meinen wärmen zu wollen. Dann waren dort Regentröpfchen auf ihrer Wange und ihrem weißen Hals, und ich wollte sie berühren, bloß um des Berührens willen. Es war eine höllische Nacht gewesen. Meine Kehle war zugeschnürt, und mein Herz hämmerte, so wie es in dem Augenblick gehämmert hatte, als ich merkte, wie groß meine Angst vor Isaac war. Es war gut, daß sie das Auto angehalten hatte. Alles ging so schnell, es hatte so ausgesehen, als wollte sie uns ins tiefste Outback hinausfahren.

Ich schloß die Augen und preßte meine Handballen in die Augenhöhlen, und als ich meine Augen wieder öffnete, sah ich Sterne unmittelbar bei uns im Inneren das Autos flimmern. Es waren die Sterne, die nicht mehr am Himmel standen. Ich kam nicht zur Ruhe. Sie stützte sich aufs Lenkrad, und ihre Arme waren lang, schlank, braun. Sie beugte ihre Handgelenke. Unsere große Flucht hatte sie genauso mitgenommen. Daß mein Herz so schlug, wie es schlug, lag an dem, was geschehen war, doch ebenso an ihr. Ich würde mir nicht gestatten, mich daran zu erinnern, wie lange es her war, seit ich zum letzten Mal eine Frau berührt hatte, doch ihre Arme und ihr Profil und die Regentropfen auf ihrer Wange, die wollte ich jetzt alle, und das war die Wahrheit.

»Schauen Sie sich das an«, sagte sie. Ihre Stimme war ein wenig verkniffen. »Der Erdrutsch. Es hat hier bei uns seit einer Woche geregnet. Das ist zuviel. Ich frage mich, wie es morgen aussehen wird. Es wäre nicht das erste Mal, daß die Stadt von allem abgeschnitten ist. Bei uns treten die schlimmsten Überschwemmungen der Gegend auf. Sie haben den ganzen Tag lang Sandsäcke gefüllt.«

Der Erdrutsch sah aus wie ein großer Haufen nasser Kuhmist. Wenn es noch einen Rutsch gäbe, würde sich alles quer über die Straße ausbreiten, und die Autofahrer würden nur noch in vierradgetriebenen Fahrzeugen über offenes Land durch blanken Schlamm fahren können. Vierradantrieb oder nicht, es schien mir ein ganz vernünftiger Gedanke zu sein, den Pickup zu holen und die Stadt zu verlassen, bevor irgendeine Heimsuchung des Wetters mich in Thornhill bei Isaac einschloß. Ich rieb mir den unteren Teil meines Brustbeins und stellte fest, daß da der einzige Körperteil war, der schmerzte. Ich dachte darüber nach. Vielleicht war ich gar nicht so verweichlicht, wie ich geglaubt hatte.

»Sie hatten doch gedacht, daß es Ärger geben würde«, sagte ich.

»Ich hatte damit nicht gemeint, daß Sie ihn verursachen sollen. Sie wollten einfach nicht zu Ihrem Zimmer zurückgehen, nicht wahr?«

»War keine sonderlich gute Idee.«

Sie kratzte sich den Kopf und rieb sich das Gesicht. »Dieser verdammte, beschissene Isaac.«

»Genau das dachte ich auch gerade.«

»Ich weiß nicht, was er macht. Hat er Ihnen weh getan?«

»Ich bin wohlauf.«

»Bestimmt?«

»Machen Sie sich um mich keine Sorgen.«

Ihre überschwengliche Laune ließ nach, aber ich war froh, daß wir redeten. Das war etwas Reales. Es beruhigte uns beide und hielt uns davon ab, verrückten Gedanken nachzuhängen.

Sie wollte wirklich reden.

»Als wir klein waren, hat Isaac sich immer um mich gekümmert. Er mochte es, eine kleine Schwester zu haben. Wir verstanden uns, obwohl sieben Jahre zwischen uns lagen und wir verschiedene Mütter hatten. Da gab es nichts von dem Quatsch über Rivalität und Beiseitegeschubstwerden. Nichts davon. Ich glaube, es verlieh ihm ein gutes Gefühl, jemanden zu haben, den er vor allen anderen beschützen konnte. Isaac war immer wild, aber er war nicht schrecklich, außer, wenn jemand versuchte, auf mir herumzuhacken. Dann war er ein Teufel. Bei all den Kindern von Thornhill war er der Teufel, wenn sie versuchten, mich zu verletzen. Genau das war es, was sie an ihm mochten. Aber da war immer jene Seite von ihm, die ihn allein losziehen ließ. Er verschwand in seine geheimen Schlupfwinkel. Die Landschaft konnte ihn verschlucken, und das gefiel ihm. Er liebte das.«

Sie blickte auf, um meine Reaktion zu sehen. Ich sorgte dafür, daß da nicht viel zu sehen war.

»Er hätte als erster von Thornhill weggehen sollen, nicht ich. Jeder, der auch nur ein Fünkchen Ehrgeiz besaß, tat das. Ich wollte es immer. Ich konnte nicht schnell genug von hier wegkommen, und es war ein Segen, als meine Mum mich holte. Die große Stadt war mein großer Zufluchtsort. Aber er, je erwachsener er wurde, desto mehr machte er den Eindruck, als wäre er innerlich völlig verschlossen, als gäbe es nichts, was ihn befreien könnte. Außer vielleicht, zu verschwinden. Ich weiß es nicht. Diese blöde Autowerkstatt, die er betreibt, ich kann nicht glauben, daß sie ihn glücklich macht. Mein Vater war ein strenger Mann. Er war hart. Als er starb wurden nicht sonderlich viele Tränen vergossen. Er wollte, daß Isaac so wird wie er, aber so war Isaac nie. Ich habe ihn immer für einen Träumer gehalten. Dad ließ ihn dafür büßen. Was er jetzt auch sein mag, er ist jedenfalls kein Träumer mehr.«

Sie fing an, ein wenig zu weinen, aber ich rührte sie nicht an. Der Isaac, den sie beschrieben hatte, war eine Million Lichtjahre von dem billigen Scheißkerl entfernt, den ich kannte. Die Liebe zu einem Bruder färbte und verdeckte alles, so daß sie nicht klar sehen konnte. Isaac war niederträchtig, und er war schlecht, und nichts würde meine Meinung darüber ändern. Es beunruhigte mich, daß sie sich so blenden lassen konnte.

Sie brauchte eine Sekunde, um sich zu fassen, aber es gelang ihr wenigstens, sich wieder zu fassen. Sie war kein atemloser Engel mit gebrochenen Flügeln.

»Was ist mit Cliff?« fragte sie.

»Das liegt ganz an ihm«, antwortete ich, und das stimmte auch.

Im übrigen fiel mir nichts ein, was ich hätte tun können. Es hatte keinen Sinn, zum Motel zurückzufahren und noch mal in die Nähe dieser Hinterwäldler zu geraten, aber dort stand nun mal mein Pickup, und dort befanden sich alle meine Sachen. Was Cliff betraf, nun ja. Wenn bei ihm eine Sicherung durchgebrannt war, dann sollte die Sicherung durchgebrannt bleiben, und ich war mir sicher, daß ich damit nichts zu tun haben wollte. Es konnte also sein, daß mir damit die Befreiung von Cliff auf einem Silberteller präsentiert wurde, überraschenderweise aber hätte ich nie erwartet, daß es mich innerlich so aufwühlen würde. Die Sache war die, daß ich Cliff hinter mir lassen wollte, genausosehr wollte ich ihn aber aus diesem Motel herausholen.

Im Torana saßen wir in einem netten, warmen Kokon. Es tat gut, hier drin zu sein. Der Regen trommelte gegen die Windschutzscheibe, und die Außenwelt war ganz schwarz und abscheulich, doch es war nicht zu leugnen, daß ich früher oder später zurück mußte.

»Also gut«, sagte ich. »Ich weiß, was ich mache. Ich gehe bei Tagesanbruch zum Motel zurück, wissen Sie, wenn alle ihren Rausch ausschlafen. Im Schlaf der Unschuldigen liegen. Ich brauche meine Sachen und den Pickup. Sie werden mich überhaupt nicht bemerken. Das ist der Zeitpunkt, an dem ich zurückgehe.«

»Und danach was?«

»Verschwinde ich in die Berge. Deshalb bin ich ja ursprünglich hergekommen.«

»Sie wollen allein fahren?«

»Falls Cliff in seinem Einzelbett steckt, dann kommt er mit mir mit, und wenn nicht, dann eben nicht.«

Sie dachte darüber nach. »Ich setze Sie irgendwo ab. Wo soll ich Sie hinbringen?« Sie schaute auf ihre Armbanduhr. »Ich weiß nicht, ob es richtig ist, bis zum Tagesanbruch zu warten, aber Sie haben recht, wenn Sie ein paar Stunden abwarten.«

»Ich weiß im Moment nicht, wohin.«

»Und nun?«

»Bleiben Sie bei mir. Ein Weilchen.«

»Ich weiß nicht. Ich weiß nicht, was ich tun soll. Ich möchte zurück.«

»Die sind heute nacht alle betrunken und benebelt. Falls Sie mit Isaac diskutieren wollen, dann diskutieren Sie es morgen mit ihm aus. Isaac ist der einzige, der wirklich nichts zu befürchten hat. Er hat die Polizei in diesem Zimmer direkt bei sich. Er ist so sicher wie in Abrahams Schoß, darauf können Sie sich verlassen.«

Sie dachte noch ein weiteres bißchen nach.

»Ich könnte ja ein Weilchen bei Ihnen bleiben.«

»Ich möchte bei diesem Wetter nicht herumlaufen. Es ist gut, daß Sie ein Auto haben.«

»Es ist nicht meins, es ist Isaacs. Er kauft alle diese ramponierten Dinger und möbelt sie wieder auf und frisiert sie noch dazu. Dieses hier bleibt normalerweise in seiner Werkstatt, aber jetzt hat er mich einmal damit herumkarjolen lassen.«

»Ich könnte einen Drink gebrauchen.«

»Ich weiß auch schon, wo«, meinte sie. Sie blickte mich an und gab ein sehr kurzes Lächeln von sich. Es war ein beladenes Lächeln. »Sie wollten doch Thornhill hinter sich lassen, sobald Sie können. Ist es das, was Sie wollten?«

»Genauso habe ich es gesagt.«

Die Farbe, die in ihre Wangen stieg, wenn sie es sich am wenigsten wünschte, würde sie immer wieder verraten. Sie glaubte, sie sei gut im Verbergen, war sie aber nicht. Vielleicht wenn sie älter geworden war und gelernt hatte, sich die Welt vom Leib zu halten, jetzt aber noch überhaupt nicht. Der Torana, das ramponierte Ding, inzwischen aufgemöbelt und noch dazu frisiert, vollführte schleudernd eine Wende, die mich an meine Tür preßte. Das sollte wohl meine Aufmerksamkeit ablenken.

Wir waren wieder in Richtung Stadt unterwegs.

»Wo fahren wir hin?«

»An einen Ort, der okay ist. Dort sind Leute. Sind Sie sicher, daß Sie nicht allzuviel abbekommen haben?«

»Ich bin mir sicher.«

Das war nicht gelogen. Was im Motel geschehen war, hatte mich in Wahrheit belebt. Mir Verstand eingebleut. Mich ins Leben zurückgeholt. Aber noch mehr als das war sie es. Sie belebte mich. Sie weckte in mir den Wunsch, die ganze Nacht wach zu bleiben und den Tagesanbruch in ihrer Gegenwart zu erleben. Sollte es zwischen Männern und Frauen nicht so sein? Die Sache war nur, daß ich sie jetzt sah, sie wirklich sah, und zwar auf die Art, die bedeutet, daß man sein Leben mit dem des anderen verquicken will, und zwar heftig, auf Biegen und Brechen. Cliff sprach manchmal über solche Dinge, und wenn er das tat, dachte ich, er würde bloß seinen Tagträumen nachhängen. Eben dieses Gefühl, das er besser beschreiben konnte als irgend jemand anderer, den ich kannte, war jetzt keineswegs etwas, das mich glücklich machte, aber es war auch nichts, das mich unglücklich machte. Es war einfach, was es sein mußte. Dieser dumpfe Schmerz in meiner Brust, den ich Isaac zu verdanken hatte, war nichts gegen den Schmerz, der mich überkam, wenn ich ihre nassen Haare, ihre Hände am Lenkrad, das bißchen Regen anblickte, das sich noch auf ihrer Wange und an ihrem Hals befand. Dann war da noch ihre Stimme, so leise und energisch, wenn sie von Isaac sprach. Sie würde einen Mann auf genau die gleiche Weise lieben.

Dieser Mann wollte ich sein.

Die Space Time Disco lag hinten in einem großen Pub in einer Seitenstraße, die, so wie ich verstand, weit vom Motel Thornhill weg war. Es war nach ein Uhr morgens. Wir ließen den Torana auf einem asphaltierten Parkplatz mitten in einer kunterbunten Mischung von Autos vom Land zurück, solchen mit Vierradantrieb, schrottreifen Kleinbussen und einer sauberen Reihe glänzender Motorräder, und dann liefen wir durch den Regen. Die Stadt war größer, als ich sie mir vorgestellt hatte, und es gab hier mehr Leute, als ich gedacht hatte. Nur das Unwetter ließ Thornhill so tot wirken; es hielt alle von der Straße fern und in den Häusern, aber ansonsten fand hier das gleiche nächtliche Bechern und Picheln statt wie in den Städten.

Es war Freitagnacht.

Wir gingen durch den Pub. In alten intimen Bars mit Holzvertäfelungen, dort, wo ich mir vorstellte, daß sich tagsüber echte Outback-Typen und solche, die sich für welche hielten, in Shorts und ärmellosen Hemden versammelten, um Bier zu trinken und sich ihr Fußball- oder Kricketspiel im Fernsehen anzuschauen, saßen die, die in der Disko keinen Platz mehr gefunden hatten. Jeans mit braunen Schuhen oder schweren braunen Stiefeln und Hemden mit aufgerollten Ärmeln, die stramme Bizepse sehen ließen, waren die vorherrschende Mode bei den Jungs, und Jeans und glänzende kurze Tops, die die Taille und den Nabel sehen ließen, oder kurze schwarze Kleidchen oder kurze rote Kleidchen waren bei den Mädchen in. Es war eine bunte Mischung von Leuten, in der alle Altersgruppen vertreten waren. Zigaretten waren in Mode und Flaschen mit Bier, aber auch Rum und Cola mit Eis und einem kleinen, ins Glas getauchten Strohhalm. Erst als wir dort ankamen, dachte ich mir, daß sie eher wie die Jungs gekleidet war. Aus dem Kofferraum des Torana hatte sie ein Paar schwarze Schuhe geholt, mit breiten Bändern und hohen Absätzen, ganz im Stil der Neunziger. Sie sah gut aus, und jetzt war sie noch ein bißchen größer. Sie fiel schon von weitem ins Auge. Die Leute schauten uns nach, als wir durch den hinteren Pub gingen. Vielleicht fiel auch ich auf, ein Fremder mit einer Einheimischen. Einer ehemaligen Einheimischen.

Der Rausschmeißer an der Tür des Nachtclubs war ein muskulöser Bursche, ein Typ für die zweite Reihe beim Rugby. Sein Kopf war bis auf eine kurze Borste kahlgeschoren. Seine starken Arme paßten nicht in die kurzen

Ärmel seines Hemds. Es gab hier zwar zahlreiche Schluckspechte, aber sein Job würde ein Kinderspiel sein. Niemand, der recht bei Trost war, würde mit einem von seiner Sorte Streit anfangen, und alle waren sie rings um ihn versammelt, sie schienen ihn so oder so zu mögen. Als er uns sah, überzog ein breites, plumpes Grinsen sein Gesicht.

»Hallo, Catherine!« sagte er mit außerordentlich überraschter und willkommenheißender Stimme. »Ich kann gar nicht glauben, daß es Catherine ist. Herrgott. Kein Schwein hat mir gesagt, daß du wieder in der Stadt bist.«

»Hi, Evan. Nein, ich habe mich rar gemacht. Bin nur mal wieder für kurze Zeit auf Besuch in der alten Heimat.«

»Die Nachricht, daß dein Vater gestorben ist, hat mich traurig gemacht.«

»Danke.«

»Gott, laß dich mal anschauen.« Evan tat es. Er sah sie an, als sei er schon seit vielen Jahre in sie verliebt. »Die Großstadt bekommt dir, jedenfalls schätze ich das. Du siehst mächtig gut aus.«

»Wie geht es deiner Familie?«

»Wir kommen durch, wir kommen schon durch. Mum wird ein bißchen klapprig, aber ansonsten ist sie ganz die alte. Dad ist Dad, und daran wird sich nichts mehr ändern. Während der letzten Jahre stand es mit den Erträgen nicht besonders gut, aber man weiß ja nie, was der Regen bei der nächsten Ernte bringt. Es heißt, er wird noch eine Weile anhalten.«

»Genug ist genug.«

»Jetzt macht man sich schon Sorgen wegen der Flüsse. Und manche Leute schätzen, daß allein heute über neunhundert Millimeter Regen gefallen sind. Das ist mehr, als wir in ganzen drei Jahren hatten. An einem Tag.«

»Ich weiß. Ich habe den Bürgermeister im Radio gehört.«

»Den?« fragte Evan. »Der ist doch nur auf Wählerfang.«

»Er klang besorgt.«

»Na schön.« Evan war nicht sonderlich besorgt. »Trotzdem, jeder Regen ist guter Regen, finde ich jedenfalls. Dann also noch viel Spaß.«

»Dir auch.«

»O ja.«

Evan der Rausschmeißer nickte mir zu, als wir vorbeigingen. Seine Augen glänzten, als er Catherine nachsah, und er war ein durch und durch fröhlicher Bursche. Es war schon komisch, wie viele Leute ihr zunickten, als wir in diesen verräucherten, überfüllten, lauten, halbdunklen Tanzschuppen hineingingen. Wenn ich geglaubt hatte, daß sich alle aus dieser Stadt davonmachten, sobald sie das Alter von sechzehn erreicht hatten, hatte ich mich geirrt. Wir hätten in jedem beliebigen Nachtclub eines Pubs in jeder beliebigen Großstadt sein können. Von der Musik abgesehen. Die war wirklich schlimm, und dann merkte ich, daß wir in eine Karaoke-Nacht geraten waren. Ein Diskjockey oder Videojockey oder Showmaster stand oben auf der Bühne und versuchte, einen armen Betrunkenen anzufeuern, der gerade »Khe San« sang. Als dieser Typ von der kleinen Bühne herunterfiel, fing jemand anderer ein zu Herzen gehendes »American Pie« an. Der Text stand auf einem Bildschirm, und ein weißer Punkt hüpfte von Wort zu Wort. Im Nu sang jeder – *jeder* – ganz hingerissen mit.

Während des Klatschens und Jubelns, das dem Lied folgte, wühlte ich in meinen Taschen. Ich hatte keinen Cent bei mir. Meine Geldbörse befand sich in meiner Reisetasche in der Hochzeitssuite. Wir suchten uns einen Tisch und setzten uns. Ein Kellner kam vorbei, und Catherine bestellte ein Bier für mich und eine Limonade für sich.

»Sie heißen also Catherine«, sagte ich.

»Catherine Rosewall.«

»Wissen Sie, meine Mutter hieß Catherine. Genauer gesagt Katharina.«

»Katharina die Große.«

»Ganz genau, Katharina die Zweite, Kaiserin von Rußland, in der Mitte des achtzehnten Jahrhunderts. Ich habe früher, als ich ein Kind war, immer Geschichten über sie erfunden, um meine Mutter zu beeindrucken. Ich habe ihr immer erzählt, sie käme aus einem russischen Adelsgeschlecht, das sich aber irgendwie in Italien verloren habe, und dann seien sie in Australien schiffbrüchig geworden.«

»Hatten Sie schon immer eine krause Phantasie?«

»Was ist daran kraus?«

Das brachte sie zum Lachen. Es machte Spaß, mit ihr zusammenzusein. Es war, als wäre in jener Nacht nichts Schlimmes passiert und als gäbe es nichts, worüber man sich Sorgen machen müßte. Sie war eine großzügige Seele, sie bestellte mir ein Bier nach dem anderen. Wir saßen dicht beieinander, berührten uns aber nicht. Zigarettenrauch und schummriges Licht sorgten für eine düstere Atmosphäre. Niemand beachtete uns, und wir verloren uns in der geräuschvollen Menge und der schlechten Musik.

»Wir scheinen uns die Nacht für den Endausscheid im Karaoke ausgesucht zu haben«, meinte sie.

»Klingt tatsächlich ganz schön herausfordernd.«

Ein Weilchen hörten wir ein paar strapazierten Stimmbändern zu. Alle waren in guter Stimmung, und es gab auch nicht allzu viele Buhrufe. Noch einmal »Khe San«. Den Leuten geht die Phantasie verloren, wenn sie sich vollaufen lassen. Es sollte dann besser der Drang nachlassen zu singen. Ich tat so, als hielte ich mir die Ohren zu. Ein anderer stand auf und gab erneut »American Pie« zum besten, und das brachte die Menge noch einmal richtig in Stimmung.

»Ist denn so was zu glauben?« sagte ich.

»Sie können darauf zählen, daß die Menge bei Neil Diamond auch so richtig mitgeht. Es gibt einen großen Preis.«

»Bier?«

»Hmm, sieht eher so aus, als könnte man einen Urlaubsaufenthalt irgendwo gewinnen.«

»In der Hochzeitssuite des Motels Thornhill. Zwar keinen Champagner und keine Schokolade bei der Ankunft, aber ein Ort, den man sich nicht entgehen lassen sollte.«

»Schauen Sie sich das Schild an. Man bekommt ein Wochenende im Chimera Chalet. Das ist in den Bass-Bergen.«

»Ich weiß, mein Kumpel Tom aus dem Motel hat mir davon erzählt, bevor er sich entschloß, mich nicht zu mögen. Sie hätten sehen sollen, was passiert ist. Als Cliff und ich dort ankamen, sind wir zum Büro hinübergegangen, aber Tom kam heraus und hat unseren Pickup überprüft, als hätte er uns für Drogenschmuggler gehalten.«

»Wissen Sie, was er gemacht hat?«

»Nein.«

»Er *hat* ihn überprüft. Es hatte Beschwerden gegeben. Nicht jeder ist in seiner Einstellung zu dem, was in diesem Motel vor sich geht, so nachsichtig wie David Smith, der, wie Sie wissen, Toms Bruder ist und hier in Thornhill so etwas wie das Gesetz des Landes verkörpert. Jemand hat mir erzählt, daß vor einigen Monaten ein Bezirksinspektor hiergewesen ist, und auch ein paar fremde Polizeibeamte waren da. Sie blieben ein paar Tage und sahen sich überall genau um. Das hat Tom und Dave ziemlich nervös gemacht, aber sie sind ungeschoren davongekommen. Es war nichts zu finden. Bloß ein paar Nörgeleien von ein paar unbequemen Einheimischen. Isaac wurde nicht einmal befragt. Das jedenfalls hat man erzählt. Seitdem, glaube ich, ist Tom nervös. Er glaubt, es sei eine Geheimaktion gegen sein Unternehmen geplant. Er hält sich für wichtig.«

Ich mußte lachen.

»Sie meinen, ein Aufgebot von außerhalb der Stadt hat ihm irgendwas gesteckt, und er hat geglaubt, ich sei ein verkappter Bulle?«

»Auch er hat eine blühende Phantasie.«

»Also, das Motelgewerbe ist einfach nicht das richtige für diesen Burschen. Tom sollte sich einem anderen Geschäft widmen.«

»Er steckt in einem anderen Geschäft. Mein Bruder unglücklicherweise auch.«

»Warum, glauben Sie, tut Isaac das?«

Catherine gefiel die Richtung nicht, in die die Unterhaltung ging, doch mir löste das Bier die Zunge. Ich habe normalerweise schon ein lockeres Mundwerk, und selbst in den besten Zeiten kann das zu Ärger führen. Mochte Catherine sich über Isaac bedeckt halten, ich brauchte es keineswegs zu tun. Noch vor dem nächsten Tag würde ich fort sein, und in fünfzig Jahren wäre Isaac nichts als ein vermodertes Stück Inventar einer alten Stadt auf dem Land, und das war genau der Gedanke, bei dem ich mir überlegen und schlau vorkam.

»Ich weiß nicht, warum er es tut. Ein bißchen Geld. Ein bißchen Spaß.«

»Haben Sie dieses Video gesehen?«

»Dann meinetwegen auch ein bißchen Macht. Die Sache ist die, daß es niemandem weh tut. Normalerweise lassen sie sich bloß vollaufen.«

»Die Frau in dem Video sah ziemlich erledigt aus. Tot, genaugenommen. Und Ihr Bruder hat mir weh getan.«

»Sie haben gesagt, er hat nicht. Sie haben gesagt, Isaac hat Ihnen nicht weh getan.«

»Ich habe gesagt, ich sei in Ordnung.«

Der Spaß verging mir jetzt. Ich schätze, mein Adrenalin war völlig aufgebraucht.

Ich sagte: »Sie haben mich mit hundert Stundenkilometern von dort weggefahren. Sie müssen doch wissen, wie Isaac ist. Was glauben Sie wohl, wem Sie etwas vormachen? Warum gestehen Sie es sich nicht ein?«

Sie blickte eine Zeitlang auf den Tisch, dann sagte sie: »Bleiben Sie doch hier. Warum bleiben Sie nicht einfach hier? Sie werden sich amüsieren. Singen Sie ein Lied vor. Es ist doch sicher schon lange her, daß Sie ein Lied gesungen haben?«

Es wäre besser, wenn sie nicht so viel über mich wüßte.

Das bedeutete nämlich, daß Catherine mich mehr verletzen konnte als Isaac, einfach so.

»Ich fahre nach Hause«, meinte sie.

»Dann fahren Sie nach Hause.«

Catherine war nicht der Typ, dem so leicht das Herz in die Hose rutschte. Sie war kein Hasenfuß. Innerhalb von nur fünf Minuten hatte ich herausgefunden, daß Katharina die Große ein durchaus passender Spitzname für sie wäre. Sie stand schon, und ich dachte, in Ordnung. In Ordnung. Ist nur recht und billig. Sie schaute umher, und ihr Gesicht nahm einen merkwürdigen Ausdruck an, dann setzte sie sich wieder und blickte auf ihre Hände. Sie hielt den Kopf gesenkt, und die Haare hingen ihr über die Augen.

Sie sagte: »Ich glaube, die haben mich gesehen.«

Die, das waren zwei milchgesichtige Polizisten, die hinten im Saal standen. War es meine und auch ihre Einbildung, daß sie in unsere Richtung blickten? Sie trugen schwarze Lederjacken gegen den Regen draußen, und in ihren billigen blauen Uniformen sahen sie ziemlich schneidig aus. Gedämpftes Licht bewirkt so etwas. Sie trugen sogar schwarze Schlipse. Die beiden Burschen hoben sich deutlich von allen anderen ab, und ich fragte mich, ob sie Pistolen in den Halftern und Handschellen an den Gürteln trugen. Ihre Mützen mit den blauweißkarierten Bändern trugen sie unter dem Arm. Sie tranken kein Bier oder irgend etwas anderes, also schienen sie im Dienst zu sein. Der Brave Polizist Dave war nicht in der Nähe. Soweit ich das konnte, verschaffte ich mir darüber Gewißheit. Wie aufmerksam ich auch in die schummrige Beleuchtung hineinstarrte, diese ausgelassene Menge blieb ein Meer anonymer Gesichter in der Menge. Catherine und ich waren nicht weniger anonyme Gesichter, doch diese beiden Jungpolizisten blieben dort stehen, wo sie standen, und ich war mir ziemlich sicher, daß ihre Aufmerksamkeit auf uns gerichtet war.

»Kennen Sie sie?«

»Nein«, schüttelte Catherine den Kopf. »Ich glaube, sie sind neu.«

»Kein Grund zur Beunruhigung.«

Sie zog ihren Stuhl näher an meinen und lehnte sich zum ersten Mal an mich. Sie rieb die Wange an meiner Schulter, und ihre Hand berührte meinen Hals. Es dauerte nur eine Sekunde, doch alles in mir schmerzte. Ihre Lippen waren so nahe, daß ich mich gleich hier, in Anwesenheit aller und unter dem Starren der beiden Jungpolizisten, an sie hätte verlieren können. Sie näherte sich meinem Ohr. Es lag etwas Trauriges und Süßes in der Art, wie sie das sagte, was sie als nächstes sagte.

»Joe?« sagte sie. »Ich habe das nicht gewollt. Was ich gesagt habe, das war nicht so gemeint. Ich wollte Sie nicht verletzen. Tun Sie mir einen Gefallen. Warum gehen Sie nicht dort hinauf? Tun Sie es für mich. Singen Sie mir ein Lied.« Sie lehnte sich wieder zurück und schaute mir direkt in die Augen. Sie lächelte. Ein traurigeres Lächeln konnte ich mir nicht vorstellen, aber sie hatte wenigstens noch ein bißchen Humor: »Gewinnen Sie uns ein Wochenende im Chimera Chalet.«

Sie drehte sich um und schaute zurück, und was sie sah, gefiel ihr nicht.

»Machen Sie schon.«

Catherine kannte Thornhill besser als ich. Sie wußte, was los war, aber natürlich konnte sie die kleinen Besonderheiten, das bißchen, das den Dingen einen wirklich schrecklichen Verlauf geben würde, nicht kennen. Polizei bedeutete für mich immer etwas Schlimmes. Aber diesmal hatte ich keine Angst. Was sein wird, wird sein. Ich war selbst daran schuld. Ich war das Risiko eingegangen. Dann blickte ich zu der blöden Bühne hinauf, die überall mit Ballons aufgeputzt und in das schimmernde Spiegellicht einer sich drehenden Glitzerkugel getaucht und dazu noch mit Bändern und ähnlichem Mist überladen war, und ich dachte, na los, was macht es schon? Catherine hatte recht. Wie lange war es her, daß ich ein Liedchen zum besten gegeben hatte?

Ich schob meinen Stuhl zurück und kam ganz leicht auf die Füße. Ich entfernte mich vom Tisch und ging ohne Umschweife auf die Bühne zu, und die Menge jubelte bereits, lange bevor ich dort ankam. Der quirlige kleine Diskjockey wollte gar nicht wieder aufhören, mir die Hand zu schütteln, denn er hatte gerade darauf gewartet, daß sich der nächste Trottel freiwillig meldete. Der DJ trug ein schreiend buntes Hemd und ein noch schreienderes Jackett und hatte dicke Koteletten wie aus den Siebzigern, die ihn aussehen ließen wie den Spinner, der sich neben einen auf die Parkbank setzt und vor sich hin kichernd Brotkrumen an die Tauben verfüttert und sich dann einnäßt. Das komische war, daß ich mich bei den auf mich gerichteten Scheinwerfern doch einigermaßen gut fühlte. Sie waren nicht exakt ausgerichtet, sie hätten heißer und greller sein sollen, aber sie waren in Ordnung. Ich konnte mir die Band hier oben auf der kleinen Bühne vorstellen. Wir hatten in Clubs gespielt, die diesem glichen, und in Clubs, die ihm nicht glichen. Kleiner, beschissener, größer, schicker. Am Ende waren sie alle gleich; man stand auf einer Bühne und gab sein Bestes, und die Leute hörten zu oder kümmerten sich einen Dreck darum.

Der DJ fragte mich, welches Lied er aufrufen solle, und ein paar Augenblicke lang machte er ein bißchen Klamauk, während ich versuchte, mich zu entscheiden. Er fragte mich nach meinem Namen, und ich sagte Ralph. Ralph bekam eine Runde Beifall. Eigentlich war vorgesehen, daß man sich vorher einen Titel aus einem Buch aussuchte, damit man einfach nach oben gehen und eine Nummer angeben konnte. Zeit wurde hier nicht verschwendet. Der DJ mußte erst sein Buch holen und mir Zeit lassen, es zu überfliegen. Er war dabei, die Aufmerksamkeit seiner Zuhörer zu verlieren, besonders, als er ein paar lahme Witze riß. Ich ließ mich nicht hetzen, obwohl ich spüren konnte, wie mir an all den üblichen Stellen der Schweiß ausbrach. In meinem Bauch hatte ich ein Kribbeln. Ich ging die enggetippten Listen durch, während die Leute vorn johlten. Für mein Fehlverhalten erwartete ich, von der Bühne gebuht zu werden, als erster Sängertrottel, der dieses Publikum zu Gewalttätigkeiten gereizt hatte. Das ließ mich innerlich auflachen. Ich dachte daran, wie sie Stühle und Flaschen warfen und die beiden Jungpolizisten mich retten mußten, anstatt mich festnehmen zu können. Trotz alledem, innerlich war ich ziemlich guter Laune, und ich dachte an Catherine, also suchte ich mir eben dieses Lied aus, Nummer 72, und der brave DJ zuckte nicht einmal mit der Wimper. Er war wahrscheinlich einfach froh, daß es nicht »American Pie« oder »Khe San« war.

Es war »I Am Woman« von Helen Reddy, aber natürlich war Helen Reddys beschissener, näselnder Tonfall herausgeschnitten. Die Einleitungmusik klang schmalzig und schwach, als sie einsetzte. Ich nahm das Mikrofon und stellte mich in die dunkle Hälfte des Dämmerlichts. Das Lied war nicht ganz in meiner Tonart, was schade war, aber das machte mir keine großen Sorgen. Meine Kehle war geschmiert und ich ebenso. Innerlich schmachtete ich dahin, und genauso kam es auch heraus. Es überraschte mich, wie tief und klangvoll und schwermütig meine Stimme noch war. Die Band hatte sie nicht ruiniert, und das Schweigen hatte ihr nicht geschadet. Jedenfalls nicht zu sehr. Es war lange her. Ich versuchte, das Kribbeln in meinem Bauch zu vergessen und die Zuhörer nicht anzuschauen, aber ich hörte, wie sie alle ganz still wurden, als ich den beschissenen Refrains und Strophen eben jenes gewisse bißchen Swing verlieh, um meinem Blues die Kitschigkeit zu nehmen. Es war ein wirklich gutes Gefühl. Das Lied klang wie über einer Kerze dahinschmelzendes Herzeleid. Ich gestattete mir nicht, zu Catherine hinüberzuschauen. Ich bewegte mich bloß mit halbgeschlossenen Augen durch dieses Halbdunkel und tat es halb schmierenkomödiantisch und halb feurig; dann war es zu Ende, und es entstand jener gewisse Augenblick erschreckender Stille, und dann flippten die Zuhörer ganz einfach aus.

Wenn ich damit das Wochenende im Chimera Chalet nicht gewonnen hatte, dann gab es keine Gerechtigkeit mehr auf dieser Welt.

Von der Bühne blickte ich in die Scheinwerfer hinab. Die plötzliche Helligkeit ließ das Publikum verschwimmen, und ich konnte die Bullen kaum sehen, noch weniger Catherine. Es gab bloß einen Saal voll tobender Leute. Der DJ kletterte auf die Bühne und klopfte mir auf den Rücken.

»Das machen Sie doch nicht zum ersten Mal! Ralph! Das war – das war ja einzigartig! Meine Damen und Herren, war er nicht einzigartig?«

»Danke.«

»Wie wär's mit noch einem Song? Meine Damen und Herren! Wie wär's, wenn wir Ralph zeigen, daß wir uns wirklich über noch einen freuen würden? Ein-zig-artig!«

Also, da ich nun einmal ein halber Schmierenkomödiant war, spielte ich tatsächlich mit dem Gedanken an einen weiteren Titel, den ich auf der Liste gesehen hatte, Nummer 108, »Born Free«. Den hätte ich mir so richtig auf der Zunge zergehen lassen, und der Menge würde es gefallen haben, aber ich war wahrscheinlich schon einzigartig und schmierenkomödiantisch genug für diese eine Nacht gewesen.

Die beiden Polizisten mußten mich auch für ziemlich gut gehalten haben, denn sie standen am Tisch, während ich mir meinen Weg durch die verschwitzte Menge bahnte. Catherine war von ihrem Stuhl aufgestanden und sprach mit ihnen, aber was sie sagte, konnte ich nicht hören. Natürlich beobachteten alle, wie ihr neuer Sängertrottel-Superstar von den örtlichen Bullen zur Rechenschaft gezogen wurde. Viele versammelten sich um uns herum und reckten die Hälse. Einige sagten zu den Bullen, sie sollten sich verpissen. Manche forderten die Bullen auf, doch lieber ein paar Verbrecher zu fangen. Andere gaben tierische Grunzlaute von sich. Jeder hatte eine eigene Meinung, und niemand hatte Respekt vor den Polizisten. Am nächsten Tag würde ich bei vielen Katerfrühstücken den Hauptgesprächsstoff abgeben.

»Sir, ich bin Konstabler Scott Bullock, das ist Konstabler Patrick Robinson.«

»Schönes Lied, Sir«, meinte Konstabler Patrick Robinson.

Konstabler Scott Bullock sagte: »Sir, sind Sie vielleicht der Besitzer eines Holden-Kleinlastkraftwagens aus den siebziger Jahren, Farbe weiß, mit dem Kennzeichen ACN 752, der am Motel Thornhill in der Thornhill Road 500 geparkt ist?«

»Das müßte mein Pickup sein.«

»Sind Sie dann vielleicht auch der Fahrer dieses Fahrzeugs, Sir?«

»Nun, gewissermaßen.«

»Womit Sie was genau meinen?«

»Ja.«

»Sind Sie vielleicht Joseph James Santo, Sir?«

»Ja.«

»Sir, Sie gaben auf der Bühne zu verstehen, Ihr Name sei Ralph.«

Ich zuckte die Schultern.

»Ist das vielleicht ein Deckname?«

»Das ist ein Bühnenname.«

»Sir, würden Sie bitte mit uns kommen?«

»Sollten Sie mir nicht meine Rechte oder so etwas nennen?«

»Sind Sie denn verhaftet, Sir?«

Es war mir überhaupt nicht in den Sinn gekommen, daß ich eventuell gar nicht festgenommen sein könnte. Ich stritt mich nicht herum. Ich wollte keinen Ärger. Vielleicht wurden in dieser Nacht keine Verhaftungen vorgenommen.

Vielleicht waren diese beiden jungen Burschen dümmer, als sie aussahen. Sie waren beinahe schmerzlich jung, beide mit pickelübersäten Gesichtern. Catherine wollte protestieren, aber ich warf ihr einen Blick zu, der ihr gebot, still zu sein.

Von wegen.

Sie gab ihnen ordentlich Kontra, und als sie Atem holte, sagte ich: »Warten Sie auf mich. Es wird nicht lange dauern.«

»Nein, ich komme mit. Wenn Sie gehen, dann komme ich mit. Wo wollen Sie ihn denn eigentlich hinbringen? Sie können doch hier nicht einfach hereinkommen und jemanden abführen. Denken Sie vielleicht, das sei ein Polizeistaat? Wissen Sie, was Faschismus ist? Er geht nirgendwohin, und Sie beide können sich trollen.«

Diese beiden Polizisten waren zu jung oder zu neu in der Stadt, oder sie gehörten zu den sozial Unterbelichteten, Catherine Rosewall kannten sie jedenfalls nicht. Einer von ihnen sagte mit der Miene eines frischen Absolventen der Polizeischule, der von ganz unten aufgestiegen ist, und mit gutgeschulter Stimme:

»Mr. Santo hat sich einverstanden erklärt, mit uns zu kommen, Miß. Diese Angelegenheit betrifft Sie nicht.«

Er deutete mit dem Kinn nach vorn. Eben dieses wurde von einem unreifen Pickel geziert. Diese Dinger hatten mich früher immer zur Verzweiflung getrieben.

Die Jungs legten mir keine Handschellen an und faßten mich auch nicht an oder sonst was. Es war eine ganz merkwürdige Sache, denn sie kannten mich und den Pickup. Hatten sie meinen Namen und meine Vorgeschichte nicht überprüft? Ich war nicht verhaftet. Ich blickte mich weiter unter den Gesichtern im Nachtclub nach dem Braven Polizisten Dave um, und mir kam der Gedanke, einen Ausbruch durch die Menge zu versuchen, aber ich konnte keinen Sinn darin sehen. Wenn ich mich gewitzt und kooperativ anstellte, würde vielleicht alles gut ausgehen. Die Dinge würden auf meine Weise laufen. Ich beobachtete Catherine, während die Menge mich und die Bullen verschluckte. Ihr Gesicht hatte einen ernsten Ausdruck angenommen. Sie sah aus wie jemand, der vorhatte, nicht länger als vielleicht noch fünf Sekunden zu warten.

Als ich an Evan dem Rausschmeißer vorbeiging, klopfte der mir auf die Schulter. Seine schwere Hand war sehr sanft, und er hatte noch immer diese freundliche Stimme:

»Was für ein Lied, Kumpel, du kannst einen Mann richtig zu Tränen rühren. Ich wette, Catherine ist ganz anders geworden. Herrgott. Gut gemacht. Gut gemacht, Kumpel. Komm wieder her, und sing uns wieder ein Lied vor, wenn du das nächste Mal in der Stadt bist. Ich wette, Catherine hat es prima gefallen. Mach's gut, Patrick. Mach's gut, Scott. Wie war doch noch dein Name? Ralph? Macht's alle zusammen gut.«

Wir verließen die Space Time Disco durch einen seitlichen Notausgang.

Ein Polizeiauto war unmittelbar davor geparkt, so daß wir nicht naß werden würden. Evan hatte uns zum Ausgang begleitet und den Notbügel heruntergerissen, der diese schweren Feuertüren öffnet, um die Leute schnell herauszulassen. Regen verschleierte die Stadt. Ich schaute mich nach Catherine um. Sie stand bereits neben Evan, und das rote Notausgangsschild leuchtete hell über ihr. Sie war so viel größer als Evan, und er war so viel breiter als sie, daß sie beinahe ulkig aussahen. Aus dieser Entfernung lagen Catherines Augen im Dunkeln. In ihrem Gesicht war kein Licht. Es gefiel mir nicht, daß ich so gefühlsduselig war, doch als sie im offenen Schlund dieser Feuertüren stand, der Regen zwischen uns, da sah sie wirklich ganz strahlend aus, so wie man im *film noir* der Dreißiger und Vierziger die Heldinnen und Gangsterbräute ausleuchtete.

Meine armen alten Gedanken liefen in alle möglichen Richtungen. Ich konnte mal wieder gut schauspielern, den Coolen mimen, aber ich hatte eine erbärmliche Angst.

Evan winkte uns zum Abschied zu, und dann bat er Catherine nach drinnen, um sie vor dem Regen zu retten. Ich dachte mir, er sei schon ein Bursche, den man gut leiden mochte. Er sah so aufgepumpt aus wie der Michelin-Mann, und er konnte die Leute ganz nach seiner Laune in diesen Nachtclub hineinlassen, aber er war sicher der netteste Rausschmeißer, der je die Rausschmeißerschule absolviert hatte.

Geist eines Vampirs

Es war eine kurze Fahrt bis zum Motel Thornhill, und ich brauchte kein Genie zu sein, um zu begreifen, was mich erwartete, sobald ich erst einmal dort war. In der Musikbranche hatte ich genug an Bösem und an Gutem und an Liebe und an Boshaftigkeit bei den Menschen gesehen, um nicht überrascht zu sein, wenn die Dinge eine schlimme Wendung nahmen. Das Überraschende für mich war, daß diese Jungpolizisten mich eigentlich bereits in Handschellen gelegt haben müßten, falls sie wirklich wußten, wer ich war, und sie meine Vorgeschichte überprüft hatten. So jedenfalls hätte es sein sollen. Die Erfahrung hatte mich gelehrt, daß Bullen die Feinheiten ihres Berufes nicht einfach deshalb außer acht lassen, weil sie an einem bestimmten Abend ein zwiespältiges Verhältnis zu ihrer Aufgabe haben oder weil sie ausnahmsweise guter Laune sind oder weil sie bloß faule Hunde sind.

Wenn diese Jungs mich nicht verhafteten, dann lieferten sie mich irgendwo ab. Und genau das waren sie auch, bloß ein paar Lieferjungen, die sich in nichts von dem Studenten unterschieden, der seinen Lebensunterhalt damit verdient, daß er uniformiert zu einem nach Hause kommt, nicht mehr als zwanzig Dollar Wechselgeld bei sich hat und eine überladene Pizza Primavera abliefert. Dort, wo diese Jungs mich abluden, würde es für mich wahrscheinlich mit blauen Flecken und auch ein paar Tränen enden. Es gibt ein paar Leute, von deren unangenehmen Seiten man sich fernhalten sollte, und ich wußte, ich hatte die unangenehme Seite der Bravsten von Thornhill erwischt.

Die Jungkonstabler Bullock und Robinson fuhren mich in ihrem Polizeiauto. Der eine saß bei mir auf dem Rücksitz, aber ich kann mich nicht erinnern, wer welcher war, weil ich allerlei Sachen im Kopf hatte und die beiden Jungs für mich bereits ineinander verschmolzen waren. Wie Polizist Dave unterließen sie es, ihre Namensschilder zu tragen. Wenn der Regen vierzig Tage und vierzig Nächte anhielt, würden wir über wunderbare Pärchen verfügen, um die Arche damit zu beladen: Tittenmann Tom und der Brave Polizist Dave, die gleich aussahen und auch gleich waren; Isaac und Catherine, die sich ähnelten und grundverschieden waren; diese beiden kaum postpubertären Jungen in Uniform; und Cliff und ich, beim besten Willen keine körperlichen Zwillinge, aber emotional doch ziemlich identisch. Ausgebrannte Rock'n'Roller auf ihrer letzten Etappe. Ähnlich genug.

Im Polizeiauto war alles still. Dieses Auto weckte in mir schlimme Erinnerungen. Es gab kein quäkendes Funkgerät, das auf den Polizeifunk eingestellt war, keine Meldungen über den Äther, keine Nachrichten von der Zentrale. Das letzte Mal, als ich in einem solchen Auto gesessen hatte, hatte das schnatternde Funkgerät meine bereits gereizten Nerven noch mehr gereizt, so, wie es früher das unaufhörliche und unverständliche Gebrabbel tat, das man aus Taxifunkgeräten zu hören bekam, bevor sie alle computerisiert und stumm wurden. Jetzt bedeutete es, daß die Zentrale nicht besetzt war und es vielleicht gar keinen anderen Streifenwagen gab, mit dem man hätte sprechen können. Die Präsenz der Polizei in Thornhill mochte sich wohl auf Polizist David Smith, diese beiden Burschen, eine Tageskraft am Schreibtisch und nicht viel mehr beschränken. Oder sie ließen das Funkgerät einfach ausgeschaltet. Wie auch immer, es war nicht gut.

Ich fragte mich, wie groß die Wahrscheinlichkeit wohl war, daß die Sache für mich gut ausgehen und ich die Nacht überstehen würde, ohne blaue Flecke und ohne verhaftet zu werden. Vielleicht gab es irgendeine Möglichkeit, mich aus allem Ärger herauszureden. Vielleicht konnte ich gewiefter als alle anderen sein, oder vielleicht war Cliff inzwischen so dick Freund mit diesen Rowdies, daß sie mich aus Liebe zu ihm in Ruhe lassen würden. Er konnte liebenswert sein, wenn er wollte. Der gute alte Cliff. Vielleicht gab es gar nichts, worüber ich mir Sorgen zu machen brauchte. Er war meine Möglichkeit davonzukommen. Guter, guter alter Cliff. Dann wieder könnte, falls das nicht funktionierte, vielleicht irgendein Comic-Held zu meiner Rettung aufkreuzen, irgendeiner von ihnen, mir war egal, welcher, und falls das nicht passierte, gab es immer noch meinen Namensheiligen hoch oben im Himmel, Joseph, den Schutzpatron der Werktätigen, von denen ich allerdings keiner war. Dennoch, vielleicht würde er in den Akt eingreifen und sich für mich verwenden.

O ja.

Als Kind hatte ich es ohne mich zu wehren hingenommen, wenn mein Vater mich schlug, danach versteckte ich mich hinter den Papierkörben, um mir die Augen auszuheulen. Warum sollte ich jetzt noch die Dinge über mich ergehen lassen, ohne mich zu wehren? Lieber wollte ich ihnen die Krallen zeigen, als einen dieser Kleinstadtlümmel noch einmal Hand an mich legen zu lassen. So galt es zu denken. Trotzig. Kämpfend zu Boden zu gehen.

Wieder aufzustehen, ganz egal, wie viele Male man zu Boden geschlagen wurde.

So zu denken half mir nicht. Mir war übel bis tief in den Magen, und mein Verstand lief in alle Richtungen davon. Ich hielt die Hände im Schoß, damit nicht auffiel, daß ich zitterte.

Das Schweigen war ebenso schlimm wie alles übrige, also sagte ich irgendwo unterwegs: »Ich habe heute gegen Mitternacht mal die Nummer der Polizei gewählt, aber das einzige, was ich zu hören bekam, war ein Anrufbeantworter.«

»Die Dienste sind im Augenblick eingeschränkt, Sir, wegen der widrigen Witterungsverhältnisse. Was für ein Problem hatten Sie, Sir?«

Oh, sie wußten wahrscheinlich ganz genau, was im Motel vor sich ging und drückten wahrscheinlich nur ein Auge zu. Sie mochten womöglich sogar daran beteiligt sein. Die Veranstaltungen im Motel brachten ihnen vielleicht am Freitagabend ein zusätzliches Taschengeld und eine besseren Kategorie von Dienststiefeln ein. Ich glaubte nicht, daß sie so blöd oder grün sein konnten, nicht zu wissen, was innerhalb der Grenzen einer Kleinstadt wie dieser vor sich ging, besonders wenn ihr eigener Chef darin verwickelt war. Nein – sie ließen es einfach dabei bewenden. Vielleicht bekamen sie gar keinen Cent zusätzlich. Der Brave Polizist Dave sah nicht nach dem Typ von Kerl aus, der sich Großzügigkeit auf die Fahnen geschrieben hatte. Jeder Ärger, den ich machte, würde nur als Heimsuchung auf mich zurückfallen. Das beste, worauf ich hoffen konnte, war, aus dieser Stadt herauszukommen, solange man noch gut herauskam. Ich würde nicht auf den Tagesanbruch warten. Im Kopf hatte ich bereits gepackt und war auf dem Weg, aber ich hatte Angst vor dem, was im Motel auf mich wartete.

»Vielleicht könnten Sie mir sagen, was das hier bedeuten soll.«

»Wir dachten, Sie möchten gern in Ihre Unterkunft zurück, Sir.«

»In meine Unterkunft? Das ist ja gediegen. Sie meinen, jemand hat Ihnen gesagt, Sie sollen mich abholen. Polizist Smith natürlich.«

Keiner der beiden antwortete, was wohl nur recht und billig war.

»Also, ich will Ihnen mal was sagen, ich habe mich dort gut amüsiert, und ich wollte diesen Nachtclub in nächster Zukunft nicht verlassen.«

»Hübsches Lied. Nettes Mädchen auch, Sir.«

Der andere, der Fahrer, sagte: »Bitte seien Sie still, Sir. Wir sind gleich da.«

»Nein, ich hatte noch lange nicht daran gedacht zu gehen. Sie kennen doch die Stimmung, die einen nach ein paar Bieren überkommt? Oder seid ihr Burschen noch nicht alt genug, um Alkohol zu trinken? O nein, ihr fahrt ja Auto, also müßt ihr auch große Jungs sein. Ja, ich wollte bleiben, ich war gerade dabei, eine Menge neue Freunde zu gewinnen.«

»Wir dachten, Sie sollten lieber Schluß machen, bevor Sie sich zuviel zumuten, Sir.«

»Zuviel zumuten. O Gott, o Gott«, sagte ich.

»Der Mensch denkt, und Gott lenkt, Sir«, sagte der Junge neben mir.

»All diese neuen Freunde, sie werden morgen über mich reden. Sie werden sagen, was für eine großartige Stimme dieser Fremde hatte. Sie alle werden ›I Am Woman‹ auf diese besondere neue Art singen. Ihr wißt doch, wie ein gutes Lied im Kopf der Leute hängenbleibt, aber, wie die Rolling Stones einmal gesagt haben, es ist der Sänger und nicht der Song. An ihn werden sie sich erinnern. Sie werden also sagen: ›Mist, wo ist denn dieser Ralph mit seiner Stimme? Vielleicht ist er heute abend wieder da? Vielleicht kommt er auf die Bühne und singt uns ein neues Lied.‹«

»Vielleicht werden sie das auch nicht tun, Sir. Die Leute haben ein kurzes Gedächtnis.«

»Nein, nein, stellt euch vor, mir würde was zustoßen. Stellt euch das bloß mal vor. Wenn ich stolpern und mich verletzen würde, oder wenn ich einen Autounfall hätte, oder wenn ein umstürzender Baum mich erschlagen würde, stellt euch vor, wie sie alle darüber reden würden. Die Leute würden es doch nicht etwa einfach dabei bewenden lassen? Das würden sie doch wirklich nicht tun.«

»Wir hielten es für nötig, Sie nach Hause zu bringen, Sir«, sagte der Fahrer. »Es besteht kein Anlaß zur Beunruhigung.«

»Und wenn Polizist Dave Smith mir vielleicht das Fell gerben wollte und er da ein paar Burschen hätte, die ihm dabei helfen, was glaubt ihr wohl, wie das liefe, sobald die Leute erst einmal davon erfahren?«

»Das wird nicht geschehen, Sir, es besteht kein Anlaß, beunruhigt zu sein.«

»Seid ihr Jungs darauf vorbereitet, euch mit diesem Schlamassel auseinanderzusetzen, wenn er ans Tageslicht kommt? Ihr glaubt wohl, ein ganzer Nachtclub voller Menschen hat euch nicht hereinkommen und mit mir reden und mich ohne guten Grund mitnehmen sehen? Ihr werdet die ersten sein, auf die sich die Medien stürzen. Es bedarf nur eines einzigen Journalisten mit einer Spürnase für Sensationen, und ich kenne eine Menge von Journalisten. Keine Lokalblättchen, sondern große, überregionale Zeitungen. Es braucht nur ein Foto von mir zu erscheinen, wie ich ganz auseinandergenommen und erbärmlich aussehe, und ein Foto von euch Burschen, wie ihr dumm und betreten dreinschaut.« Meine Kehle wurde trocken. Es gelang mir recht gut, auch mir selbst Angst einzujagen. »Seid ihr darauf eingestellt?«

Der Fahrer war dazu übergegangen, an seinen Pickeln herumzuspielen. Es war schwer zu sagen, ob das eine seiner Gewohnheiten war oder ob er in Aufregung und Unruhe geriet. Vielleicht war es eine Angewohnheit, die er sich dafür aufhob, wenn er in Aufregung und Unruhe geriet. Gleichwohl, es veranlaßte ihn kein bißchen, die Geschwindigkeit des Polizeiautos zu verringern. Ich konnte weiter versuchen, einen Philip Marlow oder Sam Spade zu spielen, und er würde doch bloß weiterhin unfähig sein, seine Hand vom Gesicht fernzuhalten, und das Polizeiauto würde sich kein bißchen verlangsamen.

Schweiß juckte auf meiner Kopfhaut, und ich fühlte mich so kribbelig, wie Evan sich gefühlt haben mußte, als er mich dieses verdammte blöde Lied singen hörte.

»Soll ich euch einen Rat geben?« fragte ich, bloß um meine Stimme zu hören. »Ihr solltet eure Pickel nicht anrühren, wißt ihr, nicht so dran rumdrücken. Sie werden sonst ganz blutig und unansehnlich. Ihr könnt euch damit eine häßliche Narbe einhandeln. Im Fernsehen wird das nicht gut aussehen.«

Rasch zog er die Hand fort, und derjenige neben mir rutschte unbehaglich hin und her. Vielleicht hatte auch er gerade daran gedacht, ein bißchen daran herumzufummeln.

»Und dann fungiert ihr also auch noch als örtlicher Taxidienst. Bulle zu sein zahlt sich wohl nicht so recht aus, hm? O schön. Ein bißchen extra hier, ein bißchen extra da. He. Muß man nicht über einundzwanzig sein, um seine eigene Taxigenehmigung zu bekommen?«

»Halten Sie den Mund«, bellte der junge Polizist, der den Wagen fuhr. War das Bullock oder Robinson? Ich schätze, ich hatte ihn am Nerv getroffen, aber offensichtlich nicht gerade auf die Weise, wie ich es mir erhofft hatte. »Ich habe die Nase voll von Ihrer verdammten Stimme. Ich habe die Nase voll von Ihrem verdammten Gequatsche«, sagte er. »Halten Sie gefälligst Ihre verdammte Klappe«, sagte er. »Sir.«

Danach kam kein Gespäch mehr zwischen uns zustande.

Das Motel Thornhill war noch genauso häßlich und regentriefend, wie ich es verlassen hatte. Jetzt waren all die aufgemotzten Autos fort, außer dem von Isaac, und da stand mein Pickup verloren und verlassen weiter unten in der Einfahrt. Es war der Regen. Er ließ alles verloren aussehen.

Der Fahrer parkte das Polizeiauto neben dem überdachten Fußweg, der an all den Motelzimmern vorbeiführte. Die Polizisten wollten nicht zu lange bleiben, und sie wollten nicht zu naß werden.

Derjenige hinter dem Lenkrad kletterte zuerst raus und zog sich dabei seine schwarze Lederjacke eng bis ans Kinn, um sich vor dem Regen zu schützen. Er kam zu meiner Tür, öffnete sie, trat zwei Schritte zurück und gebot mir mit deutlicher, fester Stimme auszusteigen. Er tat das alles in einem bedächtigen Tempo, und bis ich ausgestiegen war, war auch der andere Junge um das Fahrzeug herumgekommen und wartete auf mich. Vielleicht waren sie letztendlich gar nicht so dumm. Sie hatten Pistolen in den Halftern und Handschellen an den Gürteln. Sie mußten sich das Recht verdient haben, solche Dinger zu tragen. Ich würde sie nicht länger piesacken.

»Mein Zimmer ist dort drüben. Danke fürs Mitnehmen, Jungs.«

»Bleiben Sie hier stehen, Sir.«

Sie hatten mich unter die flatternde Markise vor der größeren Hochzeitssuite geführt. Eine Zeitlang hatten sie mich meiner Selbstbestimmung beraubt. So war es auch in Pentridge gewesen, nachdem sie mich aus dem offenen Vollzug, zu dem ich ursprünglich verurteilt worden war, herausgenommen hatten. In Pentridge tat man nur, was einem gesagt wurde. Man wurde hierhin gebracht, man wurde dorthin gebracht, alles in einem Tempo, das immer ein anderer bestimmte und nie man selbst. Mein Magen verkrampfte sich, und ein Teil von mir wollte in den Regen davonlaufen wie ein erschreckter Köter, ohne sich auch nur einen Pfifferling um die Konsequenzen zu scheren. Meine Tür am anderen Ende des Weges war geschlossen. Kein Licht war in meiner Suite zu sehen, und das bedeutete, daß Cliff sie wahrscheinlich auf dem Rückweg in sein Einzelbett nach seinem Abenteuer geschlossen hatte. Das paßte mir ganz und gar nicht. Mir wäre es lieber gewesen, wenn er sich noch immer in der anderen Suite befunden hätte, damit er bei seinen neuen Kumpeln ein gutes Wort für mich würde einlegen können. Jetzt schlief er wahrscheinlich, ein weiterer erschöpfter kleiner Feiernder, der den Schlaf der Unschuldigen schlief.

Mist.

Bullock oder Robinson klopfte an die Tür der größeren Hochzeitssuite. Drinnen sah man gedämpftes Licht, und alles war ruhig und still. Der Junge klopfte aufs neue. Die Tür öffnete sich, und da stand der Brave Polizist Dave Smith in seiner Uniform. Er trug ein kurzärmliges blaues Hemd und einen mit einem hübschen Windsorknoten gebundenen Schlips. Das ist ein besonderer Knoten für eine besondere Art von Mann. Am Hemdsärmel befand sich das gestickte Polizeiemblem, aber er trug noch immer kein Namensschild. Seine Haare waren ordentlich gekämmt, und er sah nüchtern und ausgeruht aus, aber er stank wie eine Brauerei. Da war auch noch etwas anderes. Sein Gesicht war kreideweiß, und seine Augen hatten einen hinterhältigen Blick. So besonnen und beherrscht er sich auch gab, so war er doch höllisch nervös. Das gab mir kein besseres Gefühl.

»Senior Sergeant.«

»Danke, Jungs. Hallo, Joe. Kommen Sie doch herein.«

Er war also Senior Sergeant.

Was soll's.

Es würde schwer sein, diese Schwelle zu überschreiten. Dave Smith blickte mich an, und dieses Grinsen, das ich so verabscheute, überzog sein Gesicht. Er versuchte, den gütigen Onkel zu spielen, der einen auf Irrwege geratenen Neffen begrüßt.

»Kommen Sie herein, Joe. Wir wollen bloß mit Ihnen reden.« Er versuchte, seine beiden Jungbullen wegtreten zu lassen. »Nochmals danke, Jungs. Geht wieder auf Streife. Nehmt euch die Zeit, um bei DeTullio vorbeizufahren. Die Geschäfte laufen noch immer mies, und der Alte steckt den Laden wegen der Versicherung womöglich jederzeit an. Er ist ja auch blöd genug, um das zu tun. Auch bei Jack Bonfield, schaut dort mal vorbei, es heißt, er säuft wieder und geht auf Frau und Kinder los. Wenn euch das zu langweilig wird, dann erkundet mal ein bißchen die umliegenden Straßen. Setzt euch mit dem Einsatzdienst in Verbindung und schaut nach, ob sie für heute nacht schon Schluß gemacht haben.« Der Brave Polizist Dave schielte nach oben in den Regen. »Man weiß ja nie, was noch alles passieren kann.« Er grinste mich erneut an. Gelbe Zähne, braune Augen, eine Art von Beben im Mundwinkel. »Kommen Sie herein, Joe.«

Die beiden Polizisten zögerten. Das war gut so.

Ich sagte zu ihnen: »Wißt ihr, was Freiheitsberaubung ist? Das ist ein ziemlich schweres Verbrechen. Seid ihr bereit, euch einer solchen Anklage zu stellen?«

Dave lachte ein wenig. Er machte eine schraubende Bewegung am Kopf, die bedeuten sollte, daß ich spinne.

Er sagte zu ihnen: »Nun zieht schon ab.«

Einer von ihnen sagte: »Werden Sie ihn in Gewahrsam nehmen, Sir?«

Das gefiel Senior Sergeant Dave nicht. Junge, das gefiel ihm ganz und gar nicht. Er trat einen Schritt nach vorn. Er blickte dem Burschen ins Gesicht, und dann zeigte er mit einem Wurstfinger auf den unreifen Pickel des Jungen.

»Mach du dir darüber keine Sorgen, mein Sohn.« Er blickte und zeigte immer noch. »Wir sprechen uns morgen früh, Bullocky.«

Der Senior Sergeant legte den Arm um meine Schultern und führte mich hinein. Die Tür schlug zu, und das war das letzte, was ich von den beiden Jungs für diese Nacht sah.

Senior Sergeant David Smith roch nach frischem Babypuder, und mir war, als würde ich vom größten, fettesten Baby der Geschichte geknuddelt. Spruso oder irgendeine andere Art von öligem Tonikum hielt seine Haare angeklatscht. Eindeutig Spruso. Ein Chef, den ich jahrelang gehabt hatte, besaß ganze Wagenladungen von dem Zeug. Von Dave angefaßt zu werden, jagte mir Schauer über den Rücken. Jetzt, als wir drinnen waren, wurde sein Arm um meine Schultern zur Zange. Ich wand mich, konnte mich aber nicht befreien. Dieser Babypudergeruch nahm mir ebenso den Atem wie sein Arm. Ich würgte, und er wollte mich nicht loslassen. Dave Smith drückte mit beiden Armen auf mich ein, als wollte er mich ersticken und mir gleichzeitig das Rückgrat brechen. Tief aus seiner Kehle heraus fluchte er. Er war wütend wie ein Stier.

Mich windend und drehend und ohne etwas zu erreichen, langte ich herum und packte eine seiner Titten und quetschte sie, so stark ich konnte. Er hörte auf zu fluchen und fing an, so eine Art unterdrückten, keuchenden Hustenlaut auszustoßen. Ich glaubte, ihn zu haben, ich glaubte, ihm diese Titte reinweg abquetschen zu können, doch dann stürzte die Welt über mir ein, und ich fiel zu Boden.

Senior Sergeant Dave stand über mir und ebenso Tittenmann Tom, und ich begriff, daß Tittenmann Tom ins Zimmer gekommen war und mich beim Zusammenquetschen einer der fetten Titten seines Bruders vorgefunden hatte, daher hatte er mir mit voller Wucht einen Hieb in die Magengrube versetzt. Atmen war nahezu unmöglich, und ich hielt mir den Leib und wand mich mit dem Gesicht auf dem Teppichboden, doch es brachte keine Erleichterung.

Besonders, als der Senior Sergeant mit dem Stiefel zutrat. Er wußte, wie das zu tun war, wie man den Stiefel wirkungsvoll einsetzte, und er tat es noch einmal.

Ich lag prustend und zappelnd und japsend da wie ein Karpfen, dem man eins mit dem Hammer vor den Kopf gegeben hat. Als ich wieder konnte, schaute ich nach oben, und Dave hielt sich die Hand über eine seiner Brüste, und Tränen liefen ihm aus den Augen. Ich hatte ihn voll erwischt. Ich hatte also recht gehabt, daß in diesem Zimmer Tränen auf mich warten würden.

Er sagte: »Worüber grinst du, du blöder Idiot?«

Ich brauchte ein Weilchen, um es herauszubringen. Ich mußte mehrfach husten.

»Es ist schwer zu sagen, wahrscheinlich werden Sie es nicht verstehen. Vielleicht sieht es bloß komisch aus, so wie Sie flennen.«

»Ich flenne nicht.«

Dave wischte sich die Augen und versetzte mir einen Stiefeltritt in die Seite, der nicht so wohlüberlegt war, wie die anderen es gewesen waren. Ich dachte, daß es jetzt genug war. Ich wollte die Waffen strecken und sagen, daß es mir reichte. Daß ich meine Lektion gelernt hätte und keine großen Reden mehr schwingen würde, und daß alles, was sie in diesem Zimmer auch taten, in Ordnung wäre, weil ich meine moralische Einstellung neu bewertet und meine Einwände, jeden einzelnen von ihnen, für haltlos befunden hätte. Also sollten sie ruhig mit dem fortfahren, was auch immer sie geplant hatten, und in sage und schreibe einer Minute hätten sie und auch Thornhill mich vom Hals.

Tittenmann Tom und Polizist Dave tauschten einen Blick. Es war ein Blick, der Bände sprach und eine Menge Argumentation, eine Menge Hin und Her, eine Menge Abwägen und Zurückstecken beinhaltete.

»Also, ich weiß über dich Bescheid, Joe«, sagte Dave schließlich.

»Ach, Scheiß«, meinte Tom angeekelt. »Du bist verrückt.«

»Wir wollen diese Sache mal auf meine Art regeln«, beharrte Dave. »Wenn du auch nur irgend jemandem davon erzählst, was du heute nacht hier gesehen hast, dann findest du dich in Satans eigener Hölle wieder. Es dauert nur Minuten, um jemanden wie dich zu überprüfen, Joe. Du wirst gesucht, Joe, kannst du dir das vorstellen? Du hast gegen deine Bewährungsauflagen verstoßen.«

»Nein, habe ich nicht. Ich habe mit meinem Bewährungshelfer abgestimmt, daß ich für drei Wochen wegfahre. Ich muß mich telefonisch melden, und das habe ich auch getan. Alles ist in bester Ordnung.«

Der Brave Polizist Dave schüttelte den Kopf.

»Nicht mehr, mein Sohn. Es hat den Anschein, daß du vor zwei Tagen von einem wachsamen Polizeibeamten gesehen worden bist, wie du diesen Pickup gefahren hast. Kannst du dir vorstellen, daß einer von uns Landeiern dein Gesicht erkennt und dich aus dem Verkehr zieht? Du hinter dem Lenkrad eines in Fahrt befindlichen Kraftfahrzeugs, das verstößt gegen deine Bewährungsauflagen. Warum hast du das bloß getan, Joe? Damit du eine hübsche kleine Fahrt hinauf ins Bass-Gebirge machen kannst? Es ist, als ob dein

Name dort draußen angeschrieben stünde. Ich vermute, irgendwo in deinem dicken Schädel hast du geglaubt, es würde nie einen Grund für irgend jemand geben, dich anzuhalten, nicht, wenn du schön vernünftig wie ein braver Bürger die Straße entlangfährst, und dein Geheimnis wäre sicher, und wenn du wieder nach Hause kommst, würde niemand etwas davon erfahren. Nun, es sieht so aus, als ob du eben kein braver Bürger bist, Joe. Du hast noch achtzehn Monate auf Bewährung vor dir. Ein Verstoß gegen deine Bewährungsauflagen, was in deinem Fall heißt, auch nur einen Schritt vom geraden Weg abzuweichen – und das hast du nun getan –, und du mußt den Rest deiner Zeit im Gefängnis absitzen. Du ziehst wieder in Pentridge ein, sobald du nach Hause kommst. Was ist nur los mit dir? Du fährst mit einem entzogenen Führerschein. Du besitzt keine Fahrerlaubnis – wirst sie auch nie wieder bekommen. Bist du denn verrückt geworden? Die Auskünfte, die ich über dich bekam, waren erstaunlich. Bildschirm um Bildschirm. Du bist ein verdammter Mörder, Joe.«

»Gefährliche Fahrweise mit Todesfolge.« Meine Stimme klang sehr heiser. »Und gefährliche Fahrweise mit schweren körperlichen Schäden zur Folge. Ich habe zwei parallellaufende Strafen, drei plus drei. Zur gleichen Zeit abzuleisten, mit Eignung zur Bewährung nach achtzehn Monaten. Ich habe meine Zeit abgesessen.«

»O ja, du hast deine Zeit abgesessen. Diese Art von vorzeitiger Entlassung heißt nicht, daß du deine ganze Zeit abgesessen hast. Volles Absitzen der Strafe, mußt du wissen, das ist es, was die Leute heutzutage fordern. Und ein gesetzestreuer Bürger bist du ja auch nicht, oder, Joe? Glaubst du denn, diese Hühnerkacke, derentwegen man dich angeklagt hat, unterscheidet sich in irgendeiner Weise von Mord? Du hast deine Zeit nicht abgesessen, du hast bloß den gefängnisseitigen Anteil abgesessen, und jetzt bist du auf Bewährung, und jetzt hast du dir deine Bewährung versaut. In diesem Fall bist du nicht bloß blöd, sondern du bist auch ein Verbrecher. Also könnte ich dich festnehmen, Joe, ich könnte dich in Eisen legen.«

Dave zutschte sich eins zwischen seinen gelben Zähnen.

»Ah, aber mit der Hilfe von irgendeinem Weltverbesserer von der Rechtshilfe redest du dir vielleicht am Ende noch den Mund über unser Motel Thornhill fusselig, nicht wahr? Du würdest jedem, der es hören will, von diesem unschuldigen kleinen Etwas erzählen, das wir hier veranstalten, und du würdest mein Leben sehr unglücklich machen. Glaubst du etwa, ich möchte unglücklich sein, Joe? Glaubst du, das ist es, was mir vorschwebt?«

»Ich werde nichts erzählen. Ich werde niemandem etwas erzählen.«

»Genau das möchte ich von dir hören.«

»Sie können mir vertrauen.«

»Nun ja, vielleicht bist du ja gar nicht so dumm. Vielleicht denkst du jetzt darüber nach, mein Sohn. Ich schätze, es ist das beste und gerechteste, wenn du einfach in deinen Pickup steigst und aus der Stadt fährst. Du hast unsere Nacht aufgemischt, und jetzt habe ich dich aufgemischt. Du weißt, wo du stehst. Klipp und klar. Ich weiß, daß du von Thornhill fortwillst. Scher dich raus aus Thornhill. Ich möchte dich nicht noch einmal hier sehen. Das ist doch ein guter Handel, nicht wahr? Hau ab, und komm nie wieder. Das Gesetz wird dich einholen, wenn du erst mal wieder zu Hause bist, doch das hat nichts mit mir zu tun. Ich schenk dir noch ein paar Tage Freiheit. Was hältst du davon?«

»Gute Idee«, sagte ich vom Fußboden aus. »Und ich trage Ihnen nichts nach.«

»O nein«, sagte Polizist Dave, »kein einziger rachsüchtiger Gedanke auf der ganzen weiten Welt.«

»Wäre das dann alles?«

»Das wäre alles. Mach, daß du fortkommst.«

»Bin schon unterwegs. Sobald ich laufen kann. Wenn Sie die Tür öffnen, krieche ich gern hinaus.«

Dave sagte: »Es ist verdammt schwer, einen Burschen nicht zu mögen, der im Angesicht seines Gegners Sinn für Humor zeigt.«

»In Ordnung«, meinte Tittenmann Tom. »Genug herumgealbert jetzt.« Er hatte die ganze Zeit geschwiegen und dabei nicht sehr glücklich ausgesehen. Er führte sich auf, als sei sein Bruder Dave ein Narr. »Er hält sich für komisch. Es heißt, Humor sei der Schlüssel zu einem langen Leben, aber um dir die Wahrheit zu sagen, mir ist das scheißegal.«

Tom blickte auf mich hinab. Seine Hände waren in die plumpen Hüften gestemmt. Ich saß mit dem Rücken an die Wand gelehnt, meine Hände auf dem Bauch verschränkt.

»Isaac möchte noch ein Wörtchen mit dir reden«, sagte Tom.

»Also komm«, meinte Senior Sergeant David Smith, »genug ist genug.«

Tittenmann Tom schüttelte den Kopf. Jetzt wußte ich es also. Der Großtittige war der schlimmere der Zwillinge. Er verfügte über eben jenes Quentchen mehr an Autorität, als wäre er genau um den Zeitraum älter, der für das eine Kind erforderlich ist, um das andere durch den Geburtskanal hinauszutreten. Die Zwillinge waren also doch keine exakten Kopien.

Dave wurde wieder nervös. Nach Babypuder und Spruso stinkend stand er da und rieb sich seine Titte und öffnete den Mund und schloß ihn, ohne irgend etwas zu sagen. In den Rissen seiner Lippen war ein klebriger weißer Stoff, und er hatte Angst vor irgend etwas.

Tittenmann Tom drehte sich um.

»Isaac«, sagte er. »He, Isaac.«

Ein Augenblick verstrich. Sein Schatten ging Isaac voraus, und dann sah ich, wovor der Brave Polizist Dave Angst gehabt hatte.

Isaacs Schatten fiel auf den schäbigen Teppichboden und sah ganz verzerrt und unregelmäßig aus. Vom Teppich blickte ich zu ihm auf, und da war Isaac und stand in der

Tür zum Badezimmer. Zwischen Isaacs Beinen hindurch hielt dieser blöde Dobermann Ausschau nach mir. Einen Augenblick lang wurde mir ganz schwach. Bloß von Isaacs Anblick. Das lag daran, daß Streifen von Seife oder Rasierkrem über seinen frischrasierten Schädel liefen und ein paar Blutspuren dort, wo er sich geschnitten hatte, und auch daran, daß er in der einen Hand ein aufgeklapptes altmodisches Rasiermesser hielt.

Isaac trat ein paar Schritte nach vorn, und er wischte das Rasiermesser zwischen den Fingern sauber, schloß es dann und ließ es in die Tasche seiner Jeans gleiten. Mit einem der Badetücher rubbelte er sich Rasierkrem und Wasser und Blut vom Schädel. Die Haut seiner neuen Kuppel war weiß wie das Fleisch einer Made. Sie war bleich wie der Tod. Tom und Dave blickten ihn auf etwa die gleiche Weise an wie ich. Isaac sah schrecklich aus, sein Gesicht war schrecklich, das neue Erscheinungsbild war schrecklich, und er starrte mich an. Das merkwürdigste an all dem war, daß jedesmal, wenn Isaac mich anschaute, etwas Wissendes in seinem Gesichtsausdruck lag. Es war nicht die Art, in der Catherine mich von der Band her kannte, es war bloß *irgendeine* Art.

Er sagte: »Hebt ihn vom Fußboden auf.«

Weder Tom noch Dave sagten einen Ton. Sie lasen mich auf. Als sie das das letzte Mal getan hatten, war ich von ihnen in den Regen hinausgeworfen worden. Irgendwie hoffte ich, sie würden das noch mal tun, aber statt dessen hielten sie mich fest, ich blickte Isaac direkt ins Gesicht, als er näher kam. Catherine ähnelte er jetzt nicht mehr so sehr.

Isaac strich sich mit der Zunge über die Lippen, als bereite er sich darauf vor, ein Stück von einem saftigen Steak von getreidegefütterten Landrindern abzubeißen. Doch sein Mund blieb trocken.

»Du hast hier alles auf den Kopf gestellt, Joe. Ist dir das klar?«

»Hör zu, die Dinge sind schon weit genug geraten. Ich

glaube nicht, daß ihr Jungs euch noch mehr hineinsteigern solltet. Genug ist genug. Ich war gerade dabei zu verschwinden.«

»Du hast außerordentlich viel Glück«, meinte Isaac.

Ich hatte keine Ahnung, warum er das sagte, aber ich sagte trotzdem: »Vielen Dank.«

Isaac blickte mich immer noch an. Neben ihm stieß sein Dobermann ein kurzes Bellen aus. Isaac schaute zu ihm hinab, gebot ihm, still zu sein, und wandte danach seine Aufmerksamkeit wieder mir zu.

»Es sieht nicht danach aus, als ob du gleich gehen könntest.«

»Ich möchte gehen.«

»Wo ist meine Schwester?« fragte Isaac.

»Ich habe sie in der Space Time Disco zurückgelassen.«

»Das ist nicht gerade ein einladender Ort«, meinte Isaac.

Er sprach langsam, nicht, weil er alle Zeit dieser Welt zu haben schien, nicht, weil er ein böser Bursche war, sondern weil er traurig zu sein schien. Er war still. Beinahe nachdenklich. Er war traurig und nachdenklich und kahl. Es war fast komisch.

Er sagte: »Was hast du dir eigentlich bei der Geschichte mit meiner Schwester gedacht?«

»Nichts«, sagte ich.

»Sag's mir.«

»Da gibt es nichts.«

»Warum ist sie dann gekommen und hat dich mit dem Auto geholt?«

»Ich weiß nicht.«

»Warum hat sie uns angeschrien?«

»Ich weiß es nicht.«

»Was hast du im Auto mit ihr gemacht?«

»Wir sind bloß gefahren.«

»Zu diesem Nachtclub.«

»Ja.«

»Und dann?«

»Nichts. Ich habe ein Lied gesungen. Ich glaube, ich habe ein Wochenende im Chimera Chalet gewonnen.«

Isaacs Zunge lief erneut über seine Lippen, und danach schluckte er. Es klang trocken. Er blickte zu Tom und Dave, lächelte gewissermaßen, aber nur dünn, und würgte ein weiteres großes Schlucken hinunter. Dann, während ich ihn anschaute, hilflos, von den Zwillingen festgehalten, sah ich, wie Tränen in seinen Augen aufstiegen. Die Überraschung, die das bei mir auslöste, hätte auch beim Anblick der erstaunlichsten Spezialeffekte der genialsten Hirne des Universums kaum größer sein können.

»Du hast alles auf den Kopf gestellt«, sagte Isaac. Eine Träne tropfte ihm von dem einen Auge auf das faltenlose Gesicht. Er sagte: »Ich liebe Catherine.«

Und ich sah, daß es stimmte.

Er trat einen Schritt zurück. Die Zwillinge faßten mich fester und hielten mich aufrechter, der Dobermann stieß ein weiteres kurzes Bellen aus, und Isaac hob seine Faust in Schulterhöhe. Er zog sie ein, seine Faust, dicht an seinen Körper heran. Er wußte, was er da tat.

Ich wollte ihm sagen, er solle mich nicht schlagen. Das einzige, was ich tat, war, meine Augen zu schließen.

Die zweite Hochzeitssuite wurde mit weißen und roten und grünen Sternen überschüttet, genau solchen, wie man sie in jeder Silvesternacht über dem Hafen von Sydney sieht. Ich glaubte, all die Oh- und Ah-Rufe der Menschenmengen zu hören. Ich glaubte, die fröhlichen Gesichter all jener Kinder zu sehen, die je voller Erstaunen nach oben gestarrt haben. Jeder hat diese Feuerwerke gesehen. Jeder will sie von neuem sehen. Ich sah sie von neuem.

Bis es schwarz wurde.

Die Welt stand auf dem Kopf.

Der Regen peitschte mich, aber ich fühlte nicht viel davon. Ich hatte keine Ahnung, wo ich war. Alles war durcheinandergeraten. Hatte ich nicht alles auf den Kopf gestellt – wenn es stimmte, was hatte dann das zu bedeuten? Regen, Schlamm, ein Kotzgefühl im Magen, der Geruch und der Geschmack von Blut. Sprunghafte Gedanken. Sang da jemand? Weinte da jemand? Das war ja ich. Die Welt stand auf dem Kopf und war schwarz. Mein Gesicht war taub, und mein Kopf schmerzte. Es war ein Gefühl, als wäre mir die Haut vom Schädel heruntergerissen worden. Es blitzte, und ich dachte, ich sei eine Million Lichtjahre von zu Hause entfernt.

Ich war aufgehängt, verkehrt herum, draußen im Freien, draußen im Regen. Das Blut toste in meinen Schläfen. Ich konnte nicht schlucken. Ich sah einen Schlammhaufen vor meinem Gesicht, Regen wie graue Vorhänge, den knotigen Stamm irgendeines alten Baumes, skelettartige Äste, ein um meine Knöchel geschlungenes Seil, wieder diesen Schlammhaufen und den auf ihn einprasselnden Regen. Ich schaukelte hin und her wie ein Pendel. Meine Arme hingen lose hinab. Ich konnte mit den Händen in den Schlamm greifen, aber das war auch schon alles.

»Mein Gott, was haben sie mit Ihnen gemacht?«

Da war Catherine. Catherine nahm mich ab. Sie schrie in den Sturm. Wir waren allein mitten im Nirgendwo. Sie versuchte, mich runterzulassen.

Ich gebrauchte meine Hände und grub sie in den kalten Schlamm und stoppte mein Schaukeln. Dann mußte Catherine mit einem kräftigen Ruck gezogen haben, denn der ganze Ast oben gab nach, und ich fiel mit dem Gesicht voran in den schlüpfrigen, schmutzigen Schlamm. Es machte nichts, ich konnte ohnehin nichts spüren. Augenblicklich spülte der Regen mein Gesicht ab, und Catherine hielt mich in ihren Armen. Hatte mich ein zweites Mal in einer einzigen Nacht gerettet. Ein Rekord. Es tat gut, ihr Gesicht zu sehen. In ihrem Gesicht arbeitete es. In ihrem Gesicht arbeitete es tatsächlich, und sie sah ziemlich mitgenommen aus.

Ich wollte etwas sagen, aber es kam einfach nichts raus.

Mitten im Nirgendwo hielt Catherine mich in den Armen.

Sie sagte: »Mein Gott, was haben sie mit dir gemacht?«, und sie schleifte uns unter die skelettartigen Äste dieses Baumes, und der Regen fiel immer noch, und ich glaube, wir lagen komplett in einem Schlammbad, aber als sie meinen Kopf an ihre Brust hielt, schien es nicht mehr wichtig, sich umzuschauen, den Versuch zu machen zu sprechen, überhaupt etwas zu tun. Ihre schlanke, zarte Hand berührte mein Gesicht. Ich wollte sie nicht mit meinem Blut beflecken, aber es war schön, in ihren Armen zu liegen. Eine große schwarze Wolke zog auf. Der Regen fiel, doch ohne einen Laut. Catherine sprach, doch ohne einen Laut. Ich konnte keinen einzigen Teil meines Körpers spüren. Mein Gehirn war kein Teil dieses Körpers. Das war gut. Es tat gut, ein solches Ding abzuschalten.

Die große schwarze Wolke hing unmittelbar über mir.

Es gibt da einen älteren Song, in dem es heißt, manchmal müsse man den Schalter suchen, der die endlose Nacht einschaltet, und ich fand diesen Schalter, und die endlose Nacht brach herein.

Was die Augen willkommen geheißen haben

»He, Joe«, sagte die Stimme neben mir, »du schläfst doch nicht etwa, oder? Du würdest uns doch nicht einschlafen, wie?«

Cliff kletterte gerade auf den Beifahrersitz. Er schüttelte mich am Arm, und das riß mich aus meinen Träumen. Das Lenkrad rüttelte unter meinem Griff. Die Reifen waren nicht korrekt ausgerichtet, aber der klapprige alte Bedford Transporter kam trotzdem ganz gut vom Fleck. Aus den Lautsprechern ertönte »Dark Side of the Moon«, und die Straße lag endlos und dunkel dort vor uns. Da war die weiße Linie, unterbrochen, einzeln, doppelt, und an den Straßenrändern rote Reflektoren an Pfosten an der einen Seite und weiße Reflektoren an Pfosten an der anderen. Dahinter Bäume, flaches Land, Berge oder Hügel, was auch immer. Ich schlief nicht, ich war bloß still, hörte mir die Musik an, träumte ein bißchen vor mich hin, strebte weit fort von dem alkoholschwangeren, schwitzigen Gestank des Bedford. Hinten ratterte unsere Ausrüstung, und das war ein Klang, den ich mochte. Er gab mir ein Gefühl der Sicherheit. Wir waren unterwegs. Am Ball. Auf Achse. Alberten herum.

Ach ja.

Jimmy gab keinen Laut von sich, obwohl ich sein Weed riechen konnte. Er zog an seiner Pfeife. Ein Zug davon, und ich wäre eingeschlafen. Tief eingeschlafen. Jimmy konnte ohne sichtbare Wirkung den ganzen Tag und die ganze Nacht an ihr hängen. Da fragte man sich schon, warum er es überhaupt tat, wenn er so immun dagegen war.

Ich warf einen Blick hinüber zu Cliff. Es mußte ihm dort hinten langweilig geworden sein. Hinten langweilte er sich immer. Jimmy war ein netter Bursche, aber er hing an seinem Weed, und er war langweilig. Wir konnten einfach keinen Bassisten finden, der zu uns paßte. Cliff und ich waren das Fahrrad, und Jimmy war das dritte Rad, und früher oder später würde Jimmy aussteigen, und wir würden wieder auf der Suche sein.

Cliff machte es sich bequem. Er sah dieser Tage anders aus. Er sah besser aus, nachdem er sich die Haare so kurz hatte schneiden lassen, den Bart ganz abrasiert hatte und um den Bauch herum so schlank geworden war, wie wahrscheinlich ein kräftiger Bursche um den Bauch nur werden kann. Er sah gut aus in seinem roten T-Shirt, auf dem BLACK RIGHTS stand, und in seinen schwarzen Jeans mit dem breiten, nietenverzierten schwarzen Ledergürtel. Er sah besser aus als in den letzten Jahren. Ohne den Bart konnte man erkennen, wie faltig seine Backen in den vergangenen Jahren geworden waren. Auch Krähenfüße hatte er, und zwar tiefe, in dieser sonnenverbrannten Lederhaut um seine Augen. Es war schon lange her, daß ich sein ganzes Gesicht gesehen hatte. Trotz der Falten und der Krähenfüße sah er jung aus, und das lag daran, daß er gesund war. Er war gesünder, als er während der letzten Jahre gewesen war. Die Dinge hatten sich zum Guten gewendet. Gut gemacht. Glückwunsch an Clifford Watt dafür, daß er verliebt war.

Er war auch ein bißchen betrunken.

Cliff hielt sich zum Abstützen an meinem Hemdsärmel fest, als der Transporter über ein Schlagloch holperte. Sein Körper schlenkerte mit dem Transporter mit, als sei kein einziger Knochen in ihm. Das war im Moment tatsächlich so, weil er trank. Er hatte nach der Show angefangen zu trinken und hatte weitergetrunken, während wir den Transporter beluden, und er trank noch immer. Früher hatten wir einmal einen Roadmanager gehabt, jetzt aber machten wir alles selbst. Je bekannter wir wurden, desto ärmer wurden wir, eine Situation, die einen wahnsinnig machen konnte, wenn man sich zu viele Gedanken darüber machte. Ich machte mir Gedanken. Alles kostete, und wir gaben mehr Geld aus als je zuvor, und das erste richtige Opfer, das wir brachten, war der Verzicht auf unseren Roadie. *Hit the road, roadie.* Die Dinge würden sich früher oder später von selbst regeln, jedenfalls sagte ich mir das immer spätabends, wenn ich über den Belegen und Abrechnungen brütete, die aus jedem erdenklichen Winkel auftauchten. Wenigstens waren wir selbst gute, starke Burschen. Wir konnten diese Ausrüstung ohne Mühe schleppen und stapeln und packen und auspacken. Es bedeutete bloß ein bißchen weniger Schlaf.

Das war nur recht und billig.

Cliffs Hand an meinem Hemd hatte einen festen Griff. Es erstaunte mich, wie groß Cliffs Hände doch waren. Es waren die Hände eines großen, starken Schlagzeugers, und er hatte starke Arme und breite Schultern. Die Hand, die sich an meinem Hemd festhielt, hing schwer an meinem Ärmel, und es war eine Last aus Bedürfnis und Trunkenheit und Liebe. Cliff blickte durch die dreckige Windschutzscheibe nach vorn, wo unsere Scheinwerfer die Nacht zerteilten. Er war nicht sturzbetrunken, nein. Ich glaube nicht, daß er sturzbetrunken war, bloß schwatzhaft betrunken. Wenn er nicht Schlagzeug spielte und er im Bedford mitfahren mußte, dann war er gern schwatzhaft betrunken. Das war er jetzt, und die Liebe hatte ihn auch verändert, also war er glücklich. Ich habe gelesen, daß die Glückseligkeit der Unsterblichkeit ähneln soll. Wenn man glücklich ist, heißt es, dann erfahre man das Ewige. In diesem Zustand also befand sich Clifford Watt, der Geliebte, der Glückselige, ein Unsterblicher in rotem T-Shirt und schwarzen Jeans, der sich am Hals einer Whiskyflasche festhielt.

»Hast du gehört, was ich gerade gesagt habe, Joe? Ich habe dich gefragt, ob du weißt, wie es gewesen ist.«

»Ja, also, ich glaube schon.«

»Andererseits, Joe, weißt du's vielleicht doch nicht, und

das soll keine Kritik sein, aber vielleicht weißt du gar nicht, was ich meine, weil die Menschen sich bestenfalls erhoffen können, daß etwas so Besonderes zweimal oder dreimal im Leben vorkommt. Ich glaube nicht, daß die Menschen nur einmal leben. Ich glaube nicht, daß man nur einmal oder zweimal lebt, aber dreimal ist wahrscheinlich die obere Grenze, und viermal, das heißt einfach, es auf die Spitze zu treiben. Findest du nicht auch? Man kann erwarten, etwas wirklich Besonderes einmal oder zweimal im Leben anzutreffen, aber darüber hinaus, ich weiß nicht, das ist wahrscheinlich zuviel, und wenn es noch mehr sein soll, dann ist es wahrscheinlich überhaupt nicht mehr realistisch. Man nennt das Liebessucht. Liebessucht. Hast du jemals von einer solch blöden Krankheit gehört? *Addiction d'amour?*«

»*Addiction d'amour?* Noch nie gehört.«

Cliff ließ meinen Ärmel los, und er schüttelte seinen großen Kopf, und dann rieb er sich das Gesicht in seinen großen Händen. Er war müde. Ich war müde. Wir hatten an jenem Tag bereits eine Show gemacht, eine Mittagsshow, und die Sonne hatte heiß auf die Bühne gebrannt, und wir hatten neunzig Minuten lang keinen Schatten gehabt, und nun ließ uns der Ehrgeiz acht Stunden lang einen Highway entlangfahren, bloß um einen Mitternachtsauftritt auf irgend so einem bescheuerten psychedelischen Hippie-Festival zu absolvieren, das wir wahrscheinlich gar nicht mögen würden, drüben im nächsten Staat.

Der Ehrgeiz war mein Ehrgeiz. Wenn es nach Cliff und Jimmy gegangen wäre, hätten wir jeder ein paar Aspirin geschluckt und würden uns jetzt einen großen Kinofilm reinziehen oder uns ein *Vindaloo* oder ein *Korma* oder ein *Alu palak* teilen, oder wir lägen bereits irgendwo in irgendeinem Großstadthotel in den Betten und schliefen uns nach einem Tag mit zuviel Sonne richtig aus.

»Ich weiß schon, was du meinst«, sagte ich, aber Cliff faselte ja bloß. Wenigstens glaubte ich, daß er faselte. Vielleicht faselte er auch nicht. Vielleicht lag ein Sinn in dem, was er zu sagen versuchte, und es war etwas, das mir nicht gefallen würde. Ich wünschte mir, Cliff würde wieder nach hinten klettern und Jimmy Gesellschaft leisten. Cliff war ein wunderbarer Schlagzeuger, aber er konnte einem ziemlich auf den Geist gehen. Auf seine Weise war er genauso langweilig wie Jimmy. Sie könnten eigentlich beide hinten im Transporter bleiben und sich gegenseitig langweilen. Ich saß am Lenkrad. Am Lenkrad zu sitzen war in Ordnung, sogar bei dieser Musik und den Kopfschmerzen von der Sonne. Als wesentlicher Bestandteil von *I Am Watt*, unserer unabhängigen Band, die sich angeblich im Aufstieg befand – was, wenn das Geld als Maßstab diente, recht zweifelhaft war –, hatte Jimmy den schlechtesten Musikgeschmack, und jetzt stellte er ihn in vollem Umfang zur Schau. »Dark Side of the Moon«. Dennoch, ich schätze, es klang nicht schlecht. Es paßte zum Highway und der Schwärze ringsum. Es paßte zum Regengeruch in der Luft und dazu, daß der Regen noch nicht da war. Es war ein schuldbeladenes Vergnügen, diese Musik. Das Leben war nichts als eine Ansammlung schuldbeladener Vergnügungen, und vielleicht ließ Cliff mir deshalb keine Ruhe.

»Ich weiß nicht, ob ich wirklich an eine Partnerschaft fürs Leben glaube«, sagte er.

Cliff trank einen Schluck aus seiner Flasche Johnnie Walker Red Label. Er saß auf dem Beifahrersitz des Bedford, die Füße mit den schwarzen Stiefeln gegen das Armaturenbrett gestemmt, und er trank schluckweise von diesem Whisky. Seine schwarzen Stiefel liefen an den Zehen in Spitzen aus. Sie sahen recht gut aus, diese schwarzen Stiefel, sehr nach einer im Aufstieg begriffenen Band. Er hatte sein Taschengeld gespart, während ich über den Belegen und Abrechnungen gebrütet hatte.

»Es gehört schon eine Menge dazu, an Partner fürs Leben zu glauben. Aber andererseits waren meine Eltern siebenunddreißig Jahre lang miteinander verheiratet, und, wer weiß, ein oder zwei Jahre waren wahrscheinlich ganz gut.«

Er grinste mich an. Ich konzentrierte mich auf die Straße und das Lenkrad und auf die Geschwindigkeit, mit der wir uns vorwärts bewegten.

»Nein, sie waren schon ziemlich glücklich, Joe. Sie waren wirklich glücklich. Vermutlich haben sie erwartet, daß ihr Sohn etwas Besseres wird als Schlagzeuger in einer Band, aber miteinander, da waren sie wohl ganz glücklich.«

»Gut für sie.«

»Soll ich dir mal erzählen, wie das mit Annie passiert ist?«

Es war total egal, was ich sagte. Er würde es mir sowieso erzählen.

»Es war keine Liebe auf den ersten Blick, und ich bin froh darüber. Dreimal sind wir uns begegnet. Als ich sie die beiden ersten Male traf, habe ich mir gedacht, sie ist nett, aber nichts für mich. Ich wollte nicht mal mit ihr schlafen. Wir trafen uns auf einer Party, und ich merkte, daß sie ganz angenehm war, und sie sah gut aus, hatte hübsche Beine und einen schönen runden Hintern. Gebärfreudiges Becken, falls du weißt, was ich meine, so ganz Weib. Alles Weitere – aber davon will ich jetzt gar nicht erzählen – sah auch recht gut aus. Doch ich habe mir gedacht, nein, da springt kein Funke über, sie ist prima, aber ich kann auch ohne sie leben. Wir haben eine Menge gequatscht. Schön. Danach waren wir Freunde, und jeder kann schließlich eine zusätzliche Freundin gebrauchen, es sei denn, man hat gerade die Absicht, sich zu verheiraten, und das trifft auf mich doch nicht zu. Das zweite Mal traf ich sie im Foyer des Filmtheaters Mandolin nach einer Wiederaufführung von *Der Pate.* Es war einer jener versauten Sonntagnachmittage, an denen das Wetter sich nicht entscheiden kann, ob es regnen oder ob die Sonne scheinen soll, und an denen man sowieso nichts anderes vorhat. All diese Typen von Filmstudenten waren im Foyer, und alle trugen sie Schwarz und hatten Hornbrillen auf. Es hätte in Melbourne sein können. Sie war allein, und ich war allein, und wir gingen uns einen Kaffee holen und redeten über Al Pacino. Al hier. Al dort. Große Sache. Sie ging nach Hause, und ich ging ins Hotel zurück, und auf Foxtel lief *Oprah Winfrey*. Ich soff mir einen an und aß ein paar Hamburger. Meine Vorstellung von einem guten Abend. Du warst mit irgend jemand aus. Ich erinnere mich. Du hast sie dir nach der Show einfach ausgesucht, und dann hast du sie ausgeführt, und danach hast du sie auf unser Zimmer mitgebracht. Nicht wahr?«

»Ich kann mich nicht erinnern.«

»Du kannst dich nicht erinnern.« Cliff trank. Er lachte ein bißchen. »Das dritte Mal, das war ein Jahr später, und wir waren wieder in Sydney, und es war an dem Abend nach dem Phoenician Club, als Jimmys Verstärker hochging. Kannst du dich daran erinnern, Joe?«

»Vor acht Wochen.«

»Zwölf, genauer gesagt. Drei Monate. Ich hatte noch nicht einmal gewußt, daß Annie dort sein würde. Ich hatte sie nicht im Publikum gesehen, und auch danach war sie nicht nach hinten gekommen, um hallo zu sagen. Zuviel Zeit war vergangen. Aber erinnerst du dich, wie gut wir an dem Abend waren?«

»Wenn da nicht der Verstärker gewesen wäre, hätte man uns klassisch nennen können.«

»Erinnerst du dich, wie ich danach unbedingt allein sein wollte?«

»Ja, warum eigentlich?«

»Ich war so glücklich. Ich war voller Adrenalin. So wie dieser Verstärker den Raum mit Qualm gefüllt hatte und wir einfach weitergespielt haben und die Kids kreischten und ich nicht wußte, ob sie das taten, weil sie auf uns abfuhren oder weil sie glaubten, sie würden sterben. Es stimmt nicht, was du sagst. Wir *waren* klassisch. Ich bin gleich rüber zur King Street gegangen, und die vielen Gerüche von den vielen Restaurants und die vielen Leute, die aus den Pubs und den Bars kamen, und die vielen Autos Stoßstange an Stoßstange, das alles machte mich einfach so glücklich. Es war fast Mitternacht, und es war einfach so, das Leben war wunderschön. Ich fühlte mich, als wäre ich nicht allein auf der Welt – und trotzdem frei wie ein Vogel. Du kennst doch das Gefühl, wenn man nicht bloß irgendein blöder kleiner Fettfleck ist, der auf dem Angesicht der Welt herumkriecht, sondern so frei ist wie ein Vogel? Es war, als würde es keine Niederträchtigkeit bei den Menschen geben, keine Armut, keine verlogenen Politiker, keine Manager, die einen bis aufs Hemd ausplündern, und keine Clubbesitzer, deren Schecks platzen.«

»Es war doch nur die King Street.«

»Ich weiß.«

»Erzähl weiter.«

»Und dann war sie da. Annie. Sie kam gerade mit ein paar Freundinnen aus einer Bar, die Paradiso heißt. Sie erzählte mir, sie seien nach der Show zur King Street hinüber gegangen, um etwas zu trinken, und das hätten sie jetzt gerade hinter sich, sie seien auf dem Weg nach Hause. Ihre Freundinnen waren mir gegenüber ziemlich zurückhaltend. Sie wußten nicht recht, was sie sagen sollten. Sie wollten nicht schmeichlerisch sein und sagen, ich sei phantastisch. Und deshalb fand ich es nicht weiter schlimm, auf sie gestoßen zu sein. Annie meinte, wir könnten ja zusammen was trinken, und ihre Freundinnen sagten, sie wollten eigentlich nach Hause gehen, und ich sagte, in Ordnung, aber bevor wir ins Paradiso hineingingen, schaute sie mich an, und ihr Gesicht war ganz lebendig. Ich konnte einfach nicht aufhören, sie anzusehen. Die King Street war ganz voller Leben, und Annies Gesicht war ganz voller Leben. Es brachte mich zum Lachen, Joe. Sie sagte auf so eine atemlose Art und Weise, daß sie in Wahrheit lieber nach Bondi fahren würde. Sie sagte, es sei spät, aber im Club sei es so heiß und verqualmt gewesen, und sie möchte wirklich an den Strand fahren und in den Wellen spazierengehen. Es klang wie ein blöder Einfall, und ich mußte einfach mitmachen. Ich dachte mir, es könnte ganz gut sein und würde mich vielleicht soweit beruhigen, so daß ich früher oder später in der Lage sein würde, ins Hotel zurückzugehen und etwas Schlaf zu finden. Annie fuhr uns, bloß uns beide, in ihrem VW den ganzen Weg bis nach Bondi Beach. Und weißt du, wie es war, als wir dort ankamen?«

»Nein.«

»Die Lichter, der Geruch des Salzwassers, all die Düfte, die aus den vielen Cafés und den italienischen Restaurants kamen. Wir parkten weit hinten in einer der Straßen, und als wir zum Strand gingen, standen wir auf einmal vor einer billigen alten türkischen Pizzeria, und da saßen Leute, die Wein tranken und aßen und lachten, und da war dieser viele Knoblauch, der sich in der Luft mit dem Geruch fremder Kräuter vermischte, und plötzlich hatte ich einen solchen Hunger, wie ich nie zuvor Hunger hatte, was für mich, wie du weißt, schon einiges heißen will, und also teilten wir uns so eine wilde türkische Pizza und eine Flasche Chianti, und dann liefen wir quer über die Campbell Parade und entkamen mit Mühe den vielen Autos, die vorbeizischten, und auch wenn sie ein gebärfreudiges Becken hat, so ist Annie doch eine gute Läuferin, und sie war mir weit voraus, und direkt vor der Stelle, wo die Wellen an den Strand schlugen, warf sie sich in den Sand, und ich warf mich neben sie, und sie sagte, schau dir die vielen Sterne an, Clifford Watt, und das haben wir dann gemeinsam getan, wir haben einfach die vielen Sterne angeschaut. Wir haben ihre Namen aufgesagt, soweit wir sie wußten. Wir kannten nicht sehr viele. Wir gaben dem hellsten Stern den Namen Cliffs Komet und dem glanzlosesten den Namen Madonnas Mond. Danach rollte ich mich auf die Seite, und ich schaute Annie an, und sie lächelte mich an, und ich dachte, es ist komisch, sie lächelt, aber sie hat so traurige Augen. Ich spürte einen Schmerz im Inneren, als ich sie anschaute, Joe. Ist das denn so schlimm? Ich habe diesen Schmerz vor ihr noch nie verspürt. Wahrscheinlich tut es dir auch weh, wenn du mich ansiehst, aber das liegt daran, daß ich so ein häßliches Arschloch bin.«

»Na ja, ich habe mich inzwischen daran gewöhnt.«

»Ja, ich bin verdammt häßlich. Ver-dammt häß-lich.« Cliff lachte. »Vielleicht hält mich Annie ja gar nicht für häßlich. Na egal. Dann stand sie auf, und wir nahmen unsere Schuhe in die Hände, und sie kletterte mit mir um die schwarzen Felsen herum. Der Wind schwoll zu Sturmstärke an, und während wir hin und wieder die Übergänge hinaufliefen, kamen wir an Pärchen vorbei, die knutschten oder eine Flasche Wein tranken oder eine Portion Fisch und Fritten miteinander teilten, oder an irgend so einem skrofulösen alten Trottel in Trainingshosen und dem abgerissenen T-Shirt eines unverheirateten Mannes, der dasaß und allein auf den Ozean hinausstarrte, und sie brachte mich bis hinüber zum Tamarama Beach, und dort wanderten ein paar Leute umher, aber die waren bloß Schatten, und wir konnten sie nicht sehen, und sie konnten uns nicht sehen, und Annie schien es sowieso nichts auszumachen.«

»Was auszumachen?«

»Wir waren im Dunkeln. Es ist wirklich dunkel dort draußen, und es war windig in jener Nacht. Tamarama. Der Wind blies direkt vom Meer, so daß die Wellen schwarz und gewaltig waren, mit diesen gespenstisch aussehenden weißen Kronen. Annie zog sich ihre Sachen aus, und sie ging in Unterwäsche zur Wasserlinie, und sie ging einfach weiter, dann schwamm sie direkt in die Brecher hinein. Ich will damit sagen, sie schwamm wirklich kraftvoll. Kannst du dir das vorstellen? Ich verlor sie aus den Augen, während ich mir das Hemd und die Hose und die Schuhe und Socken auszog und sie in einem Häufchen neben ihrem Kleid liegenließ. Ich lief ihr nach. Diese Strömung ist ja so stark, Joe, und ich hatte Angst um sie, nicht um mich, sondern um sie. Ich holte sie im kühlen Wasser ein. Sie trug einen weißen Spitzen-BH, und der obere Teil ihrer Brüste glänzte und glitzerte. Wir hatten die Brecher hinter uns gelassen und konnten sie an den Strand schlagen hören. Es klang so weit entfernt. Alles war dunkel, und ich weiß gar nicht, wieso wir eigentlich nicht dabei draufgingen. Das ist kein Strand, um dort seine Späßchen zu machen. Dann, ohne daß meine Füße den Grund berührten und ohne daß sie dem Grund auch nur nahe kamen, nahm ich Annie in die Arme und hielt sie so, daß ihr Gesicht vom Mond angestrahlt wurde. Es war ganz seltsam, Joe. Ihre Haare waren hinten angeklatscht, und ihr Gesicht war naß, und ihre Haut war ganz glänzend, und dann hatte sie auch eine Gänsehaut, und sie lächelte mich an, und ich glaubte, die Sonne und die Sterne direkt in ihren Augen sehen zu können. Und das war's eben, Joe, das war's.«

Ich lachte.

Cliff lachte auch.

»Jawohl, ich hing wie ein zappelnder Fisch an der Angel. Es war nicht wie im Himmel. Es war bloß wie ein Zauber. Das war es. Es war eine jener Nächte, in denen es keine Rolle spielt, ob man zehn oder zwanzig oder achtzig oder neunzig ist, man stellt bloß fest, daß sich die Welt aus irgendeinem Grunde auf diese komische Art verdreht hat, und ganz plötzlich ist es gar nicht mehr so töricht, an Märchen und Vampire und Werwölfe zu glauben, und wenn die Welt sich so dreht, ist es ebenso leicht zu glauben, daß es zu jeder einsamen Seele, die umherwandert, eine andere Seele gibt, die nach ihr sucht.«

Jetzt mußte ich über Cliffs Geschichte schmunzeln. Ich wollte eine Art Lachen ausstoßen, kein spöttisches Lachen, sondern eher – ich weiß nicht recht – eines, das von Entzücken geprägt ist. Ein ziemlich blödes Wort, »Entzücken«, aber so empfand ich nun einmal. Vielleicht war Cliff gar nicht so ein Langweiler. Dieser große, whiskytrinkende Schlagzeuger sprach von Zauber und Seelenfreunden. Was für ein Ding. Was für ein gewaltiges Ding.

»In dem Augenblick sah ich Annie. Es hätte ebensogut beim ersten Mal sein können, als ich sie in Augenschein nahm. Kennst du dieses Lied ›What the Eyes Have Made Welcome to the Heart‹? Genauso war es. Es geschah in jenem Augenblick, daß ich sie wirklich sah. Mit meinen Augen. Mit meinem Herzen.«

»Und was hast du gesehen?«

Cliff schwärmte wie ein Primaner. Whisky ist eine schreckliche Sache. Aber es lag nicht bloß am Whisky.

»Etwas«, sagte er. »Etwas.«

Ich wußte nicht, was ich dazu sagen sollte, daher fuhr ich einfach weiter und ließ ihn noch ein paar Schlucke aus der Flasche nehmen und sich wieder beruhigen. Auch ich hatte Annie gesehen, aber anscheinend nicht auf die Art und Weise, wie Cliff sie gesehen hatte. Sie war bloß so ein Mädchen. Sie war bloß so ein Mädchen, das ein gebärfreudiges Becken hatte. Ich fragte mich, wie viele Mädchen ich angeblickt und nicht gesehen, geküßt und nicht gesehen, geliebt und nicht gesehen hatte, und ich fragte mich, ob es das war, was Cliff mir zu erzählen versuchte.

»Ich werde sie heiraten, Joe«, sagte Cliff. »Ich werde Annie dazu bringen, mich zu heiraten. Wenn wir wieder in Sydney sind. In zehn Tagen von heute an. Dann fahren wir doch zurück, in zehn Tagen, oder?«

Er blickte mich an, und er lächelte. Irgendwie war es ein trauriges Lächeln. Es war das Lächeln derer, die wissen, daß sie diesen seltsamen Schritt getan haben und jetzt an Märchen und Vampire und Werwölfe glauben. Es lag noch etwas anderes in diesem Lächeln, aber ich konnte nicht herausfinden, was es war. Es war etwas darin verborgen, etwas, das zu entschlüsseln mir eigentlich hätte gelingen sollen, doch ich war zu blöd. Die Wahrheit ist, daß ich mir hohl vorkam, als er mich so anlächelte. Ich hatte das Empfinden, da sei nichts in meinem Innersten. Es wäre gut gewesen, Freude zu verspüren, aber was ich tatsächlich fühlte, war, daß Cliff ein Mann mit einer Seele war und ich ein Mann ohne eine Seele. Seine Fähigkeit, an die Liebe zu glauben, sagte mir doch: »Sieh nur, wie sehr du ohne Liebe bist, Joe«, und selbst wenn es keine Liebe war, selbst wenn er bloß ein weiterer schwärmerischer alter Dummkopf war, trunken von einer Romanze an einem dunklen und windigen Strand, von Zauberei und Märchen, von den traurigen Augen eines hübschen Mädchens, was machte das schon? Er war ein Mann, der liebte, und ich war ein Mann, der von einem Stück Arbeit acht Stunden lang einen Highway entlang geradewegs zum nächsten Stück Arbeit fuhr.

»Das ist wirklich gut, Cliff.«

Cliff reichte mir die Flasche.

»Paß darauf auf, Kumpel. Ich lege mich hin und schlafe ein bißchen.«

Er schaute über die Schulter, aber er verließ seinen Sitz nicht. »Dark Side of the Moon« lief noch einmal, ganz von Anfang an.

»Der Regen kommt. Jimmy ist weggetreten.« Er blickte mich an, und er lächelte dieses gleiche traurige Lächeln. Die tiefen Falten in seinem Gesicht und die Krähenfüße um seine Augen zeichneten sich deutlich ab, wenn er so lächelte. Vielleicht war er gar nicht mehr so jung. Vielleicht war es keiner von uns mehr. »Dieses Leben hier ist für mich so gut wie vorbei, Joe.«

Das also war das Etwas. Das wirkliche Etwas. Sein Lächeln besagte, er glaubte an Zauberei, und er ließ jeden stehen, der nicht daran glaubte.

Ich sagte: »In Ordnung.«

»Ich habe einen guten Namen für die Band gefunden, für die Zeit, wenn ich weg bin. Ihr werdet den Namen I Am Watt dann sicher nicht mehr tragen wollen. Wie wär's denn mit diesem: Sankt Joseph. Joseph Santo. Sankt Joseph. Das wäre doch ein guter Name.«

Ich antwortete ihm nicht.

Cliff sagte: »Ich wünschte mir, ich hätte ein Handy. Ich wünschte mir, ich könnte jetzt in diesem Augenblick mit ihr reden. Ich wünschte mir, ich wäre nicht in diesem Transporter.« Cliff hielt inne, weil er darüber nachdachte. Er war von schwatzhaft betrunken zu schwärmerisch betrunken übergegangen. »Mist«, sagte er und rieb sich das Gesicht.

Ich sagte: »Warte nur, bis du einen Job in einer Fabrik und ein Haus irgendwo in einem Vorort hast. Warte nur, bis du zu Kotelett und grünen Bohnen und einem Haufen dir aus dem Gesicht geschnittener Bälger heimkehrst. Warte nur, bis du samstags Unkraut zupfst und sonntags den Grill für die angeheirateten Verwandten anwirfst.«

Cliff meinte: »Du solltest auch daran denken, damit aufzuhören, Joe.«

Langsam, vorsichtig kletterte er aus seinem Sitz heraus und nach hinten, und ich hatte mich noch nie zuvor so einsam oder verloren gefühlt, wie ich mich jetzt in dieser Fahrerkabine des Bedford fühlte.

Jetzt war mehr als nur der Geruch des Regens zu spüren. Er kam. Ich glaubte, ihn schon sehen zu können, schräg einfallend und schwer, wie der Eingang zu einer anderen Welt. Der Transporter rollte in den Regen hinein, und der Regen trommelte geräuschvoll auf den Transporter. Der Geruch des Regens war so stark wie der Geruch von Weed und von Alkohol und von dreckigen Klamotten. Die Straße war schnurgerade, und ich hielt das Lenkrad mit den Oberschenkeln gleichermaßen schnurgerade fest. Ich schraubte den Verschluß von der Flasche Johnnie Walker ab. Ich nahm einen ordentlich langen Zug, und dort unten in meinen Eingeweiden war ein Loch, das bloß darauf wartete, gefüllt zu werden. Dieses Zeug schmeckte gut, aber ich hätte lieber etwas Eis dazu gehabt. Etwas Eis und ein Stück türkische Pizza und die hübschen Schultern irgendeiner Fremden, um die ich meine Arme legen konnte. Irgendeine Fremde, die ihr Kleid abstreifte und für mich in Unterwäsche in den Ozean hineinlief. Cliff glaubte an Zauberei. Cliff sah die Sonne und die Sterne in den Augen eines Mädchens namens Annie. Ich war einsam und verloren. Es lag an diesem Highway. Es war dieser Highway, der mich so einsam fühlen ließ.

Ein Highway bei Regen ist der einsamste Ort der Welt. Doch das komische war, daß dieser Highway wie ein Fluß aussah. Schimmernd. Schwankend.

Mein Kopf war schwer, doch ich legte ihn zurück und trank einen weiteren Schluck aus der Flasche.

April, April

Catherine saß unmittelbar neben dem Bett, und ich war noch so schlaftrunken, daß sie mir dort wie ein Gespenst vorkam. Es war Morgen, und sie trug jetzt ein lose fallendes Kleid, das ihr bis an die Knie reichte und Arme und Schultern und Waden freiließ. Es tat gut, sie zu sehen, es tat gut, sie anzuschauen. Ihre Haare waren zurückgebunden. Die Lampe auf der Kommode hinter ihr verlieh dem Profil ihres hochgewachsenen, schlanken Körpers ein gewisses Leuchten. Das war etwas, woran ich besser nicht dachte. Vielleicht war es gar nicht so gut, sie anzuschauen, jedenfalls nicht so. Sie war ein junges Ding, und ich hatte jede Menge Ärger, und ich wollte nicht, daß sie noch mehr da hineingezogen wurde, als bereits geschehen. Beim Anblick eines hübschen Mädchens ganz romantisch und träumerisch zu werden, war die eine Sache, sie aber in ungesetzliche Handlungen zu verwickeln, eine völlig andere. So selbstsüchtig, ihr das anzutun, war ich nun wieder nicht. Meine Probleme waren meine Probleme. Der Ausgang der Nacht und das, was der Brave Polizist Dave zu mir gesagt hatte, hatten mich um einiges vernünftiger werden lassen. Ich sah die Dinge klar, selbst jetzt in meinem schlaftrunkenen Zustand. Das beste, was ich tun konnte, war, aus Catherines Leben zu verschwinden, und damit hatte es sich.

Ich wandte mich von ihr ab, aber ich konnte die Tatsache nicht verleugnen, daß die Art, wie sie so dasaß und mich beobachtete, bedeutete, daß sie das erste sein wollte, was ich beim Aufwachen erblicken sollte.

Doch Catherine war nicht das erste, was ich erblickt hatte.

Ich erinnerte mich, vor Stunden in diesem Schlafzimmer die Augen aufgeschlagen zu haben und allein gewesen zu sein. Dieses Alleinsein war genauso wie in all den Nächten, in denen ich in meiner Zelle im Block B aufwachte und wußte, daß ich trotz der vielen im Schlaf murmelnden und im Schlaf fluchenden Männer in den Zellen um mich herum allein war. Viele Nächte in meiner Zelle träumte ich oder stellte mir vor, daß irgendeine Frau an meiner Pritsche säße und darauf wartete, daß ich aufwachte, damit sie die Arme um mich legen und mich küssen könnte. Oscar Wilde hatte geschrieben, daß er von seiner Zelle aus nicht die Eisenstangen vor seinem Fenster, sondern die funkelnden Sterne am Himmel sah. Er war ein Mann der Seele. Ich, Joe Santo, ans Fleisch gebunden, sah eine Frau. Diese Frau liebte mich, und sie begehrte mich, und vor allem wollte sie mich in den Armen halten und mich küssen. Manchmal war sie jung, manchmal war sie alt, manchmal war sie eine Venus, und zu anderen Zeiten war sie schlicht wie Wasser. Nichts davon war in jener Zelle von Bedeutung, wenn man aus den Träumen erwachte, nicht, wenn sie dort am Ende meiner harten, schmalen Pritsche mit den steifen Laken wartete, nicht, wenn ich wußte, sie würde so lange verweilen, bis meine Träume dahingeschwunden waren. Ja, in meinem Geist und in meinem Herzen saß sie wartend am Rand meines Zellenbetts, so, wie sie es für jeden anderen träumenden Mann tat, der an diesem Ort hinter Schloß und Riegel gehalten wurde. Jedesmal, wenn ich voll erwachte und sah, daß sie nicht da war, stand ich im Dunkeln auf, ging zweieinhalb Schritte und benetzte mein Gesicht im stählernen Waschbecken mit dem stahlkalten Wasser. Schwer stützte ich mich dann auf das Becken und seufzte, legte mich anschließend wieder hin und versuchte zu schlafen, während um mich herum das Murmeln und Fluchen und Weinen im Schlaf weiterging.

Als ich zum ersten Mal in diesem fremden Bett unter diesen sauberen Laken und der sauberen Decke mit einem vollen, weichen Kissen unter dem Kopf von meinem eigenen Zittern erwacht war, da hatte ebenfalls niemand am Fußende gesessen.

Das erste, was ich gesehen hatte, war das Unwetter draußen vor den Schlafzimmerfenstern gewesen. Der Regen war schuld daran, daß ich mich verändert hatte. Ich war nicht mehr der Mensch, der ich einmal gewesen war, ich war etwas anderes. Ich erinnerte mich daran, wie der Transporter von *I Am Watt* an jenem Abend in die ersten Regenschleier hineinfuhr und es für jeden von uns dreien gewesen war, als träten wir in eine andere Welt ein. Nun ja, so war es ja auch gewesen, und ich saß noch immer in ihr gefangen. Cliff ebenso. In dieser neuen Welt gingen die Dinge beim geringsten Anlaß schief, und er und ich, wir beide, wir waren weniger, als wir zuvor gewesen waren, und dennoch mußten wir uns irgendwie einen Weg suchen.

In diesem fremden Schlafzimmer waren die Fenster alt und aus Holz und mit Jalousien versehen, und die Riegel der Läden waren rostig. Ich sah das. Ich sah, daß es ein altes Haus sein mußte. Es war ein altes Landhaus, von einem ehemaligen Soldaten gekauft, der sich entschlossen hatte, aufs Land zu ziehen, solange er noch jung und hoffnungsvoll genug war, um etwas daraus zu machen. Mit einer Frau und einem Sohn und einer Tochter hatte er sein neues Leben in diesem Landhaus geführt, bis die Dinge schiefgingen und die Frau die Tochter mitnahm und der Sohn nach Thornhill zog und sein eigenes Geschäft und Leben führte. Wie mußte es wohl für Rosewall senior, den früheren Soldaten, gewesen sein, in diesem Landhaus mit einer Reihe von Träumen zu leben, die sich nicht erfüllt hatten? Das war etwas, womit ich mich, das glaubte ich wenigstens, auskannte. Ich glaubte, die Einsamkeit zu kennen, die wie Blei in den Eingeweiden des früheren Soldaten Rosewall gelegen haben mußte. Ich glaubte, die Wut zu kennen, die er vor seinen Nachbarn und seinen Freunden und möglicherweise sogar vor sich selbst verbergen mußte.

Das Schlafzimmer war dämmrig, aber nicht dunkel, sondern wohltuend von einer schlichten Porzellanlampe mit einem aprikotfarbenen Schirm erhellt, die von ihrem Standort oben auf einer polierten Mahagonikommode ein schwermütiges Licht ausstrahlte. In der Großstadt, in der ich wohnte, würde man ein Vermögen für eine einfache Kommode wie diese zahlen, und für die Lampe ebenso. Mein Vater hatte in seinem Laden mit solchen Dingen gehandelt. Er war immer auf der Suche danach gewesen. Ich kannte einen Händler in meiner Stadt, der nur von diesen alten Landhäusern lebte. Er fuhr häufig aufs Land hinaus und fand Wege, sich mit den alten Leuten anzufreunden, die in derartigen Häusern wohnten, und er machte sich mit den Möbeln vertraut, die seit Generationen dort gestanden hatten, und wenn die alten Leute starben, war er dann mit seinem Angebot an die Hinterbliebenen zur Stelle, und die gaben ihm gewöhnlich alles, was er haben wollte, für einen Apfel und ein Ei oder auch zwei, selten aber drei oder vier, und all diese Möbel aus der alten Welt – seine zutage geförderten Schätze – kamen in seine Läden, wo er sie zu Großstadtpreisen verkaufte. Mein Vater hatte manchmal dasselbe getan.

Großstadthäuser und Großstadtwohnungen füllten sich mit den Beistell- und Eßtischen, den Kommoden, den Stühlen, den Schränken, den restaurierten Waschtischen von Leuten, die nie wissen würden, was für Schätze einst in ihren Häusern gestanden hatten. Jener Mann sprach von den Gesetzen des Marktes. Mein Vater hatte gute Preise gezahlt. Beide handelten ohne Scham oder Schuldgefühl – sie waren vielmehr stolz auf ihr Tun. Sie sahen sich nicht als Geier, nur als Bürger des Neuen Rechts. Er und mein Vater repräsentierten die Gesetze des Marktes. Sie wußten, was das Leben ausmacht.

Das waren meine Gedanken, während ich im Morgengrauen allein dalag.

Ich sah, daß die Läden des Schlafzimmers geöffnet waren, die Fenster aber waren geschlossen, und der Regen trommelte dagegen. Das war das erste, was ich wirklich gesehen und was ich wirklich klar gedacht hatte, nämlich, daß der Regen noch immer niederging. Danach hatte ich meine Augen geschlossen und Regen gesehen. Mein Kopf befand sich an einem anderen Ort. Nach einigen Minuten war ich wieder eingeschlafen, und ich dachte über diesen Regen nach, und ich lag wieder auf meiner harten Pritsche in meiner Zelle, und in diesem Traum merkte ich, daß zu den vielen Dingen, vor denen die Zellen in Block B ihre Insassen schützten, der morgendliche Klang fallenden Regens nicht gehörte.

Als ich das nächste Mal meine Augen öffnete, saß Catherine bei mir am Bett, und das versetzte mich in einen Schockzustand und in Erregung, und sie war durchsichtig und phantastisch wie ein Geist, und draußen sah es noch immer so saumäßig aus, daß es hätte Nacht sein können, doch ich wußte, es war Morgen. Das war etwas Besonderes, über das ich manchmal verfügte, eine Art innerer Uhr, was im Verlauf unserer kurzen Karriere bedeutet hatte, daß die Band nie zu spät auf die Bühne gekommen war, wenigstens nicht durch irgendwelches Verschulden meinerseits, und Agenten und Manager und Clubbesitzer hatten das an uns sehr geschätzt. Es war eine seltene Begabung. Besonders selten, wenn man sich diese aufgeblasene Sorte von herumstolzierenden importierten Gockeln und Pfauen anschaute, für die wir gewöhnlich eröffneten. Es war etwas, das mich mit einem gewissen Stolz erfüllte, weil diese Gockel und Pfauen zwar über mehr Talent und mehr Glück verfügen mochten, aber sie besaßen nicht meine Begabung im Umgang mit der Zeit. Na schön, der Sieg war klein, und vielleicht war die Begabung noch kleiner und vielleicht sogar ziemlich unnütz, jetzt, da mein Leben von keinen wirklich zwingenden zeitlichen Geboten mehr bestimmt wurde, außer von dem ganz dicken, dem jedermann jederzeit zu gehorchen hat – aber wer macht sich darüber schon ständig Gedanken?

Als ich jetzt Catherine anschaute, dachte ich, daß ich mir vielleicht doch Sorgen machte. Vielleicht würde ich mir Sorgen machen. Vielleicht würde ich mir gestatten, mir Sorgen zu machen. Mist. Diese irrenden Gedanken. Sie sitzt dort, und meine Gedanken wandern und spazieren hin und her. Sie hat mich aus der Hölle herausgezerrt, und ich bin zu keinem vernünftigen Gedanken fähig. Reiß dich gefälligst zusammen. Glaubst du denn, du hast die Zeit, um zu wandern und zu spazieren und zu träumen?

»Ist es gegen sieben?« war das erste, was ich zu ihr sagte.

Catherine schaute sich um.

»Ich weiß nicht. Ja. Gegen sieben. Ich glaube, es ist kurz danach.«

Dann standen die Dinge vielleicht gar nicht so schlecht.

»Das ist dein Haus, nicht wahr?«

»Erinnerst du dich nicht, daß du mich das bereits gefragt hast? Schon dreimal.« Sie schmunzelte. »Es ist das Haus der Familie, ja.«

Catherine hatte recht. Jetzt erinnerte ich mich tatsächlich. Ich hatte sie das schon gefragt. Stundenlang war es ein einziges Hin und Her gewesen. Es hatte keinen ersten Blick auf den Regen gegeben, der gegen die Fenster schlug. Na ja, vielleicht doch, irgendwann, aber es war alles so hin und her gegangen, hin und her, immer wieder. Ich erinnerte mich an alle Einzelheiten, wie Catherine mich ins Haus ihrer Familie gebracht hatte, aber ich war von all dem losgelöst. Genau das war es: Ich war losgelöst. Also an der Zeit, die Verbindung wiederherzustellen. Ich merkte, daß ich auch während der letzten Stunden immer wieder gequasselt hatte. Angefangen – aufgehört, angefangen – aufgehört. Im Schlamm angefangen, im Auto geschwafelt, aufgehört, als ich schlief, plötzlich wieder angefangen, und Catherine war zusammengezuckt. In diesem weichen Bett mit diesem weichen Kopfkissen, mit diesen kühlen, glatten Laken und dieser warmen Decke weitergebrummelt, auch wenn sie nicht im Zimmer war.

Jeder dumme Gedanke, den ich im Kopf hatte, kam aus meinem Mund hervorgekrochen, und jetzt merkte ich, daß ich das schon seit Stunden so machte und daß es ein fortwährendes Erzählen gewesen war, nicht zusammenhanglos, schwafelnd zwar, aber nicht ohne Zusammenhang, und es war eine hübsch lange Geschichte gewesen, die ich ihr über das erzählt hatte, was die Augen dem Herzen willkommen heißen können. Man kann romantisch sein, wenn man träumerisch ist. Man ist entschuldigt. Man kann wehmütig sein, wenn man losgelöst ist. Man ist verwirrt. So ist es, wenn man wie ein Hund verprügelt worden ist. Man ist hinterher völlig verwirrt, doch der Friede danach läßt einen verträumt daliegen, als befände man sich vor einem wohltuenden Kaminfeuer. Die Flammen und das knackende Holz überstrahlen und durchstrahlen einen derart mit einer glühender Wärme, daß man sich nicht länger sicher ist, wann man wacht und wann man schläft und wann man redet und wann man träumt.

»Bist du schon lange auf?«

»Nein. Ich konnte nicht schlafen. Ich bin hereingekommen, um nachzusehen, wie es um dich steht.«

»Wie steht es um mich?«

»Du scheinst ganz in Ordnung zu sein.«

Natürlich war ich ganz in Ordnung. Nicht in Ordnung war allerdings die Tatsache, daß ich mich in diesem Haus bei Catherine befand, oder die Art, wie Catherine dasaß und mich anschaute. Die Art, wie sie die Haare zurückgebunden hatte, ließ ihre Augen noch größer wirken. Sie schienen alles zu sehen, doch Catherine konnte nicht wissen, was für Ärger ich ihr einhandeln konnte. Mit diesem ihrem halbverrückten Halbbruder Isaac hatte sie genug, um damit fertigzuwerden. Ich wollte nicht, daß sie sich näher mit mir einließ, als sie es bereits getan hatte, und die

Wahrheit war auch, daß ich von Thornhill und jedem dort den Kanal reichlich voll hatte. Sogar von ihr. Normale Menschen mit normalen Leben können es sich leisten, ganz romantisch und verträumt zu sein, doch für mich war das vorbei. Ich hatte mich entschieden, als ich mit Cliff und der Urne in den Pickup stieg und gegen meine Bewährungsauflagen verstieß, indem ich mich ans Steuer setzte. Ich hatte das vergessen, als ich Catherine kennenlernte. Jetzt wußte ich wieder Bescheid. Die Jungs hatten mir in der letzten Nacht durchaus wieder eine Menge Verstand eingebleut.

Mein Hals war steif, und ich hatte Schmerzen in der Seite, und mein Kopf fühlte sich merkwürdig an, doch ich sagte nichts. Ich fragte mich, warum sich mein Kopf so seltsam anfühlte. Meine Fußknöchel waren vom Seil wund und blutunterlaufen, und ich wußte, die Hälfte meines Gesichts war von Isaacs Faust angeschwollen, aber es ging mir gut. Keine meiner Rippen war gebrochen, dessen war ich mir von Pentridge her sicher. Bei zwei Gelegenheiten hatte ich mir dort die Rippen gebrochen, daher wußte ich besser als die meisten, wie man sich damit fühlt, mit diesem scharfen, stechenden Schmerz bei jedem Atemholen, der Art, wie man sich auf die eine Seite rollen mußte, als gälte es, den Bruch zu schützen und diesen hübsch scharfen, stechenden Schmerz zu bewahren. Meine Hände waren auch in Ordnung. Ich hatte meine Fäuste während der ganzen Nacht kein einziges Mal erhoben, außer, um bei »I Am Woman« einen schmierenkomödiantischen Punkt zu setzen, und das zählte ja nicht. Während meiner ersten Woche in Pentridge hatte ich mir den zweiten Fingerknöchel der rechten Hand am Kinn eines anderen Mannes gebrochen, und man hatte einen Draht einlegen müssen. Ich wünschte mir, ich hätte mir in Isaacs Gesicht alle Fingerknöchel gebrochen, doch das war nicht der Fall. Jedenfalls war ich in Ordnung. In Ordnung zu sein war eine hübsche Umschreibung. Ich fühlte mich absolut beschissen, bloß, daß ich nicht tot war. Soweit war das in Ordnung.

»Wo liegt dieses Haus?«

»Zwanzig Kilometer nördlich von Thornhill. Wir befinden uns auf hundertdreißig Hektar Land. Etwa hundertzwanzig Hektar werden heute von der Familie Stainton bewirtschaftet. Sie sind unsere nächsten Nachbarn. Der Anwalt meines Vaters hat für Isaac und mich einen Unterpachtvertrag mit ihnen aufgesetzt, nachdem mein Vater gestorben war. Sie werden wahrscheinlich ein Angebot für das Haus und den Rest des Landes und der Gerätschaften abgeben, wenn es zur Auktion steht, aber sie glauben wohl, daß sie es umsonst bekommen werden.«

Catherine streckte die Hand aus, als wollte sie mein Gesicht berühren, aber sie hielt inne. Ihr Gesichtsausdruck verriet nichts von dem, was sie womöglich über mein Aussehen dachte.

»Ich bin jetzt seit drei Wochen hier im Haus. Isaac wollte nicht einmal vorbeikommen und mich besuchen, also bin ich zu ihm hingegangen. Ich bin hier ganz allein. Das ist eins der Gästeschlafzimmer. Es ist ein bißchen geblümt. Erinnerst du dich daran, was du erzählt hast?«

»Irgendwie schon. Ich habe geglaubt, ich träume.«

»Vielleicht hast du das auch. Du hast von Cliff und dem Unfall erzählt. Du hast davon gesprochen, wie Jimmy ums Leben gekommen ist.«

»Habe ich dir erzählt, daß ich betrunken war?«

»Ich glaube, das wolltest du gerade tun.«

»Habe ich dir erzählt, daß es geregnet hat?«

»Immer wieder. Du hast darüber gesprochen, wie der Regen roch, wie er sich anfühlte, wie er schmeckte. Du bist sehr dramatisch gewesen.« Catherine schmunzelte etwas. »Und an eben diesem Punkt hast du aufgehört, die Geschichte zu erzählen. Als euer Transporter in den Regen hineinfuhr. Du hast die Augen geschlossen, und du hast angefangen zu weinen, und du hast kein weiteres Wort gesagt. Dann bist du eingeschlafen.«

Hier lächelte mich Catherine nicht mehr an.

Es fiel schwer, sie anzuschauen. Ich blickte auf die Fenster und die Läden und den Regen. Auf die dämmrigen Wände – doch dann auf dieses weiche gelbe Licht, das das Profil von Catherines Antlitz und das Profil ihres Körpers erhellte, und das ließ sie gleichzeitig ganz ätherisch und himmlisch erscheinen.

»Das Unwetter wollte keine Ende nehmen. Stundenlang Regen. Wir gerieten von der Straße ab und fuhren in eine Baumgruppe. Irgend etwas hatte mir einen Schrecken eingejagt. Ich weiß nicht genau, was es war, vielleicht ein Känguruh mitten auf der Straße, vielleicht auch gar nichts. Möglicherweise war da überhaupt nichts, und ich war bloß am Lenkrad eingeschlafen. So jedenfalls hat es das Gericht gesehen. Ich weiß es nicht. Ich war hundemüde nach diesem Tag, dann diese lange Fahrt, um zum Adelaide-Festival zu gelangen, und eine halbe Flasche Whisky. Es war ein entsetzlicher Unfall. Der Transporter war in einem üblen Zustand, und der Regen machte alles noch schlimmer. Ich hatte meinen Gurt nicht angelegt, und durch irgendein Wunder wurde ich hinausgeschleudert und so vor dem Schlimmsten bewahrt. Cliff und Jimmy saßen hinten.«

»Jemand hat euch gefunden?«

»Erst später. Ich kann mich nicht erinnern, wie lange es gedauert hat, bis ich Cliff und Jimmy aus den Trümmern des Transporters herausgeholt hatte. Wir waren von der Straße abgekommen und in irgendein Gehölz geraten und eine Böschung hinabgerutscht, und ich erinnere mich, wie ich dachte, daß niemand je erfahren würde, wo wir waren, oder nach uns suchen würde, wenn wir dort blieben. Jimmy war tot. Tot ist tot, aber ich zog ihn heraus. Cliff atmete und murmelte vor sich hin, aber es war, als ob eine Hälfte seines Gesichts fehlte. Seine Hand war auch ab. Es war eine dieser Sachen, die bei Unfällen nun mal passieren. Irgendein Teil der Ausrüstung hatte ihn erwischt. Das war so ungefähr das Ende für mich. Ich erinnere mich, wie ich Cliffs Arm hielt und sah, daß seine Hand fehlte. Vielleicht habe ich danach gesucht, vielleicht auch nicht. Ich erinnere mich nicht. Später hat man mir erzählt, daß ich aus Cliffs großem schwarzen Ledergürtel, dem mit den vielen Nieten dran, eine Aderpresse und aus einem Handtuch eine Art von Verband gemacht habe. Man hat ihn neben dem Autowrack liegend mit zu einem Kissen zusammengerollten Kleidungsstücken unter dem Kopf gefunden. Das Hemd, das ich angehabt hatte, während ich am Lenkrad saß, hüllte sein Gesicht ein. Ich kann mich an nichts davon entsinnen. Jimmy lag im Gras, und er war zugedeckt. Wer weiß? Danach, so haben sie gesagt, sei ich auf allen vieren die Böschung hinaufgekrochen und zum Highway gelangt und auf der weißen Linie zusammengebrochen und dort liegengeblieben. Wenn die das sagen, stimmt es wohl.«

»Du kannst dich nicht daran erinnern?«

»Nicht sonderlich gut. Ein Kombi kam vorbei, eine Familie zu fünft auf dem Heimweg von irgendeinem Urlaub. Wären sie nicht aufgetaucht, dann wäre auch Cliff gestorben. Der Vater wollte später noch einmal mit mir zusammenkommen, und ich hatte keine Wahl, ich mußte mich mit ihm treffen. Er gebärdete sich, als wäre er ein Held. Für seine Familie war er ja auch ein Held. Na, egal. Ich lag im Krankenhaus, und danach stand ich vor Gericht. So lief das. Anfangs war ich in einem Strafvollzug mit niedriger Sicherheitsstufe, aber ich war immer wieder in Streitereien verwickelt. Die Dinge nahmen einen bösen Anfang dort, und wenn das erst einmal so ist, dann lassen die Männer einen nicht wirklich wieder auf die Beine kommen, und ich war in meinem Innersten so wild, daß ich einfach zurückschlagen mußte. Ich bekam einen üblen Ruf. Man verlegte mich in einen schlimmeren Knast. Ich habe fast meine gesamten achtzehn Monate in Pentridge abgesessen. Als ich verurteilt wurde, sagte der Richter, ich müsse die Hälfte meiner Zeit im Gefängnis verbringen, und die andere Hälfte würde auf Bewährung ausgesetzt. Ich bin am Dienstag, den siebenten, herausgekommen, letzten Monat. Danach bin ich losgefahren.«

»Warum?«

»Cliff und ich, wir kamen wieder zusammen. Er war nicht mehr der alte. Während ich im Gefängnis gesessen hatte, war mein Vater gestorben, und als ich Cliff davon erzählte, wollte er doch tatsächlich, daß ich losfuhr. Er wollte, daß wir beide fuhren. Er hat mich überzeugt.«

Catherine sagte: »Ihr habt das also getan, seid einfach losgefahren.«

»Mehr oder weniger. Wir haben gewissermaßen eine Mission angetreten. Wir wollen die Asche meines Vaters verstreuen.« Als ich lachte, schmerzte mir das Gesicht. Es war ein bitteres Lachen, und der Schmerz war verdient. »Ich weiß, wie das klingt. Vielleicht erzähle ich dir eines Tages den Rest.«

»Darf ich dich etwas fragen?«

»Was?«

»Was ist aus Annie geworden?«

»Annie?«

Ich wandte den Kopf ab. Es war Blut auf dem Kopfkissen. Ich schämte mich dafür. Ich hatte das Gefühl, als brächte ich viele Aspekte von Catherines Leben durcheinander.

»Annie hat einen Handelsvertreter geheiratet.«

»Ist nicht wahr.«

»Cliff lag siebzehn Tage lang im Koma. Es war nicht möglich, die Hand auf operativen Weg wieder anzusetzen, während er im Koma lag, und daher wurde es nie gemacht. Sie haben es zwar nie gesagt, aber ich wußte, daß sie dachten, er würde sowieso sterben. Weißt du, was für eine komische Sache sie mir erzählt haben? Die Ärzte konnten es anfangs gar nicht glauben. Sie mußten erst mich danach fragen. Tagsüber gab Cliff kaum ein Lebenszeichen von sich, und seine Kurven waren ganz flach, schlugen kaum aus, aber fast jeden Abend gegen acht spielten sie verrückt, stiegen ganz hoch und blieben ein paar Stunden lang auch so. Weißt du, was das war?«

Catherine schüttelte den Kopf.

»Er spielte. Cliff stand auf der Bühne. Das war die Zeit, zu der wir normalerweise spielten oder aufbauten oder uns aufs Spielen vorbereiteten.«

»Ist das wahr?«

»Eine andere Erklärung gibt es nicht. Die Ärzte haben ein paar Nachforschungen angestellt. Sie fanden heraus, daß Cliff kein Einzelfall war. Es war bekannt, daß derartiges vorkommt. Einer der Ärzte veröffentlichte eine Arbeit über Cliff. In gewissen Kreisen, schätze ich, ist er noch immer ein Star.«

»Was also war mit Annie?«

»Annie war anfangs ziemlich oft bei Cliff. Sie kam aus Sydney herübergeflogen und übernachtete in einem Hotel. Ich weiß nicht, was sie dachte, wenn sie kam und ihn sich so anschaute. Sein Gesicht war ganz zerfleischt, und in seiner Nase steckte ein Röhrchen und noch eins, ein dickes, in seinem Hals, um die Atmung aufrechtzuerhalten.«

»Er wurde künstlich beatmet.«

»Das waren übel aussehende Maschinen. Einmal kam Annie auch zu mir. Sie war eine nette Person, aber wir hatten nicht viel miteinander zu bereden. Sie sah aus, als läge sie selbst in einem Koma. Eines Abends hustete Cliff, dann würgte er an seinen Röhrchen und wachte auf. Zu diesem Zeitpunkt war Annie wieder zurück in Sydney. So ziemlich das erste, was Cliff nach seiner Rückkehr ins Reich der Lebenden machte, war, Annie anzurufen und ihr zu sagen, sie solle sich wieder ins Flugzeug setzen und zu ihm herkommen, weil er wollte, daß sie heirateten. Sie sagte, nein, sie könnten nicht heiraten.«

Ohne daß ich es gewollt hatte, war meine Stimme ganz hart und bitter geworden.

»Das also ist es, was aus Annie mit dem gebärfreudigen Becken und Sonne und Sternen in den Augen geworden ist.«

»Na schön«, sagte Catherine. »Ich wollte es einfach wissen.«

»Ganz recht. Jetzt weißt du es.«

Catherine blickte mich an. Sie konnte nicht verstehen, warum ich so war. Sie konnte nicht verstehen, warum ich innerlich in Weißglut geriet – denn es mußte offensichtlich gewesen sein, daß ich glühte. Die alten Ressentiments waren zurückgekehrt, die alte Wut. In diesem erleichterten Strafvollzug hatte ich die Hölle aufleben lassen. Es war leichter, die äußere Welt zu zertrümmern, als ins eigene Herz zu schauen. Es war leichter zu lügen und zu sagen, alle, Gott eingeschlossen, seien gegen einen.

Catherine war klug genug, um herauszufinden, daß sich das, was da passierte, größtenteils in meinem Kopf abspielte. Es hatte nichts mit ihr zu tun. Genaugenommen hätte ich ihr dankbar sein sollen. Statt vor dem fortschreitenden Schlamassel meines Lebens in Weißglut zu geraten, hätte ich auf die Knie fallen sollen, um ihr zu danken. Wäre sie nicht gewesen, hinge ich noch immer verkehrt herum mitten im Nirgendwo. Aber schließlich war es ihr Bruder oder Halbbruder oder was auch immer gewesen, der mich dort aufgehängt hatte. Der Bursche, der sie liebte und den sie wiederliebte. War es tatsächlich so?

Catherine war drauf und dran, noch etwas zu sagen, aber dann schwieg sie. Sie sah aus, als verstünde sie von dem, was ich dachte, mehr, als sie sagte. Wahrscheinlich hatte sie in ihrem Leben freundlichere Gäste kennengelernt. Wenn ich mir Catherines Gesicht so anschaute, schien mir der Highway eine derartige Erlösung zu sein, eine so süße Erlösung, und ich konnte es nicht erwarten, wieder unterwegs zu sein und das hier hinter mir zu lassen. Mein Kopf war bleischwer. Das war etwas, wogegen ich ankämpfen mußte. Ich durfte nicht zulassen, daß ich mich erneut entspannte. Das Kissen fühlte sich gut an unter meinem Kopf, aber mein Verstand mußte hart wie ein Diamant sein. Ich mußte klare Gedanken fassen. Wenn ich mich zu sehr entspannte, würde ich mich für lange Zeit nicht wieder erheben können, und das würde nicht hilfreich sein.

Ich sagte: »Wo kann ich mich ein bißchen säubern?«

Sie blickte mich noch immer an. Sie forschte mich aus. Wenn ich lange genug stillhielt, würde sie alles über mich herausbekommen, wirklich alles. In mir kochte die Wut. Catherine fragte sich, was sie wohl tun und sagen sollte. Es mußte im Leben schon eine Last sein, ein gutes Herz zu haben; es war keines meiner Probleme.

Catherine sagte: »Am Ende des Flurs ist ein Badezimmer. Du kannst es benutzen, solange du hier bist.«

»Ich werde nicht sonderlich lange hier sein.«

»Das ist nicht gerade klug von dir. Du solltest im Bett bleiben, bis du dich wieder besser fühlst. Dein Gesicht ist übel zugerichtet.«

Ich schüttelte den Kopf.

Catherine brannte etwas unter den Nägeln, das sie sagen wollte. Ich konnte es ihr ansehen. Das mochte ich an ihr. Ich mochte es an ihr ebenso wie ihr gutes Herz. Was sie davon abhielt, war die Tatsache, daß ich zusammengeschlagen worden war. Es war schon komisch, sie so dasitzen zu sehen: Sie versuchte, sich davon abzuhalten, einem zusammengeschlagenen Manne die Leviten zu lesen. Seit ich Catherine gestern abend kennengelernt hatte, in diesen wenigen Stunden, hatte ich mir eingebildet, sie könnte mein werden. Die Kraft der Einbildung, wenn man sie nur kontrollieren könnte! Wenn man sich nur davon abhalten könnte, sich etwas einzubilden. Als ich im Block B war, hatte ich alle möglichen mentalen Tricks versucht, um mich davon abzuhalten, mir etwas einzubilden. Keiner der Tricks hat funktioniert, jedenfalls keiner sehr lange. Die Dinge, die man sich einbildete, machten einen bloß wütend, aber den Prozeß konnte man nicht stoppen. Nun ja, jetzt mußte ich es tun, und damit hatte es sich.

»Es geht nicht bloß um mich. Da ist auch noch Cliff im Motel.«

»Ich hole ihn für dich. Ich bringe ihn hierher.«

»Nein. Er wird sich fragen, was mit mir geschehen ist. Meinen Pickup und meine Sachen, die muß ich auch noch holen. Nur das interessiert mich. Was mit Isaac auch immer passiert, ist nicht mein Problem. Wenn du klug wärst, würdest du den nächsten Bus aus Thornhill nehmen und ihn sich selbst überlassen. Du hast dein Studium und dein Leben, zu dem du zurückkehren kannst. Dieser Junge ist verloren.«

»Ist er nicht, Joe.«

»Schön. Schön für dich.«

»Er ist nicht verloren.«

Ich hätte ihr ins Gesicht lachen können. Es gibt einen bestimmten Punkt, an dem Gutherzigkeit Dummheit gleichkommt, und den hatte Catherine in diesem Augenblick erreicht. Ich konnte so ungefähr alles vertragen, außer, wenn mir jemand so blauäugig kam. Es ließ mich glauben, sie sei dumm. Hübsch, aber dumm. Wir sprachen hier allerdings über ihren Bruder. Ich konnte an Isaac nicht als ihren Halbbruder denken. Was für ein blöder Ausdruck. Isaac war ihr Fleisch und Blut. Er war ihr Bruder.

»Sind noch irgendwelche Kleidungsstücke von deinem Vater hier?«

»Ich habe die meisten seiner Sachen rüber zu Saint Vincent de Paul gebracht. Fast alles ist inzwischen dort, aber ein bißchen was ist noch da.«

»Also, meine Klamotten sehen ziemlich blutig aus. Ich wäre mit allem zufrieden, was du mir von den Sachen deines Vaters anbieten kannst.«

»Er war größer als du.«

»Das macht nichts.«

»Ein Haufen Hüte ist noch da.«

»Was soll ich mit einem Hut?«

Sie verzog das Gesicht, und ich hatte keine Ahnung, worauf sie abzielte.

»Ich glaube, du wirst einen haben wollen.«

»Na schön«, meinte ich. »Ich mache mich ein bißchen sauber. Vielleicht kannst du mir auch noch einen Müllsack geben. Diese Sachen von mir lassen sich nie im Leben wieder hinkriegen. Die sind ja nur noch rot vor Blut.«

Catherine ergänzte: »Und das Kopfkissen auch.«

»Warum verbrennen wir nicht einfach alles und fangen von vorn an?«

»Warum schläfst du nicht noch ein paar Stunden? Du brauchst dich doch nicht unter Druck setzen.«

Catherine versuchte, mich wieder zum Hinlegen zu bewegen. Ich wollte nicht.

»Sieh mal, Polizist Dave läßt mich aus der Stadt hinaus. Als Mann des Gesetzes ist er ein Held, dieser Bursche. Der Rest der Geschichte, die ich dir erzählen wollte, ist der, daß man keine weiteren Straftaten begehen sollte, solange man auf Bewährung frei ist, und wenn man es dennoch tut, dann muß man den Rest seiner Zeit im Gefängnis absitzen. Ich habe ein Delikt begangen, und das wird Führen eines Fahrzeugs genannt. Das scheint irgendwie herausgekommen zu sein. Polizist Dave hätte mich hinter Gitter bringen können, aber er hat mich laufen lassen, damit ich nicht über das Motel quatsche.«

»Aber mußt du denn wirklich zurück?«

»Sieht ganz danach aus.« Wenn ich nur daran dachte, wurde mir ganz schlecht. Wieder nach Pentridge, weil ich einfach blöd war. »Ich will nur weg von hier. Wenn ich nach Hause komme, werden sie schon auf mich warten.«

»Was du mir hier erzählst, ist, daß ich einen Flüchtigen beherberge.«

»Genauso ist es.«

Catherine schaute nach unten und mir in die Augen.

»Weißt du«, meinte sie, »du bist einer der jämmerlichsten Flüchtlinge, die ich mir vorstellen kann.«

»Willst du den Rest auch noch hören?«

»Was könnte denn da sonst noch sein?«

»Wie ich schon sagte, Dave könnte mich jetzt in die Mangel nehmen, wenn er wollte. Aber er will nicht, daß ich ihm seine kleine Sache im Motel mit Tom und Isaac vermiese. Schön. Das ist mein Glück. Die sind ein hübsches Häuflein, und sie haben einander gegenseitig verdient. Was du wissen solltest, ist, daß Dave mir heute nacht eine kleine Abreibung verpassen wollte, um mir eine Lektion zu erteilen, und danach sollte ich mich zur Tür hinausscheren und auf den Weg machen.«

»Und was ist passiert?«

»Isaac kam dazwischen. Ich war schon fast zur Tür hinaus, und ich wäre inzwischen schon weit weg, wenn da nicht dein Bruder gewesen wäre.«

Catherine erwiderte nichts.

»Du siehst ja selbst, was er angerichtet hat. Wie hast du mich eigentlich gefunden?«

»Ich bin dir vom Nachtclub aus gefolgt. Ich habe das Motel beobachtet. Sie haben dich aus dem Motel rausgebracht und sind mit dir weggefahren. Bloß zwei von ihnen. Isaac und Tom, der Besitzer. Polizist Dave Smith blieb zurück. Der Ort, an den sie dich gebracht haben, da haben Isaac und ich immer gespielt, als wir klein waren. Wir haben uns dort Märchen ausgedacht und sie nachgespielt, bloß wir beide. Ich habe gewartet, bis sie fort waren, und dann habe ich dich heruntergeholt. Es war die beängstigendste Sache, die ich je gesehen habe, wie du da gehangen hast.«

»Isaac hat mir das angetan, und das hat mit dir zu tun.«

Ich erwartete eine Reaktion von Catherine, doch sie zeigte keine.

»Ihm hatte die Art und Weise nicht gefallen, wie du gekommen bist und mich fortgebracht hast. Ihm gefiel überhaupt nicht, daß wir zusammen waren. Wenn du meinen Rat hören willst, ich würde mich an deiner Stelle nach dem nächsten Bus erkundigen, der dich von hier fortbringt.«

»Ich weiß ganz genau über die Busse Bescheid.«

»Falls ich jemals wieder nach Hause zurückkehre, werde ich niemandem gegenüber auch nur ein Wörtchen über dieses verdammte Thornhill fallenlassen. Der ganze Ort kann zur Hölle fahren, was mich angeht. Ich will bloß meine restliche Zeit absitzen und einen neuen Anfang machen.«

Jetzt war da etwas Beunruhigendes in der Art, wie Catherine mich beobachtete.

Sie fragte: »Warum hast du dich überhaupt wieder hinters Lenkrad gesetzt?«

»Weil Cliff eben so ist. Weil mein Vater gestorben war, während ich saß. Weil die Band aufgehört hatte zu bestehen. Ich weiß es nicht. Wir sind hier durchgekommen, weil wir auf dem Weg zum Mount Bass waren.«

»Ins Bass-Gebirge?« fragte sie.

»Genau.«

»Ich bin früher oft dort oben gewesen, als ich jünger war. Es ist wie eine andere Welt. Sie scheint endlos zu sein. Man könnte viele Wochen dort zubringen, wenn man sich nur auskennt. Ist es das, woran du jetzt denkst?«

Ich hatte an nichts weniger gedacht, aber es klang schon nach etwas. Warum sollte ich nach Hause wollen? Was war dort schon, was nicht hätte warten können? Es war eine Idee. Es war etwas.

»Hast du irgendein bestimmtes Ziel in den Bergen, zu dem du hinwolltest?«

»Nein.«

Ich traute Catherine Rosewall noch immer nicht. Ich hatte keine Ahnung, was sie den Leuten sagen würde, wenn sie zu ihr kämen, um über mich zu sprechen. Sie brauchte nicht zu wissen, wo mein Ziel lag. Falls alle Stricke reißen sollten, könnte es zu meiner eindeutigen Absicht werden verlorenzugehen.

»Es wird immer später«, sagte ich ohne eine Spur von Farbe in meiner Stimme. »Du solltest mir lieber die Sachen holen.«

Mein Tonfall mag ungefärbt gewesen sein, doch Catherines Wangen nahmen in diesem Augenblick durchaus Farbe an.

Sie stand vom Bett auf. Sie war wütend. Ich hatte so mit ihr geredet, um sie wütend zu machen. Sobald ich dieses Haus verließ, würde sie froh sein. Sobald ich ging, würde sie singen und tanzen, während sie meine Rücklichter verblassen sah.

Der Saum von Catherines Kleid umspielte ihre nackten Waden, als sie zur Tür ging. Sie hatte einen entschlossenen Blick in den Augen, aber sie ging nicht hinaus. Ihre Arme waren lang und glatt. Im Licht des Schlafzimmers schimmerten ihre Schultern golden. Sie sah völlig anders aus als das hochaufgeschossene junge Mädchen in Jeans und schwarzen Schuhen und weißer Bluse gestern abend. Es fiel schwer, so zu ihr zu sein. Ich entsann mich, wie sie mich im Regen in den Armen gehalten hatte. Wenn sie mich nur wieder so halten könnte. Meine Kehle war völlig zugeschnürt, und ich wünschte mir, sie würde das Zimmer rasch verlassen.

Sie wollte bleiben.

Ich konnte sehen, daß sie das Zimmer nicht verlassen wollte und auch nicht wollte, daß ich das Haus verließ. Catherine mochte sich sagen, es sei deswegen, weil ich ihr vielleicht bei der Sache mit Isaac irgendwie helfen könnte, doch das war nicht die Wahrheit. Wie alt war sie, einundzwanzig, zweiundzwanzig? Gott sei Dank war sie zu jung, um sich bewußt zu sein, daß sie haben konnte, was sie nur wollte. Sie konnte es sich einfach nehmen. Eines Tages würde sie lernen, daß sie das konnte, doch dann würde ich nur noch eine Erinnerung sein, eine Erinnerung an eine Begegnung mit einem ehemaligen Musiker in Schwierigkeiten – damals, zu der Zeit, als sie noch ein junges Mädchen gewesen war.

Ich hörte auf, sie anzublicken.

Wonach ich schaute, war der Regen an den Fenstern, und als ich in diesen Regen blickte, hatte ich wieder dieses träumerische Gefühl im Kopf. Da war das Geräusch des starken Regens, danach das Geräusch einer sich schließenden Tür. Catherine war gegangen. Das war gut, aber das träumerische Gefühl war keineswegs gut. Behutsam befreite ich mich von den Bettlaken. Behutsam deshalb, weil mir alles weh tat. Das war schon in Ordnung, denn etwas Derartiges war mir nicht fremd. Es gefiel mir nicht, aber ich wußte, wie es war. Ein bißchen Mühe würde erforderlich sein, damit ich wieder in Gang kam. Was Catherine für mich tun konnte, war, mir einen großen Pott Kaffee zu bringen. Ich wünschte mir, ich hätte daran gedacht, sie darum zu bitten, denn das hätte geholfen, aber wahrscheinlich hatte ich sie gewissermaßen bereits um genug gebeten. Was für ein Gast! Was für eine Art und Weise, meine Heldin zu behandeln. Sie wütend zu machen, damit sie froh war, wenn ich sie verließ, war die eine Sache, eine andere aber, sie dazu zu bringen, mich so sehr zu verachten, daß sie mich mit einem Fußtritt in den Regen hinausbeförderte, so, wie Tom und Dave es getan hatten. Das wäre komisch gewesen, wenn es nur gelungen wäre, schließlich auch meine Heldin auf hundertachtzig zu bringen. Mein Leben ist eine Symphonie aus schuldbeladenen Vergnügungen und dem Verängstigen von Leuten. Ist es ein Wunder, daß ich während meines Aufenthalts in Pentridge so viel darüber gelernt habe, wie der Körper sich fühlt, nachdem er gehörig zusammengeschlagen worden ist?

Unter den Laken war ich vollständig angekleidet, und meine Sachen waren alle blutig. Ich würde sie wirklich verbrennen, und es würde eine Zeremonie des Vergessens sein. Ich legte die Füße über die Bettkante und setzte mich auf.

Oh.

Das Stöhnen, das sich meiner Kehle entrang, war wie ein kurzes Husten oder ein böses Auflachen. Alles schmerzte, und alles knackte. Na schön, kein Grund zum Selbstmitleid. Noch bist du nicht tot. Wahrscheinlich wirst du weiterleben. Wahrscheinlich wirst du das.

Sobald ich mich aufgewärmt und den Kreislauf in Gang gebracht hatte, würde ich mich viel besser fühlen. Das Knacken würde vergehen, wenn ich mich bewegte. Der Schmerz würde bleiben, aber er würde mit jedem weiteren Tag an Heftigkeit verlieren. Warum sich also beklagen? Warum Isaac und seine Brut verfluchen? Wenn ich mich wieder hinlegte, würde die Dumpfheit erneut einsetzen, und ich würde am ganzen Körper steif werden und eine Woche lang nicht zu gebrauchen sein. Das durfte nicht geschehen, aber fürs erste war es schon schweißtreibend, in diesem hübschen Schlafzimmer umherzugehen. Es bestand keine Notwendigkeit, es zu übertreiben. Immer hübsch der Reihe nach. Ein heißes Bad, ein richtig heißes Bad, das war das erste. Dann also auf. Mein Gesicht und meine Seite schmerzten. Scheiß. Scheiß auf Isaac. Scheiß auf ihn in der Hölle. Ich würde ihn verdammt noch mal umbringen. Ich würde ihn auf die Art und Weise zerbrechen, von der ich gleich, als er mir zum ersten Mal unter die Augen gekommen war, gewußt hatte, daß sie bei ihm funktionieren würde. Und seinen beschissenen Hund, ja, diesen verdammten Köter würde ich auch umbringen.

In Ordnung, das reichte jetzt. Das war mehr als genug. Es war doch wirklich hilfreich, so zu denken, nicht wahr? Was würde es mir nützen, auf Isaac loszugehen? Was geschehen war, war geschehen.

Also immer schön der Reihe nach.

Das Haus war still.

Von Catherine war nichts zu hören, lediglich das Geräusch des Regens, der draußen trommelte. Ich tat ein paar tiefe Atemzüge, um mich zu beruhigen und um zu spüren, ob mein Brustkorb funktionierte. Die Dinge standen gar nicht so schlecht. Ich zog mir das Hemd aus. Es war vorn überall mit Blut befleckt. Mein Kiefer war geschwollen, und mit der Hand konnte ich fühlen, wie sehr geschwollen, aber mein Mund fühlte sich ganz gut an. Die Innenseite der einen Backe war stark verletzt, und ich entsann mich, Blut auf den Boden, auf den wäßrigen, matschigen, schlammigen Boden gespuckt zu haben. Die Lippen waren nicht aufgesprungen, die Zunge war nicht gespalten. Das war sehr gut. Ich schaute zum Bett zurück. Überall auf dem Kopfkissen war Blut. In einem Wutanfall riß ich den Kissenbezug herunter und knüllte ihn zusammen mit meinem Hemd zu einem Bündel. Ich haßte den Gedanken, alles mit Blut verschmiert zu haben. Es war so schweinisch, eine ultimative Beleidigung. Im Film mußte nie jemand sein eigenes Blut beseitigen, im richtigen Leben schon. Wo sonst noch mochte ich Blutflecken hinterlassen haben? In Catherines Auto und auf ihrer Kleidung, als sie mich in den Armen hielt. Ich tat noch ein paar tiefe Atemzüge, dieses Mal wahrhaftig, um wieder ins Gleichgewicht zu kommen.

Im Schlafzimmer war kein Spiegel. Das war schon merkwürdig. Vielleicht war der frühere Soldat Rosewall nicht besonders gastfreundlich gewesen. Das Zimmer wirkte tatsächlich verstaubt. Ich ging zu den Fenstern und schaute hinaus in den Regen, da war nicht sehr viel zu sehen, bloß graue Regenschleier, die aus einem deprimierenden, düsteren Himmel fielen. Das Haus hatte mindestens zwei Stockwerke, und dieses Schlafzimmer lag ganz oben. Von dem Land um Catherines Haus herum war nichts zu sehen. Ich fühlte mich noch immer wie in einem Käfig eingesperrt, und der Highway war der einzige Ort für mich. Draußen trommelte der Regen, und ich stand ohne Hemd in diesem

Schlafzimmer, und nach und nach nahm ich mein Spiegelbild im Fenster wahr.

Ich sah sehr merkwürdig aus.

Es war keine Überraschung, die leichte Verfärbung und Schwellung in der einen Hälfte meines Gesichts zu sehen, aber ich hatte auch keine Haare mehr. Man stelle sich das einmal vor. Ich hatte keine Haare mehr. Ich strich mir mit den Händen über den Schädel. Da oben stand es schlimm. Da waren kleine stachlige Büschel verbliebener Borsten und mit getrocknetem Blut verklebte Rasiermesserschnittwunden, und ansonsten war ich kahl. Isaac hatte mich kahlgeschoren. Ich stierte wie ein Blöder und strich mir mit den Händen über den Schädel wie ein Blöder. Isaac war kein Barbier. Büschel stoppliger Haare standen da noch und ließen mich an die stachligen Borsten auf dem Rücken eines Schweins denken. Ich dachte daran, wie Isaac mit dem Rasiermesser in der Hand dort aus dem Badezimmer gekommen war, nachdem er es an sich selbst ausprobiert hatte, und an die Art und Weise, wie er es zusammengeklappt und in die Tasche seiner Jeans hatte gleiten lassen. Um mich später aufzuknüpfen und mir den Kopf zu scheren.

Was war er bloß? Was war dieser Isaac?

Ich wußte es nicht, aber was es auch sein mochte, Isaac wollte, daß ich genauso war.

Jetzt richtig in Wut geraten, nahm ich das Bündel, das Hemd und den Kissenbezug und stieß die Schlafzimmertür auf. Sie schlug gegen den Türrahmen. In meinem Herzen wollte ich alles zerstören, was sich in meiner Nähe befand. Ein kühler Hauch wehte den Flur entlang. Ich schaute in die eine und in die andere Richtung, als ob jemand hier sein könnte. Da war niemand. Allerdings war Musik zu hören. Es war Klaviermusik, und sie kam möglicherweise aus einem Radio oder von einer CD, aber ich dachte bloß an die Kälte. Ich erschauerte. Catherine mußte einige Fenster offengelassen haben, und ich haßte sie der schlichten Tatsache wegen, daß sie einen Flur so auskühlen ließ. Dieser obere Flur war lang, und zum ersten Mal hatte ich eine Vorstellung, wie groß das Haus der Familie Rosewall eigentlich war. Auch das haßte ich, aus keinem anderen Grund als wegen dieses kalten Flurs. Innen lag eine Treppe. Ich konnte den Regen riechen. Ein Klavier spielte. Ich ging zum Treppenabsatz und stand ohne besondere Absicht da, bloß horchend.

Es war kein Radio und keine CD, es war Catherine. Ich konnte sie zwar nicht sehen, doch ich wußte, es war Catherine, die diese Musik spielte. Dieser Klang war der Klang, den Catherine einem Klavier entlocken würde. Jeder von uns hat seinen eigenen Klang. Das war Catherine. Während ich lauschend und erschauernd dastand, setzte sich die Musik noch ein Weilchen fort und hörte dann auf. Catherine schien ihre Tonart zu finden. Die Musik war träumerisch und langsam, und ich dachte an Eric Satie, doch es war ganz sie selbst. Es gab lange, ganz lange Pausen und dann Passagen von richtiggehend schmerzlicher Schönheit. Diese Art von Schönheit war etwas, das wir in der Band nie erreicht hatten. Unsere Schönheit war Lärm gewesen. Der Lärm der Wut, die Poesie der Verstärkung. Oder ein Höllenspektakel der Verstärkung, je nachdem, wie man das sah.

Meine Wut erübrigte sich jetzt eigentlich, aber ich wollte nicht aufgeben. Ich verließ die Treppe und suchte das oben gelegene Badezimmer, und als ich hineinging, warf ich dieses Bündel, das ich trug, in eine Ecke und versetzte ihm einen Tritt und verpaßte ihm anschließend noch ein paar Tritte mehr.

Über einem gelblichen Porzellanbecken befand sich ein Spiegel, der mir gestattete, mich genauer anzuschauen. Ich war kahl und zusammengeschlagen und häßlich. Mein Schädel war weiß wie eine Made, und hier, hier, hier und hier standen Büschel von Stoppeln, und trockenes Blut klebte dort, wo Isaacs Rasiermesser die Haut zu stark angekratzt hatte. Er hatte nicht so sehr rasiert, vielmehr gehackt. Na schön. Das Gesicht im Spiegel sah kaum wie das meine aus. Ich spürte die Bösartigkeit, die ich in meinem Leben schon immer gekannt hatte, jetzt hielt nichts sie zurück, es gab nichts mehr, das sie in Schach hielt, und keinen Grund, sie in Schach zu halten, und dieses reine Gift des Hasses ergoß sich in meine Eingeweide und in mein Herz und in meinen Kopf.

Es war ein Gift, ein Gift, das ich haßte und brauchte. Ein Gift, das mich umbrachte und das mich zum Leben erweckte.

Meine Fäuste waren geballt. Heul nur, Baby, heul nur, Scheiße, Scheiße. Daß ich deswegen von so weit herkommen mußte. Deswegen. Die eine Hälfte meines Gesichts war schwarz und geschwollen, so wie damals, als ich achtzehn war und mir irgend so ein überteuerter Metzger mit schlechtem Mundgeruch einen angegriffenen Weisheitszahn ungeschickt aus dem Kiefer grub und ich am Ende mit einer üblen Infektion dastand. Meine rechte Körperseite sah nicht besser aus. Von der Hüfte bis zur Achselhöhle war ich grün und blau, die Farbe der Gewalt. Die Farbe der Erinnerung. Diese Tritte waren eine lebendige, auf meinen Körper geschriebene Erinnerung. Ich war ja so häßlich. Überall häßlich. Ich sah zum Erschrecken aus, und Isaac hatte mich so zugerichtet.

Jetzt wußte ich, was Catherine mit dem Hut gemeint hatte. Ja, sehr spaßig, von wegen, ich würde schon einen Hut haben wollen, wenn ich ging. Sie war einfach nur dumm, dieses Mädchen, und ich würde weggehen, so, wie ich war.

Mit einem Hut ihres Vaters auf dem Kopf.

Die Wanne hatte Tatzenfüße, und ich ließ Wasser aus dem Heißwasserhahn einlaufen. Hinter dem Spiegel standen zurückgelassene Utensilien von irgend jemandem, der dieses Badezimmer in der Vergangenheit benutzt hatte. Ein Päckchen billiger Wegwerfrasierer mit intakten Schutzabdeckungen lag zwischen dem staubigen Zeug auf einer der

Ablagen. Ich steckte den Stöpsel ins Waschbecken, ließ warmes Wasser ein und benutzte ein Scheibchen alter, rissig gewordener Seife, um meinen Schädel einzuschäumen. Mit großem Widerwillen, aber noch größerer Sorgfalt rasierte ich die stoppligen Stellen ab. Ich rasierte die gesamte Platte meines Schädels, und das kratzende Geräusch dort oben klang, als ratsche man mit Fingernägeln über eine Schiefertafel. Es war schwierig und ziemlich eigenartig, sich so kahl zu rasieren, aber nicht gerade die größte Tragödie der Welt. Schließlich war es eine ziemlich beliebte Sache. Junge Burschen und Männer taten es und klemmten sich zum Ausgleich ein Spitzbärtchen ans Kinn und befleißigten sich in der Sonne eines zusammengeknoteten Tuchs auf dem Kopf, bloß um knallhart auszusehen oder um eine verkahlende Stelle durch völlige Kahlheit zu verbergen oder um der Welt zu sagen, daß sie eben nicht wie alle anderen waren.

Isaac war nicht wie alle anderen. Ich war nicht wie alle anderen.

Die Wunden von Isaacs Rasiermesser bluteten wieder. Es schien scharf genug gewesen zu sein, um einem die Kehle durchzuschneiden. Ich wünschte mir, ich wäre irgendwo anders, und auch, daß ich irgend jemand anderer wäre, daß all dies irgendeinem anderen armen Schlucker widerführe – und dann riß ich mich zusammen und entsann mich, daß es derartige Gedanken waren, die mich umbringen würden, daß es derartige Gedanken waren, die mir das Leben vorenthalten würden. Ich war Joe Santo, und ich würde Joe Santo bleiben, und all das Gute und das Böse, das mir widerfahren war, machte meine Reise durchs Leben aus, und es war eine Reise, die gerade erst begonnen hatte und noch lange nicht zu Ende war, und es stand mir nicht an zu sagen, wann sie enden sollte, oder gar etwa zu hoffen, daß sie endete. So hatte man es mir eingetrichtert. Das war, was ich glauben sollte. Ich konnte alles wortwörtlich wiedergeben. All die Sachen, mit denen die Berater versucht hatten, mir den Kopf zu füllen. Sie waren beauftragt, mir dabei zu helfen, meinen, wie sie es zu nennen beliebten, posttraumatischen Streß zu überwinden. Ich kannte das esoterische Zeug auswendig, das ich in den mir verordneten Büchern gelesen hatte.

Die Bedeutung des Lebens. Liegt im Erleben. Daher nimm mit frohem Mut daran teil. An der Erhabenheit und dem Leid. Im Erleben.

Inzwischen hing mein Kopf über dem gelblichen Waschbecken, und ich stützte mich dort fest auf, über warmem Wasser, in dem schwarze Stoppeln und Seifenschaum schwammen, und das jetzt von sich ausbreitenden Blutflecken durchzogen war, und dann tropften auch noch Tränen ins Wasser. Ich dachte an Jimmy, als ich ihn aus dem Bedford gezogen hatte. Ich dachte an Cliff, als ich sein Gesicht in mein Hemd gehüllt hatte. Was ich Catherine gesagt hatte, war gelogen. Jede Einzelheit war in mein Gedächtnis eingebrannt und würde nie wieder vergehen, nie.

Na schön.

Als ich mit Rasieren fertig war, säuberte ich das Waschbecken und ließ warmes Wasser über einen Waschlappen laufen. Ich machte es ordentlich heiß. Der Waschlappen war rosa und weich und schien nicht sehr alt zu sein. Im übrigen war er an den Kanten bestickt und sah teuer aus. Das war schade, denn er würde ruiniert werden. Er saugte sich voll. Ich preßte mir den Waschlappen auf den Schädel. Es brannte furchtbar. Ich wollte, daß sich die Schnittwunden säuberten, bevor das Bluten aufhörte, die angewandte Hitze würde diese Schnitte um so stärker bluten lassen und sie um so besser säubern. Wozu das gut sein sollte, dessen war ich mir nicht ganz sicher, ich tat es aber trotzdem. Es gab mir etwas zu tun, gab mir das Gefühl, nicht mehr hilflos zu sein, denn es waren mein Schädel und mein Blut, und damit konnte ich schließlich machen, was zum Teufel ich wollte. Der Waschlappen wies die Abdrücke meines blutigen Schädels auf, und der Gedanke daran, daß Catherine versuchen könnte, ihn durch Waschen wieder sauber zu bekommen, gefiel mir gar nicht. Ich warf ihn zu den anderen Sachen. Die übrigen Kleidungsstücke wanderten auf den gleichen Haufen.

Ich dachte, jetzt wäre ein Feuer gut, um das Übel zu verbrennen und von neuem anzufangen.

Jetzt hatte sich die Bösartigkeit aufgebraucht. Sie hatte mich aufgebraucht. Das war ein Zyklus, den ich sehr gut kannte. Im Block B hatte ich zuviel von meiner Zeit auf diese Art und Weise verbracht: wütend werden, wütend sein, von der Wut erschöpft sein. Ich dachte an Cliff und daran, wie ich mir bereits wünschte, ihn wiederzusehen. Auf gewisse Weise waren wir Brüder. Wir hatten etwas gemeinsam. Mit Mühe ließ ich mich in das tiefe, heiße Wasser in dieser Badewanne mit den Tatzenfüßen sinken, die Schmerzen in meiner Seite schienen lebendig zu werden, zu pulsieren, und ich schloß die Augen.

Catherine war draußen vor der Tür.

Sie sagte: »Ich habe hier, was du brauchst.«

»Laß es dort draußen.«

»Ich möchte reinkommen.«

»Du kannst nicht reinkommen.«

Catherine kam herein. Die Badezimmertür öffnete sich, und Catherine kam herein.

Etwas von dieser kühlen Brise, die durch den Flur strich, folgte ihr. Sie hatte Kleidungsstücke in den Händen, ein ordentlich zusammengelegtes Handtuch und einen ordentlich zusammengefalteten Müllbeutel von dunkler olivgrüner Farbe. Ich war darauf gespannt, was sie sagen würde. Sie benutzte ihre Schulter, um die Tür zu schließen, und legte die Sachen anschließend neben einen der Tatzenfüße auf den gefliesten Fußboden. Sie vermied Blickkontakt. Genauer gesagt blickte Catherine nirgendwo in meine Nähe. Ich sagte nichts. Wenn sie schon hereinkam, dann war es auch an ihr zu sprechen.

Sie ließ den Toilettendeckel herunter und setzte sich. Noch immer, ohne mich anzuschauen, den Kopf fast gänzlich abgewandt. Es wirkte beinahe naturgegeben, daß sie da war. Sie war so fremd wie ich, diese Catherine Rosewall, aber es schien fast in Ordnung zu sein. Es war nicht in Ordnung. Ich sank tiefer in die Badewanne, trotzdem würde Catherine, sollte sie sich entscheiden herzuschauen, alles von mir sehen.

Sie sagte: »Ich habe keine Angst vor Isaac. Das ist die Wahrheit. Ich möchte mit dir mitkommen. Ich habe auf jemanden gewartet, aber ich fange an zu glauben, daß ich vergeblich warte. Du weißt nichts über Isaac. Ich glaube, ich sollte mit dir mitkommen.«

»Catherine, ich sitze in der Badewanne.«

»Ich schaue ja gar nicht hin.«

»Ich habe dich nicht hereingebeten.«

»Laß mich doch hierbleiben.«

Ich beugte mich vor und konnte ihre glatte weiße Wange sehen. Sie hatte ihre Haare gelöst, sie hingen zu beiden Seiten ihres Gesichts herab. So, wie sie aussah, gefiel sie mir, aber sie lächelte nicht.

»Ich wollte keine Zeit damit verschwenden, dich erst lange zu fragen«, sagte Catherine. »Ich möchte rundheraus wissen, was du davon hältst.«

»Nein. Ich glaube nämlich immer noch, du solltest in einen Bus steigen und nach Hause fahren. Alles andere wird sich von selbst regeln.«

Das Wasser war heiß, und meine blauen Flecken und Schwellungen pulsierten. Catherines Stimme, obwohl sie mich um etwas bat, obwohl sie etwas wollte, obwohl sie Angst hatte, war noch immer ganz sachlich. Sie war nicht der Typ, der leicht zerbrach, nein, ganz und gar nicht.

»Hast du unten auf dem Klavier gespielt?«

»Ja«, sagte sie. »Ich hatte gehofft, daß du es hören würdest.«

»Es klang wie Eric Satie.«

»Für einen Rock 'n' Roller bist du einigermaßen niveauvoll.«

»Was war es?«

»Etwas, das ich mir selbst ausgedacht habe. Ich habe es mir für dich ausgedacht.«

Meine blauen Flecken und meine Brauschen schienen noch stärker zu pulsieren. Das Wasser war zu heiß. Ich mußte aus der Badewanne raus. Mich anziehen. In diese Bergkette davonfahren, die ich noch nicht einmal gesehen hatte. Während ich diesen Gedanken nachhing, senkte Catherine den Kopf etwas tiefer. Zuerst glaubte ich, da sei die Andeutung eines Lächelns, doch ihre losen schwarzen Haare verdeckten ihre Wange, und ich konnte den Ausdruck auf ihrem Gesicht nicht sehen. In gewisser Hinsicht wünschte ich mir jetzt, daß sie mich anschaute. Mir gefiel nicht, daß ich ihren Gesichtsausdruck nicht sehen konnte.

»Hat Isaac dich wirklich verletzt, Joe?«

»Nenn mich doch gleich einen Glatzkopf.«

»Warum hast du gesagt, daß es etwas mit mir zu tun hat?«

»Er hat mir gesagt, daß er dich liebt. Er hat es geradeheraus gesagt, einfach so. Ich hatte nicht den Eindruck von einem Bruder, der von seiner Schwester spricht.«

Sie zitterte jetzt. Die Reserven an Gelassenheit würden nicht viel länger ausreichen. Catherine war zäh, aber sie hatte über alles nachgedacht, und was dabei herausgekommen war, gefiel ihr nicht.

Jetzt drehte sie sich um, und diesmal blickte sie mich an. Sie sorgte dafür, daß ihre Augen auf mein Gesicht gerichtet blieben. Nacktheit schien sie keineswegs zu stören. Sie schaute sich an, wie ich Isaacs Hackarbeit gesäubert hatte.

»Was hältst du davon?«

»Ich finde es gut. Du blutest.«

Ich legte mir die Hand auf den Kopf. Ich betastete die Schnittwunden. Als ich die Hand zurückzog, war sie wäßrig rot.

Catherine war nicht in der Stimmung für oberflächliche Konversation. Sie sagte: »Ich komme also mit dir mit.«

»Steig in den Bus, Catherine. Mehr brauchst du nicht zu tun.«

Jetzt weinte Catherine. Es war wie eine häusliche Szene in irgendeinem beliebigen Badezimmer. Ich lag in der Badewanne, sie bat mich um das Verständnis, das ich nicht aufbringen wollte, und sie saß auf dem Klodeckel und flennte.

»Er hat eine Grenze überschritten. Ich weiß nicht, warum. Wir hatten jahrelang nicht mehr miteinander gesprochen, uns auch nicht geschrieben, jedenfalls nicht, seitdem ich von hier weg bin. Es hat einen Zeitpunkt gegeben, da mußte ich einfach weggehen, und seitdem ist nichts mehr wie früher. Ich wünschte, ich wäre nie zurückgekommen.«

»Nimm den Bus«, wiederholte ich. »Fahr weg, und komm nie wieder hierher. Laß die Anwälte und die Immobilienleute die Sache mit dem Besitz deines Vaters regeln, und geh einfach dorthin zurück, wo du hergekommen bist, zieh dein Studium durch, und werde selbst eine gute Anwältin. Oder was hast du gesagt, du wolltest die Studienrichtung wechseln? Ganz wie du willst. Nur fahr von hier fort. Das ist alles.«

Catherine zerbrach nicht, und ihr Weinen war vorüber. Sie stützte das Kinn mit der Hand und schaute mir wieder direkt in die Augen. Sie konnte mich schon nervös machen, wenn sie mir so direkt in die Augen blickte. Sie mußte sich das Gesicht mit den Händen trockenwischen. Sie dachte über sich nach, und sie dachte über Isaac nach, aber sie dachte auch über mich nach. Mitten in all diesem Durcheinander dachte sie über mich nach.

Dann kam Catherine herüber und kniete sich neben die Badewanne. Sie legte ihre Hand an mein geschwollenes Gesicht.

»Tut es weh, wenn du sprichst?«

Ich schob ihre Hand von mir fort. Sie legte mir ihre Hand

auf die Brust, und wieder schob ich ihre Hand fort. Sie nahm die Seife, tauchte sie ins Wasser und fing an, mir die Schultern und die Arme zu waschen. Ich wollte mich verlieren. Ich wollte mich tatsächlich verlieren. Das letzte Mal, daß eine Frau mich angerührt hatte, war in meinem alten Leben gewesen, vor einer Million Lichtjahren. Es hätte so gut getan, jetzt meine Hand auf Catherines Hinterkopf zu legen, ihr seidiges Haar zu spüren und in einen langen, langen Kuß zu versinken. Catherine tauchte die Seife noch einmal ins Wasser und begann an meiner Brust, sie sah mir dabei die ganze Zeit in die Augen. Meine Kehle war wie zugeschnürt, doch es gelang mir, mich zur Seite zu bewegen. Das erforderte ein großes Maß an Anstrengung. Catherine hielt inne mit dem, was sie tat, und legte die Seife beiseite. Sie hielt ihre Hände aneinandergelegt und berührte mich jetzt nicht.

Ich sagte: »Catherine, ich bringe niemandem etwas Gutes.«

Sie schüttelte den Kopf. »Nein«, sagte sie.

Catherine liebte es zu berühren. Sie konnte sich nicht zurückhalten und legte von neuem ihre Hand auf meine geschwollene Gesichtshälfte. Vielleicht brauchte sie diese Berührung. Vielleicht war die Welt der Emotionen für sie nicht greifbar genug, und sie brauchte zur Bestätigung körperlichen Kontakt. Ihre Hände waren schlank, und einige ihrer Fingernägel waren abgebissen. Es waren die Finger einer Musikerin.

»Du hast Angst, dich von dem zu lösen, was du getan hast«, sagte sie. »Du möchtest, daß dein Leben vorüber ist. Aber das ist es nicht. Du kannst nicht so tun, als wäre es das.«

Das reichte jetzt. Das war mehr als genug. Ich hatte diese Studienanfängerin nicht um eine Analyse meines Lebens gebeten, und ich würde sie mir auch nicht anhören. Ich packte Catherine am Handgelenk und hielt ihre Hand von meinem Gesicht fern.

»Du mußt mich in Ruhe lassen. Verstehst du? Es wird keinen glücklichen Ausgang nehmen. Wenn ich mich angezogen habe, möchte ich, daß du mich in der Stadt absetzt, und danach werde ich nicht wiederkommen. Verstehst du das?«

Catherine entwand ihr Handgelenk meinem Griff.

Sie sagte: »Du wirst niemals frei sein, Joe.«

Sie stand auf, und das leichte, lose fallende Kleid, das sie trug, umwehte ihren Körper, als sie das Zimmer verließ. Draußen vom Flur drang ein Hauch des kühlen Windes und das Geräusch des Regens herein.

Als sich die Tür hinter ihr schloß, war es, als habe alles Licht und alles Leben das Zimmer verlassen.

In die Sachen ihres alten Herrn gehüllt, mußte ich mich alleine daranmachen, ein Feuer aus meinen alten Kleidungsstücken, dem Waschlappen, dem Kopfkissenbezug und selbst aus dem alten Badehandtuch, das Catherine mir gegeben hatte, zu machen. Hinter dem Haus standen riesige Farmschuppen. Catherine war nicht in der Stimmung, zu reden oder mir zur Seite zu stehen. Ich ließ sie im Haus zurück. Sie war in der Küche, um sich ein Sandwich mit Luzerne, Tomate und Avocado zu machen, nicht am Klavier, um mir eine Melodie zu spielen. Es regnete immer noch, daher konnte ich kein Feuer im Freien anzünden, aber in einem der Schuppen würde es gehen.

Genau drei davon standen hinter dem Haus, und sie waren in einem Viereck angeordnet, dem eine Seite fehlte. Sie sahen alle gleich aus. Es waren moderne, funktionelle Gebäude, errichtet, um den Elementen zu trotzen, aus Eisen und Stahl und Aluminium gefertigt. Was aus Scheunen aus faulendem Holz, angefüllt mit Heuballen und den Haustieren von Old MacDonalds Farm, geworden war, das wußte ich nicht. Aber auch ohne einen Rosewall senior, der sich um sie kümmerte, diese glänzenden Schuppen wirkten leicht heruntergekommen. Sie waren voller Spinnweben zwischen den Wänden, die klebrige Fallen bildeten, in die man hineintappte. Die Schuppen beherbergten zahlreiche landwirtschaftliche Gerätschaften, und ich zog an dem einen Hebel hier und berührte eine scharfe Pflugschar dort und konnte nicht allzuviel Sinn hineinbringen, wozu sie eigentlich dienten.

Der dem Wohnhaus am nächsten gelegene Schuppen war derjenige, den ich für meine zeremonielle Verbrennung, mein kleines Feuerritual, benutzte, um mich der vergangenen Nacht und Isaacs zu entledigen. Ich redete mir ein, in meinem Herzen seien kein Haß und keine Wut auf Isaac zurückgeblieben. Ich redete mir ein, es sei alles vorüber. Ich redete mir die üblichen Lügen ein.

In diesem Schuppen waren noch mehr komplizierte landwirtschaftliche Maschinen untergebracht, und da waren weder eine Henne noch ein Hahn, weder ein Schwein noch ein Hund in Sicht. Allerdings gab es dort Tauben, deren Kot und Federn und muffiger Geruch das höhlenartige Innere verpesteten. Sie raschelten und rauschten um die hohen stählernen Dachträger, weil sie mein Feuer und das bißchen Rauch, das es abgab, nicht mochten. Sie waren in Panik geraten, diese doofen Tauben mit ihren kleinen Gehirnen. Mehrere flogen in den schrägeinfallenden Regen hinaus, doch andere jagten sich gegenseitig in heller Aufregung unter dem Dach, und die Luft füllte sich mit Angstkot und umherwirbelnden weißen und braunen Federchen. Dann ließen sich die Tauben in besseren Verstecken nieder und beruhigten sich wieder.

Ich goß Benzin, das für einen Zweitaktmotor bestimmt war, auf den blutgetränkten Haufen. Ich wollte, daß alles gut verbrannte, weil dies für mich das letzte Abschiednehmen sein sollte. Ich fragte mich, wie es für Catherine wohl während der vergangenen drei Wochen gewesen sein mußte, an einem riesigen, verlassenen Schauplatz wie diesem allein zu sein. Was tat sie eigentlich hier? Plötzlich kam mir in den Sinn, daß Catherine das Alleinsein vielleicht ebensosehr mochte wie ich, oder daß sie es sich einredete, und daß das, was sie veranlaßt hatte, an dieser Badewanne mit den Tatzenfüßen niederzuknien und mein Gesicht zu berühren, etwas war, das wir beide nur zu gut kannten, die Einsamkeit.

Ein Streichholz hatte genügt, um den Haufen in Flammen aufgehen zu lassen, und das war es gewesen, was die Tauben so wild gemacht hatte. Es gab kaum Rauch, erst ganz am Ende, und inzwischen war Catherine in den Schuppen gekommen, sie schob die riesigen Eingangstüren ganz auf, damit der Wind den Rauch davontragen konnte. Rote Ascheteilchen flatterten umher, und ich mußte ihnen nacheilen und sie mit den Füßen ausstampfen. Dieser stabile Schuppen würde nicht in Flammen aufgehen. Nicht einmal ein Wirbelsturm würde ihm etwas anhaben können. Noch mehr Tauben ergriffen die Gelegenheit, um unter aufgeregtem Geflatter zu entfliehen und sich irgendwo draußen in den Bäumen ein besseres Obdach zu suchen, und Catherine ging zu dem brennenden, schwindenden Häufchen und warf die Sachen hinein, die sie in der vergangenen Nacht getragen hatte. Bluejeans und eine weiße Bluse mit Spuren meines Bluts. Ordentliches Einweichen und ein Durchgang in der Waschmaschine hätte diese Kleidungsstücke wieder so gut wie neu aussehen lassen, doch Catherine glaubte, daß wir etwas teilten. Sie wußte, welchem Zweck mein Ritual diente, und sagte mir auf diese Weise, daß das nicht nur mich etwas anging. Ich redete mir ein, daß sie und ich nichts Gemeinsames hätten. Über die Flämmchen hinweg beobachtete Catherine mich, ihre Sachen fingen Feuer, und der Brandgeruch wurde stechend und widerlich.

Danach, als das Feuer soweit niedergebrannt war, wie es nur niederbrennen konnte, nahm ich die heiße Asche und die Reste der Kleidungsstücke mit einer breiten Schaufel auf und fütterte den schwarzen Schlund eines leeren Abfallverbrennungsofens damit. Er war lange Zeit nicht mehr benutzt worden, sein Rauchabzug war defekt und wurde von irgendeinem Nest blockiert. Wahrscheinlich dem Nest einer funktionsgestörten Taube. Catherine meinte, wenn die Nachbarn das nächste Mal vorbeikämen, würde sie sie bitten, den Brennofen für sie zu reinigen und wieder zum Betrieb herzurichten. Ich selbst war in keiner Heimwerkerstimmung. Wir gingen aus dem Schuppen, und Catherine ließ das Vorhängeschloß an den Türen zuschnappen.

Rosewall seniors Kleidungsstücke wirkten monumental an mir. Seine Schultern waren breiter, seine Beine länger, und sein Hüftumfang war viel, viel größer gewesen. Doch diese Sachen waren frisch, und nach meinem widerlichen Zeug tat es gut, sie zu tragen. Ich hatte die Ärmel und die Hosenbeine aufgerollt, den Gürtel eng geschnallt und sah jetzt aus wie ein Kleinstadtpenner. Catherine musterte mich einmal kurz, als sie mich zum ersten Mal in diesen Kleidern sah. Es war nicht ihr Vater, den sie sah, nein, es war der Penner. Das war gut so.

Nach dem Feuer liefen die Dinge zwischen uns etwas leichter, und als sie beim Verlassen des Hauses die Türen abschloß, gab Catherine mir einen von den Hüten ihres Vaters. Er war klobig und sah aus wie der Typ von Hut, den Männer vor fünfzig Jahren zur Sonntagsmesse getragen haben mochten. Der graue Filz war glatt und das schwarze Band mattglänzend. Das helle Innenfutter war sauber, und auf dem Etikett stand »Smithton & Son«. Ein Hut ist kein Hut, solange er nicht schräg aufgesetzt wird. Ich setzte ihn nicht schräg auf. So, wie er war, saß er gut. Er bedeckte meinen kahlen Schädel und die Heftpflaster, die ich über die Schnittwunden geklebt hatte, und er verbarg die dunkle Hälfte meines Gesichts ein wenig. Im Gegensatz zu den Kleidungsstücken paßte mir Rosewall seniors Hut gut. Im Spiegel sah ich mit diesem Hut ziemlich finster aus. Mich störte es nicht. Laßt mich ruhig finster sein.

Hinter dem Haus lag ein schlammiger, runder Wendeplatz und ein Garten, der in allen Farben leuchtete, aber verwildert war und ebenfalls verschlammte, und dann fuhren wir unter dem wilden Klacken der Scheibenwischer des Torana durch den bleichen Vormittagsregen. Weit hinten am Ende eines sehr langen unbefestigten Zufahrtsweges konnte man einen endlosen Drahtzaun erkennen. Er erstreckte sich in beide Richtungen und war im Regen anfangs schwer zu erkennen, wurde aber allmählich deutlicher sichtbar, je näher wir kamen. Der Besitz des armen verblichenen Rosewall senior war riesig. Ich fragte mich, was Catherine mit all dem Geld anfangen würde, das ihr der Verkauf einbringen mußte. Und Isaac, was der wohl von dem Glück hielt, das ihm bevorstand?

Ich wußte, daß hier irgend etwas schieflief, doch das war nicht mein Problem.

Catherine saß am Steuer des Torana, einem von Isaacs vielen Autos. Er wohnte in der Stadt, weit weg vom Haus seines Vaters. Catherine wohnte in der Großstadt, weit weg von ihrer Familie. Sie studierte Jura. Bevor sie ihr Studium abschloß, würde sie die Studienrichtung wechseln, dessen war ich mir sicher. Mit meinem normalerweise guten Vorstellungsvermögen konnte ich sie nicht mal im entferntesten als Anwältin sehen. Ich blickte sie an, wußte aber nicht, was ich zu ihr sagen sollte. Sie war eine kluge junge Frau, und sie hatte mich durchschaut, und das machte sie sich jetzt zunutze.

»Da, sieh mal«, sagte Catherine.

Am Ende des unbefestigten Zufahrtsweges, der in Wirklichkeit aus Schlamm bestand, aus dünnem Schlamm, war noch mehr Schlamm. Dort sollte eigentlich eine richtige, wenn auch ebenfalls unbefestigte Straße verlaufen, die vom Besitz der Rosewalls fortführte. Gegenüber vom Schnittpunkt der schlammigen Zufahrt mit der schlammigen Straße war ein großer, vierradangetriebener Geländewagen abgestellt, ein Holden Jackaroo mit Polizeiinsignien. Seine Reifen waren so groß wie die eines Traktors, und das Profil war dick und tief. Dieses Fahrzeug würde dünnen oder dicken Schlamm ohne jegliche Schwierigkeiten bewältigen. Auf dem Dach waren zwei Lautsprecher angebracht, flankiert von einer roten Leuchte auf der einen Seite und einer blauen Leuchte auf der anderen. Schwere Suchscheinwerfer waren vorn montiert. In voller Fahrt würde dieses Kraftpaket absolut einschüchternd wirken. Es war mindestens zweimal so groß wie unser Auto. Der Regen, der von der glänzenden Karosserie abprallte, bewirkte einen Haloeffekt.

Catherine verlangsamte den Wagen, und je mehr wir uns dem Ende des Zufahrtsweges zu den Rosewalls näherten, desto eindeutiger wurde es, daß zwei Menschen in diesem Jackaroo saßen und warteten.

Wir hielten vollständig an.

Dieser elende und endlose Regen machte die Dinge schwer erkennbar, und die Scheibenwischer verschlimmerten die Sache nur noch. Der Motor des Jackaroo wurde angelassen, und der Auspuff stieß eine Wolke kalten Wasserdampfs aus. Jetzt kam dieses große weiße Gefährt mit seinen weißen und blauen Markierungen auf uns zugefahren. Das tiefe Profil seiner Reifen biß sich in den Schlamm wie große schwarze Zähne. Bald schon waren wir kaum noch einen Meter voneinander entfernt. Ich blickte auf Catherines Hände auf dem Lenkrad. Sie waren ruhig. Sie war gefaßt. Wir tauschten einen Blick aus, und sie verzog den Mundwinkel. Ich wandte mich zur Seite, und das Beifahrerfenster des Jackaroo wurde heruntergedreht. Ich kurbelte mein Fenster runter. Durch den Regenschleier blickte Senior Sergeant David Smith auf mich herab. Er trug seine schwarze Polizeilederjacke und keinen Schlips. Heute war sein Namensschild angesteckt. Auf dem Fahrersitz saß einer der halbwüchsigen Polizisten, Bullock oder Robinson, sein Namensschild konnte ich nicht sehen. Auch er trug seine schwarze Polizeijacke, aber er hatte sich einen schwarzen Schlips ordentlich unter den blauen Kragen gebunden.

Jetzt schob ich meinen Hut wirklich schräg auf die Seite. Polizist Dave grinste.

»Freut mich zu sehen, daß du wohlauf bist, Joe.«

»Danke.«

»Und daß Catherine sich um dich kümmert. Du kümmerst dich doch um unseren Jungen, Catherine?«

Catherine behielt ihre Ruhe.

»Ihr fahrt wohl in die Stadt, ihr zwei?«

Ich nickte.

»Danach geht es sicher auf ins tiefe, tiefe Outback, Joe?«

»Ja«, sagte ich. »Man kann ja nur das kennenlernen, was man auch wirklich gesehen hat.«

Das gefiel ihm. Guter alter Dave. Er wackelte mit dem Zeigefinger, womit er bedeuten wollte, wir sollten weiterfahren. Polizist Dave drehte sein Fenster wieder hoch, ich aber wackelte selbst mit meinem Finger, damit er innehielt. Noch immer mit diesem scheißfreundlichen Grinsen kurbelte er das Fenster wieder herunter und lehnte sich in den Regen hinaus, um zu hören, was ich zu sagen hatte. Der Regen, der an seine Gesichtshälfte platschte, ließ ihn ganz schieläugig wirken.

»He, Polizist Dave«, rief ich. »Warum knallst du dich nicht einfach zu? Und holst dir einen runter. Aber vor allem, warum knallst du dich nicht wieder zu?«

Das ließ das Grinsen aus Polizist Daves Gesicht verschwinden. Ich drehte mein Fenster hoch.

»Fahren wir.«

Catherine wurde unruhig. Sie sagte: »Bist du lebensmüde? Bist du denn verrückt geworden?«

Ich sagte: »Nach all dem, was gewesen ist, wird er mich deswegen festnehmen?«

»Womöglich ja. Du könntest ihn noch soweit bringen, daß er es tatsächlich tut.«

»Soll er nur. Mir ist es egal. Soll er nur.«

Polizist Dave tat es nicht.

»Mach schon, fahren wir.«

Entrüstet schüttelte Catherine den Kopf und legte den ersten Gang ein. Der Wagen hatte sich beinahe festgefahren, aber dann wirbelten wir etwas Schlamm auf und fuhren davon.

»Was machen die beiden?«

»Was glaubst du wohl, was sie machen?« Sie blickte in den Rückspiegel. »Sie folgen uns«, sagte sie. »Deinetwegen.«

»Das hätten die sowieso getan.«

Ein Stück weiter die schlammige Landstraße entlang, unmittelbar bevor sie in einen zweispurigen asphaltierten Highway mündete, kamen wir an einem Schild vorüber, auf dem stand, daß wir achtzehn Kilometer von der Stadt Thornhill entfernt waren. Wir fuhren auf den Highway. Große Wasserlachen standen auf langen Strecken der Straße, und Catherine mußte langsam fahren. Es herrschte außerdem auch ziemlich viel Verkehr, und Straßenarbeiter kümmerten sich so gut sie konnten um die Schlammrutsche. An einer Stelle und dann an einer anderen und an noch einer wurde dieser Highway, den wir befuhren, zu einer schmalen Gasse, da ganze Fahrspuren von Schlamm verschüttet worden waren. Man mußte warten, bis die Straßenarbeiter einem zu verstehen gaben, was man tun sollte, indem sie einem entweder die rote oder die grüne Seite ihrer Schilder zudrehten und mit den Händen winkten.

»Sie werden heute wieder Sandsäcke füllen«, meinte Catherine. »Die Leute warten ab, wie hoch der Barry River steigen wird. Ich glaube, 1956 oder 1957 hatte er einen Höchststand erreicht. Es gab eine Reihe von Überschwemmungen, und danach hat die Regierung Geld bereitgestellt, um diese riesigen Deiche bauen zu lassen. Seitdem haben sie gut gehalten, aber wenn die Deiche brechen sollten, würde nahezu die gesamte Stadt evakuiert werden müssen.«

Ich schaute auf den Regen. »Steht es so schlimm?«

»Ich weiß nicht. Alle sind nervös, weil es schon jahrelang nicht mehr so geregnet hat. Die ganze Woche über geben sie schon die täglichen Regenmengen durch. Das einzige, worüber die Menschen in der Stadt sprechen oder was sie hören wollen, sind die Pegelstände. Der Barry hat die acht Meter bereits überschritten, und wenn er auf neun oder zehn ansteigt, dann reicht es wahrscheinlich aus, um sich mit dem nächsten Fluß, dem MacDonald, zu vereinigen. Das ist früher schon mal passiert, aber seit Menschengedenken nicht mehr. Wenn der Barry, der MacDonald und ein weiterer Fluß namens Severn gleichzeitig angeschossen kommen, haben die Deiche keine Chance mehr.« Sie warf mir einen Blick zu. »Ganz zu schweigen von den Wassermengen, die sich von oben aus den Bass-Bergen ergießen werden.«

Catherine stoppte das Auto, als sich der Verkehr staute. Straßenarbeiter ließen den Gegenverkehr durch. Danach konnten wir wieder weiterfahren.

»Der Bürgermeister hat gestern im Radio gesprochen. Er hat gesagt, daß er Augenzeuge der Überschwemmungen in den Fünfzigern und einer weiteren großen Überflutung 1976 gewesen ist. Er hat gesagt, so anhaltend sei der Regen damals nicht gewesen. Er hat gesagt, der Dogbend Creek sei bereits über die Ufer getreten, und manche Leute hätten ihre Autos verlassen oder einfach dableiben und das Ende abwarten müssen. Freiwillige von den Einsatzdiensten sind schon in die Stadt gekommen, um auszuhelfen, aber falls diese Flüsse noch viel höher steigen, dann geht Thornhill unter. Die wirkliche Sorge sind die umliegenden Farmer. Sie sollten eigentlich evakuiert werden, aber die meisten von denen sind sture alte Mistkerle. Sie bleiben auf ihrem Land und werden abgeschnitten, aber sie wollen ihren Besitz und ihre Tiere schützen. Sie verlassen sich darauf, daß sie mit Lebensmittelabwürfen aus Hubschraubern durchkommen.«

»So was habe ich noch nie erlebt«, sagte ich.

»Natürlich hast du das nicht. In den Großstädten passiert so was ja nicht. Was in Brisbane in den frühen Siebzigern geschehen ist, ist doch die Ausnahme, ich habe darüber gelesen. Außerdem ist es ja so, daß er auch eine gute Seite hat, dieser Regen. Darin liegt gerade die Ironie. Er wird dem Untergrund wahrscheinlich mindestens zwei Jahre lang Feuchtigkeit geben und die Baumwollernte sichern, aber ich habe gehört, daß sich die Sorgumanbauer bereits darüber beschweren, daß ihre Pflanzen unter Wasser stehen und der Regen ihre Herbizide fortschwemmt. Auf dem Land ist die Sache die, daß man nie verallgemeinern kann. Auf lange Sicht wird es in der Gegend viel mehr Grünfutter für das Vieh geben, aber kurzfristig werden die Farmer ihr Vieh eher massenweise erschießen, als es verhungern und von den Fluten davonspülen zu lassen. Was für manche ganz wunderbar ist, bedeutet für andere den Ruin.«

Ich drehte mich auf meinem Sitz um und blickte durchs Rückfenster. Der Holden Jackaroo der Polizei fuhr hinter uns, die Scheinwerfer abgeblendet.

»Sie sind noch immer da.«

»Stimmt«, erwiderte Catherine. »Kommen nicht zu nahe, lassen sich nicht zu weit zurückfallen.«

»Bei all dem, was hier vorgeht, sollte man annehmen, Dave hätte Besseres zu tun.«

»Das wird auch so sein«, meinte Catherine. »Immer mehr Lkw-Fahrer sitzen fest, Häuser werden abgeschnitten, es wird weitere Unfälle geben, und die Einsatzdienste werden nicht allein damit fertigwerden. Er wird noch mehr Freiwillige anheuern müssen. Alle von Isaacs Kumpeln sind für solche Sachen ausgebildet, oder wenigstens sollten sie es sein. Aber das Schlimmste ist noch nicht eingetreten, und bisher wagt auch niemand auszusprechen, daß es vielleicht eintreten könnte. Ich habe im Fernsehen ein paar Bilder von der Ransom-Schlucht am Mount Bass gesehen. Dort ist normalerweise bloß dieser herrliche Wasserfall, hinter dem man durchlaufen und unter dem man schwimmen kann, aber jetzt sieht er aus wie einer von diesen riesigen Wildwasserfällen im tiefsten Afrika. Das ganze Wasser muß ja irgendwohin. Falls die Flüsse hier noch viel weiter ansteigen, dann wird Dave alle Hände voll zu tun haben, und es wird ihn wahnsinnig machen. Ich kenne Dave Smith schon ziemlich lange. Er ist das, was man einen engagierten Stümper nennen könnte. Sobald du erst einmal aus Thornhill fort bist, Joe, wirst du das letzte sein, was er im Kopf hat. Das weiß ich mit Bestimmtheit. Er klebt bloß an uns dran um sicherzugehen, daß du auch weißt, was das Beste für dich ist.«

Catherine hatte recht. Es sah so ziemlich danach aus, als ob uns dieser Jackaroo die ganze Strecke bis in die Stadt hinein folgen würde. Der Senior Sergeant wollte mir noch einen zusätzlichen Anreiz geben, Thornhill hinter mich zu bringen. Wurde er langsam paranoid oder was? Als ob ich noch einen Anreiz gebraucht hätte. Dave Smith und ich lagen auf der gleichen Wellenlänge, hatten uns sehr wohl verstanden.

Jetzt, da wir Thornhill näher kamen, wurde die Straße ein bißchen besser, und Catherine fuhr mit gleichbleibender Geschwindigkeit unmittelbar unterhalb des Tempolimits. Der Vormittag blieb düster und verregnet. Es würden keine Berge in der Ferne zu sehen sein, jedenfalls nicht heute, nicht, ohne daß vor Anbruch der Nacht ein Wetterwunder geschähe. Schließlich begannen Umrisse einer Stadt in der unwettergeplagten Landschaft aufzutauchen. Es gab Schilder am Straßenrand mit Hinweisen auf Speiselokale, hiesige Geschäfte, den Zustand der Flüsse. Die typischen Anhäufungen häßlicher Vorstadtsiedlungen, mit deren Bau gerade erst begonnen worden war. Dann befanden wir uns schon in Thornhill, auf der Hauptstraße.

»Schau mal nach links«, sagte Catherine.

Langsam fuhr sie uns an einer kleinen Tankstelle und

Autoreparaturwerkstatt vorbei. Auf einem Schild über der Tankstelle stand ROSEWALLS GARAGE, und sie sah deplaziert aus, so deplaziert wie mein Filzhut, wie etwas von vor fünfzig Jahren. Isaacs Tankstelle gehörte zu dem Typ von Tankstellen, die die Konzerne irgendwann schluckten, ohne es überhaupt zu bemerken. Eines Tages würde sich in der Stadt oder am Highway nach oder vor Thornhill eine zusätzliche Tankstelle irgendeines solchen Konzerns breitmachen, und schon wäre Isaac aus dem Geschäft. Keine schlechte Zeit, eine große Erbschaft in Aussicht zu haben, dachte ich mir.

Vorn waren vier Zapfsäulen aufgestellt, zwei für Super, eine bleifrei, eine Superplus bleifrei, und mir war jetzt klar, warum Isaac nebenher sein kleines Geschäft mit Dave und Tom laufen hatte. Ein junger Bursche im Overall lehnte sich an eine der Zapfsäulen und betankte einen Volvo Kombiwagen. Er war keiner der Jungs von der vergangenen Nacht. Das einzige, was ich von der letzten Nacht wiedererkannte, war Isaacs Dobermann, er lag unter dem Vordach, das die Zapfsäulen überragte. Mehrere andere Jungs oder Männer in schmierigen Overalls gingen in der Werkstatt ein und aus. Ein stark Beleibter mit einem grellgeblümten Hemd saß im Büro hinter der Kasse.

»Wo mag Isaac sein?«

»Am liebsten arbeitet er an den Autos, besonders, wenn eins frisiert werden soll. Dort oben über der Tankstelle ist seine Wohnung. Er hat sich dafür entschieden, hier zu wohnen, obwohl wir den Besitz da draußen haben.«

»Aber warum wohnt er denn hier?«

Catherine sagte: »Er hat unseren Vater mehr gehaßt als irgend etwas anderes auf dieser Erde.«

»Warum?«

»Weil er meine Mutter und mich vertrieben hat.« Catherine warf mir einen raschen Blick zu, als sie das sagte, und schaute dann wieder beiseite. »Er war ein gewalttätiger Mann. Er hat uns alle geschlagen. Isaac am meisten, aber auch meine Mutter. Er hat sie regelrecht zusammengeschlagen, ich erinnere mich, ich habe es selbst gesehen. Ich war das Baby und von uns allen noch am besten dran. Bei mir war er anders.«

»Aber jetzt, da dein Vater tot ist, könnte Isaac doch zurückkehren.«

Catherine schüttelte den Kopf.

»O nein. Er sieht das anders. Für ihn wäre es eine unmoralische Handlung zurückzukehren. Es ist noch immer der Besitz unseres Vaters, ob er tot ist oder nicht. So ist das nun mal.«

»Aber er wird doch das Geld nehmen.«

»Nein«, meinte Catherine. »Nein, das wird er nicht. Nicht einen Dollar.«

Die Giftigkeit in ihrer Stimme überraschte mich. Ich blickte Catherine an, und sie blickte zu mir zurück, und ich dachte: *Nein, das geht dich nichts an, Joe, du brauchst das nicht zu wissen, laß die Finger davon.*

Catherine warf einen Blick in den Rückspiegel.

Ich drehte mich um.

Wir waren jetzt an der Tankstelle vorbei. Der Jackaroo der Polizei war in Rosewalls Tankstelle eingebogen. Der Junge an der Zapfsäule winkte einen Gruß, und der Dobermann stand auf und fing an zu bellen und wild mit dem Schwanz zu wackeln, den er nicht hatte. Dieser Hund wackelte tatsächlich mit seinem häßlichen kahlen Hinterteil. Das war alles, was ich sah, bevor andere Autos die Sicht versperrten.

»In dieser Stadt sind wohl alle Freunde.«

»Nimmst du es ihnen übel?« fragte Catherine. »Wir sind die Eindringlinge.«

»Das hier ist doch wohl noch immer Australien, denke ich.«

»Ich weiß«, nickte Catherine. »Aber trotzdem sind wir die Eindringlinge.«

»Du auch?«

»Ich bin ja von hier fortgegangen, ich also noch viel mehr als die meisten anderen.«

Ich biß die Zähne zusammen und schluckte meine Neugier hinunter. Ich schluckte Neugier, Einfühlung, Zuneigung, Anziehung und das Bedürfnis nach Rettung hinunter. Das war eine hübsche Liste. Das war eine vertraute Liste. Jeder einzelne dieser Posten auf der Liste hätte mich in Thornhill festhalten können – in meinem alten Leben. Der Abschied rückte heran. Es würde kein langer Abschied werden. Es würde ein kurzer Abschied sein. Etwa so: tschüs.

Wir fuhren weiter die Hauptstraße entlang in Richtung Motel Thornhill.

An diesem verregneten Samstag war die Stadt wach und geschäftig. Autos fuhren umher und parkten schräg entlang dieser Hauptstraße, alle Geschäfte hatten geöffnet und waren voller Menschen. An einem asiatischen Brotladen stand eine längere Schlange, und eine Menschenmenge hatte sich im Gedenkpark für die Kriegstoten unter einem Festzelt eingefunden, um einer Kapelle der Heilsarmee zuzuhören. Musik wehte herüber, aber es war etwas, aus dem ich nicht ganz schlau werden konnte. Humba, humba, tätärä. Es hätte »Tie Me Kangaroo Down Sport« oder eine Version von »Rhapsody in Blue« sein können. Der Regen ließ Gebäude und Häuser schmuddelig aussehen, er übersäte die sich ausbreitenden Pfützen auf der Straße mit Pockennarben. Pärchen eilten unter Regenschirmen vorüber. Überall waren graue oder gelbe Regenmäntel zu sehen. Ich beobachtete ein kleines Mädchen, das mit einer Waffel Eis in der einen Hand und einer Barbie-Puppe in der anderen vorbeilief, während die Kapuze ihres Regenmantels von einer Seite auf die andere schlappte. Ein leuchtendrotes Feuerwehrauto war am Straßenrand geparkt, und lachende Männer in schweren Uniformen rauchten Zigaretten und lehnten sich ans Auto, um sich vor dem Regen zu schützen. Eine Gruppe Schwarzer saß im Halbkreis in einem Buswartehäuschen und winkte vorbeifahrenden Autos zu. Catherine saß nicht mehr so aufrecht auf ihrem Sitz. Ihr Kopf war ein ganz klein wenig stärker über das Lenkrad gebeugt.

Eine Straße vor dem Motel fuhr sie den Torana an den Straßenrand.

Wir beobachteten das Schild: MOTEL TH R ILL. Catherine ließ den Motor laufen. Sie war niedergeschlagen, doch ihre Augen blieben trotzig. Schließlich lag es jetzt an mir.

»Okay«, sagte ich.

Catherine nickte und wollte mich dabei nicht anschauen.

Ich sagte: »Das wär's dann wohl.«

Außer dem, was mit Isaac passiert war, was Isaac ihr bedeutete und was sie ihm bedeutete, außer der Bedrohung durch die bevorstehenden Überschwemmungen, sogar, daß sie allein im Haus von Rosewall senior wohnte, sogar das. Es kam mir alles wie mein Fehler vor. Zähle es zusammen, und schon hast du das Resultat.

Daher sagte ich: »Wenn ich in den Bass-Bergen gewesen bin, komme ich hier wieder vorbei. Ich weiß nicht, wie lange es dauern wird. Ich komme bei dir vorbei.«

Catherine wandte das Gesicht ab. Sie war kalt. Nichts stand in ihren Augen. Nicht Haß, nicht Liebe, nicht Traurigkeit, nicht Verständnis. Es war ein Ausdruck, den ich bei ihr oder irgend jemand anderem, den ich kannte, noch nie gesehen hatte. Es war ein Ausdruck, der besagte, sie könnte dir alles antun und dabei nichts empfinden – oder du könntest ihr alles antun, und es wäre ihr egal. Dieser Blick, dieser Blick allein ließ mich um sie fürchten. Wäre ich nicht so voreingenommen gewesen, hätte ich vielleicht verstehen können, was er bedeutete. Ich hörte das langsame Steigen und Fallen ihres Atems. Dann beugte sich Catherine über mich hinweg, faßte meinen Türgriff und drückte ihn herunter. Die Tür sprang weit auf. Neben dem Auto floß im Rinnstein ein kleiner Fluß, das Wasser schmutzig und voller Blätter.

»Komm nicht bei mir vorbei«, sagte sie.

Ich konnte kein Wort herausbringen.

»Bis du wieder aus den Bass-Bergen zurück bist, werde ich nicht mehr hier sein. Tu dir den Gefallen, und halte niemals wieder in Thornhill an.« Catherine blickte mich an, kalt. »Du weißt doch, auf dich warten hier nur schlechte Nachrichten.«

Und so verließ ich sie. Ich stieg aus dem Torana und schloß die Beifahrertür und wartete im Regen. Ich hörte ihn auf die Krempe von Rosewall seniors hübschen Hut trommeln. Catherine hielt nichts von Zeremonien. Sie fuhr davon, ohne daß die Räder durchdrehten, wenn auch das Getriebe krachte. Es war kein Filmabgang.

Es war ein kurzer Abschied.

Der Pickup stand genau dort, wo er stehen sollte, und war das einzige Auto in der Einfahrt. Das Büro vorn war an diesem grauen Vormittag geöffnet. Drinnen brannte Licht, und ich konnte die komischen Stimmen und die komischen, fetzigen Toneffekte eines Fernsehers hören. Als ich vorbeiging, sah ich Tittenmann Tom neben dem Empfangsschalter sitzen, während in einem tragbaren Schwarzweißfernseher *Die Jetsons* liefen. Wie schade, einen derart farbenprächtigen Zeichentrickfilm nicht in Farbe anzuschauen. Er lehnte sich in seinem Sessel zurück, der Großtittige, die nackten Füße übereinander auf einen Rauchtisch gelegt, die Hände hinter dem Kopf verschränkt. In seinem Unterhemd ließen die Achselhöhlen dichten Haarwuchs erkennen. Er lachte nicht über den Trickfilm; genauer gesagt blickte der arme alte Bursche eigentlich sehr ernst drein. Vielleicht verstand er das Familienleben im Weltraumzeitalter nicht. Seine Mundwinkel hingen herab, und sein Gesicht war ganz eingefallen.

Er sah mich nicht vorbeigehen, nicht, weil er von den Abenteuern von Elroy und dem Raumzeitalterminikleidchen von Judy Jetson so gefangengenommen war, sondern weil er schnaufend und schnarchend schlief.

Hatte eine schwere Nacht hinter sich. War nur recht und billig.

Ich ging zu der Hochzeitssuite, wo der ganze Ärger angefangen hatte. Dort herrschte Grabesstille. Ich nahm den Hut ab, strich mir mit der einen Hand über den Schädel, zuckte beim Berühren der Heftpflaster zusammen und äugte durch die Fenster. Die Vorhänge waren zurückgezogen, und es gab nichts Besonderes zu sehen. Es sah aus, als sei bereits saubergemacht worden, und zwar gründlich saubergemacht worden. Die Stereoverstärker und die Lautsprecher waren ausgeschaltet und schwiegen, und die Mattscheibe des Superfernsehers blickte in ein leeres, schwach erleuchtetes Zimmer. Da lagen keine Bierdosen in den Ecken herum, keine pennenden Jungs, keine aufgestapelten Videobänder. Ich drehte mich um und blickte in den Regen und setzte den Hut wieder auf, ging dann den nassen Betonweg zu meinem Zimmer, zu meiner Hochzeitssuite, wo meine wunderschöne Braut Clifford Watt schlummern würde.

Ich dachte ziemlich viel über Cliff nach. Als erwägte ich eine Scheidung. Unüberbrückbare Gegensätze. Es war beinahe komisch, obwohl mir eigentlich nicht gerade nach Lachen zumute war. Ich wollte nicht, daß er fortging. Das war die Wahrheit. Ich wollte einfach nicht, daß er fortging. Das, was er sich in der vergangenen Nacht geleistet hatte, war seine Angelegenheit, und zwar ganz allein seine Angelegenheit, und wenn das so war, und wenn es etwas war, das ich durchaus verstehen konnte – wie die Einsamkeit einen Mann veränderte –, warum sollte es mich dann schockieren? Doch das war nicht der Grund meiner Unruhe. In Wahrheit hatte ich die Schnauze voll, weil der gute alte Cliff da in seinem Einzelbett gelegen und gründlich über Isaac und diese größere Hochzeitssuite nachgedacht hatte und darüber, was er haben könnte, wenn er dort hinüberginge, und weil er das dann getan hatte und hingegangen war: Er war zur anderen Seite übergelaufen. Zu Isaac. Das war es, was mir aufstieß. Isaac, ein Haufen Lümmel, ein Haufen Prostituierte, er hatte sich in ihre schäbige kleine Mitte begeben und hingeblättert, was auch immer sie verlangten.

Das war es, was die Einsamkeit mit einem machte.

Heute jedoch war ein neuer Tag, und die Dinge konnten von neuem beginnen, wenn ich es nur wollte. Ich würde Cliff wecken, falls er nicht bereits wach war, und er würde mich fragen, wo ich die Nacht verbracht hatte, und ich würde ihm von Catherine und dem Familienbesitz der Rosewalls draußen vor Thornhill erzählen. Jetzt ging ich in meinen schlottrigen Kleidern, mit dem Hut auf dem Kopf den nassen Weg entlang, und ich wollte Cliff echt von all dem erzählen und hören, was er dazu sagen würde.

Mist. Vielleicht liebte ich Clifford Watt am Ende sogar. So ein Mist.

Die Tür zur Hochzeitssuite wurde von einem Holzkeil offengehalten. Das Geräusch eines Staubsaugers war zu hören. Ich schaute in das Zimmer, eine füllige Frau in einem blauen Kleid bearbeitete den abgenutzten Teppichboden eifrig mit einem Industriestaubsauger. Sie war so sehr nach vorn gebeugt, daß ihr breites Hinterteil hervorstand und zum Hineintreten einlud. Das mußte Mrs. Tittenmann Tom sein. Ich war selbst schon halb im Weltraum und voller Trickfilmideen. Wenn das Mister Tittenmann Tom gewesen wäre, der sich da so vor mir bückte, dann hätte ich der Versuchung nicht widerstehen können, ihm ordentlich eins reinzutreten.

Tom und sein Bruder hatten gestern abend von Louise, Toms Frau, gesprochen. Sie war diejenige, die uns zum Frühstück etwas hätte brutzeln sollen. Jetzt ging ich zur Steckdose und zog Louise den Stecker heraus. Knurrend gab der Staubsauger seinen Geist auf, und sie starrte ihn mit einem dummen Blick an.

»Hallo, Louise.«

Mrs. Louise Smith drehte sich um, und der Anblick meines Gesichts machte die Dinge für sie nicht besser. Sie sah aus wie eine Frau, der unvermittelt ein Elch gegenübersteht. Ihr Mund stand zu einem Viertel offen und ließ oben eine vollkommene Reihe gerader, falscher weißer Zähne sehen.

»Sind Sie hier, um uns etwas zum Frühstück zu brutzeln?«

»Wer sind Sie?«

»Das ist mein Zimmer. Zumindest habe ich dafür bezahlt. Ich dachte, wenn ich die Hochzeitssuite nehme, dann brauche ich das Zimmer erst später zu räumen. Vielleicht um zwölf oder um eins, aber es ist ja noch nicht mal neun Uhr morgens. Wie kommt das denn, Louise? Sie sind doch Louise, nicht wahr?«

»Stimmt«, sagte sie, »woher wissen Sie das eigentlich? Ich habe gerade saubergemacht. Was man am Morgen schafft, braucht man später nicht zu erledigen.«

»Na ja, es ist Morgen, das steht fest, aber wäre es nicht besser, wenn Sie warten, bis Ihre Gäste das Zimmer geräumt haben?«

Louise starrte noch immer.

»Haben Sie doch. Hat Tom gesagt.«

Ich ging umher und schaute in die anderen Räume. Louise oder irgend jemand hatte die ganze Suite geputzt, und es roch sogar nach irgendeinem Fliederspray. Es gab keine Anzeichen vorheriger Bewohner. Nirgendwo befanden sich noch irgendwelche Sachen von Cliff oder mir. Es war auch kein Cliff mehr da. Ich kam aus dem Badezimmer heraus, und Louise war verschwunden, wenn auch ihr Staubsauger noch dastand. Ich schaute mich noch einmal gründlich in der Suite um. Da war nichts, nichts mehr von uns zu sehen.

Louise kehrte mit ihrem Mann zurück, der düster wie ein Bär beim Aufwecken dreinschaute.

»Da sind Sie ja«, sagte der Tittenmann. Er kratzte sich die Vorderseite seines Unterhemds. »Habe mich schon gefragt, wann Sie aufkreuzen würden. Sie finden Ihre Sachen hinten auf ihrem Pickup. Einschließlich Ihrer

Schlüssel und Ihrer Brieftasche. Sie sollten aufpassen, was sie herumliegen lassen.«

»Soweit ich mich erinnere, hatte ich keine große Wahl.«

Ich nahm den Hut ab und hielt ihn in den Händen, und Tom und Louise starrten auf meine vollgepflasterte Kuppel. Tom störte sich an Isaacs Hackarbeit nicht sonderlich. Louise sah ein wenig grau im Gesicht aus. Ich fragte mich, welche Art von Ehe Tom mit seiner Missus wohl führte. Sie starrte mich und meinen Kopf auf höchst verständnislose Weise an.

»Stehen Sie hier nicht rum«, sagte Tom. Seine Stimme war nach der schlimmen Nacht knurrig. Er hatte einen schlechten Atem, den ich auf drei Schritte Entfernung riechen konnte. »Die Sachen sind im Pickup. Ihresgleichen sollte hier nicht noch einmal herkommen.«

»Also, da wäre eigentlich bloß noch eins. Ich bin mit meinem Freund Cliff nach Thornhill gekommen. Ich werde auch mit Cliff wieder abfahren. Ich sehe ihn aber nicht. Sehen Sie ihn hier etwa?«

»Ihren Busenfreund?« knurrte Tom. »Der hat schon in der Nacht gepackt und ist abgereist.« Er blickte zu Louise. Ihm gefiel nicht, was sie da mithörte. Er sagte: »Geh, und mach uns doch einen Espresso, Liebes.«

Louise nutzte die Gelegenheit, um zu verschwinden, und schleppte ihren Staubsauger mit. Als wir allein waren, starrte Tom mich an.

»Weiß nicht, wo er hin ist. Ist abgereist.«

»Sie erwarten wohl, daß ich das glaube?«

»Ich erwarte von Ihnen nichts anderes, als daß Sie mein Motel verlassen, bevor ich die Polizei rufe, um Sie hinausschmeißen zu lassen, oder bevor ich es selber tue. Sie belästigen mich, und ich mag es nicht, wenn ich belästigt werde. Die Bullen warten nämlich nur darauf, so was zu hören. Verstanden?«

Tom ging zur Eingangstür und trat hinaus. Ich folgte ihm, und wir standen auf dem Fußweg. Er war ein übelriechender Mann. Ich entsann mich, wie der Brave Polizist Dave nach Babypuder und Spruso gerochen hatte. Sie waren durchaus ein Pärchen.

»Hauen Sie ab. Beim nächsten Mal kommen Sie nicht so glimpflich davon.«

»Warum sollte Cliff nicht in diesem Zimmer geblieben sein, nachdem er mit der Hure fertig war, die Sie ihm verkauft haben?«

Tom drehte sich zu mir um. Er schien größer zu werden. Zorn zeigte sich in seinem Gesicht und Haß in seinem Atem.

»Sie haben gekriegt, was Sie verdient haben. In Ordnung. Erledigt. Er hat Wind davon bekommen, was passiert ist, und hat sich davongemacht. Ihr Busenfreund ist ein kleines Angsthäschen. Haben Sie das gewußt?«

Ich stand da, ohne diesem Proleten ins Gesicht zu schauen. Wenn ich es getan hätte, hätte ich es zerschmettern müssen.

»Ich glaube Ihnen nicht.«

»Glauben Sie doch von mir aus, was Sie wollen.«

»Ich hoffe für Sie, daß ich jede einzelne Kleinigkeit im Pickup wiederfinde, Tom.«

»Hören Sie auf, mir angst machen zu wollen.«

»Wenn ich Cliff nicht finde, dann komme ich wieder«, sagte ich. »Und das meine ich ernst. Wenn ich ihn nicht finden kann, dann komme ich wieder bei Ihnen vorbei, und dann bin ich in keiner fröhlichen Stimmung.«

Ich ließ dieses fette, stinkende Proletenarschloch auf seinem hübschen kleinen Betonweg neben seinem häßlichen roten Backsteinmotel stehen und überquerte im Regen die Einfahrt. Meinen Hut hatte ich wieder aufgesetzt. Es gab keinen Knochen in meinem Körper, der noch den starken Mann hätte markieren können; in Wahrheit war ich echt besorgt. Was war mit Cliff geschehen? Konnte er tatsächlich abgereist sein? Ich ging zum Pickup, und die Abdeckplane auf der Pritsche war fest und ordentlich verzurrt. Als ich vorn hineinlugte, stand die Urne direkt auf dem Armaturenbrett, dort, wo sie sein sollte, und glänzte matt in den schlimmen grauen Vormittag. Dieser Talisman beunruhigte mich zunehmend. Es war keine gute Idee gewesen, ihn dort oben hinzustellen. Er war keine Lachnummer, der Tod, er war ganz und gar keine Lachnummer, und jetzt sehnte ich mich wirklich nach dem Augenblick, an dem ich diese Urne loswerden konnte, indem ich sie über den Felsvorsprung des Black Fella Ledge warf.

Ich knöpfte die Plane auf und schlug sie zurück.

Der Regen ging immer noch in Strömen nieder, aber es machte mir nichts aus, naß zu werden. Es gab sowieso nicht viele Alternativen. Wie der Tittenmann versprochen hatte, befand sich alles auf der Ladefläche des Pickups, alles, von dem ich wußte, nur eine von Cliffs Reisetaschen nicht. Was denn, mitten in der Nacht sollte er eine Tasche gepackt haben und davongelaufen sein? Ich glaubte es einfach nicht. Selbst die Kühlbox war da, doch die Wasserflaschen waren leer, und es war kein Eis darin. Darum würde ich mich später kümmern.

Ich zog den Reißverschluß der größten meiner Reisetaschen auf, und ganz oben, auf den säuberlich zusammengefalteten Sachen, lagen meine Brieftasche, meine Uhr und die Schlüssel für den Pickup. Ich öffnete meine Brieftasche, und der genaue Betrag, der drin sein sollte, war auch drin. Mein Führerschein – mein für immer eingezogener Führerschein – war auch da, ebenso meine Kreditkarte, meine Videoclubkarte, eine Telefonkarte und eine Quittung vom Geldautomaten, die den beklagenswerten Stand meines Bankkontos auswies. Ich wühlte auf der Ladefläche des Pickups umher, und es fehlte nichts, außer Clifford Watt und seine Tasche. Es war eine blaue Sporttasche, durch Zeit und Gebrauch verschmutzt und eigentlich gar nicht mehr so blau. Vielleicht war er davongelaufen. Ich brauchte mir nicht vorzumachen, daß Cliff ein tapferer Typ war – an wen er mich am meisten erinnerte, war schließlich dieser ängstliche Löwe in Der *Zauberer von Oz*, besonders, als ich aus dem Gefängnis entlassen wurde und Cliff draußen auf mich wartete. Vor dem Unfall hatte es gar nicht so schlimm um ihn gestanden; aber danach, auch wenn er furchterregend genug aussah, um kleine Kinder zu erschrecken, machte ihm die Welt weit größere Angst. Na ja, vielleicht stimmte das, was Tom gesagt hatte, und er war davongelaufen. Vielleicht.

Das bedeutete nicht, daß ich ihn nicht würde finden können.

Ich zog die Reißverschlüsse der Taschen zu, ließ die Plane einschnappen, nahm die Schlüssel, schloß den Pickup auf und stieg ein. Die Urne stand mir gegenüber. Mit den weiten Ärmeln wischte ich mir das Gesicht ab und legte den Hut neben mich auf den Sitz. Danach entfernte ich meines Vaters Überreste von dem Platz, von dem aus sie mich anstarrten, und schob sie unter den Sitz. Ich hatte dabei gar kein so schlechtes Gefühl, genau gesagt, ich fühlte mich sehr viel besser. Tut mir leid, Pa. Ich hatte genug davon, mit dem Tod zu spielen. Ein weniger gutes Gefühl hatte ich allerdings dabei, mit einem leeren Beifahrersitz vom Motel wegzufahren, und ich merkte, daß Cliff mir auf mehr als nur eine Weise fehlte. Trotz all meiner Hirngespinste, wie ich ihn würde loswerden können, vermißte ich ihn wirklich, vermißte, daß er nicht mehr dort neben mir saß, seine Bücher las und die Seiten ausriß, sich mir hin und wieder zuwandte und irgendeine blöde Geschichte oder einen lahmen Witz erzählte.

Ich würde ihn hoffentlich bald finden. Wo sollte ein großes, häßliches Ding wie er sich denn schon verstecken?

Der Motor war kalt und knurrte und krächzte. Dem Pickup hatte es nicht gefallen, so lange im Regen zu stehen. Ich mußte den Choke mehrfach betätigen. Er spuckte, setzte kurz ein, verreckte dann wieder. Ich ließ ihn zur Ruhe kommen. Als der Pickup endlich angesprungen und ich in der Lage war, aus dieser Moteleinfahrt herauszufahren, sah mir Tittenmann Tom nach. Es hätte eigentlich ein gutes Gefühl sein sollen, diesen schrecklichen Ort zu verlassen, doch irgendwie war mir bis tief in den Magen übel. Tom stand im Unterhemd und in seinen Shorts vor seinem Büro unter der flatternden Markise. Seine Kulleräuglein ließen nicht von mir ab. Die ganze Zeit über nippte er an einem Espresso, den seine Gattin ihm gebracht hatte, er hielt Tasse und Untertasse in seinen Bärenpranken, die kleinen Finger geziert angewinkelt.

In der Stadtmitte wollte ich den Pickup nicht unbedingt gerade dort abstellen, wo er sofort gesehen werden konnte. Die Hauptstraße war zu frei und zu stark befahren, und wenn ich ihn dort irgendwo schräg einparkte, würde jeder, der mich nicht mochte und zufällig vorbeikam, wissen, daß ich noch immer in der Stadt war. Was ich wollte, war, hübsch anonym zu bleiben. Fahrzeuge der Einsatzdienste befanden sich jetzt in der Stadt, und ich dachte, daß es wohl stimmen mußte, daß die Flüsse in der Gegend anstiegen. Der Regen hatte seit dem gestrigen Tag nicht nachgelassen. Ich fragte mich, ob die Einsatzhelfer da waren, um die Stadt auf die Überschwemmung vorzubereiten, oder ob sie bloß eine Pause einlegten, sich vom Schlammentfernen von Landstraßen und vom Retten verirrter Kühe erholten. Das Radio im Pickup schwieg beharrlich, und ich war zu ungeduldig, um mir ein anderes Radio zu besorgen, mit dem ich mir die neuesten Nachrichten hätte anhören können. Ich bog von der Hauptstraße ab, suchte mir eine schmale Einbahnstraße und parkte den Pickup. Danach holte ich alles, was sich unter der Plane auf der Pritsche befand, heraus, legte es nach vorn, deckte es so gut ich konnte ab, damit es nicht zu verlockend aussah. Dann schloß ich ab.

Ich hatte Rosewalls Hut auf, und über seinem Hemd trug ich eine braune lederne Bomberjacke aus den alten Tagen. Ich trug sie früher immer, wenn wir mitten im Winter auf

Freilichtbühnen spielten oder wenn es so regnete wie jetzt. Mit geschlossenem Reißverschluß und hochgeschlagenem und verriegeltem Kragen hielt diese Jacke das Wetter ab, und sie war genau richtig, um damit die Gasse zu verlassen und in der Stadtmitte umherzugehen, um nach Cliff zu suchen.

Dieses kleine Städtchen Thornhill machte jetzt gar keinen so schlechten Eindruck. Die Gebäude hatten ein gewisses Maß an Charme, jener Art von Charme, die vom Alter und vom Stil herrührt; aus den Läden wehten gute, frische Gerüche und ließen mich spüren, wie hungrig ich war. Ich hielt mich nicht damit auf, etwas zu essen. Bei jedem Kaffeeausschank und jedem Imbißladen und sogar jedem Lebensmittelgeschäft hielt ich Ausschau nach Cliff. Seine große, massige Gestalt war nirgendwo zu finden. Wenn er das Motel Thornhill in der vergangenen Nacht verlassen hatte, wo würde er dann hingegangen sein? Schlichtes logisches Denken besagte, daß er, sofern er über kein Transportmittel verfügte, was ja zutraf, noch irgendwo in der Stadt sein mußte. Wenn also Tittenmann Tom die Wahrheit gesagt hatte, würde Cliff sich auf die Suche nach irgendeinem anderen Hotel oder Motel gemacht haben müssen, irgendwas, wo er schlafen konnte.

Ein Stück die Straße entlang sah ich einen Taxistand, an dem ein einzelnes Taxi wartete. Durch den Regen lief ich darauf zu. Ich wollte einsteigen und den Fahrer fragen, welche anderen Häuser neben dem Motel Thornhill noch Zimmer zur Übernachtung anboten. Aber eine Familie mit einer kleinen alten Oma kam mir zuvor. Ich blieb im Regen stehen. Was machte es schon? Selbst wenn er in ein Motel gegangen war, würde er es inzwischen wieder verlassen haben. Dann dachte ich mir, es wäre schon gut, wenn ich einen Ort finden könnte, den Cliff gerade verlassen hatte, denn dann würde das bedeuten, daß Tittenmann Tom die Wahrheit gesagt hatte und daß Cliff in Ordnung war und ich mir keine Sorgen zu machen brauchte.

Ich brachte den gesamten Vormittag damit zu, durch den Regen zu latschen, Thornhills Unterkunftsmöglichkeiten aufzusuchen, nach Cliff zu fragen, Cliff zu beschreiben – groß, narbiges Gesicht, eine Plastikhand, eine schmutzige blaue Tasche – und angestarrt zu werden, als sei ich irgendein Verrückter. Die Betreiber, mit denen ich sprach, waren alle ziemlich gelassen, keiner von ihnen war vom Schlag eines Tittenmannes Tom, aber mit Sicherheit fanden sie keinen Gefallen daran, daß ihnen von jemandem, der so aussah wie ich, derartige Fragen gestellt wurden.

Zur Mittagszeit war ich drauf und dran, die ganze Sache aufzugeben.

Ich fing schon an, mir einzubilden, Cliff überall in den Straßen von Thornhill zu sehen. Rotes T-Shirt mit der Aufschrift BLACK RIGHTS, schwarze Jeans, spitze schwarze Rockbandstiefel, über den Hosenbund quellender Wanst wie ein Kartoffelsack, der von einem Lkw herunterfällt. Da war er, stand an einer Straßenecke, ging in einen Laden, saß draußen auf einer Bank im Regen, zog sich ein Hot dog oder einen Hamburger oder eine Chiko-Rolle rein. Ich fühlte mich nicht sonderlich gut. Es machte mich ganz fertig, kreuz und quer durch Thornhill zu laufen. Meine Schwellungen schmerzten. Vor einem Elektroartikelgeschäft aß ich ein matschiges Sandwich mit Schinken und Tomate und blickte auf ganze Reihen von Fernsehern, die Bilder von der Überschwemmung zeigten. Eine Stelle sah ganz besonders nach wildgewordenen Niagarafällen oder tosenden Victoriafällen in Simbabwe aus, die Bildunterschrift sprach von der Ransom-Schlucht. Catherine hatte mir von dieser Stelle oben in den Bergen erzählt. Wie ein hübscher kleiner Wasserfall mit einem Felsbecken, in dem man schwimmen konnte, sah sie nicht gerade aus. Mir war schwindelig. Je länger ich immer wieder durch die gleichen Straßen ging, desto klarer wurde mir, daß ich lieber wieder den Highway entlang in irgendeine Stadt fahren sollte, die nicht Thornhill hieß, die Karten über mich und über vergangene Nacht offen auf den Tisch legen und eine Vermißtenanzeige aufgeben.

Vielleicht würde ich das auch bald tun.

Ich lief weiter umher. Weniger als dreißig Minuten später ging mir erneut der Dampf aus.

Meine Bomberjacke stand offen, ich hielt meinen Hut in der Hand, und ich stand in Thornhills einzigem guten Buchladen. Ein Pärchen, das neben den australischen Biographien stand, diskutierte über den Regen. Vorn am Verkaufsschalter sprach eine Verkäuferin am Telefon über den Regen. Ich hatte das Thema herzlich satt. Meine letzte Hoffnung war gewesen, daß Cliff genauso wie ich durch Thornhill ging, er irgendwann ermüdete und sich entschloß, irgendein schönes neues Buch zum Lesen zu kaufen.

Zwischen den Regalen war es stickig in diesem Laden. Ich schwitzte, und ich fühlte mich etwas schwach. Catherine hatte recht gehabt, bis zu einem gewissen Grade. Es hätte gutgetan, länger im Bett zu bleiben. Mir war schwindelig, und ich streifte die Jacke ab. Ich war erledigt. Alles in den vergangenen vierundzwanzig Stunden war so rasch geschehen und so heftig gewesen, daß ich mich fühlte, als wäre ich unter einen Lkw geraten. Ich mußte mich hinsetzen. Die eine Hälfte meines Gesichts pulsierte, und ich mußte mich hinsetzen. Ich war fertig. Unter tieferem Seufzen, als mir lieb war, unter heftigerem Atmen, als mir lieb war, ging ich gerade in den vorderen Teil des Ladens, als ich ihn draußen vor dem Schaufenster vorüberlaufen sah.

Ich rannte aus der Buchhandlung hinaus in den Regen und an den Menschen vorbei, um ihn einzuholen. Es schien eine Ewigkeit zu dauern. Er ging schnell, mit großer Entschlossenheit, und bahnte sich den Weg durch die Mengen der sonnabendlichen Kauflustigen und Herumstehenden, als hätte er keine Sekunde zu verlieren.

»He!«

Ich legte meine Hand auf die nasse Schulter des orangefarbenen Overalls der Einsatzkräfte, den er trug. Abrupt drehte er sich um. Wir standen nicht im Regen, aber in einer Menge von Passanten, die uns anrempelten.

»Len«, sagte ich. »Lenny. Erinnerst du dich an mich, von letzter Nacht?«

»Ja«, entgegnete er, und seine Art war weder so freundlich noch so ungezwungen, wie sie es gewesen war, als ich zum ersten Mal auf ihn gestoßen war, dort in der Eingangstür zur größeren Hochzeitssuite, wo er gelehnt hatte. Genaugenommen blickte er ausgesprochen mißtrauisch drein. »Wie war noch mal dein Name?«

»Joe.«

»Salz der Erde.«

»Stimmt.«

»Was ist los?«

»Wo gehst du hin?« fragte ich. Ich zog mir meine Bomberjacke wieder an. Der rote Len blickte auf die dunkle Hälfte meines Gesichts unter dem Hut, und er zuckte zusammen.

»Wir Freiwilligen sind mobilisiert worden. Jeder, der zupacken kann, muß mithelfen. Ich bin dafür ausgebildet worden.«

Es schwang ein klitzekleines bißchen Stolz in seiner Stimme, und seine roten Haare sahen so ausgefranst und verwahrlost aus, wie ich sie in Erinnerung hatte. Er war schmerzlich dünn, und im Tageslicht wirkten die gesprenkelten Sommersprossen über seiner spitzen Nase wie irgendein Ausschlag.

Er sagte: »Du siehst ja echt beschissen aus, Kumpel.«

»Letzte Nacht, was ist da mit meinem Freund Cliff passiert?«

Lenny war nervös, und er sah aus, als wünschte er sich an einen anderen Ort auf dieser Welt, möglichst weit weg von mir. Seine Augen schossen noch immer hin und her.

Ich blickte auf die Einsatzdienstinsignien auf seinem Overall und fragte mich, wie gut er in einer schwierigen Situation wohl war.

»Weiß nicht. Das war echt eine beschissene Nacht.« Der rote Len hielt sich die Hand an den Hinterkopf. »Isaac sollte aufpassen, mit wem er sich anlegt. Eines Tages kommt einer, der ihm gewachsen ist.«

»Du mußt doch gesehen haben, wo Cliff hingegangen ist?«

»Nee. Ich bin schlafen gegangen. Heute habe ich Kopfschmerzen, als ob eine Kettensäge da drin zugange wäre. Ich war ganz schön weggetreten. Sollte eigentlich nicht so viel trinken.« Lenny war unzufrieden. Lenny fühlte sich nicht sonderlich gut, und das war ihm anzusehen. Dann, einfach so, heiterte er eine Sekunde lang auf. Er sagte: »Ich weiß nicht, was er gestern nacht am Ende noch gemacht hat, nachdem er seine Nummer geschoben hatte, aber ich habe ihn heute morgen gesehen.«

»Du hast ihn gesehen? Wo?«

»Drüben an der Bushaltestelle.« Unbestimmt deutete Len fort. »Dort habe ich ihn gesehen.«

»Wann war das?«

Lenny zuckte die Achseln. »Halb neun? Weiß nicht. Wahrscheinlich so um den Dreh. Wir haben gerade unsere Anweisungen vom Inspektor gekriegt. Aber dein Kumpel ist dort gewesen. Ich habe ihn zwar nicht in einen Bus einsteigen sehen, aber dagewesen ist er. Also, ich muß jetzt weg.«

»Lenny, du lügst mir doch was vor.«

Jetzt hielt ich ein Stück seines Overalls in der Faust, und ich verdrehte es. Ich hielt ihn fest, aber Lenny stieß mich von sich fort. Sein junges Gesicht war traurig und wütend. Ich folgte ihm ein paar Schritte, und er drehte sich zu mir um.

»Ich habe die Schnauze voll davon, herumgeschubst zu werden«, sagte er. »Was glaubst du wohl, wer du bist?«

Er versetzte mir einen Stoß an die Schulter, und er lief davon. Man konnte sehen, daß Len wirklich die Nase voll hatte. Er hatte etwas Besseres, um das er sich kümmern mußte: einen Noteinsatz. Der orangefarbene Overall paßte zu seinen verwahrlosten spärlichen roten Haaren. Ich holte ihn ein, bekam erneut sein Stück seines Anzugs zu fassen und drehte es wieder mit der Faust zusammen.

»Warum lügst du mich an?«

»Warum zum Teufel sollte ich dich anlügen? Du bist ja verrückt. Dein Freund hat sich davongemacht. Du bist ja völlig durchgedreht, Kumpel.«

Er riß sich von mir los, und dieses Mal ließ ich ihn laufen.

Ich ging zu einer Bank und setzte mich neben ein älteres Pärchen, das die ganze Sache mit angesehen hatte. Mir war es egal. Müdigkeit überfiel mich, am ganzen Körper. Tief im Inneren wollte ich wirklich glauben, daß Cliff um halb neun an der Haltestelle gewesen war, daß er einen Bus aus der Stadt hinaus bestiegen hatte, aber dieses beklommene Gefühl in meinem Magen dauerte an. Es war etwas, worauf ich hören mußte, dieses Gefühl dort unten, andererseits lag es vielleicht bloß an diesem matschigen Sandwich mit Schinken und Tomate. Ich hatte den Bogen überspannt. Mit den Händen rieb ich mir das Gesicht.

Oma und Opa neben mir auf der Bank sahen aus, als hätten sie den Vormittag damit zugebracht, ihre Einkäufe zu erledigen. Und wenn sie ihre Einkäufe erledigten, dann zogen sie sich auch gut an. Die Oma trug einen Strohhut mit Blumen darauf und ein Kleid, das ebenfalls mit Blumen gemustert war. Auf kaum sichtbare Lippen hatte sie Lippenstift aufgetragen. Der Opa war in einen braunen Anzug mit dem Abzeichen des Verbandes der Kriegsveteranen am Aufschlag gekleidet. Seine schwarzen Schuhe waren sehr alt, aber sehr glänzend. Zwischen sich hielten sie in geschwollenen, knotigen Händen mehrere mit Lebensmitteln gefüllte Einkaufsnetze. Sie starrten mich noch immer an.

Die Oma sagte: »Gibt es vielleicht irgend etwas, das wir für Sie tun können?«

Sie hatte ein Spitzentaschentuch hervorgeholt, und sie langte herüber und tupfte mir das Auge ab. Es war eine sehr vertrauliche Geste. Vielleicht muß man erst hundert Jahre alt geworden sein, um derartige Sachen fertig zu bringen. Mir war nicht wirklich bewußt, daß ich weinte. Sie duftete nach einem allzu süßen Parfüm. Ihr Gesicht war alt und schrumplig, und sie hatte grauen Star. Diese zwei waren beide so alt wie Methusalem, und es war schwer zu glauben, daß sie noch in der Lage waren, ihre Einkäufe allein zu erledigen.

Die Oma sagte: »Die Kingdom Hall liegt neben dem Park, falls Sie geistlichen Zuspruch benötigen.«

Der Opa sagte: »Der Federal Pub ist an der Ecke. Warum trinken Sie nicht einfach ein Bier? Sie sehen aus, als hätten Sie jetzt ein Bier nötig.«

Die Oma schaute den Opa an. Sie waren sich uneins. Ich fragte mich, wie sie wohl miteinander auskamen. Leute, die geistliche Hallen besuchen, besuchen keine Pubs. Ich strich mir mit dem Ärmel über die Augen.

»Wissen Sie irgend etwas über die Busfahrzeiten«, fragte ich, »aus Thornhill raus?«

Hierüber waren sie sich einig. Zur gleichen Zeit sagten sie freundlich: »Nein.«

»Na schön«, sagte ich und stand auf.

Die Oma sagte: »Die Haltestelle ist dort drüben, junger Mann, beim Federal Pub, aber machen Sie um den einen großen Bogen.«

Ich nickte. Ich hatte ohnehin die entgegengesetzte Richtung eingeschlagen. Dann blieb ich stehen und schaute zu dem Pärchen zurück. Ich war wohl am Verblöden. Sie sahen einfach wie Zwillinge aus.

Der Opa sagte mit einer Stimme, die zitterte: »Was halten Sie von diesem Wetter?«

Ich antwortete ihm nicht. Was ich von diesem Wetter hielt, war, daß es genau zu dem paßte, was man gerade mit mir anstellte – April, April. Lens Lügen hatte mir zu verstehen gegeben, wo ich als nächstes hinzugehen hatte.

Auf ewig Dein

Rosewalls Garage schloß soeben für den Nachmittag. Der junge Bursche, den ich zum ersten Mal beim Betanken gesehen hatte, als Catherine mich in die Stadt fuhr, stellte jetzt an den Tanksäulen eine Tafel auf. Das Schild besagte, daß die planmäßig geöffnete Tankstelle für dieses Wochenende Billings sei, an der Ecke von Billings und Water Street. Das Büro war bereits abgeschlossen, und eine beleibte Frau in einer grellgeblümten Bluse und Bermudashorts mit fetten weißen Beinen überreichte dem jungen Burschen einen Schlüsselbund, bevor sie in einen Holden Barina stieg. Der Holden Barina sank unter ihrem Gewicht tief in die Federn und fuhr davon. Der Gorilla namens Roller kam aus der Werkstatt heraus. Es war leicht, sich an sein dunkelhäutiges Gesicht, seine wuchtigen Schultern und seine Lockenfülle zu erinnern. Er rief jemandem etwas zu, der sich noch in der Werkstatt befand. Von meinem günstigen Aussichtspunkt aus konnte ich einen Blick auf Autos auf Hebebühnen und auf umhersprühende Funken eines Lichtbogenschweißgeräts erhaschen, doch in Wirklichkeit sah es aus, als ob jemand da drinnen eine Handvoll Wunderkerzen schwenkte. Es sah richtig spaßig aus, aber einen Augenblick später waren die Lichter verloschen, und die Werkstatt, zumindest von meinem Beobachtungspunkt aus, fiel in Dunkelheit.

Ich wartete immer noch.

Der Pickup war außer Gefahr, geparkt zwei Seitenstraßen weiter in einer baumgesäumten, etwas altweltlichen Allee in einem Wohngebiet, in dem sich einige der hübschesten Landhäuser und Gärten befanden, die ich je gesehen hatte. An diesem verregneten Samstag nachmittag war mir bereits vorher schon der Gedanke gekommen, daß Thornhill vielleicht doch nicht das Höllenloch war, für das ich es ursprünglich gehalten hatte. Anstatt den fröhlichen Touristen zu spielen und durch diese grünen Straßen mit ihren säuberlich abgegrenzten Fußwegen, ihren liebevoll gestutzten Einfassungen und ihren dickstämmigen Laubbäumen, die sich im Regen wiegten, zu schlendern, hockte ich in der Hauptstraße gegenüber Rosewalls Garage in einem Bushaltestellenhäuschen, das mich vor dem Regen schützte. Unerlaubterweise parkte vor dem Wartehäuschen ein Möbelwagen, der mich zudem noch vor Blicken schützte. Bisher stellte dieser Möbelwagen kein Ärgernis dar; kein einziger Bus oder potentieller Fahrgast kam im Verlauf der eineinhalb Stunden vorbei, die ich wie Buddha dort auf der Ausschau nach irgendeinem Lebenszeichen von Clifford Watt verbrachte. Ich weiß nicht, was ich wirklich zu sehen erwartete – irgend etwas, etwas in Isaacs Umgebung, das mir vielleicht Auskunft über Cliff gab, doch bisher war da nichts. Was hätte auch schon sein können? Mir kam nichts in den Sinn; aber noch vermochte ich zu hoffen.

Also wartete ich einfach weiter.

Roller, etwa im gleichen Alter wie Catherine, trug einen Overall, der irgendwann in der Vergangenheit einmal weiß gewesen sein mochte, jetzt aber schmutziggrau und ölverschmiert aussah. Mit einem Lappen wischte er sich die Hände und den Lockenkopf ab, während er zu dem Burschen ging, der die Zapfsäulen abschloß. Der Junge sagte etwas zu ihm, und sie blieben unter dem kleinen Vordach stehen, das sich über den Tanksäulen, den Kunden und ihren Autos erstreckte. Während er sprach, schälte sich Roller aus dem Overall und stand nun in Jeans und T-Shirt da, die er darunter getragen hatte. Er war ein mächtig großer Bursche. Er warf sich den Overall über die Schulter und ging quer durch den Regen zu einem grauweißen Kombilieferwagen, der abseits geparkt war, wo er nicht im Weg stand. Es war keins der Fahrzeuge vom Rennen. Als Roller aufschloß und die Fahrertür öffnete, ließ ihn ein durchdringend lautes Pfeifen innehalten. Es klang wie das Pfeifen von einem Viehtreiber, der ein ausbrechendes Pferd abfangen will. Roller blickte zurück. Er fühlte sich belästigt, aber er blieb stehen und wartete.

Isaac war aus der Werkstatt herausgekommen, den Kopf mit einem leuchtendroten Tuch bedeckt, das hinten zusammengeknotet war. Ruhig zog er die Metalltore der Werkstatt herunter, schloß sie ab und rüttelte an den Schlössern, um sich zu überzeugen, daß sie auch tatsächlich verschlossen waren. Sobald ich Isaac sah, trat ich vor, drückte mich an die Längsseite des Möbelwagens und versuchte, alles und jedes zu erfassen, was zu sehen war. Isaac trug die gleiche Art von ölverschmiertem Overall wie Roller. Er bückte sich, um seine unvermeidliche Zweiliterflasche Diätcola aufzuheben, die er zu seinen Füßen abgestellt hatte, während er abschloß, und jetzt schraubte er die Verschlußkappe ab und trank einen kurzen Schluck und schien aufzustoßen.

Roller konnte über eine dröhnende Stimme verfügen.

»Beeil dich gefälligst«, hörte ich ihn über die ganze Straße hinweg brüllen. Isaac ließ ein paar große Schlucke Diätcola hinuntergluckern und schien es überhaupt nicht eilig zu haben. Er hatte diese federnde Art zu gehen, die mir schon aufgefallen war, als ich ihn zum ersten Mal gesehen hatte. Er ging leicht gebeugt. Roller zündete sich eine Zigarette an und sah noch ein bißchen gelangweilter aus als sonst. Er schaute sich in diesem grauen Nachmittag um. Einen Augenblick lang schien er in Richtung des Möbelwagens zu blicken, doch wahrscheinlich fragte er sich bloß, was ein so großes Ding vor einem Buswartehäuschen zu suchen hatte, dann stieg er in seinen Lieferwagen, um zu warten. Sein Fenster senkte sich ein Stückchen, und Rauch quoll heraus.

Isaac hatte die eigenen Schlüssel eingesteckt, der Zapfsäulenjunge gab ihm jetzt den Bund, den er hielt, und Isaac steckte ihn ebenfalls ein. Sie winkten sich zu, als sie sich trennten, und Isaac hüpfte jetzt steifbeinig durch den Regen zu dem Kombilieferwagen, während der Zapfsäulenjunge ein BMX-Rad hinter einem Dieseltank hervorholte. Isaac, sein rotes Kopftuch, seine Flasche Diätcola und jetzt auch der Dobermann, der hinter einer Ecke hervorkam, sie alle verschwanden in Rollers Auto. Es fuhr ziemlich schnell davon, als sei ein Feuer oder etwas Ähnliches im Gange, zu dem sie schnell hinmußten. Der Junge hüllte sich in einen gelben Regenmantel, drückte sich eine Baseballmütze verkehrt herum auf den Kopf und strampelte wie wild die Zufahrt entlang, als müßte er zum gleichen Feuer. Nur in die entgegengesetzte Richtung.

Das war es dann also soweit.

Rosewalls Garage war ganz still. Ich schaute zu den darüberliegenden Fenstern. Sie waren ausdruckslos. Sie waren ausdruckslos, weil an diesem Ort das Böse wohnte.

Ich verließ die Längsseite des Möbelwagens und ging zurück ins Buswartehäuschen.

Zehn Sekunden lang durchschritt ich es, zwei Schritte in diese Richtung und zwei Schritte in jene. Ich rieb meine Hände aneinander. So hin und her zu gehen, erinnerte mich an die vielen Tage und Nächte, in denen ich meine Zelle im Block B durchschritten hatte, während wütende Gedanken und unerhörte Ängste die ausgebrannten Teile meines Hirns beschäftigten. Nein, dieses Wartehäuschen war anders. Die Zelle hatte zweieinhalb Schritte in der einen Richtung, sieben Schritte in der anderen gemessen. Dennoch. Innerhalb von zehn Sekunden konnte ich den verführerischen Drang nachempfinden, der die Menschen Dinge tun läßt, die sie nicht tun sollten; den Drang, der sie vorwärtsschreiten und das eine tun läßt, das sie am meisten ängstigt; der Drang, der es unwiderstehlich macht, den einen Schritt zu tun, der sie womöglich an den Rand der Katastrophe bringt. Ich schaute um den Möbelwagen herum: Dieses leere Gebäude vor mir, Rosewalls Garage, lag im Regen ganz still da.

Wenn ich es tun würde, dann müßte ich es ohne nachzudenken tun. Zehn Sekunden reichten aus. Weitere zehn Sekunden, und ich würde wie ein Hase zu meinem Pickup laufen.

Klick. Verlaß das Wartehäuschen und geh um den Möbelwagen herum und über die Thornhill Road. Klick. Mach dir nicht die Mühe, wie ein Dieb in der Nacht zur Tankstelle hinüberzuschleichen. Klick. Geh geradewegs auf die Bürotür zu, und schau durch die Scheibe, und was du siehst, ist nichts, was dir weiterhelfen könnte. Na schön. Geh direkt zu den verschlossenen Werkstattüren, und auch dort findet sich nichts, was hilfreich sein könnte. Schön. Blick dich im Regen einmal um, schau zurück zur Hauptstraße und vergewissere dich, daß niemand dir folgt. Klick. Trödele nicht herum und mach dich nicht so verdächtig, sondern gehe seitlich um die Werkstatt herum und schau nach, was es dort in den ruhigeren Bereichen von Isaac Rosewalls verkorkstem Leben zu sehen gibt.

Als ich aus dem Regen heraus war, lehnte ich mich an eine Seitenwand, nahm den Hut ab, rieb mir mit der Hand den Kopf und setzte den Hut wieder auf. Kopfteil und Krempe waren völlig durchgeweicht. Meine Hand und meine Atmung waren recht ruhig, aber ich konnte mein Herz spüren. An der Seite der Werkstatt befand sich eine Reihe hoher Fenster mit Gittern davor. Aufmerksam schaute ich mich um, doch es war unmöglich, daß mich jemand sehen konnte. Ich brauchte nicht heimlich zu tun. Mit Hilfe eines viereckigen Betonklotzes, der ein Abflußrohr umhüllte, stieg ich auf Fensterhöhe hinauf und schaute durch die Gitter.

Die Werkstatt lag im Halbdunkel, war aber voller Gerätschaften. Zwei Autos waren über zwei tiefen Abschmiergruben aufgebockt. Da waren Drehbänke und Seilzüge und schwere Ketten, die von der Decke herabhingen, ein ölverschmierter Automotor, der nackt und entblößt auf einer eisernen Werkbank stand; eine Wand, vor der auf einem langen Pausentisch ein Heißwasserkessel mit der Aufschrift URNIE stand, wurde vollends von einem Jahrzehnt aufgehängter Playboy- und Penthouse-Kalender eingenommen. Sämtliche Kalender zeigten vergangene Monate. Februar, März, November, Dezember. Alle möglichen. Die sonnengebräunten Strandblondinen, die rassigen Schlafzimmerbrünetten und die rothaarigen Raststättenschönheiten blickten verträumt in die Abschmiergruben oder aufreizend in den freiliegenden Auspuffkrümmer eines Lastwagens oder starrten einfach geradewegs und unverwandt mir in die Augen.

Ich stieg von dem Abwasserrohr herunter und ging um das Gebäude herum.

Hinter Tankstelle und Werkstatt breitete sich ein Hofgelände aus. Drei Autos waren dort geparkt. Am Hofrand standen Ställchen, die möglicherweise Hühner oder Karnickel beherbergt haben mochten oder vielleicht sogar irgendwelche Vögel, doch sie waren alle leer. Das Gras stand hoch und war naß, und ein hoher Pfahlzaun, der einen Anstrich hätte vertragen können, hielt das alles der Sicht der Nachbarn fern. Isaac legte Wert auf Privatsphäre. Ein ausgedehntes Stück Boden in Form eines T war bestellt, und ich erkannte die dunkelgrünen Tomatenstauden, ein gesondertes Beet mit Kopfsalat und Mangold und ein weiteres abgetrenntes Beet, wo Erdbeerpflanzen erste Blüten trieben. Schlanke Kletterbohnen krochen an einem Gestell empor. An Pfählen hatte Isaac große Plastikplanen aufgespannt, um seine Beete vor dem Regen zu schützen. Es hatte nicht viel genützt; die Erde war zu Schlamm geworden. Eine Zeitlang würde der Niederschlag seinen Gemüsebeeten zugute kommen, doch in einigen wenigen Tagen würde alles durchweicht sein. Am Holzzaun lehnte in unmittelbarer Nähe des Tomatenbeetes eine Doppelhacke, und bald schon würde Isaac sie vielleicht gebrauchen, um sein ruiniertes und verfaultes Gemüse wieder in den Boden einzuhacken, damit er von neuem beginnen konnte. Rosewall senior besaß einhundertundzwanzig Hektar und mehr, die Isaac hätte bestellen können, er aber zog es vor, dieses T-förmige Stück Boden im Hinterhof seiner Tankstelle zu bebauen.

Nichts von alledem war für mich interessant, nur in höchst nebensächlicher Weise. Eine alte Holztreppe führte hinauf in den oberen Teil des Hauses, dorthin, wo, wie Catherine mir gesagt hatte, Isaac wohnte.

Ich stieg zwei Stufen hinauf, blickte dann zurück auf den durchweichten Hof. Ein Gedanke hatte mich innehalten lassen. Das Gras war ungeheuer üppig, etwas, das ich nicht oft gesehen hatte, seitdem ich meine Heimatstadt verlassen hatte, doch nicht dies oder das T-förmige Beet war es, was mir zu denken gab. Eins der drei Autos, die in dem nassen, langen Gras abgestellt waren, war der abgespeckte und frisierte EH Holden, den Isaac bei dem Rennen auf der Landstraße gefahren hatte. Es war der EH Holden, der in der Zufahrt zum Motel Thornhill geparkt hatte. Es war der Wagen, in dem Isaac mich fortgeschleppt hatte, als er mir angetan hatte, was er mir angetan hatte.

Das Auto von vergangener Nacht.

Der Regen ließ nach. Er wurde zu einem Nieseln, einem ganz leichten Nieselregen. Ich stieg die beiden Stufen wieder hinab und spürte, wie das Gras unter meinen Füßen federte, als ich zu dieser Autotroika hinüberging. Im Inneren des Holden aus den Siebzigern gab es wenig Interessantes, sah man von einer Menge leerer Zweiliterflaschen Diätcola ab. Isaac mußte wirklich sehr durstig sein, aber meine Gedanken waren eher bei Clifford Watt. Ich dachte daran, daß er nicht im Motel Thornhill gewesen war, und daran, daß ich den ganzen Vormittag damit zugebracht hatte, die Stadt nach ihm abzuklappern, und daran, daß der rote Len mir erzählt hatte, er habe Cliff an der Bushaltestelle gesehen. Das war eine Lüge gewesen. Es mußte eine Lüge gewesen sein. Warum aber war der rote Len so nervös und zappelig gewesen, als er mir eine so offensichtliche Lüge erzählte?

Ich dachte auch an den EH Holden, wie er sich mit Catherines Torana auf den Landstraßen ein Rennen geliefert hatte, die beiden frisierten Karren dicht an dicht, während die Funken stoben, als sie aneinanderschrammten. Und tatsächlich fanden sich an den Seiten die tiefen schwarzen Markierungen in der Metalliclackierung. Im weiteren Verlauf der Nacht hatte Isaac dieses Auto benutzt, um mich an jenen abgelegenen Ort in der Schlammwelt zu fahren. Jetzt stand ich am Heck des Autos, und ich starrte auf die Kofferraumklappe hinab. Cliff war fort. Der Kofferraum war verschlossen. Die Empfindung, die mich überkam, bestand ganz aus Müdigkeit und Mißtrauen und Angst.

Nein, dachte ich, das durfte nicht sein.

Ich gebrauchte die Finger beider Hände, um diesen Kofferraumdeckel zu öffnen, doch der Wagen schaukelte nur, und der Kofferraum blieb verschlossen. Ich hätte einen Mauerziegel oder einen Stein benutzen können, um die Scheiben zu zertrümmern, doch damit wäre ich noch immer nicht dort gewesen, wo ich hinwollte. Vielleicht habe ich zu viele Gangsterfilme gesehen. Als ich um die Autos herumging, stellte ich fest, daß alle drei verschlossen waren. Daran war nichts Ungewöhnliches. Durch die Fenster der beiden anderen Autos sah ich, daß sich so gut wie nichts darin befand. Es war lediglich dieser EH Holden, der mit aus Diätcolaflaschen bestehendem Leergut angefüllt war. Isaacs Liebling unter all seinen Fahrzeugen, das einzige, an dem mir gelegen war. Ich blickte zu seiner Wohnung hinauf. Vielleicht würde ich, wenn ich oben einbräche, die Schlüssel für dieses Auto finden, doch dann schaute ich mich noch einmal auf dem Hof um, und woran meine Augen statt dessen hängenblieben, war die Hacke, die an dem hohen Pfahlzaun lehnte.

Erdklumpen klebten an dem breiteren und auch an dem

spitzeren Blatt, und mit dem festen Absatz meines Schuhs trat ich sie ab.

Danach gebot ich mir, damit aufzuhören: daran zu denken, was ich vorfinden würde. Ich mußte einfach weitermachen und es hinter mich bringen, und ich schob das breitere Blatt in den Falz unter der Kofferraumklappe. Es verkeilte sich dort recht gut, und mit meinem ganzen Gewicht hebelte ich auf ziemlich unelegante Weise an diesem Kofferraum herum. Die Hacke ruinierte das Schloß jedenfalls ganz ordentlich. Ich tat noch einmal einen ordentlichen Ruck, das Schloß sprang gänzlich auf, die verbogene Blechklappe öffnete sich, und ich blickte in den Kofferraum, aber außer ein paar Werkzeugen und einem Ersatzreifen und einem Exemplar von *Auto Trader* gab es nichts darin zu sehen. Ein Schauer, den ich nicht abwenden konnte, durchlief meinen ganzen Körper, und ich weiß nicht, ob es Erleichterung oder Frustration oder bloß zunehmende Besorgnis war. Ich hatte eins von Isaacs Autos demoliert, daher dachte ich mir, was könnte es schon ausmachen, wenn ich die anderen auch noch demolierte? Ich setzte die Hacke an und hebelte die Kofferraumklappen der anderen beiden Autos auf und ruinierte sie, aber auch in ihnen war nichts zu finden.

Die drei Kofferräume klafften wie aufgerissene Mäuler und fingen den Nieselregen auf. Ich warf die Hacke ins hohe Gras, und ich wußte, ich hatte gewissermaßen eine Linie überschritten. Es spielte keine Rolle mehr, was ich jetzt noch tat. Ich war bereits in Schwierigkeiten gewesen; jetzt war ich in noch größeren Schwierigkeiten – also laß die Sau vollends raus und bring sie zum Quieken, laß ihr freien Lauf, Joe, Joe Santo, verdammter Sankt Joseph.

Ich stieg die Holztreppe hinter der Tankstelle und der Werkstatt hinauf, dort oben befanden sich eine Seegrasmatte, auf der in großen roten Buchstaben WILLKOMMEN stand, und eine Tür, die aus Glas bestand und hinter der eine hochgezogene Jalousie angebracht war. Von dort aus konnte ich unmittelbar in Isaacs Wohnung blicken, doch das reichte mir nicht, ich wollte hinein. Ich wollte sehen, ob Cliff in eine Decke gehüllt oder in eine Plastikplane gerollt dort drinnen lag oder ob er sich überhaupt nicht darin befand und ich nur eine nervöse Nulpe mit zuviel Einbildungskraft und zuwenig Vertrauen in das Wort meines Mitmenschen war. In Wahrheit waren meine Nerven gereizt und echt am Ende, und das Gefühl in meinen Händen und in meinen Armen und in meinen Knien gefiel mir ganz und gar nicht, und mir gefiel auch nicht, wie ich mir immer wieder über die Schulter blickte, um nachzusehen, wer mir hinterherkam.

Die Glastür stellte ein interessantes Problem dar. Ich fragte mich, ob Einbrecher ständig vor interessante Probleme gestellt wurden. Wenn ich das Glas einschlug, um ans Schloß zu gelangen, würde ich überhaupt nicht ans Schloß heran müssen, weil die gesamte Tür in Scherben fallen würde und ich geradewegs hineinstapfen könnte. Wollte ich sie wirklich einschlagen? Also, was machte das schon noch aus, nachdem ich mich an den Autos dort unten vergangen hatte? Andererseits, würde dieses viele Glas nicht eine Menge Lärm machen? Es war schließlich eine komplette Tür, und die Nachbarn könnten mißtrauisch werden. Vielleicht würden sie es auch nicht; vielleicht würden sie keinen Laut hören. Vielleicht waren sie gar nicht daheim. Vom Treppenabsatz aus, aus der Höhe des oberen Stockwerks, konnte ich die Holzhäuser der Nachbarn sehen, die großen und ganz grünen Vierecke ihrer Hinterhöfe, sogar die verbogenen Speichen ihrer Wäschespinnen, an denen unartige Kinder traditionsgemäß nun schon seit Generationen herumschaukeln. Es befanden sich kleine Gemüsegärten in all diesen Höfen und auch Ställchen, genauso wie bei Isaac. Ansonsten schien jedoch niemand in der Nähe zu sein. Der Nieselregen ging nieder, und darüber hinaus war alles ganz ruhig. Ruhig und still. Ich konnte nicht einmal den Verkehr von der Hauptstraße, der Thornhill Road, hören.

Ich überdachte dieses Problem länger als ich im Buswartehäuschen nachgedacht hatte, und das Ergebnis war, daß ich es nicht über mich bringen konnte, eine solche Tür zu zertrümmern. Es gab eine unsicherere, aber leisere Art vorzugehen. Ein Fenster war einen Spaltbreit geöffnet. Ich brauchte bloß den Reißverschluß meiner Jacke bis obenhin zuzuziehen, mir den Hut fester auf den Kopf zu drücken, über das splittrige Treppengeländer zu klettern, in den Nieselregen hinauszutreten, den einen Fuß auf einen vorstehenden Balken hier zu setzen, den anderen Fuß auf den Vorsprung dort, das Fenster weit genug nach oben zu schieben, mich mit den Händen gut festzuhalten und einfach hineinzuklettern.

Ein bißchen war es auch so, nur, daß es nicht ohne etwas unterdrücktes Fluchen abging, ich beim Umhertasten etwas abrutschte, der Schmerz in meiner Seite zunahm, als ich meinen Körper auf eine Weise streckte, die er nicht mochte, und ich mir einen unerklärlichen Splitter in den Hintern einzog. Danach befand ich mich in Isaacs Küche bei abgestellten Töpfen und Pfannen und Tellern und Geschirrteilen, die im Spülbecken oder daneben darauf warteten, abgewaschen zu werden. Es stank hier. Der Abwasch sah aus, als stünde er bereits eine ganze Weile so da und würde noch ein weiteres gutes Weilchen so dastehen.

Isaac war an Abwaschen nicht sonderlich interessiert. Beim Umhergehen in seinem Dreckloch von Wohnung sah ich, woran er wirklich interessiert war, und das war offensichtlich Musik. Die Regale an den Wänden waren mit Compact Discs und Stereogeräten angefüllt, was aber mein Interesse noch mehr weckte, waren die Hunderte und Aberhunderte von Langspielplatten, die sich ebenfalls in diesen Regalen stapelten. Die CDs wurden durch die außergewöhnliche Anzahl antiquierter Vinylplatten zur Bedeutungslosigkeit reduziert. Isaac war ein Sammler.

Ich konnte mir nicht helfen. Ich liebte diese Platten.

Mit Ehrfurcht mußte ich die Platten durchgehen, um festzustellen, was für welche es waren, sie befanden sich in einem guten bis ausgezeichneten Zustand, und ich erkannte so viele von diesen Alben und Künstlern aus meinen Jugendjahren wieder, ja, selbst aus der Zeit vor meinen Jugendjahren, all diese wundervollen, vergeudeten Jahre, als ich jeden Cent, den ich nur verdienen konnte, für diese Sachen ausgab, und als ich jede Minute, die ich nur erübrigen konnte, in den Läden verbrachte, die diese Sachen beherbergten, und unaufhörlich davon träumte, eine Sammlung wie eben diese zu besitzen. Was Isaac hier zusammengetragen hatte, würde für die falsche Person wertlos sein, für den Kenner hingegen ein Vermögen wert, und das um so mehr, je länger Isaac es fertigbrächte, an all dem festzuhalten. Doch er würde seine Sammlung für immer behalten, denn etwas Derartiges entspringt nicht einem abstrakten Interesse, sondern nur der Liebe zu den Dingen. Das hätte ich auch in einer Million von Jahren nicht von Isaac vermutet. Sollte sich ein Sammler aus der Großstadt mit Isaac in der Hoffnung anfreunden, eines Tages seine Platten zu erben, würde sich das Warten durchaus bezahlt machen.

Ich begann zu vergessen, weshalb ich hier war. Es brachte nichts, erstaunt herumzustehen und Plattfüße zu riskieren, während man darauf wartete, daß der Hausherr heimkehrte.

Ich öffnete eine der Türen. Ein Badezimmer mit schwarzweiß gefliestem Fußboden und Handtüchern, die feucht und muffig in einer Ecke auf einem Haufen lagen. Nichts von Interesse. Außer dem Geruch, dem Geruch der Unsauberkeit. Ich schaute in ein weiteres Zimmer. Ein Abstellraum, in dem Kartons und Kästen vor elektrischen Kleingeräten und Kabeln und Kassettenbändern überquollen und in dem ein Kricketschläger und dazugehörige Torstäbe an der Wand lehnten. Nichts von Interesse. Da war eine Tür halb geschlossen. Ich wartete nicht erst lange ab, sondern stieß sie auf, und es war Isaacs Schlafzimmer mit einem Doppelbett, die Laken zerwühlt und Kleidungsstücke überall verstreut. Wenn es überhaupt etwas zu finden gab, dann war dies das einzige Zimmer, das noch übrigblieb. An der einen Wand stapelten sich auf selbstgebauten Spanplattenregalen weitere vielleicht fünf- bis sechshundert Plattenalben. Das also waren seine Juwelen, seine kostbaren Juwelen, Vinylmatrizen, und ich wußte es mit Bestimmtheit, als ich sie überflog.

Dann, dort auf dem zerwühlten Bett, flach wie ein Körper daliegend, fand sich eine Gibson-Akustikgitarre, eine sehr schöne, wenig gespielt, ganz nach Pete Townsend um 1972 aussehend. Sie hatte einen schwarzen Schlagschutz in Form einer Träne, und sie glänzte wie ein im Regen liegengebliebener Diamant. In oder zwischen den Köpfen verbarg sich kein einziges Staubkörnchen. Die Saiten, das konnte ich auf einen Blick feststellen, waren von guter Qualität, und sie waren neu. Das war ein Instrument, das geliebt wurde. Aus Furcht, es selbst besitzen zu wollen, rührte ich es nicht an.

Doch nichts von all dem war von irgendwelcher Bedeutung, und ich sagte mir, noch eine Minute, und dann wäre ich hinaus und fort.

Meine Füße stießen an zwei fast leere Flaschen Diätcola auf dem Fußboden, zwischen ihnen eine Flasche Stolichnaya, bis auf den letzten Tropfen geleert. Ich ging auf die Knie und schaute unters Bett, dort lagen einige abgegriffene Pornomagazine und eine weitere Flasche Wodka, irgendeine andere Marke, gleichermaßen trockengelegt. Und auch schmutzige Kleidungsstücke. Im Kleiderschrank waren lediglich uninteressante Sonntagsklamotten und zwei Paar abgewetzte Ausgehschuhe. Jetzt hatte ich alles abgesucht. Die ganze verdammte Wohnung. Kein Cliff. Mir entfuhr ein Seufzer, und er klang selbst für mich schwer und müde, dann aber fing etwas nagend Vertrautes meinen Blick ein.

Von der Ecke einer Frisierkommode, wohin man sie geklemmt hatte, lachte Catherine mich geradewegs an.

Ich ging dorthin.

Auf der zerknitterten Fotografie war Catherine Rosewall etwa fünf Jahre jünger als jetzt, die Haare lang und irgendwie wild, von kastanienbrauner Farbe, vielleicht ihre natürliche Farbe, und sie lachte übers ganze Gesicht. Es war eine erstaunliche Fotografie, denn sie zeigte wirkliche Glückseligkeit, eine Glückseligkeit, die weder durch bewußte Selbstbetrachtung noch durch die Zweifel des Alltags gestört wurde. Sie zeigte, dachte ich mir, die wahre Catherine. Sie war in einem bestimmten Moment eingefangen, und sie war nach menschlichen Begriffen zutiefst und wahrhaftig wunderschön. Schön genug, einem den Atem zu nehmen, und das tat sie beinahe, sie ließ mir fast den Atem stocken.

Ich zog die Fotografie aus der Spiegelecke heraus, und auf der Rückseite stand in säuberlich runder Handschrift: *Auf ewig Dein.*

Ein Geräusch ließ mich den Kopf wenden.

Isaac war zu Hause.

Er machte beim Hereinkommen eine Menge Lärm. Ich hörte die Jalousien klappern und danach das Zuschlagen der Wohnungstür. Ich schaute mich um. Das Fenster von Isaacs Schlafzimmer ging aufs Dach der Tankstelle hinaus, und das wäre ein Fluchtweg gewesen, doch das wollte ich nicht, ich wollte nicht durch dieses Fenster klettern und übers Dach laufen und irgendeine Regenrinne hinabrutschen. Noch verfügte ich über etwas Selbstachtung, und das bedeutete mir etwas, so kahlgeschoren und grün und blau ich auch sein mochte, aber im Inneren doch noch klar genug, um zu begreifen, daß ich, sobald ich erst einmal meine Selbstachtung verloren hatte, nur noch das war: verloren.

Es gab keinen anderen Weg hinaus, keinen, außer durch die Eingangstür, und ich wußte, das war der Weg, den ich nehmen mußte, zur Wohnungstür hinaus oder überhaupt nicht. Ich ging zur Schlafzimmertür und sah Isaacs Schatten in der Küche umherhuschen. Er klapperte mit irgendwelchen Töpfen oder etwas Ähnlichem.

Zwischen dem Schlafzimmer und der Küche lag das kleine Wohnzimmer, das seine Plattensammlung und seine Stereoanlage beherbergte. Es ist schon komisch, was für Gedanken einem in solchen Augenblicken kommen. Obwohl die große Hochzeitssuite des Motels Thornhill den Superfernseher dort zu einem elektronischen Heiligtum gemacht hatte, gab es in Isaacs Wohnung nirgendwo einen Fernseher.

Er bückte sich jetzt vor dem Kühlschrank, vielleicht um eine seiner Diätcola-Mahlzeiten herauszunehmen, und als er aus der Küche ins Wohnzimmer kam, sah ich, daß Isaac tatsächlich eine Flasche in der Hand hatte. Ich war ruhig, und er schaute mich nicht an. Mir wurde klar, daß nur die Angst mich davon abhielt, selbst die Initiative zu ergreifen; hätte ich den Mumm dazu gehabt, dann hätte ich ihn überraschen und einen Mord begehen und durch die Wohnungstür weglaufen können.

Ich sah zu, wie Isaac sich mit dem Gehabe großer Erschöpfung auf die Couch fallen ließ, den Hinterkopf dem Schlafzimmer und mir zugewandt, und er ließ sich noch ein bißchen tiefer sinken und stopfte sich ein Kissen unter den Nacken und fing an, an seiner Flasche zu nuckeln und zu glucksen. Isaac war so nahe, daß ich das Geräusch seines Atmens, seines Glucksens, seines Schluckens hören konnte, und als er den Arm ausstreckte und die Flasche auf einem Beistelltisch abstellte, sah ich, daß es Wodka Stolichnaya war, vom Kühlschrank reifbedeckt.

»Komm her, Bruder«, sagte Isaac. »Warum kommst du dort nicht heraus?«

Also überlegte ich nicht mehr lange, was ich tun sollte, sondern tat einfach, was er gesagt hatte, und kam dort heraus. Als ich ins Wohnzimmer und um die Couch herum ging, sah ich, daß Isaac sich in seinem schmierigen Overall hingehauen hatte, das Kopftuch war verschwunden und ließ seine Platte sehen, und seine Augen waren rotgerändert und feucht. Das Nuckeln an der Wodkaflasche war es, das seine Augen so aussehen ließ. Nach einer Minute wanderte sein Blick vom Fußboden zu mir hinauf.

»*Un bon chapeau*«, meinte er. »Französisch für hübscher Hut.«

»Wieso Französisch?«

»Ein Anflug von Format. Catherines *maman* stammte aus Avignon. Hat mir ein bißchen davon beigebracht. Es ist gut, eine zweite Sprache zu pflegen. Wenn ich mir vorstelle, daß mein Vater sie von Avignon bis nach Thornhill geschleppt hat.«

»Der Hut stammt von deinem Vater.«

»Tatsächlich? *Je m'en fous de mon père*«, Isaac deutete auf den billigen Sessel, der der Couch gegenüberstand. »Oder irgendwas in der Art. Immer zu, setz dich nur.«

Ich dachte an die Wohnungstür, doch ich setzte mich. Isaac war erschöpft, ausgelaugt, ein weiteres Opfer der ganz großen Nacht. Es war vor allem seine ganz große Nacht gewesen, daher war es auch angemessen, daß er derjenige war, den sie am meisten mitgenommen hatte. Es war merkwürdig, daß die bloße Erschöpfung ihn schlimmer dran sein ließ, als ich es war. Ich konnte es nicht lassen, Isaac Rosewall anzustarren. Wie hatte er mir nur den Kopf kahlscheren und mich verkehrt herum aufhängen können? Nun war er wieder anders. Jedesmal, wenn ich ihn sah, war er wie eine andere Version seiner selbst.

Er blickte mich an, blickte mich auf eine Art und Weise an, die besagte, daß er mich kannte. Sie machte mich ganz verrückt. Daher sagte ich:

»Kennst du mich etwa?«

»Von gestern. Dich werde ich nicht vergessen, Joe.«

»Ich meine, von früher.«

Isaac tat einen tiefen Atemzug.

»Ich kenne deinen Typ«, meinte er. »Was zu trinken?«

»Nein.«

Isaac streckte den Arm nach der Flasche aus und setzte sie sich an die Lippen, und mit weit aufgerissenen und zur Decke starrenden Augen schluckte er einmal, zweimal, noch einmal und dann ein weiteres Mal. Vier kräftige Schlucke, die die meisten Gelegenheitstrinker hätten zu Boden gehen lassen. Die Sehnen an seinem Hals traten hervor, und auf seinem Kopf lag ein Glanz, der nicht allein vom Nieselregen draußen kam. Dieser Glanz war auch auf seiner Oberlippe zu sehen, und eine Schweißperle lief langsam an der einen Seite seines Gesichts hinab.

»Ich habe mich schon gefragt, was du wohl machst, wenn ich dich allein in der Wohnung lasse. Ich bin froh festzustellen, daß du kein Feigling bist. Ein bißchen blöd, aber kein Feigling. Mrs. O'Leary von gegenüber hat mich angerufen, nachdem sie dich eine halbe Stunde lang im Buswartehäuschen sitzen gesehen hat. So ist das in Thornhill nun einmal, jeder paßt für den anderen auf. Mit ihrem hübschen irischen Akzent hat sie gesagt: ›Es wird Sie interessieren, Herr Isaac, daß ein sehr merkwürdig aussehender Herr für Sie auf Ihre Tankstelle Obacht gibt.‹«

Isaac blickte auf die dunkle Hälfte meines Gesichts, und um ihm alles zu zeigen, nahm ich den Hut ab und legte ihn mir aufs Knie, wie ein höherer Bankangestellter auf offiziellem Besuch.

»Jetzt verstehe ich, was sie gemeint hat.«

Isaac lächelte, ohne daß sein Herz dahinterstand, und er trank einen weiteren Schluck, einen kleineren, hielt sich dann die eiskalte Flasche an die Stirn, als käme er vor Kopfschmerzen um.

Ich fragte: »Was ist denn los mit dir?«

Isaac erwiderte: »Nichts. Manchmal kann ich mich einfach nicht bremsen. So wie es ist, wenn die Dinge auf den Kopf gestellt werden. Du warst da, und du hast bekommen, was du verdient hast. Kümmer dich um deine eigenen beschissenen Angelegenheiten. Halt dich von meiner Schwester fern.«

Er warf den Kopf von einer Seite auf die andere wie Stevie Wonder an seinem Keyboard, und er trank erneut, die Flasche bereits zu drei Vierteln leer. Isaac war seit fünf Minuten zu Hause. Seine Augen waren abwesend, und es bereitete ihm große Mühe, mich anzuschauen, doch ich hatte nicht den Eindruck, daß er auch nur im geringsten betrunken war, nicht einmal nach dem vielen eiskalten Wodka.

»Wir haben die Tankstelle noch eine zusätzliche halbe Stunde geöffnet gelassen, bloß um zu sehen, ob du weiter warten würdest.« Isaac lachte ein wenig. »Du hast dagesessen. Roller wollte schon rausgehen und dir den Kopf abreißen, aber so ist Roller nun mal. Was wolltest du überhaupt? Warum bist du eigentlich hier reingekommen? Aus Rache? Das ist doch was fürs Kino, nicht wahr? Ich hätte dich für klüger gehalten. Wie sagen die Chinesen noch? Bevor man auf Rache ausgeht, hebt man besser zwei Gräber aus. Du Blödmann, weißt du das etwa nicht? Was vergangene Nacht passiert ist, ist vorbei. Jetzt bist du hergekommen und hast meine Autos da unten demoliert, und ich komme mir ziemlich blöd vor, weil ich dich das habe machen lassen. Herrgott, das ist ganz schön übel. Ich werde sie in der Werkstatt eigenhändig reparieren müssen. Was soll das eigentlich, wie du mir, so ich dir? Muß ich denn ein Massaker anrichten, bloß damit du verschwindest? Ich kann echt nicht begreifen, weshalb du dir die Mühe gemacht hast hierherzukommen. Weißt du denn nicht, in welche Schwierigkeiten Dave dich bringen könnte?«

Er blickte mich an, und ich sah Wut gepaart mit Enttäuschung, aber auch gepaart mit Krankhaftigkeit. Seine Augen hatten sich verdunkelt. Ich dachte, ja, jetzt kann alles mögliche passieren.

»Wonach hast du denn gesucht … danach?«

Isaac wühlte unter der Couch und kam mit Cliffs Handprothese hoch. Er winkte mir damit zu.

»Verdammt greuliches Ding. Ich weiß nicht, was ich

damit anfangen soll, aber ich wollte sie nicht in den Müll werfen. Ich wußte auch nicht, wo ich sie hinlegen soll. Da, nimm sie.«

Isaac warf sie mir zu, und ich fing sie auf. Diese Hand war kalt und hart und lebensecht, nur daß sie eben steif und nicht lebendig war. Ich dachte an Cliff, wie er sich seine Taschenbuchromane in diese seine harte rechte Hand klemmte, wenn er hinten in irgendeinem Pub, nachts im Bett vor dem Lichtausmachen oder im Pickup las, während ich uns in Richtung des dicken, fetten Nichts fuhr, das unseren Horizont darstellte.

»Weißt du, was ich gerade gedacht habe?« fragte Isaac. »Cliff sollte dieses Ding nicht tragen. Ich könnte ihm in der Werkstatt etwas zusammenbauen. Woran ich gedacht habe, ist ein Haken. Das wäre wenigstens was. Das würde ihm sicher gefallen.« Isaac hielt die eigene Hand hoch und musterte sie. »Ein Haken würde gut zu den Narben in seinem Gesicht passen. Damit hätte er bestimmt Glück bei den Damen. Käpt'n Cliff der Seeräuber.«

»Hör auf, so zu tun, als ob er noch da wäre. Ich bin hergekommen, um herauszufinden, wo er ist.«

»Was sollte er denn hier wohl tun? Er war hinter den Mädchen her, nicht hinter mir.«

»Wo ist er?«

Isaac nahm die Wodkaflasche zur Hand und trank. Nach diesem Hieb mußte er sich tatsächlich die Augen wischen.

Er sagte: »So viele Platten hier, und dabei habe ich nichts von euch Burschen. Nicht sonderlich gut, oder? Wart ihr denn auch gut, Joe, oder seid ihr für alle nur reine Zeitverschwendung gewesen?«

»Ich habe dich nach Cliff gefragt.«

»Bruder, nachdem ich dich abgefertigt hatte, habe ich wie ein Baby geschlafen.« Isaac gähnte. »Ich habe das Aufräumen den anderen überlassen. Ich hätte noch länger schlafen können.«

In mir steckte mehr Mumm als ich gedacht hatte. In

Sekundenschnelle war ich aus diesem billigen und beschissenen Sessel heraus, und ich schüttelte dieses billige und beschissene menschliche Wesen am Kragen seines billigen und beschissenen Overalls. Isaac ergab sich meinem Griff, als hätte er keine Knochen im Leib. Es war, als würde er sich mir unterwerfen, als machte es ihm nichts aus, sich mir zu unterwerfen, und bei allem, was ich von ihm vielleicht erwartet hätte, war dies dasjenige, was mich am meisten verwirrte. Er sah keineswegs beunruhigt aus. Er schmunzelte auf verträumte Weise, und ich schrie mir die Seele aus dem Leib.

Ich kam zum Ende: »Sag mir, wo er ist, oder ich werde dich in drei Teufels Namen ...«

Ich hielt inne, weil ein Hund bellte. Es war dieser blöde Dobermann. Jetzt sah ich ihn, hinter der gläsernen Eingangstür, wie er hochsprang und wie wahnsinnig bellte, so wahnsinnig, wie ich eben gewesen war. Ich hatte nicht einmal bemerkt, daß der Hund dort draußen war. Er mußte mit Isaac zusammen nach Hause gekommen sein und sich auf dem Treppenabsatz draußen vor der Eingangstür zusammengerollt haben, eingeschlafen sein und davon geträumt haben, wie er kleine Kätzchen oder ähnliches verspeiste, und jetzt machte er einen Aufstand und fuhr aus seiner Haut. Seine Pfoten kratzten an der Glastür.

»Oder du wirst was, Joe?« fragte Isaac und schaute dabei zu mir hinauf. »Mir weh tun?« Er kräuselte unter mir seine Engelslippen. »Mich küssen?«

Der Ausdruck in Isaacs Gesicht ähnelte so sehr dem, was ich bei Catherine gesehen hatte, eine Miene, die besagte, man könne alles mit ihr machen, was man nur wolle, und es würde sie nicht berühren. Meine Entschlossenheit verging, ja, sie war in diesem Augenblick bereits verflogen.

Also sagte ich nichts. Ich wollte nicht, daß dieser Dobermann durchdrehte. Was war, wenn irgendwelche Leute ihn hörten und herbeigelaufen kamen? Dann dachte ich: Was ist, wenn ich Cliff nun nicht finde? Das hielt mich an Ort und Stelle. Noch immer hatte ich Isaac an seinem Overall gepackt, und er lag tief eingesunken und ganz ohne Knochen im Leib unter mir, ich obenauf. Isaac drehte den Kopf zur Seite, und er pfiff in mittlerer Lautstärke, ohne die geringste Anstrengung, erneut dieser Pfiff eines Viehtreibers.

»Sei still, Max«, rief Isaac auf lustlose Weise, als sei er von Langeweile und Erschöpfung übermannt, und Max hörte augenblicklich auf zu bellen, lief aber weiter im Kreis umher, erregt, unbefriedigt, dem Herrn des Hauses treu ergeben und unzufrieden mit dem, was vorging.

Isaac blickte mich mit einem frechen kleinen Lächeln an.

»Nur zu, Joe, was hast du gerade gesagt?«

Ich mußte tief Luft holen. Es geschah um Clifford Watts willen.

Ich hob die Hand weit nach oben und schlug Isaac mit der flachen Hand ins Gesicht.

»Wo ist Cliff?«

Isaac sagte: »Schlag mich bloß noch mal, du dreckiges Stück Scheiße.«

Ich tat es, mit geballter Faust. Der in meinen Fingerknöchel implantierte Draht, der ihn zusammenhalten sollte, schmerzte nach diesem Schlag. Ich biß die Zähne zusammen, der Schmerz strahlte durch Hand und Arm.

»Wo ist Cliff?«

Isaac kostete das Blut von seiner Lippe.

»Erzähl mir mal, Joe, wie willst du hier eigentlich wieder rauskommen?«

Max, der treu ergebene Dobermann, schlabberte von neuem an der Eingangstür. Er merkte ganz genau, wann es Ärger gab. Max stand auf den Hinterbeinen und scharrte am Glas, seine scharfen kleinen Krallen machten ein verzweifeltes, tickendes Geräusch. Danach sank dieser blöde Köter zurück und fing wieder von vorn an. So konnte man sich doch keine Zuwendung erkaufen. Der Schmerz in meiner Hand ließ es nicht zu, daß ich Isaac erneut schlug. Aus reiner Frustration schüttelte ich Isaac so heftig, wie ich nur konnte, und das einzige, was ich aus ihm herausbringen konnte, war Geschwafel.

»Hast du dir jemals Gedanken über Gut und Böse gemacht, Joe? Schau dir meine vielen Platten an. Du weißt zwar, du kannst dir all diese Gruppen und all diese Sänger und Texter anhören, wie sie Musik über Gut und Böse machen, aber sie können dir nicht sagen, was Gut und Böse eigentlich ist. Hast du darüber jemals nachgedacht? Alle Musik auf der Welt kann dir nicht beibringen, was Gut und Böse ist, und sie kann dir auch nichts über die Liebe sagen. Musik kann ein Gefühl in dir wecken, und du fühlst dich plötzlich so, als wärst du verliebt, aber sie kann dir nicht erklären, was es ist und warum ausgerechnet du es empfindest und warum der Mensch neben dir es nicht empfindet. Eine undurchführbare Aufgabe. Entweder spürst du es in dir oder nicht. So, wie manche Menschen Musik empfinden können und andere Menschen gegenüber Musik taub, stumm und blind sind. Ebendas frage ich mich, wenn ich dich anschaue, Joe. Ich frage mich, ob du jemals in deinem Innersten etwas empfunden hast, etwas, weißt du, das du wirklich Liebe nennen würdest?«

Ich sagte ihm geradewegs ins Gesicht: »Glaubst du, ich schere mich einen Dreck um dein Gequatsche? Ich will bloß wissen, wo ich Cliff finden kann. Ich will wissen, was du ihm angetan hast. Und was den Rest anbelangt, kannst du es dir in den Arsch stecken.«

»Bruder, ich habe über diese Dinge nachgedacht. Ich habe wirklich eingehend über sie nachgedacht. Ich kann auch nichts dafür, wenn es so aus mir herauskommt.«

Isaac hustete. Ich schüttelte ihn noch einmal, doch der Kampfgeist war von mir gewichen. Als Isaac erneut hustete, sprühten ein paar Spritzer Blut von seiner Lippe auf seinen Kragen. Wieder setzte er dieses freche Grinsen auf. Er wußte, ich würde nicht in der Lage sein, ihm erneut weh zu tun. Er blickte mich an, und er wußte es, und er fürchtete sich nicht. Ich war derjenige, der sich fürchtete, und auch das wußte er.

»So, Joe, da hockst du nun auf mir wie ein geiles Äffchen. Du siehst komisch aus, weißt du das eigentlich? Dein Gesicht ist ganz rot, und du machst Stielaugen, und ich kann sehen, wie die Ader an deiner Schläfe pocht. Du hast Angst, und du bist wütend. Du hast Angst, und du bist wütend, und das bringt das Tier in dir zum Vorschein. Das geile Äffchen. Ich weiß genau, wie man sich damit fühlt, Joe, ich weiß wirklich alles darüber. Aber wenn ich etwas aus dir herausholen wollte, würde ich dich prügeln, bis ich dich soweit hätte, und du bist doch schon jetzt erledigt, nicht wahr? So steht es doch, nicht wahr? Du bist erledigt, nicht wahr, Joe?«

»Halt's Maul.«

»O nein. Ich werde den Mund halten, oder ich werde den Mund nicht halten. Wer weiß?«

Isaac versuchte, sich unter mir umzudrehen, doch ich hielt ihn ordentlich fest. Er machte es sich bloß bequemer. Wenn er auf mich losgegangen wäre, hätte ich schon eine Möglichkeit gefunden, es ihm heimzuzahlen, ihn leiden zu lassen, mit oder ohne diesen Draht in meinem Fingerknöchel. Aber er hatte sich unter mir bereits entspannt, völlig ungeschützt, widerstandslos, und selbst so jagte er mir eine Heidenangst ein.

Er sagte: »Ich wette, du hältst mich für böse und dich für gut. Aber du liegst oben, und dein Gesicht ist ganz rot, und du siehst ganz und gar nicht wie du selbst aus. Ein bißchen verhärmt, und ich Ärmster will gerade ein kleines Nickerchen machen. Wenn du hier der Gute bist, warum hockst du mir dann so auf dem Leib? Was hast du denn vor?« Isaac schnitt ein Gesicht und winkte mit den Händen. »Hilfe, so helfe mir doch jemand, da liegt ein guter Mensch auf mir, und er will mir was Böses antun.«

Isaac gähnte, und sein ganzer Körper erbebte dabei.

»Bist du müde, Joe? Sag mir, daß du müde bist. Ich jedenfalls bin müde. Ich bin echt müde.«

Mit einem letzten kräftigen Stoß ließ ich Isaac los.

Er hatte gewonnen, und ich hatte verloren, und ich wußte nicht, wie es dazu hatte kommen können. Ich richtete mich auf. In meiner Seite und in meinem Gesicht pochte das Blut. Isaac auf der Couch ließ sich noch ein bißchen mehr hängen. Eine einzige unbedachte Bewegung, und er würde herunterfallen und auf dem Fußboden landen. Er war völlig ausgebrannt, wie ein Feuerwerk, das hoch am Himmel brilliert hat, jetzt aber als Asche und ohne Nutzen auf die Erde niederrieseln muß. Es gelang ihm, dieses höhnische Grinsen noch einmal aufzusetzen, und er griff nach seinem Stolichnaya und schlürfte den letzten Rest bis zum bitteren Ende aus. Doch für ihn war es nicht bitter. Seine Lippe ließ ihn zusammenzucken. Nach dem Trinken schüttelte Isaac sich, er gähnte und schüttelte sich, und er trank und schüttelte sich. Schweißperlen liefen ihm seitlich übers Gesicht, oben von seinem Schädel runter.

»Scheiß!« sagte ich.

Ich öffnete meine Bomberjacke und steckte die Handprothese ein.

»Bin froh, daß du sie mitnimmst«, sagte er. »Richte Käpt'n Cliff aus, daß es mir ein Vergnügen war, sie für ihn zu verwahren. Hör zu. Ich schlage dir einen Tausch vor.«

»Was?«

»Wie wär's, wenn du mir dafür diesen Hut gibst?«

Ich starrte Isaac an, sein weißes Gesicht, seine vollen Engelslippen, die jetzt blutverschmiert waren, seinen Schädel, der schweißüberströmt war. Ich setzte den Hut seines Vaters ab und warf ihn ihm zu.

»Und jetzt geht's wohl in die Berge?«

»Vielleicht. Oder in die entgegengesetzte Richtung.«

»Gut«, meinte Isaac. »Das ist gut. Catherine hat dir diesen Hut gegeben. Sie hat sich um dich gekümmert, nicht wahr?«

Ich antwortete ihm nicht.

»Wie hat das Haus ausgesehen, gut?«

Ich antwortete ihm noch immer nicht.

»In welchem Zimmer hast du geschlafen?«

»Einzelbett, geblümte Tapeten.«

»Komisch. Daran kann ich mich nicht erinnern.«

»Im Obergeschoß.«

»Kann mich noch immer nicht besinnen. Komisch.« Isaac erwachte wieder zu etwas Leben. Er hob den Zeigefinger. »Eins noch, Joe. Eins noch.«

Er griff nach dem Wodka, doch die Flasche war natürlich leer, also lutschte er sich das Blut von der Lippe.

»Du bist ein bißchen nervös, in Ordnung, das kann ich verstehen. Ich werf dir nicht vor, daß du hier eingedrungen bist. Auch das werf ich dir nicht vor.« Er berührte seine Lippe und schaute sich das Rot an den Fingerspitzen an. »Aber wenn du Catherine noch einmal nahekommst, werde ich es erfahren. Das ist die eine Sache, die du nicht vor mir verbergen kannst. Fahr in die Berge hinauf und tu, was man dort oben in den Bergen eben so tut, oder fahr zurück in deine Großstadt oder was sonst du auch immer für richtig hältst, aber wenn du noch einmal auch nur in die Nähe meiner Catherine kommst, dann kriege ich dich.«

Isaac legte sich die Hände auf die Augen und zuckte zusammen. Er legte sich die Hände an die Schläfen und kniff die Augen zusammen. Er war der unwahrscheinlichste verrückt-grausam knallharte Bursche.

»Mir tut der Kopf weh«, sagte er. »Vielleicht könntest du dich jetzt davonscheren?«

Und er streckte sich auf der Couch aus und legte die Füße auf die Armlehne. Die Hand, die Rosewall seniors Hut festhielt, ruhte auf seinem Bauch, und die andere Hand hing auf den Boden hinab, unmittelbar neben dem nicht mehr eiskalten, inzwischen toten russischen Kameraden. Isaacs Augen waren geschlossen; er sperrte mich aus, einfach so, und wie er, so war auch ich durch und durch erledigt, und ich hatte nicht den nötigen Mumm, um ihn wieder aufzuwecken. Ich starrte auf ihn hinab, und seine Atmung ging hübsch gleichmäßig. Ich starrte weiter. Ich konnte es einfach nicht glauben.

Isaac, meine böse Nemesis, schlief.

Mist.

Obwohl es für ihn keine Möglichkeit gab hineinzugelangen, scharrte Max der Dobermann weiter an der Tür und war beunruhigt. Tiere mit kleinen Hirnen tun so etwas ohne Ende. Ich ging in die Küche, und auf der anderen Seite der Scheibe knurrte und murrte Max in dunklen kehligen Lauten. Der Kühlschrank war so groß wie die aus dem Motel, und ich öffnete ihn und schaute hinein. Vielleicht ein Dutzend Flaschen gekühlten Wodkas lagen dort auf den Ablagen. Ich öffnete das Tiefkühlfach, und eine Flasche war in Eiskristalle gebettet. Kaum etwas anderes leistete dem vielen Wodka Gesellschaft. Da waren nur noch ein Stück Hartkäse und eine Tüte Milch. Ich wandte mich den Schränken zu und öffnete sie. Isaac verfügte über einen Vorrat, der eines Spirituosenladens würdig gewesen wäre.

Max jaulte, als habe ihm jemand auf die Pfote getreten. Ich drehte mich zu ihm um.

Wenn es für ihn auch keine Möglichkeit gab hineinzukommen, so gab es für mich ebensowenig eine hinauszugelangen, zumindest keine, die ausschloß, daß mein Bein zerfleischt wurde. Die gelben Fänge des Hundes traten in voller Länge hervor, und es mag meine Einbildung gewesen sein, aber Max schien beim Anblick meines halbdunklen, völlig kahlen Kopfes Speichel abzusondern. Im Abstellraum stand dieser Kricketschläger, und ich versuchte mir vorzustellen, wie es wäre, die Glastür aufzutreten und Maxens Schädel so eins überzuziehen, daß ihm die Flöhe aus dem Pelz sprangen. Kricket war nie meine Stärke gewesen. Meine Chancen gefielen mir nicht.

Ich verließ die Küche.

Isaac setzte seinen Schlummer fort.

Vielleicht war Maxens Hirn wirklich klein, und ich würde davonkommen. Ich machte mir keine Gedanken mehr um Würde. Selbstachtung bedeutete nicht, daß ich einen tollwütigen Hund bei meinem Anblick Speichel absondern lassen und ihm bereitwillig gestatten mußte, mir an die Kehle zu springen. Also ging ich in Isaacs Schlafzimmer. Ich würde das tun, was ich mir selbst versprochen hatte, nicht zu tun. Mir kam in den Sinn, daß Isaac der Typ Mensch war, der das verstehen würde, sofern man ihn in einem lichten Augenblick erwischte: daß das Leben einen veranlaßt, genau das zu tun, was man nicht tun will. Ich öffnete sein Schlafzimmerfenster und mußte Muskeln strecken, die noch nicht gestreckt werden wollten, um aufs Tankstellendach hinauszuklettern. Es herrschte helles Tageslicht, und ich war für jedermann gut zu sehen, besonders für Mrs. O'Leary.

Das Dach war rutschig, doch jetzt hatte sich selbst das kleine bißchen Nieselregen gelegt. Vorsichtig wählte ich meine Schritte. Faxen waren hier nicht angesagt. Ich mußte nicht an einer Regenrinne hinunter, schwere Blocksteine boten meinen Händen und Füßen Halt. Ganz einfach. Ich blickte zum Himmel hinauf, und er war weiterhin grau, obwohl es nicht mehr regnete. Als ich das letzte Stück hinuntergeklettert war und die Betonfläche vor der Tankstelle erreicht hatte, ging ich augenblicklich auf die Thornhill Road zu. Etwas ließ mich zurückschauen, und da war Max der Dobermann, der mir folgte, die spitze schwarze Schnauze erhoben und mit sehr wachsamen schwarzen Augen. Sein Hirn war groß genug, um meinem trickreichen kleinen Weg nach draußen auf die Schliche zu kommen.

Ich gebot mir, nicht loszurennen.

Max hielt Abstand, obwohl er mir den ganzen Weg über folgte, die Hauptstraße und zwei Straßen weiter und den hübschen, malerischen Fußweg mit den vielen reizenden Häusern und Gärten entlang. Ich fragte mich, welches Bild wir wohl für Mrs. O'Leary geboten haben mochten. Da stand der Pickup. Nachdem ich schön langsam die Tür aufgeschlossen hatte, stieg ich ebenso langsam ein und ließ danach den Motor an. Als ich losfuhr, behielt Max mich im Auge, und ich behielt Max im Auge, und unsere Blicke begegneten sich, und es war keineswegs ein gutes Gefühl. Ich dachte an gelbe Fänge, an denen Speichel hinablief. Ich dachte an Max in der vergangenen Nacht in der großen Hochzeitssuite, Augen wie tote schwarze Kohlenstücke, die nicht von den Dingen ließen, die sich abspielten. Ich dachte an die Frau mit den gelben Haaren und an vier Männer, die ihre Bierdosen erhoben, als sie starb.

Ich dachte daran, wie Isaac mir in die Quere gekommen war.

Also fuhr ich bis ans Ende der Straße und wendete den Pickup. Max der Dobermann stand an der weißen Linie, und aus dieser Entfernung sah er stark und gerade wie ein Pfeil aus. Ich trat das Gaspedal bis aufs Bodenblech durch, und der Pickup raste auf ihn zu. Max hob seine spitze Schnauze und fletschte seine großen gelben Zähne.

Hieronymus

Straßenbautrupps rings um Thornhill hatten mit den steigenden Wasserständen, den Erdrutschen und dem Verkehr, der sich staute und nicht vorankam, alle Hände voll zu tun. Ich konnte mir nicht vorstellen, wie es abseits des Highways aussah, aber hier war nur eine Spur passierbar, und ich verbrachte genügend Zeit im Stau, um Gesprächsfetzen von Straßenarbeitern aufzufangen. Man erwartete ein Ansteigen der hiesigen Flüsse auf einen höheren Stand als jemals zuvor in den letzten vierzig Jahren. Die Autos stauten sich über lange Strecken, doch letztlich gab es noch soviel Bewegung, daß mir klarwurde, wieviel Glück ich hatte, jetzt und nicht später unterwegs zu sein. Mein Ziel war klar. Ich wollte nicht in einer von Überschwemmungen eingeschlossenen Stadt festsitzen; der seltsame Fall des verschwundenen Clifford Watt würde einfach warten müssen.

Manchmal gingen Straßenarbeiter am Straßenrand hin und her und gaben Informationen an die zum Teil geduldigen und zum Teil ungeduldigen Fahrer weiter, und was ich erfuhr, war, daß die Pause, die der Regen in diesen späten Nachmittagsstunden einlegte, sehr, sehr wenig zu bedeuten hatte. Ein Mann in orangefarbenem Overall mit einem merkwürdig aufgeregten Ausdruck im Gesicht beugte sich zu meinem Fenster herunter und erzählte mir, daß für die kommende Woche noch viel mehr Niederschlag vorhergesagt worden sei und daß sich jetzt schon mächtige Ströme vom Bass-Gebirge herab ergossen. In einigen Gebieten hatten sie bereits örtliche Überschwemmungen verursacht. Mit ganz leuchtenden Augen informierte er mich, daß wir bei dem gegenwärtigen Tempo, mit dem sich die Dinge entwickelten, ein Brechen dieser vielgepriesenen Deiche erwarten konnten. *Ipso facto* war Thornhill drauf und dran, überschwemmt und abgeschnitten zu werden.

»Dann werden sie vom Pub zum Supermarkt rudern. Die Kinder werden die Hauptstraße entlangschwimmen. Andererseits, Kumpel, könnte auch noch ein Wunder geschehen, denn schließlich beten ja genügend Leute, und vielleicht passiert auch gar nichts, und das Schlimmste weht über uns hinweg.«

Sein Gesicht sprach davon, daß er mit einem Wunder ebensosehr rechnete, wie er Hilfe vom Mars erwartete. Für die meisten Menschen bedeutete dies das unerbittliche Näherrücken des Ruins, doch für diesen Burschen war alles nur ein bißchen aufregend. Schließlich hatte er ja seinen flotten orangefarbenen Anzug. Am liebsten hätte ich diesem Zwerggockel von Mann im orangefarbenen Overall den Nervenkitzel aus dem Leibe geschüttelt. Seine Augen glänzten, und so, wie er seinen Kollegen und anderen Fahrzeugen mit den Armen Zeichen gab, schien er davon überzeugt zu sein, daß seine Autorität ihn heute zu einem besseren Menschen machte, als er es gestern gewesen war. Er wollte, daß es regnete, und zwar heftig.

Er war gerade im Begriff, längs der Stoßstange an Stoßstange stehenden Autos weiterzueilen, doch ich fragte: »Was ich gern gewußt hätte, ist, wie die Straße oben in den Bergen aussieht.«

Er bellte: »Frag mich was Besseres, Kumpel, aber wenn sie hier verstopft ist, dann wird es dort oben auch nicht sonderlich gut stehen«, und er war wieder unterwegs und bewegte sich in seinem Zwerggockelschritt voran.

Also dachte ich an diesem Nachmittag über Cliff nach, während der Pickup mit dem sich im Schneckentempo bewegenden Verkehr aus der Stadt hinauskroch. Jedesmal wenn ich mir sagte, wahrscheinlich sei er am Morgen in einen Bus gestiegen, stieg dieses beunruhigende Gefühl in meinen Eingeweiden auf, und ich bekam zu spüren, daß

Lügen und Wunschdenken schwerverdauliche Speisen sind. Ich wußte nicht, wo er sich befand oder wie ich es herausfinden sollte, das komische jedoch war, daß es mir jetzt, nachdem ich Isaac so kennengelernt hatte, wie er gerade gewesen war, schwerfiel zu glauben, Cliff sei von seinen Händen irgendein Leid zugefügt worden. Mit diesen Gedanken zu einem Ende zu kommen, war schier unmöglich. Thornhill war im Begriff, überschwemmt zu werden, und ich war auf dem Weg aus der Stadt hinaus, und für den Augenblick war dies das Beste, was ich tun konnte.

Dann ließen die durch Schlamm und Überflutung verursachten Stockungen auf der Straße nach, der ausgehende Verkehr konnte frei fließen, und die graue Ferne wirkte ganz unvermittelt wie das verheißene Land. Ich trat das Gaspedal voll durch. Während wir Glücklichen uns schnell von Thornhill entfernten, reihten sich weitere Fahrzeuge aus der Gegenrichtung in die stillstehende Schlange in Richtung Stadt ein. Überschwemmung oder nicht, die Menschen mußten ja zur Arbeit, die Menschen mußten von Ort zu Ort gelangen, doch jetzt wurde allmählich klar, daß selbst diese Grundpfeiler geschwächt werden würden, sobald das Wetter erst einmal Oberhand gewonnen hatte.

Was mich letztlich doch anhalten ließ, war die Erinnerung daran, wie Isaac über Catherine gesprochen hatte. Der Blick in seinen Augen, ganz Liebe und Verlangen, während ich so tat, als sei ich ein harter Bursche, der einfach seinen eigenen Weg ging. Ich konnte diesen Blick von Isaac richtig deuten, weil der bloße Gedanke an Catherine jenen Schmerz in meiner Brust hervorrief, auf den Cliff stolz gewesen wäre. Da war ein Moment in meinem Leben, an dem der Aufbruch in die Ferne nicht die wahre, richtige Antwort sein konnte. Irgendwie machte mich das glücklich. Ich schüttelte den Kopf. Der Verkehr hatte sich verteilt, und der Highway war frei und gehörte mir, doch ich fuhr an den Straßenrand und kramte in der Tasche meiner Bomberjacke und holte die Fotografie aus Isaacs Schlafzimmer hervor. Was würde ein Mann für eine junge Frau alles tun, die so lächeln konnte?

Ich kannte die Straße und den Weg, und damit hatte es sich.

In einigen Fenstern zeigte sich Licht, doch Catherine Rosewall kam nicht aus ihres Vaters großartigem Haus heraus, um mich zu begrüßen, als ich mit dem Pickup die schlammige Zufahrt entlanggefahren kam. Hinter dem Haus fand ich den von Isaac zur Verfügung gestellten Torana XU-1, und er war in der Nähe des ersten der drei riesigen Farmschuppen aus Stahl und Aluminium geparkt. Das hieß, Catherine war zu Hause oder spazierte vielleicht über die Viehweiden. Es standen keine weiteren Autos da, und der Besitz wirkte ruhig und unbelebt. Der Himmel trug das trübe, glanzlose Grau der Augen eines Verstorbenen, und die Schuppen waren leer. Kein Lebenszeichen zeigte sich auf den Feldern, die strahlenförmig vom Wohnhaus der Rosewalls ausgingen. Selbst das Haus, dieses riesige Haus, in dem Licht brannte, wirkte verlassen. Die zwanzig Kilometer von Thornhill hinterließen den Eindruck, als läge es eine Million Lichtjahre von jedem anderen Ort entfernt.

Dann, nachdem ich den Pickup rückwärts neben dem anderen Auto geparkt hatte und zur Rückseite des Hauses gegangen war, entdeckte ich, daß keineswegs nur Stille und Leere um mich herum herrschten. Es war eine Finesse. Stille lag überall hinter mir, fern von mir, auf den flachen Feldern, und jeder Schritt, den ich in Richtung des Hauses tat, brachte mich der Musik näher und ließ sie lauter werden, und je mehr sie an Lautstärke zunahm, desto schöner wurde sie. Ich blieb stehen und horchte auf das sprühende Anschlagen von Becken und das Klingen von Gitarren und den Herzschlag einer Baßtrommel, dann ging ich weiter zur hinteren Eingangstür.

Die Türen zur Disco Catherine waren fest verschlossen.

Ein Fenster hier und ein Fenster hoch oben glühten in einem warmen gelben Licht. Ohne Rosewall seniors Hut kam ich mir plötzlich nackt vor, und ich strich mir mit der Hand über den Schädel und berührte die Heftpflasterstreifen und zuckte zusammen und schmunzelte gleichzeitig. Der Musik näherzukommen machte mich um so glücklicher, und gleiches bewirkte auch der Gedanke daran, dieses seltsame Mädchen, diese jüngere Schwester eines Verrückten, wiederzusehen.

Mit den Fingerknöcheln an die Hintertür zu klopfen, brachte keine vernehmbare Antwort. Ich versuchte mich am Türknauf, doch die Tür war abgesperrt. Alle Fenster im Erdgeschoß waren durch Gitter geschützt, und die Fenster waren ohnehin geschlossen. Ich ging ums Haus herum und probierte an einem Riegel hier, an einem Schloß dort. Die Musik hallte die Außenwände entlang. Am Vormittag hatte Catherine ein sanftes Klavierstück gespielt, und jetzt war so was zu hören. Ich mochte ihren Mangel an Symmetrie. Vielleicht gab es für sie eine langsame Steigerung in den Lärm hinein, vom Vormittag bis zum Abend. Das einzige, was ich, von unkrautüberwucherten Blumenbeeten abgesehen, beim Umhergehen wirklich entdeckte, war, daß im Gegensatz zu Isaacs Wohnung kein Weg in dieses Haus hineinführte. Es sei denn natürlich, man war eingeladen; Zutritt zur Disco Catherine erforderte eine Sondergenehmigung. Ich glaubte, das verstehen zu können: Eine Tochter, die allein auf dem Besitz ihres verstorbenen Vaters zurückblieb, sorgte dafür, daß ihr Zuhause sie auch sicher bewahrte.

Also klopfte und rief ich, und nichts passierte.

Die Klingel an der Vordertür lockte niemanden herbei, und die höheren Fenster und die Türen, die von einer breiten hölzernen Veranda vorn ins Haus hineinführten, waren ebenfalls verschlossen und verriegelt. Rosewall seniors Haus sah durchaus nach etwas Besonderem aus, aber obendrein war es eine Festung. Für ihn eine Festung der Einsamkeit, und, so stellte sich gerade heraus, für seine Tochter ebenso. Kein Wunder, daß sie sich entschloß, dieses Haus mit Klang zu füllen.

Ich ging wieder hinter das Haus.

Catherine war aus dem Hinterausgang herausgekommen, ganz in die Aufgabe versunken, einen Eimer mit Gemüseabfällen in eine Biotonne zu füllen. Durch die geöffnete Tür klang die Musik von drinnen wie ein Kataklysmus mit Melodie. Ich blieb stehen. Catherine war in die Hocke gegangen, doch das genügte nicht, also kniete sie sich hin, während sie die Biotonne vollstopfte. Ich sah, wie sie vor den aufsteigenden Faulgasen die Stirn krauszog. Mit dem gleichen Stirnrunzeln wandte sie sich ab und schlug den schweren schwarzen Deckel zu. Dann sah sie den unmittelbar neben ihrem Auto geparkten Pickup, und in einer einzigen Bewegung, mit einer Art magischer Gewißheit, wandte sie den Kopf und blickte mich unmittelbar an.

»Hallo, Catherine.«

Sie benötigte eine Sekunde.

»Hast du deinen Freund nicht gefunden?«

»Nein.«

Dann eine weitere Sekunde.

»Weshalb bist du hierher zurückgekommen?«

»Ich habe mich noch nicht dafür bedankt, daß du dich um mich gekümmert hast.«

»Stimmt«, nickte Catherine. Tief Atem holend sagte sie: »Kein schlechter Tag, um einen Teller Suppe zu essen, nicht wahr?«

»Na ja … ja.«

Catherine stand auf, wischte sich die Knie sauber und stand, die eine Hand in der Hüfte gestemmt und mit der anderen Hand das blaue Abfalleimerchen schwenkend, da.

Sie trug das lose fallende Kleid vom Vormittag. Die Musik drinnen schlief ein.

»Weißt du, ich bin hier draußen schon eine Zeitlang umhergewandert. Ist dir deine Musik laut genug?«

Sie schmunzelte. »So ziemlich.«

»Du schließt dich wohl gern ein?«

»Nur, solange es Leute gibt, von denen ich nicht möchte, daß sie hereinkommen.«

»Ich darf also hinein?«

»Freund oder Feind?«

»Freund.«

»Teufel oder Heiliger?«

»Der heilige Joseph aus der Großstadt.«

Catherine schüttelte den Kopf.

»Das klingt nicht echt.«

»Laß mich rein.«

»Wenn du mir versprichst, daß ich mit dir mitkommen darf.«

Catherine wartete nicht ab, bis ich diese Frage beantwortet hatte. Natürlich wußte ich, was sie meinte, aber darüber hinaus war ich fasziniert davon, wie sie dieses Lächeln von sich geben konnte, davon, wie sie hineinging, während der Saum ihres Kleides ihre Beine gewissermaßen umfloß, davon, wie sie die Tür einen Spalt offenstehen ließ.

In meiner rechten Schläfe war ein Pochen. Ich beeilte mich nicht. Es war, als wollte ich, daß dieser Augenblick andauerte, und ich blickte auf die Felder und auf die Schuppen, wie sie sich so stark gegen die Wolken abhoben. Es war jetzt Abend, nach sechs, und das wenige Licht, das den Tag gewürdigt hatte, verblaßte rasch am Himmel. Auf der Straße hatten die Arbeiter darüber gesprochen, daß weiterer Regen vorhergesagt sei, doch jetzt wirkte alles seltsam ruhig. Das verblassende Licht, die Stille, sie machten den Abend zu einem Raum zwischen dem, was geschehen war, und dem, was noch geschehen würde. Catherines Abwesenheit, obwohl sie lediglich drinnen im Haus war, kam mir jetzt unangebracht vor, und das Entscheidende war, daß sich die angesammelte Einsamkeit meines Lebens auf diese eine Minute konzentrierte, jene Art von Minute, die man wahrnimmt, bevor ein Flugzeug abstürzt oder aufsteigt, und ich fragte mich, ob ich trotz der vielen schlechten Straßen und falschen Wendungen meines Lebens noch eine Chance zum Aufsteigen bekommen würde. Wie Cliff gesagt hätte: Man lebt einmal, zweimal, dreimal und vielleicht sogar viermal.

Die Abendkühle breitete sich langsam aus, und sie ließ mich durch das braune Leder meiner Bomberjacke hindurch erschauern. Licht fiel aus der Tür nach draußen. Catherines Musik war verhallt und nicht wieder erklungen. Selbst eine Minute ist manchmal eine zu lange Zeit, um sie mit Denken zu verbringen; man kann nachdenken, verzweifeln, Ungeheuer oder Engel sehen, Hoffnung oder Hölle erblicken, alles in einer einzigen entscheidenden Minute. Ich kratzte mir die Schuhsohlen an einer Matte aus Drahtgeflecht ab und ging hinein, und es stimmte, daß ich unmittelbar ins Herz gelangte; der erste Raum war die Küche.

Nach der trostlosen Natur da draußen drohten die warmen Düfte dieser Küche mich zu überwältigen. Ich war richtig hungrig, hungrig und einsam und müde. Catherine war zwar nicht da, doch ein großer Topf auf dem Herd dampfte, und ich schlich mich gewissermaßen an ihn heran. Der Deckel war aus Eisen und schwer, und als ich ihn anhob, sog ich den langsam zu meinem Gesicht aufsteigenden Duft in mich ein. Catherine wußte schon, was sie tat. Die Gasflamme brannte niedrig, und ein Aroma wie dieses, also, das entsteht nur bei stundenlangem geduldigen Köcheln und einem vollkommenen Gefühl dafür, wie die Alchemie die Gewürze miteinander verschmelzen läßt.

Ich schaute über meine Schulter, und Catherine kam gerade aus dem nächstgelegenen Zimmer.

»Das ist, was meine italienische Oma Maria ein ›hübsches Süppchen‹ genannt haben würde«, sagte ich zu ihr und tat einen weiteren tiefen, himmlischen Atemzug. »Alles, was man braucht, damit man hübsch wird. So hat sie immer gesagt.«

»Also, dazu kann ich nichts sagen«, erwiderte Catherine, »aber da sind sechs Sorten Gemüse drin und ein paar braune Linsen, und das hier kommt auch gleich noch rein.«

Sie ging zu einer Anrichte mit hölzerner Arbeitsplatte und begann, in eine bereitliegende Portion Hackfleisch ein Schälchen Eidotter, eine kleine Pyramide kleingehackten Knoblauchs und feingewiegte Petersilie einzukneten. Während ich ihr zuschaute, rollte sie das Gemisch zu Bällchen, jedes etwa von der Größe eines kleinen Eis.

»Ich kaufe Hackfleisch nur ungern im Laden«, meinte sie. Sie war auf ihre Arbeit konzentriert, und schwarze Haarsträhnen fielen ihr über die Augen. »Ich traue dem Braten nicht, daher kaufe ich erstklassiges Steak und drehe es selbst durch.«

»Du solltest mehr Vertrauen haben.«

»Das glaube ich nicht.«

»Erwartest du Gesellschaft?«

»Ich dachte mir, ich koche einen Topf voll und bringe ihn zu Isaac.«

»Damit er groß und stark wird.«

Catherine ließ sich bei der Zubereitung ihrer Fleischbällchen nicht stören, trug sie dann auf einem Hackbrett an mir vorbei. Ich schaute auf ihre schwarzen Haare, die ihr stellenweise bis auf die Schultern fielen, und darauf, wie diese Haare auf ihrer blassen Haut wirkten. Sie roch nach Küche, als hätte sie all die Düfte in sich aufgenommen, die sie kreiert hatte, und ich stand so nahe bei ihr, wie ich konnte. Was ich in ihrer Nähe empfand, war das genaue Gegenteil von dem, was ich draußen empfunden hatte. Alle Zeit der Welt stand zur Verfügung. Ich entsann mich der alten Redensart: Die Glückseligkeit zu erfahren heißt, die Ewigkeit zu erfahren.

Ihr Kleid war immateriell wie zarte Seide, aber es war aus Baumwolle. Es tat gut, wieder bei Catherine zu sein. Ihr Nacken, ihre Schultern, ihr schwarzes Haar, selbst der blonde Flaum auf ihren Armen, all das ließ mich fragen, warum ich am Vormittag nicht gewollt hatte, daß sie mich berührte. Ich wußte, es war Angst gewesen, Angst vor Annäherung, jetzt aber verstand ich auch, wie vergeblich gerade diese Flucht gewesen war. Catherine war in meinem Herzen, und das machte das Leben unkompliziert. Wenn ich Cliff nur davon hätte erzählen können; ich wollte Catherine, so, wie ich jeden Morgen lebendig erwachen und jede Nacht schlafen und träumen wollte.

Eins ums andere gab Catherine diese wohlriechenden Klößchen in die langsam vor sich hin blubbernde Suppe. Sie war sehr vorsichtig dabei. Ich beobachtete ihre langen Finger, ihre Pianofinger, und die Art und Weise, wie sie über ihre Suppe wachte und sich Zeit dabei ließ.

Ihre Küche war angefüllt von luftigen Kochgerüchen und Dampf, der die Fenster anlaufen ließ, und dabei waren meine Nacht und mein Tag so schlimm gewesen.

Ich hob die Hand, um die Rückseite ihres Arms zu berühren.

Die Angst kommt in tausenderlei Gestalt, und ich stand mit jeder einzelnen von ihnen auf vertrautem Fuß. Meine Hand wanderte an meine Seite zurück.

Sie sagte: »Joe, ich werde dir jetzt eine Aufgabe übertragen. Ich möchte, daß du das noch etwa fünfzehn Minuten lang weiterkochen läßt. Du kannst die Flamme aufdrehen, und du kannst einmal oder zweimal umrühren, das ist aber auch schon alles. Es gibt nichts Schlimmeres als eine Suppe, die breiig geworden ist. Dann mußt du nach fünfzehn Minuten das Gas abstellen und den Deckel wieder auflegen. Ich weiß nicht, wie deine Großmutter ihre ›hübsche Suppe‹ gekocht hat, aber so mache ich meine nun mal.«

Sie legte das leere Hackbrett weg und drehte sich zur

Seite, um mich anzuschauen. Röte stand auf ihren Wangen, und ihre Augen waren groß und dunkel. Der Herd und der köchelnde Topf befanden sich hinter ihr, und ich war gerade dabei näher zu treten. Sie hätte ja gut und gerne bei meinem Anblick erschrecken können, ich mit meinem häßlichen Kopf und den Brauschen, doch es war ein Lächeln, das in Catherines Mundwinkeln aufzog.

»Hast du alles behalten?«

»Fünfzehn Minuten«, sagte ich mit völlig zugeschnürter Kehle.

Catherine ging um mich herum und ließ eine Zeitlang Wasser ins Spülbecken laufen, blickte mich an, spülte einen Kochtopf, ein Sieb, ein Sägemesser und ein paar andere Utensilien ab, schaute mich erneut an und wischte sich die Hände an einem Küchenhandtuch ab.

»Du kannst dir gern etwas zu trinken nehmen, wenn du magst. Der Klüverbaum steht schon weit über sechs Uhr hinaus.«

»Was soll das denn heißen?«

»Du weißt doch bestimmt, was ein Klüverbaum ist.«

»Aber was hat denn der mit sechs Uhr zu tun?«

»Also, das ist sehr wichtig. Ich habe da so eine feste Regel, mußt du wissen. Man darf niemals vor sechs Uhr abends trinken. Wo führt das sonst hin? Ich trinke gern ein Schlückchen, wenn ich koche, also sorge ich dafür, daß ich nicht vor sechs anfange. Danach bleibt es jedem selbst überlassen.«

»Und wie ist es beim Mittagessen?«

»Chardonnay und Meeresfrüchtesalat?«

»Nun?«

»Versteif dich nicht darauf«, meinte Catherine. »Das muß nicht sein. Sechs Uhr, und alles ist in Ordnung.«

Sie war dabei, die Küche zu verlassen.

»Du hast gewußt, daß ich zurückkomme«, sagte ich. »Darum hast du diesen großen Topf aufgesetzt. Du hast gar nicht an Isaac gedacht.«

Catherine stand in der Türöffnung.

»Wenn du Musik hören willst, bedien dich nur, du findest sie dort drin«, sagte sie und deutete auf das abgedunkelte Zimmer. »Aber das weißt du wahrscheinlich auch schon. Du glaubst doch, daß du alles weißt, Joe.«

Danach ging sie.

Die Küche kam mir ohne sie nicht leer vor. Vielleicht lag das daran, daß mein Herz bereits voll war.

Ich drehte die Gasflamme unter dem Topf hoch und ließ die köchelnden Blasen größer werden. Die Küchenregale waren voller Geschirr und Porzellan. Der Kühlschrank enthielt verschiedenes Gemüse und Obst, doch die Speisekammer war mit Päckchen und Dosen und Gläsern überladen, in denen sich Kümmel, Paprika, gemahlene Pfefferkörner befanden, und dort stand auch ein Glas, das voller Lorbeerblätter war. Das untere Regal bildete die Ablage für eine gepflegte Kollektion von Rotweinen. Ich zog eine Flasche heraus und suchte mir einen Korkenzieher.

Die Würze des Weins füllte meinen Mund mit dem Geschmack von dunkelroten Kirschen und Eiche. Es war beinahe zuviel. In dem nahezu leeren Kühlschrank fand ich ein Stück Käse und verspeiste es mit zwei Bissen und schenkte mir ein weiteres Glas Wein ein. Das war schon besser. Mein Magen war leer. Ich tunkte einen Löffel in den Topf und kostete Catherines Suppe. So, wie Cliff auf seinen Herzschmerz stolz war, so wäre meine italienische Großmutter auf diesen köchelnden Topf stolz gewesen. Ich probierte einen weiteren Löffel Suppe und noch einen und noch einen, und eher konnte ich einfach nicht aufhören, und dann leerte ich das Glas Rotwein.

Die fünfzehn Minuten waren vergangen. Die Gasflamme verlosch, und ich legte den Deckel auf.

Mit einem weiteren Schlückchen Rotwein in meinem Glas bewegte ich mich durch die Finsternis von Rosewall seniors Haus. Das erste, was ich fand, war die Stereoanlage, und sie war in einem großen Zimmer aufgebaut, wo Sofas und Sessel und Couchtische sich wie Tiere zusammenkauerten. Die Lautsprecher waren hüfthoch und leistungsstark. Ein Punktscheinwerfer strahlte die Anlage an, und ich trank einen Schluck Wein und schaute mir die Hülle der Compact Disc an, die gespielt hatte, als ich am Haus eintraf. Sie war von einer Band, die *I Am Watt* vor Jahren ein paar Abende lang begleitet hatte und schließlich, als sie wenig später größer geworden war als wir, an vielen, vielen weiteren Abenden von uns begleitet wurde. Sie hatten einen Song über sexuelle Erregung gemacht, der »Hieronymus« hieß. Im Refrain hieß es: *Mein Appetit ist angeregt.* Das traf ins Schwarze. Ich drückte auf die Wiedergabetaste und stellte mein Glas ab und ging Catherine suchen.

Sie duschte im Obergeschoß. Es war nicht schwierig, sie zu finden, auch wenn das Haus weitläufig war. Ich stand vor der Tür und horchte auf das Geräusch des Wassers. Ich lehnte mich mit dem Gesicht an die Wand, und die Vibration von der Musik unten war rhythmisch und wirkte beruhigend auf mein Gesicht. Dann streckte ich die Hand aus und drehte am Türknauf, und das Badezimmer erstrahlte ganz weiß vor Licht und funkelndem Glas, polierten Spiegeln und glänzenden Fliesen. Wasserdampf stieg aus der Duschkabine auf, und Catherine bewegte sich hinter dem Ornamentglas umher.

Sie hörte mich.

»Joe?«

»Ja«, sagte ich.

»Was glaubst du wohl, was du da tust?«

»Du hast doch den Präzedenzfall geschaffen.«

Es herrschte Stille, und dann sagte sie: »Schalt das Licht aus.«

Ich schaltete das Licht aus.

Das Badezimmer lag im Halbdunkel. Dampf aus der Duschkabine ließ Schweiß auf meinem Schädel austreten.

Als Catherine das Wasser abstellte, schob sie die Duschkabinentür ein wenig zur Seite und langte nach dem Handtuch. Ich reichte es ihr mit abgewandtem Gesicht. Das einzige Licht war das, das vom Flur her eindrang. Sie trat heraus, und ich blickte sie an, und sie hielt sich das weiße Handtuch in voller Länge vor den Körper. Es reichte ihr vom Kinn bis hinab zu den Knöcheln, konnte aber ihre Seite nicht verbergen. Ich schaute auf das sanfte Wellenmuster ihrer Rippen. Catherines Augen waren gesenkt.

Sie sagte leise: »Ich habe das schon lange nicht mehr getan.«

Ich sagte: »Weißt du, dann sind wir schon zwei.«

Sie sagte: »Komm her, Joe.«

Ich nahm ihre freie Hand. Sie war naß. Ich hielt ihre Hand an mein Gesicht, und ich schmeckte das Wasser in ihrer Handfläche. Ich küßte ihren Handrücken und ihren Unterarm und sammelte die Wasserperlen ein.

»Heiliger Joseph aus der Großstadt«, sagte Catherine, und sie hielt sich das Handtuch vor den Körper, aber sie legte ihre Hand in meinen Nacken und zog mich an sich.

Danach, trotz der enormen Größe des Hauses und der Zahl der Zimmer, die über Betten von zufriedenstellender Größe verfügen mußten, befanden wir uns in einem Einzelbett in einem abgedunkelten Zimmer im Obergeschoß, und Catherine lag unter mir.

Sie sagte: »Das ist mein Zimmer«, und sie drückte sich nach oben und flüsterte, so daß ich es kaum hörte: »Komm hinter mich, du Teufel«, und das tat ich. Später lag sie dann im Schlaf, und ich lag hellwach und hatte die Augen aufgerissen. Solange ich es aushalten konnte, lag ich so verkrampft da, und dann ging ich nach unten und schloß die Eingangstür ab und überprüfte alle Fenster, und während ich mir einen Teller Suppe auffüllte, begann der vorhergesagte Regen zu fallen, und ich horchte darauf, wie heftig er niederging, wie Steine aus dem Himmel, die auf ein Blechdach polterten, und ich ließ den halb geleerten Teller stehen und nahm treppauf jeweils zwei Stufen und legte mich dort nieder, wo ich hingehörte, und Catherine drehte sich um und gab mir einen blinden Kuß, der trotzdem meine Lippen traf, und schon war sie wieder eingeschlafen.

Das war der Tag, und die Empfindungen in meinem Herzen ließen mich seine Wechselfälle vergessen, und es war alles gut. Zum ersten Mal seit so langer Zeit dachte ich: Stell dir nur vor, Joe, alles ist gut.

Bis er kam und gegen die Eingangstür und die Hintertür und die vergitterten Fenster und die Wände donnerte und polterte, Blut und Hirn und Sack erneut angefüllt von dem scheußlichen Stoff, der ihn antrieb. Ich träumte gerade vom Fliegen, und es war tief in der Nacht. Catherine war schon aus dem Bett aufgestanden und bewegte sich in ihrem Zimmer umher. Rufe waren zu hören, wie das Krakeelen bei einem Fußballspiel, und mein Traum schmolz unter dem Klang von rauhen Stimmen dahin, die ebenso rauh lachten. Ich brauchte länger als Catherine, um zu begreifen, welche Gestalt diese neue Welt angenommen hatte. Die Art und Weise, wie Catherine sich im Zimmer umherbewegte, während ich mich aus diesem Schlafschleier herausriß, ließ mich glauben, sie verstünde es, beim Schlafen ein Auge und ein Ohr offenzuhalten.

Von draußen, von unten her drang Rufen und Lachen, verschiedene Stimmen – wie viele, das konnte ich nicht sagen, doch eine von ihnen rief nach ihr.

»Catherine!«

Seine Stimme war heiser, als habe er einen Tag damit zugebracht, in den Himmel zu schreien oder wahrscheinlicher noch, als ließe das, was ihn antrieb, kaum zu, daß sich Worte seiner Kehle entrangen.

»Catherine! Komm raus! Komm raus komm raus komm raus! Weißt du nicht, daß ich hier unten bin? Weißt du nicht, daß ich auf dich warte?«

In diesem Obergeschoß des Rosewallschen Hauses bestand kein Bedarf an Sicherheitsgittern. Catherine entriegelte ihr Schlafzimmerfenster und öffnete den Flügel, und beugte sich in die Nachtluft und den Regen hinaus, und sie suchte nach ihrem Bruder. Während sie in die Dunkelheit hinausschaute, bedeckte sie ihre Brüste mit den Händen. Unter dem Laken spürte ich einen Luftzug, der wie dürre, kalte Finger über mich gekrochen kam, und dann war auch ich richtig wach, und unverzüglich begriff ich jeden Winkel dieser neuen Welt, in die hinein wir aufgewacht waren. Das Schlafzimmer war dunkel, lag aber dank eines Lichtschimmers von draußen nicht in völliger Schwärze da. Als ich zu ihr ging, war Catherine warm vom Bett und angespannt wie eine Peitsche. Die Umrisse ihrer straffen Muskeln traten als dunklere Rippeln im Halbschatten ihrer Beine und ihres Gesäßes und ihres Rückens hervor.

Sie griff nach mir. Ich stand hinter ihr, und ihre Brüste waren gegen das Fenster gepreßt. Catherine nahm mich in sich auf, und während Isaac in der Dunkelheit schrie und rief, erschauerten wir gemeinsam mit jedem Tropfen unseres Blutes und unserer Lust.

Danach hörten wir ihn, hörten ihn wirklich, draußen im Nirgendwo des Regens. Er wußte nicht, wo wir uns befanden, und mein Atem ging stoßweise, und mir kam in den Sinn, daß wir es dabei hätten bewenden lassen können, doch Catherine mußte es ihn wissen lassen.

»Geh nach Hause, Isaac!«

Sie hatte in den Regen gerufen, doch der Klang ihrer Stimme holte ihn herbei, in seiner Eile, unters Fenster zu gelangen, über die eigenen Füße stolpernd.

Er war nicht allein, nein, das war er nicht. Da war Isaac, der jetzt gegen die beiden Freunde ankämpfte, die versuchten, ihn an den Armen festzuhalten, die ihn auf den Boden niederwarfen und über die Art und Weise lachten, wie er dagegen anging. Isaac wollte nicht am Boden bleiben. Es war, als besäße er den wahren Geist eines Vampirs oder vielleicht gar den eines Werwolfs, denn es heißt, ein Vampir sei kalt, doch der Werwolf bestünde ganz aus Wut und Lust und Schmerz. So war Isaac. Seine Freunde drückten ihn nach unten in den Schlamm, und er kam wieder hoch und stieß sie beiseite. Unerschütterlich machten sie weiter, hatten Spaß daran, während sie stolperten und ihn stießen und knufften und er blindlings auf das Haus einschrie.

Isaac schimpfte auf eine Art und Weise, die ziemlich zusammenhanglos war. Seine Laute klangen kehlig. In den Händen hielt er eine Flasche, und er schwang sie in einem weiten Bogen in Richtung der beiden anderen, ohne sie zu treffen, rief aber dennoch Bestürzung bei ihnen hervor, und schließlich hatten sie genug und gaben es auf, ihn zurückhalten zu wollen. Auch sie tranken und überließen Isaac seinem teuflischen Tun und suchten jetzt Schutz unter einem in voller Blüte stehenden Feigenbaum. Sie tranken auf Isaacs Kummer. Der Regen und die Dunkelheit und sein Torkeln und Schwanken ließen Isaac gespenstisch aussehen, seine Stimme aber wurde immer lauter, immer leidenschaftlicher und heiserer und kehliger, und er schrie nach Catherine. Er zeigte durchaus die Begierde eines Werwolfs. Catherine am Fenster, nackt und jetzt zitternd, weinte bei seinen Lauten und seinem Anblick.

Sofern er nicht gerade über das nächtliche Sehvermögen eines Wolfes verfügte, würden wir für seine Augen nicht mehr als ein verschwommener Fleck in einem dunklen Fenster im Obergeschoß sein, aber trotzdem schwenkte er die Fäuste und fletschte die Zähne; er stampfte mit den Füßen auf und er verfluchte Gott den Vater, Gott den Sohn, Gott den Heiligen Geist und auch seinen eigenen Vater. Mich vergaß er ebenfalls nicht.

»Joe! Joe Santo! Ich hab dir doch gesagt, du sollst dich davonscheren. Warum hast du gesagt, du willst fort von hier, wenn du es gar nicht so gemeint hast? Warum bist du ein Lügner? Du hast gesagt, du willst fort, jetzt kannst du HIER rauskommen – und dich MIR stellen!«

Er war ein kranker Wolf, der den Vollmond anjaulte. Max der Dobermann kam um die Schuppen herumgetrottet. Ich hätte die Gelegenheit auf der Straße nutzen sollen, um ihn zu überfahren, aber ich hatte gekniffen. Schließlich war er ja bloß ein dummer Hund. Der Wolfsmann und der Köter standen jetzt dort unten im Regen beieinander, der eine auf zwei Beinen, der andere auf vier, die Köpfe nach oben gerichtet und drauflosjaulend.

»Ich kann das einfach nicht ertragen«, sagte Catherine, und sie wischte sich die Tränen aus dem Gesicht. Sie stand still und gerade und zwang sich mit bloßer Willenskraft, mit dem Weinen aufzuhören, dann sagte sie: »Ich kann das nicht ertragen, und damit hat es sich. Er will hier reinkommen. Ihn hier reinzulassen wäre das letzte.«

Ich schickte mich an, das Zimmer zu verlassen.

»Wo gehst du hin? Siehst du nicht, daß sie zu dritt sind?«

Sie zog sich einen Bademantel an.

Ich sagte: »Er ist hier schon öfter so aufgetreten, nicht wahr?«

»Ja.«

»Deshalb also schließt du dich so gut ein.«

»So schlimm ist er noch nie gewesen.« Catherine blickte mich an. »Einmal hat er mir gesagt, wenn ich ihn nicht hineinließe, würde er sich aufhängen. Er hatte ein Seil bei sich, und ich habe wirklich geglaubt, er würde es tun, unmittelbar vor mir, an diesem Feigenbaum. Ich habe ihn aber auch damals nicht reingelassen. Er verschwand dann wieder. Am nächsten Tag bin ich zur Tankstelle gefahren, um mit ihm zu reden, und er tat, als wäre nichts gewesen, außer, daß er verkatert und ihm übel war und er eben ein klein bißchen kälter war als sonst. Und jetzt führt er sich so auf.« Sie deutete auf Isaac. »Das habe ich vorgefunden, als ich von Melbourne wieder hierherkam.«

Isaac wankte und sudelte jetzt vor sich hin, nachdem ihm das Rufen vergangen war. Er legte den Kopf zurück und nuckelte an seiner Flasche, nuckelte kräftig daran, sehr konzentriert, ein Wolfsjunges an einer fetten Wolfszitze, dann mitten im Nuckeln versagten ihm die Beine den Dienst, und er stürzte auf den Rücken. Er lag im Schlamm und schob Max den Dobermann geschwächt von seinem Gesicht fort, einem Gesicht, das abzulecken dieser dumme Köter blöd genug war. Isaacs beide Kumpane soffen unter dem Feigenbaum und lachten sich halb tot. Für sie war Isaac keine Gottheit.

Ich wußte, wer die beiden waren: der Gorilla Roller und der Junge von der Zapfsäule, der nicht älter als vierzehn oder fünfzehn Jahre war, derjenige mit dem BMX-Rad. Roller lutschte den letzten Rest aus seiner Flasche heraus und warf sie mit all seiner Kraft gegen das Obergeschoß des Hauses. Irgendwo unterhalb von uns krachte es. Der Zapfsäulenjunge reichte ihm eine weitere Flasche. Sie hatten einen ausreichend großen Vorrat für die Nacht. Es konnte Stolichnaya oder Bier oder ebensogut irgend etwas anderes sein, das einen besoffen machte, und ich begann mich zu fragen, wie stark die Türen und Schlösser unten wirklich waren. Ich wünschte mir, der Regen bestünde aus riesigen Hagelkörnern, die Isaac & Co. veranlassen würden wegzulaufen.

»Isaac, hör mir zu!«

Er saß jetzt aufrecht, aber mit hängendem Kopf im Schlamm, während der Regen ihn peitschte und ein ergebener Hund ihm das Gesicht leckte. Catherines Stimme war härter und barscher geworden. Es war wie ein Tauziehen: Er wurde schwach, und sie wurde stark.

Catherine sagte sehr deutlich: »Ich möchte, daß du nach Hause fährst. Ich komme morgen zu dir. Dann können wir reden. Morgen, Isaac, verstehst du mich?«

Roller, es war eindeutig Roller, rief zurück: »Es gibt kein Morgen, verdammt noch mal, weißt du das denn nicht?

Morgen stehst du unter Wasser! Wir können nicht mal nach Thornhill zurück. Das ganze verfluchte Scheißhaus hier wird untergehen – weißt du das etwa nicht, du verdammte blöde Schlampe?«

Seine Wortwahl ließ Isaac plötzlich wieder aktiv werden. Er fand seine Stärke wieder, kam auf die Knie, kam auf die Füße und stürzte sich mit ausgestreckten Armen und zu Klauen gekrümmten Händen auf Roller.

Roller stieß einen leisen Aufschrei aus, und er versuchte, wie ein betrunkener Clown um den Feigenbaum herumzurennen, doch Isaac bekam ihn zu fassen, zerrte ihn an seinem buschigen Lockenschopf, und sie rangen im Schlamm miteinander, während Max der Dobermann über sie hinwegsprang und dazu bellte, und der Zapfsäulenjunge – ja, dachte ich, vierzehn oder fünfzehn Jahre alt, genauso wie die zugeknallten Kids, die sich früher einmal über eine Stunde lang anstellten, um *I Am Watt* zu sehen – glitt vom Feigenbaum herab, landete auf allen vieren, anscheinend ebenfalls sturzbetrunken.

Roller gab den Kampf auf und blieb im Schlamm liegen.

Isaac stand auf, beugte sich vor, übergab sich, wischte sich das Gesicht mit dem Handrücken ab und starrte zornig zum Fenster hinauf.

»Catherine, hörst du mich? Hörst du mich, Catherine?«

Seine Stimme bebte, aber er schrie nicht. Seine Stimme war laut, aber sie klang nicht wahnsinnig. Ruhe war in ihn eingekehrt, eine kalte, stille Ruhe. Ich dachte mir, wenn er jetzt die Möglichkeit hätte, seine Schwester zu berühren, würden seine Finger spindeldürr und kalt sein, wie etwas, das seit langer Zeit tot und in einer Tiefkühltruhe aufbewahrt worden war. Er stieg vom Werwolf zum Vampir auf; das war eine neue Phase seines ständig wechselnden Mondes, und die alte Angst überkam mich wieder wie kalter Wodka, der sich in einen leeren Bauch ergießt.

»Komm mit mir mit. Komm jetzt mit mir mit. Wenn du's nicht tust, dann komme ich rein. Du wirst nicht noch eine Nacht hier bleiben. Nicht in diesem Haus. Du glaubst, du bist sicher dort drin, aber das kannst du nicht sein. Ich bin hergekommen, um dich fortzubringen. Ich finde schon einen Weg hinein, und dann komme ich und hol dich.«

Catherine stand nicht am Fenster, als er das sagte. Aber beim Klang seiner Worte kam sie und lehnte sich einen Augenblick lang ans Fenster, zitternd, dann war sie es, die schrie:

»Wer bist du denn, daß du mir sagst, was ich tun soll? Du bist doch gar nicht hinter mir her. Begreifst du das nicht? Merkst du nicht, daß es zu spät ist? Merkst du nicht, wie blöd du bist?«

Roller kam wieder auf die Füße. Er sackte in sich zusammen und fiel hin.

Isaac stand totenstill im Unwetter da und blickte hinauf, während ihm der Regen auf den Schädel klatschte. Er wischte sich Regenwasser aus den Augen. Dann hörte er auf zu wischen und stierte, als wäre er nichts als eine steinerne Statue.

Catherine trat wieder vom Fenster zurück. Hinter mir hörte ich das Geräusch eines Schrankes, der geöffnet wurde. Sie kehrte zurück, und es war nicht ihr warmer Schlafduft, der ihr folgte, sondern der stechende Geruch von Öl. Catherine lehnte den langen Lauf des langen Gewehrs auf die Brüstung. Ihr Auge war aufs Visier gerichtet, und das polierte Holz des Kolbens lag fest in ihrer Schulterbeuge. Ich glaubte nicht daran, daß sie schießen würde. Ihre Lippen waren schmal, und ich konnte ihre Zähne sehen.

»Isaac«, sagte sie, und sie sagte es so sehr zu sich selbst, daß er es unmöglich gehört haben konnte.

»Isaac, weißt du, was das ist?«

Isaac – *vielleicht* mit Wolfsaugen – sah das matte Blinken des Metalls.

Er hielt inne, starrte, riß sich das Hemd auf, um seine Brust für die Kugel zu entblößen, und er rief: »*Sylvia!*«

Catherine feuerte zweimal in den Schlamm vor Isaacs Füßen. Der Pulvergestank verbrannte die Luft. Ich griff nach dem Gewehr, und Catherine riß sich los. Ihre Schulter zuckte bei einem weiteren Schuß zurück, und sie war ruhig, und sie wußte, was sie tat.

Roller und der Junge rappelten sich eilig auf. Im Handumdrehen waren sie auf wundersame Weise aus ihrer sinnlosen Trunkenheit wieder zu Leben erwacht, und sie fingen an, wie die Hasen zu laufen. Dann kamen sie zurückgerannt und packten Isaac an beiden Armen und versuchten, ihn mitzuschleppen, und Max wurde ganz wild darüber, daß sie seinem geliebten Gebieter so etwas antun wollten, und Catherine schoß noch einmal, dieses Mal hallte der Knall so nach, daß er die eine Seite meines Kopfes betäubte. Der Schuß ließ ein Stück vom Feigenbaum in den Regen wirbeln. Alle liefen auseinander. Das war es dann. Niemand war mehr unten. Ein bitterer, stinkiger, brenzliger Geruch erfüllte das Schlafzimmer, und alles war totenstill, drinnen wie draußen.

Ich blickte Catherine an.

Ohne sie anzurühren, sagte ich: »Das brauchst du jetzt nicht mehr.«

Sie sagte: »Ich halte mich daran fest.«

Ich sagte: »Du brauchst dich nicht mehr daran festzuhalten.«

Sie blickte mich an, in der Dunkelheit ganz Augen, und sie nickte, und dann stand sie still, und nach einer Minute verriegelte sie das, was ich für die Sicherung hielt, mit dem Daumen, und vorsichtig legte sie das lange Gewehr auf den Teppich.

Mit einem Tritt stieß ich es fort.

Meine Stirn war feucht, und in meinen Ohren klingelte es noch immer. Als ich sie mit diesem Gewehr hatte umgehen sehen, war heißer Schweiß aus all meinen Poren gedrungen. Jetzt hielt ich Catherine im Arm, und wir setzten uns auf den Fußboden, und es dauerte eine lange Zeit, bevor ich mir sicher war, daß das Geräusch in meinen Ohren das Geräusch des Regens war. Ich tat mein Bestes, nicht zu zittern. Das überließ ich Catherine, und ich hielt sie noch immer fest.

»Du warst echt gut«, sagte ich, »du warst wirklich echt gut.«

»Die Drei-Drei von meinem Vater. Vom Tag meiner Ankunft an habe ich sie gereinigt und geladen hier aufbewahrt.«

»Dieses Gewehr ist kein Spielzeug.«

»Ich kann damit umgehen. Ich bin eine gute Schützin. Ich habe auf meinen Bruder geschossen. Das habe ich vorher noch nie getan.«

»Die haben im Suff den Verstand verloren. Das war das Beste, was du tun konntest. Alle Achtung.«

»Isaac weiß in Wirklichkeit gar nicht, weshalb er hierherkommt.«

»Er hat nach Sylvia gerufen.«

Catherine nickte. »Weißt du, wer Sylvia ist, Joe?«

Ich hielt sie einen weiteren Augenblick lang fest, dachte nach, wußte es gewissermaßen schon, und dann rutschte ich dorthin, wo meine Bomberjacke einen dunklen Haufen auf dem Fußboden bildete. Als ich zurückkehrte, reichte ich Catherine die Fotografie.

»Das ist Sylvia.«

Catherine hielt die Fotografie in das durchs Fenster einfallende schwache Licht. Sie drehte das Foto um und las, was auf der Rückseite geschrieben stand: *Auf ewig Dein.*

»Das ist doch das Foto von Isaac.«

»Ich bin heute in seine Wohnung eingebrochen.«

»Was? Warum hast du das getan?«

»Ich hatte gehofft, Cliff könnte dort drin sein.«

»Du hast ihn in Isaacs Wohnung gesucht?«

Catherine mußte damit erst mal fertigwerden. Sie hielt sich die Hände vors Gesicht, weil ihr die Dinge zu schnell gingen. Als sie die Hände herunternahm, war der Blick in ihren Augen wie der von jemandem, der eine weitere ungewollte und furchteinflößende Fahrt mit der Achterbahn antritt. Doch sie versuchte, stoisch zu wirken. Sie schob die Haare zurück, die ihr ins Gesicht fielen, und zwang sich, mich anzublicken.

»Verstehe. Ich kann das verstehen. Ja, natürlich mußtest du in Isaacs Haus gehen. Hast du sonst noch was gefunden?«

»Nein.«

Ich nahm Catherine die Fotografie aus der Hand, und der Lichtschimmer ließ mich das gewellte kastanienbraune Haar sehen, das Lächeln eines jungen Mädchens, der das Mark des Lebens und die Lebensfreude noch nicht verlorengegangen waren, ein schlanker und noch nicht völlig ausgereifter Körper.

»Das ist Sylvia«, beharrte ich.

»Ja«, sagte Catherine, und sie nahm mir die Fotografie aus der Hand und legte sie auf den Fußboden.

»Wer ist sie?«

»Sie ist jetzt fort. Ich möchte nicht darüber sprechen.«

Catherine erhob sich und kroch ins Bett. Ich kroch in den schmalen Raum neben ihr. Sie suchte sich die Kissen und stopfte sie sich unters Gesicht.

»In Ordnung. Eins will ich dir sagen, Joe. Falls du vorhast, allein von hier wegzufahren, dann möchte ich, daß du jetzt abfährst. Was ich nicht ertragen könnte, wäre, wenn du am Morgen fortfährst und mich zurückläßt. Begreifst du das?«

»Ja.«

»Willst du jetzt abfahren?«

»Nein.«

Ich berührte die Seite ihres Gesichts, ihre Schulter, ihr Kreuz. Die eine Sache, die Catherine mich bereits gelehrt hatte, war die, daß es notwendig war, dies zu tun, nämlich zu berühren, und zwar nicht bloß, um sich zu vergewissern, sondern um die Wahrheit zu spüren.

Das also war die Nacht, und ich hatte tausend Fragen, und mir schien, als wären wir alle eine Million Lichtjahre von unseren wirklichen Heimatorten entfernt, Isaac eingeschlossen, und die Wahrheit, die ich von Catherines Haut und Fleisch erfuhr, war die, daß nicht alles gut war, ja, es niemals gewesen war, jedenfalls nicht im Haus der Rosewalls.

Adams Rippen

Es herrschte jenes graue Licht eines schlimmen Morgens, bei dem man sich unter seine Bettlaken vergraben und weiterschlafen möchte, bis jemand so freundlich ist, einem einen guten Kaffee und eine Zeitung zu bringen. Ich fror, war nicht zugedeckt, dafür aber an die Seite gedrängt, und hielt mich an Catherine fest, während wir gemeinsam in ihrem Einzelbett lagen.

Im Bett hätte es sich dennoch gut aushalten lassen, und ich wäre ganz froh gewesen, dort bleiben zu können, frierend oder nicht, wenn die Dinge anders gestanden hätten. Durch die Fenster drang die widerwärtige Trübheit einer geschlossenen Wolkendecke, doch der Regen, der die ganze Nacht hindurch so heftig gefallen war, hatte eine Ruhepause eingelegt, und als ich aufstand, sah ich die Berge, und ihre Konturen wirkten, als hätte ein Kind sie mit Bleistift auf den lädierten Morgen durchgepaust, und noch während ich dastand und ihre neblig-magischen Formen beobachtete, quollen diese Unwetterwolken auf, und die Berge verschwanden, einfach so, als seien sie gar nicht die Pause eines Kindes, sondern das Echo einer Kinderphantasie.

Nachdem ich aufgestanden war, streckte Catherine ihre langen Beine aus und machte es sich im Bett richtig bequem. An der Wand hinter ihr hing ein uraltes Poster von Serge Gainsbourg und ein weiteres aus den Sechzigern mit der Frau darauf, die er einst als die BB besungen hatte. Catherine verfügte über eine ordentliche Sammlung australischer, englischer und amerikanischer Literatur und vielleicht fünfzehn französische Übersetzungen. Mir gefiel die Tatsache, daß sie wenigstens etwas Interesse an der Herkunft ihrer Mutter zeigte. Der Romansammlung zahlenmäßig weit überlegen waren jedoch die sich stapelnden Märchenbände. Einer von ihnen war *Le Petit Prince* auf französisch und in Übersetzung, und der umfangreichste und schwerste war eine Ausgabe russischer Märchen mit fein ausgeführten Farbtafeln, die rassige weiße Pferde und wilde, schneebedeckte Steppenlandschaften und wunderschöne Liebhaber in wunderhübschen Trachten zeigten.

Ich stellte das Buch an Ort und Stelle zurück und schaute mir Catherine an, die sich völlig in ihre Decken eingemummelt hatte. Woran ich dabei denken mußte, war, daß sie jahrelang nicht hier gewohnt hatte und jetzt an irgendeiner Universität studierte, deren Namen ich vergessen hatte, und daher würde es schwierig sein zu entscheiden, ob diese Sachen in ihrem Zimmer Objekte tiefer Zuneigung oder nur schlichter Bewunderung waren, zurückgeblieben aus der Jugendzeit. Ich fand bemerkenswert, daß die beiden Geschwister, auch wenn Isaacs Wohnung ein Schrein der Popmusik war und Catherines Zimmer eher ein Ort von Literatur und Märchen, nicht so weit auseinanderlagen, jedenfalls nicht wirklich. Es fiel mir leicht zu glauben, ihre Phantasien wären früher einmal die Welt gewesen, in der sie gelebt hatten, und wären es vielleicht heute noch, so, wie ich es auch von mir kannte. Doch an wie vielen Dingen dieser Welt hatten sie einen gemeinsamen Anteil gehabt oder hatten sie noch immer? Etwas sagte mir, daß es sich mit der Zeit erweisen würde.

Jetzt sprach Catherine, doch die Worte blieben tief in ihren Kissen vergraben, und wahrscheinlich redete sie im Schlaf. Ich sagte: »Schlaf wieder ein, es ist noch zu früh« und verließ das Schlafzimmer, bevor ich sie noch einmal störte.

Das Haus war ruhig und kühl, und während ich den Flur entlangging, zog ich mir ein Hemd an. Im Badezimmerspiegel inspizierte ich mich, und obwohl ich erwartet hatte, daß die Dinge ein bißchen besser aussähen, hatte der

Heilungsprozeß in der Tat weitere häßliche Farben in der einen Gesichtshälfte hervorgebracht. Um die schwarzen Inseln meiner Blutergüsse herum verliefen jetzt ekelhaft grüne Küstenlinien, und das beste war, nicht allzulange hinzuschauen und die Zeit ihre Arbeit tun zu lassen.

Wenigstens sah ich nach dem Abziehen der Heftpflaster von meinem Kopf, daß die Abschürfungen besser geworden waren. Es gab sogar erste Ansätze von Stoppeln dort oben, und die nähere Untersuchung, die ich mir auferlegte, offenbarte einen Blick auf eine tonsurähnliche Stelle, wo ich eines Tages in nicht allzu ferner Zukunft wirklich richtig kahl bleiben würde. Dies als erstes am frühen Morgen sehen zu müssen, war schon ziemlich deprimierend, doch dann mußte ich über mich lachen. Die Situation, in der ich mich befand, war schon schlimm genug, da fehlte gerade noch verletzte Eitelkeit.

Trotz all dieser Sachen würde mein Schreckenskopf abheilen, und auch meine Haare würden wieder wachsen, und ich sagte mir, daß ich noch von Glück reden konnte, so wie ich mich fühlte, ich war nicht verloren wie Cliff oder wie Catherine, die ebenfalls verloren war. Beide brauchten sie mich, doch das war jetzt kein so abschreckender Gedanke mehr. Beide konnten mich gebrauchen, und das war in Ordnung so. Die Fahrt nach Thornhill und meine Erfahrungen in Thornhill und um Thornhill herum ließen mich eines erkennen: Ich bestand nicht ausschließlich aus der rauhen Schale eines Mannes mit verbrannter Haut und verbrannten Träumen. Das Bild, das ich seit dem Unfall von mir gezeichnet hatte, entsprach einfach nicht der Wahrheit, und zum ersten Mal durchschaute ich die Lüge. Es war genaugenommen alles die Lügengeschichte eines Feiglings, erfunden gegen die Schuld und gedacht, um mich vor den auf mich zeigenden Fingern der Welt zu schützen – und schlimmer noch, vor meinem eigenen auf mich zeigenden Finger.

Ich entsann mich des Gefängniszellenmantras, das mich

mehr als Mauern und Gitter eingekerkert hatte, das mich über den Tag meiner Entlassung hinaus wütend gemacht und gefangengehalten gehalten hatte. Tagein, tagaus: *Wer bin ich? Ich bin Joe Santo, ein Möchtegern, Gernegroß und jämmerlicher Blindgänger.* Und die Antwort, die ich darauf fand, war eine weitere Frage, und zwar die von meinem alten Freund Clifford Watt: *Kannst du einmal leben, Joe, zweimal, dreimal oder vielleicht sogar viermal?*

Jetzt tat ich einen ganz tiefen Atemzug und spürte den Schlag meines Herzens, und es war eine komische Angelegenheit. Cliff hatte einen besseren Sinn für Wahrheit als ich. Ich befand mich im Rosewallschen Haus, und ich war zum ersten Mal seit – wieviel? achtzehn Monaten, zwei Jahren? – hellwach, und es tat gut. Es war, ehrlich gesagt, ein neues Gefühl.

In der Küche zündete ich die Flamme unter dem Topf aus rostfreiem Stahl an und rührte vorsichtig um. Die Suppe begann zu köcheln, und der Duft stieg auf. Ich hatte einen Bärenhunger, fühlte mich aber nicht mehr schwach, und ich füllte mir einen Teller. In der Speisekammer befand sich deftiges deutsches Brot, und ich brach mir ein ordentliches Stück davon ab. Danach ging ich durch das kalte, saubere Haus. Im Augenblick war es das Haus, das mich interessierte, nicht irgendeine Form von Selbstbetrachtung. Ich sah, daß das Haus der Familie Rosewall, in dem eine Familie auseinandergebrochen war, sich nicht mit dem deckte, was Catherine mich glauben lassen wollte.

Das Erdgeschoß war makellos. Teppichbrücken mit komplizierten Mustern und Farben lagen untadelig glatt und mit geraden Fransen da; Tische und Stühle waren hübsch geometrisch angeordnet; die Oberflächen der Hartholz- und Mahagonimöbel glänzten vor Politur, und Vorhänge waren theatralisch geschwungen, in großen Bögen zurückgebunden, so daß sie für die ganze Welt wie die gefüllten Segel einer dahinjagenden Ketsch aussahen. In Bücherschränken, unberührt und unberührbar, standen reihenweise ledergebundene Wälzer. Hinter Glas befand sich Kristall, das das Licht einfing und in diamantenscharfes Funkeln verwandelte. An den Wänden Ölgemälde von weiten, ländlichen Szenerien, Rindern und Rinderhirten auf Pferden; und strategisch an der einen Stelle hier und an einer anderen dort plaziert, standen die Kinkerlitzchen, der Nippes und der Firlefanz und Krimskrams eines Lebens: ein Mini-Eiffelturm mit einer Aufschrift, die besagte: *J'adore Paris parce que j'adore la vie!*, ein Petersdom unter Glas, den man schütteln und einem Schneesturm aussetzen konnte, eine kitschige Flasche Portwein mit sechs gelben Kugelgläsern, die in Form einer Pferdekutsche angeordnet waren.

Es war ein durch und durch ekelerregendes und abstoßendes Bild eines Heimes wie aus den Mittelseiten eines Hochglanzmagazins, und es besaß kein Herz, von der Küche natürlich abgesehen. Mit geschmacklosem Firlefanz angefüllt, war das Haus dennoch leer: Ich fand keine einzige Fotografie. Leere Haken an den Wänden und leere Stellen auf Regalen zogen meine Blicke an, und es bedurfte keiner Phantasie zu erkennen, wo noch vor kurzem Fotografien und Bilderrahmen gehangen hatten.

Mir gefiel dieses Haus nicht. Mein zerbeulter Siebenhundert-Dollar-Pickup war ein weitaus anheimelnderes Plätzchen für jemanden wie mich.

Doch dieses deftige deutsche Brot eignete sich gut zum Eintunken in die Suppe, und ich aß weiter, während ich von Zimmer zu Zimmer ging. Was denn, war der ehemalige Soldat Rosewall, dessen gesamte Familie sich berufen gefühlt hatte zu entfliehen, etwa mitten beim Staubsaugen tot umgefallen? Hatte sein Herz versagt, während er liebevoll sein Kristall polierte? Nach so langer Zeit tat es gut, wieder hellwach zu sein, Fragen zu stellen und Antworten zu erwarten, und mehr noch, es tat gut, das Leben und die Lügen der Menschen wieder zu hinterfragen.

Das hier jedoch war alles nur Schall und Rauch. Diese

Zimmer waren Blendwerk. Was ich sehen wollte, war ein einziges Familienfoto, das Rosewall senior und seine davongelaufene Frau und dann in der Reihenfolge der Kinder Isaac, Catherine und Sylvia zeigte, und zwar alle gleichzeitig beieinander.

Ich öffnete Schubladen und fand statt dessen Spitzendeckchen, das gute Silberservice, ornamentierte Teller und Platten, und nach einigen Minuten fruchtloser Suche kam Catherine herein.

»Schaust dich wohl gründlich um, Joe?«

»Wo mögen die Familienfotos bloß sein?«

»Da suchst du an der falschen Stelle.«

»Ach was?«

»Versuch's mal in den Zimmern oben. Dort findest du alles, was du suchst.«

Der Ausdruck in Catherines Gesicht zeigte eher Schmerz als Wut, doch davon ließ ich mich nicht abbringen.

»Ich bin in derlei Dingen nicht so gut, aber ich dachte mir, ich sollte methodisch vorgehen. Mein Plan war, mir die oberen Zimmer dann vorzunehmen, nachdem ich mir ein zweites Mal von deiner Suppe aufgefüllt habe. Sie ist heiß, warum holst du dir nicht auch was?«

»Schmeckt sie dir?«

»Meine Oma jedenfalls hätte sie für gut befunden, das steht fest.«

»Warum suchst du überhaupt nach Familienfotos, Charlie Chan?«

Catherine war im Bademantel, und ihr allzu schwarzes Haar noch vom Schlaf zerzaust. Ich fragte mich, wie viele Waschungen erforderlich waren, um diese Farbe wieder herauszubekommen. Sie ging und lehnte sich an eine Wand und blickte mich an, und sie hatte diese morgendliche Zerknautschtheit an sich, die einen an wunderschöne Küsse mit schlechtem Atem und Liebe vor dem Frühstück denken läßt. Mißtrauen ist eine furchtbare Sache. Ich schaute sie erneut kurz an und fragte mich, ob dieser Blick aufgesetzt war, ob sie wußte, was diese Art von morgendlichem Blick bewirken konnte, ob sein Zweck darin bestand, meine Schnüffelfinger von den Familienschränken fernzuhalten. Aus einer weiteren Schublade zog ich einen Stapel uralter Schnittmusterbogen hervor.

»Also, ich hoffe, ein Foto zu finden, auf dem alle gemeinsam zu sehen sind, aber insbesondere eins von dir und deiner Schwester. Ist sie jünger oder älter?«

»Du glaubst mir nicht, daß ich eine Zwillingsschwester habe, Joe? Meinst du wirklich, daß ich diesen Blödsinn von dir nötig habe?«

»Es ist schon komisch, Catherine. Ich kam nach Thornhill, und augenblicklich hatte es den Anschein, als träten hier alle paarweise auf. Tom und Dave, diese beiden Jungpolizisten, die in den Nachtclub kamen, du und Isaac. Und erst gestern nachmittag sprach ich mit einem alten Ehepaar auf einer Parkbank, und auch sie waren einer wie der andere, wirklich einfach gleich, aus genau dem gleichen Holz geschnitzt. Man könnte glauben, es sei ein Science-fiction-Film. Ich weiß nicht, warum, aber in der Großstadt findet man so was nicht. Ich finde es einfach schwer zu glauben, daß es in einer so kleinen Stadt noch einen weiteren Doppelgänger gibt.«

»Na, wenn schon, was macht es, ob es sie gibt oder nicht?«

Ich hielt inne und horchte.

»Da ist wieder der Regen. Was meinst du, wird er vierzig Tage und vierzig Nächte andauern, damit er zu den Pärchen hier paßt?«

Catherine war genervt. Ich konnte es an ihren Augen sehen, doch es würde ein wirklich harter Kampf werden, bis wir wußten, wer von uns beiden genervter war.

Sie sagte ganz gelassen: »Joe, wovon redest du überhaupt?«

»Ich weiß nicht, ich mache wohl bloß Spaß. So werde ich eben, wenn die Leute mich behandeln, als sei ich blöd.«

Ich nahm den Suppenteller und strich mit dem Finger am Rand entlang, um die Reste abzulecken.

»Isaac ist sieben Jahre älter als ich«, sagte sie, »und seine Mutter ist nicht meine. Unser Vater hatte wieder geheiratet, als er aus der Armee ausschied. Er war noch jung. Sie kauften sich diesen Besitz und bekamen kurz danach Kinder. Sylvia und mich. Zwei für den Preis von einem. Zwillinge. Mein Vater hatte das Sorgerecht für Isaac aus der ersten Ehe. Sag mir, was daran geheimnisvoll sein soll, Joe.«

»Du hast schon wieder einen Fehler gemacht, Catherine. Hast du mir nicht erzählt, daß du deshalb keine Wurzeln schlagen konntest, weil dein Vater in der Armee war und er ständig mit der Familie umziehen mußte? Das hast du mir erzählt, als wir uns kennenlernten. Jetzt lautet die Geschichte, er sei ausgeschieden, und du seist auf diesem Besitz geboren.«

»Was ich wahrscheinlich gemeint habe, war, daß mir das Umherziehen im Blut steckt. In Wahrheit war er auf diesem Besitz sehr unglücklich; es gefiel ihm nicht, an einem Ort bleiben zu müssen.«

»Dennoch ist er hiergeblieben, nachdem du und deine Mutter fortgegangen waren. Auch als Isaac wegging, ist er hiergeblieben. Man sollte meinen, ein Mann wie er hätte die Gelegenheit genutzt, sich loszureißen und sich davonzumachen.«

»Zu dieser Zeit war er alt, Joe, einfach alt.«

»Wo bitte ist Sylvia?«

»Bei meiner Mutter.«

»Ihr drei seid also gemeinsam weggegangen. Die Mädels haben die Jungs verlassen.«

»Stimmt.«

»Aber jetzt weißt du nicht, wo deine Mutter ist.«

»Daher weiß ich auch nicht, wo meine Schwester ist. Familienleben ist eben grausam.«

Ich nickte und blickte hinauf in Catherines zerknittertes, bleiches Gesicht.

»Du bist kastanienbraun unter dieser schwarzen Färbung?«

»Das solltest du eigentlich wissen.«

»Also, das Zimmer war in der vergangenen Nacht ein bißchen dunkel.«

Catherine sah aus, als wollte sie etwas Schweres zur Hand nehmen und damit auf mich einschlagen. Ich hätte ihr keinen Vorwurf gemacht, echt nicht, aber sie besaß genügend Selbstbeherrschung, um sich zurückzuhalten. Ich nahm an, daß ihr Verstand auf etwas Größeres hinarbeitete, vielleicht eine größere Lüge, und ich war fasziniert zu sehen, wohin dieser ihr Verstand sie führen würde. Sie war auf dem Holzweg, das erkannte ich jetzt; sie war wie eine Straße ohne Wegweiser, eine junge Frau, die in ihrer eigenen unterirdischen Welt umherirrte; was mich aber wirklich beunruhigte, war die Tatsache, daß ich wußte, auch ich befand mich mit ihr in dieser unterirdischen Welt, und es gab keine Karten, bloß Hinweise und Anhaltspunkte.

Der Regen ging nieder.

»Glaubst du denn, Isaac ist in dich verliebt?«

»Vielleicht in eine Vorstellung von mir, und das ist ja wohl eine ganz andere Sache.«

»Heißt diese Vorstellung eventuell Sylvia?«

»Ich weiß es nicht.«

»Natürlich weißt du es.« Ich konnte nicht verhindern, daß meine Stimme sich erhob. Ich konnte nicht verhindern, daß in mir der Wunsch aufstieg, diese Falschheit aus ihr herauszuschütteln. »Was war es, ein Spiel, das ihr als Kinder gespielt habt? Du hast eine Gestalt mit dem Namen Sylvia erfunden und warst dabei so gut, daß Isaac sich Hals über Kopf in sie verliebt hat? Vielleicht ging es zu weit, und du hast am Ende Angst bekommen und bist davongelaufen? Du hast geschrieben: ›Auf ewig Dein‹, aber du konntest dein Versprechen nicht halten. Nun ja, wer hätte das schon können? Und jetzt bist du so verletzlich wie damals, weil du wieder hier bist. Isaac möchte Sylvia zurückhaben, und er ist verrückt genug zu glauben, er könnte es, begreifst du das nicht? Schau mal, du kannst doch nicht bloß dastehen und glauben, alles werde sich zum Guten wenden, wenn du es einfach laufen läßt. Es wird keinen glücklichen Ausgang nehmen, Catherine, nicht auf diese Weise.«

»Du bist so dumm, Joe. Es macht mich ganz krank, mir deine Hirngespinste anzuhören.«

»Worauf wartest du hier denn? Du solltest nicht einmal in der Nähe dieses Ortes sein. Du solltest so weit weg von Isaac sein wie nur möglich. Warum bist du bloß in diesem Haus?«

»Ich habe es dir doch gestern gesagt, ich warte auf jemand.«

»Auf wen?«

»Jemand, der mir helfen wird.«

»Ich werde dir helfen.«

»Wie denn? Etwa auf diese Art? Nennst du das vielleicht Hilfe?«

Wir hörten auf zu reden und starrten einander an.

»Ich werde dir helfen. Du mußt fort von hier. Ich bringe dich fort.«

»Ich warte aber auf jemand.«

»Ich bringe dich fort. Aber du mußt ehrlich zu mir sein. Isaac war in der vergangenen Nacht hier, und er wollte zu Sylvia. Du sagst, das seist du nicht. Zeig mir eine Fotografie, auf der du gemeinsam mit deiner Schwester zu sehen bist.«

»Joe, geh doch.«

»Nein.«

Catherine stand in ihrem zerknitterten Bademantel da, die Lippen ohne Farbe und der Hals ganz weiß und lieblich.

»Wir gehen nach oben«, sagte ich und nahm sie an den Schultern und schob sie zur Treppe. »Du wirst mir ein solches Foto suchen.«

Catherine lenkte ein, lenkte lächelnd ein.

Sie sagte: »Es gibt nirgendwo in diesem Haus irgendwelche Fotos von irgend jemandem, es sei denn, ich hätte sie übersehen, und das habe ich bestimmt nicht.«

So, wie sie es sagte, erkannte ich zweifelsfrei, daß das kein neues Täuschungsmanöver war. So sehr man sich auch bemühte, sie ließ sich nicht in die Ecke treiben. Es verschlug mir den Atem, daran zu denken, was für eine Art von Leben sie geführt haben mußte, um darin geschult zu sein.

»Joe«, sagte sie.

»Ja?«

Catherine dachte nach. Vielleicht dachte sie gerade, daß ich jemand war, dem sie nicht völlig entfliehen wollte.

»Na schön. Ich sag dir soviel. Tatsache ist, daß ich, von Isaac abgesehen, meine Familie mehr hasse als irgend etwas auf diesem Planeten, das du dir nur vorstellen kannst. Seitdem ich zurück bin, habe ich systematisch jede kleinste Spur meiner Familie beseitigt, die noch vorhanden war. Was größtenteils meinen Vater betraf. Mein Vater ist es, von dem ich spreche. Er war ein gewalttätiger und ausfallender Mensch. Die Einzelheiten brauchst du nicht zu kennen. Er war ein Schwein, und meine Mutter saß in der Falle und hat einen endlosen Kampf mit ihm geführt. Nachdem wir schließlich von meinem Vater weggelaufen waren, hat er jahrelang allein hier gewohnt, und zwar so, daß Isaacs Gewohnheiten daneben wie zwanghafte Reinlichkeit aussehen. Aber schau dir dieses Haus jetzt an. Warum glaubst du wohl, habe ich es in ein derartiges Musterhaus verwandelt?«

»Weiß ich nicht.«

Catherine konnte beinahe schon wieder lachen.

»Liegt das denn nicht auf der Hand? Er hätte es gehaßt. Ich habe es in diesen drei kurzen Wochen so hergerichtet, weil ich dafür haben will, was es wert ist und mehr. Mein Vater hat mir in meinem Leben nichts als Kränkungen zukommen lassen. Jetzt will ich haben, was mir zusteht. Das ist alles.«

»Dann übergib das Haus Leuten, die etwas davon verstehen, und geh fort.«

Catherine schüttelte den Kopf.

»Als ich herkam, liefen hier überall Tiere herum, so, als gehörte ihnen das Haus. Ziegen, Schweine, Hühner, Kaninchen, alles mögliche. Mein Vater war ein Trinker, ein richtiggehender Säufer, und ihm war es egal, mit wem er sein Haus teilte. Wahrscheinlich wußte er es nicht einmal. Was glaubst du wohl, wo Isaacs Trinkerei herkommt? Vom Vater auf den Sohn. Na, jedenfalls diese Tiere, ich habe die weggegeben, die ich weggeben konnte, und die anderen, die ich nicht weggeben konnte, habe ich eigenhändig getötet. Ich habe ihnen die Kehle durchgeschnitten und aus ihnen Eintopf für die Nachbarn gekocht. Das war zwar schrecklich, aber ich mußte es tun, Joe. Ich mußte den Dreck hier ausmisten, weil ich nur dadurch, daß ich es tat, das Gefühl bekam, er sei nun wahrhaftig fort. Ich habe noch nie so viele Tränen vergossen wie in jenen Wochen, die es gedauert hat, um das Leben meines Vaters zu tilgen. Kannst du dir überhaupt vorstellen, was erforderlich ist, um das Fluidum eines Mannes und seiner Freunde und seiner Tiere aus einem Haus zu beseitigen?«

Catherine wartete ab, ob ich irgend etwas zu sagen hätte.

Soweit hatte ich nichts darauf zu sagen.

»Das habe ich also hinter mir. Eigentlich sollte ich mich jetzt besser fühlen. Vielleicht fühle ich mich auch besser, vielleicht aber auch nicht. Ich werde es erst wissen, wenn ich wieder nach Hause komme und sich alles wieder beruhigt hat. Was ich jedoch weiß, ist, daß jeder kleine Gegenstand in diesem Haus, der irgend etwas wert ist, für teures Geld verkauft wird. Es ist mir egal, ob ich das Geld am Ende für gemeinnützige Zwecke fortgebe. Es ist mir egal, ob ich am Ende jeden Dollar dem Überschwemmungsfonds von Thornhill stifte, falls es etwas Derartiges gibt. Ich glaube, das ist vernünftiger, als das ganze Haus bis auf die Grundmauern niederzubrennen, wozu ich ursprünglich nicht übel Lust hatte. Isaac sieht die Dinge natürlich anders. Er hat einen Hang zur Zerstörung. Wenn es nach ihm ginge, würde er das Haus niederbrennen, ohne groß darüber nachzudenken. Wenn vor ihm ein Stapel von meines Vaters Geld läge, würde er ein Streichholz daran halten und zuschauen, wie es in Flammen aufgeht. Aber ich würde das Feuer löschen. Ich würde das Geld meines Vater etwas für mich tun lassen. Isaac hat seine Wahrheit, und daran hält er fest. So ist Isaac nun mal. Ich aber nicht. Vielleicht ist er gar nicht so verrückt, wie?«

Catherine setzte sich auf eine teppichüberzogene Treppenstufe und schaute zu mir hinauf. Ich haßte mich dafür, sie so reden zu lassen. Ihr Gesichtsausdruck besänftigte sich. Der Bademantel, den sie trug, teilte sich an ihren Knien, und sie streckte die Arme aus.

Statt dessen fragte ich: »Wer ist es, auf den du wartest?«

»Der einzige Mensch, dem ich vertrauen kann.«

»Wer?«

»Hör auf, Joe«, erwiderte sie, »warum müssen wir so miteinander reden?«

Mein Kopf hing herab, und ich dachte nach. Soweit waren wir also gekommen. Ich blickte ihr direkt in die Augen.

»Für wen bist du Sylvia gewesen?«

»Nicht für den, an den du denkst.«

»Für wen?«

Sie schaute beiseite, nahm eine Falte ihres Bademantels auf, blickte mich erneut an.

»Warum hältst du nicht einfach den Mund? Hast du eine Vorstellung, womit du da spielst?«

Ich sagte: »Vielleicht fühlst du dich besser, wenn du es mir sagst.«

»Oh, das könnte dir so passen«, meinte Catherine und lachte halbwegs, doch sie bedeckte ihre Beine, und ihre Hände auf den Knien waren zu weißen Fäusten geballt.

»Wer hat dich Sylvia genannt?«

»Niemand«, sagte sie, und jetzt weinte sie.

»Dein Vater und seine Freunde?«

»Nein.«

»In diesem Motel, die Männer dort?«

»Nein.«

»Isaacs Freunde?«

»Nein, nein. Niemals.«

»Also war es nur Isaac?«

»Ich kann das mit Isaac nicht erklären. Begreifst du das denn nicht? Ich kann das mit Isaac einfach nicht erklären.«

Ich sah ein, daß sie es nicht konnte, daher gab ich es auf und setzte mich zu ihr auf die Treppenstufe. Der Kopf tat mir weh, und ich dachte, am Ende hatte sie womöglich sogar recht. Vielleicht tat sie gut daran, gar nicht erst zu versuchen, mir die Dinge zu erklären. Vielleicht tat sie gut daran, sie für sich behalten zu wollen, wirklich, was konnte sie sich schon von mir erhoffen?

Daher sagte ich: »Ich möchte mich um dich kümmern, Catherine.«

»Das erwarte ich nicht von dir.«

»Es wird Zeit, daß du es tust.«

Ich legte den Arm um ihre Schulter. Sie machte das Beste aus dem, was sie hatte, und ich merkte, daß sie nicht mehr herumgeschubst werden wollte. Catherine hatte an ihrer Familie gelitten, und das reichte. Es war etwas, das ich vielleicht nie verstehen würde, und so muß es wohl manchmal sein, man muß das, was vorn und hinten keinen Sinn ergibt, einfach runterschlucken und weitermachen.

Eine Zeitlang.

»Na schön«, sagte ich. »Wir fahren auf den Berg, und danach verlassen wir diese Gegend und kehren nie wieder hierher zurück. Deine Anwälte oder wer oder was auch immer können sich um alles kümmern. Du hast recht wegen des Geldes. Du nutzt es. Du gibst es weg. Ganz wie du willst. Das Entscheidende ist, daß du dir keine Sorgen zu machen brauchst. Wer auch immer diese geheimnisvolle Person ist, die hier eintreffen und für dich alles in Ordnung bringen soll, sie müßte inzwischen doch schon hier sein, oder? Hast du das nicht gestern so gesagt? Aber du hast die Hoffnung noch nicht aufgegeben, oder? Ist das nicht die Wahrheit?«

Catherine sagte: »Die Wahrheit ist, Joe – ich möchte tatsächlich mit dir mitkommen. Aber wir müssen zurückkehren. Wir müssen nachschauen. Du mußt mir versprechen, daß wir das tun werden.«

Ich merkte, daß dies die ersten vernünftigen Worte waren, die sie sagte, und das gab mir Hoffnung.

Ich sagte: »Ich denke daran, in den Bass-Bergen unterzutauchen, so lange ich nur kann. Ich glaube, ich kenne da ein Fleckchen.«

Catherine schaute mich nachdenklich an.

Ich fuhr fort: »Komm mit mir. Überlaß alles den Anwälten und Grundstücksmaklern, die das für dich erledigen und dafür lediglich ein kleines Vermögen kassieren werden.«

»Falls diese gewisse Person nicht gekommen ist. Aber ich muß zurückkehren und nachschauen.«

»In Ordnung. Ganz wie du willst. Meine Zukunft ist nicht in Stein gemeißelt.« Ich versuchte zu lachen. »Noch irgendwelche anderen Bedingungen?«

Catherine legte den Kopf auf meine Schulter. Ihre Handfläche berührte meine grün und blau geschwollene Gesichtshälfte. Es tat nicht weh, als sie mich dort berührte. Was für eine komische Sache, es tat überhaupt nicht weh.

»Ja«, sagte sie, »da ist tatsächlich noch eine.«

»Was?«

»Du hast mir doch gesagt, du bist im Gefängnis gewesen, Joe.«

»Ja.«

»Du hast mir von der Gewalttätigkeit erzählt und davon, wie du dich hast dazu bringen lassen, noch schlimmer als die anderen Männer zu sein.«

»Worauf willst du hinaus?«

Ich schob Catherines Kopf von meiner Schulter herab, und sie hörte auf, mein Gesicht zu berühren, und ich ließ sie mich anblicken, während ich sie anblickte.

»Bitte, Joe, ich glaube, ganz egal, was geschieht, du darfst Isaac nicht weh tun. Er ist doch kein Hund, dem du einfach weh tun kannst, bloß, weil er eben so ist. Du mußt es mir versprechen. Er ist mein Bruder. Ich weiß, er ist – anders. Wenn du ihm Leid zufügst, würde ich sterben. Verstehst du das? Wenn du ihm ein Leid antust, würdest du mich damit umbringen. Verstehst du das, Joe?«

Das alles gefiel mir absolut nicht, und wenn ich könnte, würde ich ihm weh tun, und zwar so sehr ich konnte, und damit hatte es sich.

Ich sagte: »In Ordnung.« Wartete danach eine volle Minute. »Aber das bedeutet, daß wir gleich jetzt fahren müssen.« Ich streckte die Hand aus und zog Catherine auf die Füße.

Sie meinte: »Er wird uns folgen.«

»Ich weiß, daß dir das Sorgen macht. Such dir an Sachen zusammen, was du brauchst. Es könnte sein, daß wir eine Zeitlang fort sind.«

»Aber du mußt es versprechen.«

»Ich habe es versprochen, aber weißt du, was? Er wird uns nie finden, dort, wo wir hingehen. Das ist ein Versprechen.«

Über unseren Köpfen trommelten die Steine heftig aufs Blechdach. Ich schaute Catherine an. Dieser starke Regen verband sich irgendwie mit dem Blick in ihren Augen und bürdete meinem Hirn und meinem Körper eine Last auf, für die ich keine Erklärung hatte. Ich hatte das Gefühl, es gäbe nichts auf der Welt, das ich je würde verstehen oder um das ich mich je würde kümmern können, wenn ich sie nicht hätte. Ich drückte Catherine an die Wand auf der so hübsch mit Teppich bedeckten Treppe und küßte sie mit all der Begierde und Sehnsucht und Einsamkeit, die ich kannte. Vielleicht war ich am Ende doch nicht so hellwach. Vielleicht war ich in einen guten alten Traum von Helden und Schurken und Narren geraten.

Anfangs widersetzte Catherine sich mir, und dann schien sie nachzugeben, an erster Stelle vielleicht aus irgendeinem vertrauten Selbsterhaltungssinn, doch dann packte sie mich an den Armen und küßte mich ebenfalls heftig, und am Ende war ich es, der sich zurückzog; doch sie machte weiter, und ihre Lippen bedeckten mein Gesicht mit unzähligen Küssen, und ich wußte, Catherine war diejenige, die wahrhaftig von der Stärke ihrer Gefühle überrascht wurde und vielleicht auch von ihrem Glauben, daß sie eines Tages doch noch glücklich sein würde.

Als wir durch die Hintertür aus dem Haus traten, schaute ich zu der schlammigen Zufahrt hinüber, und dort, nicht weit entfernt, war Rollers häßlicher grauweißer Lieferwagen, der auf seinen dicken Alurädern dastand. Die Jungs waren in der vergangenen Nacht nicht sonderlich weit gekommen. Meine Schätzung war, und der Gedanke daran gefiel mir keineswegs, daß die drei Burschen und der eine Hund die Nacht eben dort verbracht hatten und noch immer ihren Rausch ausschliefen. Der Regen klatschte auf den Lieferwagen, und es gab keinerlei Anzeichen dafür, daß irgend jemand wach war. Wir mußten in Minutenschnelle da vorbeigelangen. Ich war geneigt, zur Zufahrt hinüberzuschleichen und einen Blick durch die angelaufenen Fenster nach innen zu werfen, doch ich wußte, daß dieser blöde Dobermann wahrscheinlich aufwachen und einen Höllenlärm schlagen würde, daher nahm ich all meinen Mut zusammen und hielt meine Neugier im Zaum und beeilte mich, beeilte mich sehr.

Doch dies drohte, meine Pläne von vornherein scheitern zu lassen. Das war kein Zufall. Isaac wollte in unserer Nähe bleiben, und er wollte verhindern, daß ich Catherine wegzauberte. Er wußte durchaus, was er tat.

Ich hatte vor, das Rosewallsche Haus gemeinsam mit Catherine mit einem möglichst großen Zeitvorsprung zu verlassen, bevor der Lieferwagen aufwachte, und wenn wir das erst einmal geschafft hatten, würden wir frei sein, denn ich wußte, daß Isaac, selbst wenn er uns bis ins Bass-Gebirge folgte, nicht wissen konnte, wo unser wirkliches Ziel lag. Zumindest würde Isaac annehmen müssen, daß ich wie andere Reisende auch auf dem Wege zum Chimera Chalet nach Thornhill gekommen war. Wenn wir bloß unbemerkt vorbeigelangten, würde er in diesem Lieferwagen aufwachen und herauskommen, nur um festzustellen, daß das alte Haus der Familie leer war. Die Hühner würden aus dem Stall ausgeflogen sein. Isaacs wodkageschädigtes Schrumpfhirn würde die Dinge folgendermaßen sehen: Joe Santo war ein Reisender aus der Großstadt, bei dem Weihnachten und Neujahr auf einen Tag gefallen waren; nicht nur, daß er zum exklusiven und teuren Chimera Chalet oben in den Bass-Bergen hinauffuhr, sondern er hatte unterwegs auch noch ein Mädchen namens Catherine kennengelernt, und trotz einiger lumpiger Unannehmlichkeiten in Thornhill und etlicher Kratzer und blauer Flecken würde dieser Joe Santo jetzt frohgemut ein paar schönen Tagen der Ruhe und des Wanderns im Busch und des Vögelns in einem Chalet in den Bergen entgegensehen.

Isaac würde uns an diesem Black Fella Ledge genannten Ort niemals finden, jedenfalls nicht, falls dieser auch nur annähernd der Beschreibung im Tagebuch meines Vaters entsprach. Catherine und ich würden uns dort ein paar Tage lang einnisten, vielleicht eine Woche, eventuell sogar zwei. Falls Isaac ins Bass-Gebirge kam, würden uns die Straßen in den Bergen jede Menge Möglichkeiten bieten, ihm auszuweichen. Die Wegschilderungen, die mein Vater in seinem Tagebuch niedergeschrieben hatte, waren seit langem fest in mein Gedächtnis eingeprägt, und ich glaubte, jede Biegung, jede Markierung zu kennen; ich konnte sogar den Tonfall der Stimme meines Vaters hören, wie er mir den

Weg beschrieb – obgleich er das keineswegs getan, sondern die Angaben nur für sich selbst aufgeschrieben hatte. Sobald wir erst einmal den Berg erreicht hatten, war ich mir sicher, den Weg zu finden, also waren wir wirklich so gut wie aus allem raus – solange wir bloß mit einem kleinen bißchen Zeit in petto hier verschwinden konnten.

Aber dieser schmutzigweiße Lieferwagen parkte noch immer dort vorn.

Ich blickte zu den Feldern hinüber, die sich vom Rosewallschen Haus aus erstreckten, dieses unermeßliche, flache Land, das in weiteres unermeßliches, flaches Land überging, und fragte mich, ob es wirklich unsere schicksalhafte Bestimmung sein sollte, an der ersten Hürde zu scheitern.

Als ich Catherine den Lieferwagen in der Ferne zeigte, sagte sie kein Wort. Sie wandte sich einen Augenblick lang ab und ging dann schnurstracks ins Haus zurück. Ich sah, wie sie sich in der Küche umherbewegte, und das Warten machte mich ungeduldig und nervös, und ich spielte mit den Verschlüssen an der Pritsche des Pickups herum, auf der sich ihre Sachen gemeinsam mit meinen Sachen und zusammen mit den Sachen befanden, die Cliff nicht mitgenommen hatte. Zur sicheren Verwahrung hatte ich Cliffs unbewegliche Hand in der seitlichen Ablage der Kabine verstaut und die Klappe verriegelt. Jede Minute, die wir warteten, war eine weitere Minute, in der die Jungs aufwachen konnten, doch Catherine schien das nicht sonderlich zu kümmern. Als sie wieder auftauchte, verlor ich die Beherrschung.

»Beeil dich gefälligst«, versuchte ich zur gleichen Zeit zu rufen und zu flüstern.

Für die Fahrt in die Berge hatte Catherine uns rasch einen hübschen Korb mit Essen und Obst und dem letzten Rest dieses deftigen deutschen Brotes gefüllt sowie auch eine große Thermoskanne mit ihrer Suppe und eine weitere mit starkem Filterkaffee. Jetzt stand sie unter einem Schirm hinten am Haus, eine dritte große silberfarbene

Thermoskanne in der Hand. Starker Regen trennte uns. Ich schaute hierhin und dorthin und war mir sicher, daß einer der Jungs gleich jetzt auftauchen würde oder jetzt oder jetzt. Catherine schloß die Hintertür ab und stellte die Kanne auf die Stufe und ließ sie dort stehen und kam danach durch den Regen zum Pickup.

»Laß mich raten. Du hast Kaffee für die Jungs hingestellt?«

»Es ist der Rest der Suppe. Sie werden sich heute morgen nicht besonders gut fühlen.«

»Das kann doch wohl nicht wahr sein«, sagte ich. »Das kann doch einfach nicht wahr sein.«

Ich hatte den Kanal voll, und meine Nerven lagen blank, und dann mußte ich den Kopf schütteln, weil es auch wieder komisch war, daß Catherine auf ihrer Türschwelle Essen für die drei verkaterten Mistkerle hinterließ, wenn sie aufwachten. Schon erstaunlich, daß sie nicht auch noch eine Schale Hundefutter für Max hinstellte. Andererseits dachte ich mir, vielleicht hatte sie ihre Suppe mit hochwirksamem Rattengift versetzt. Das hätte mir an ihr gefallen.

»Warum läßt du nicht gleich auch das Haus offen? Dann können sie sich duschen und sich was kochen, bevor sie uns folgen und uns umbringen.« Ich öffnete die Fahrertür, noch immer in mieser Laune. »Willst du jetzt eigentlich weg von hier oder nicht? Beeil dich, und steig ein.«

»Hast du nicht etwas vergessen, Joe?«

Catherine ging in einen der Schuppen, und ich schaute ihr zu, wie sie aus einem runden weißen Tank, der etwa so hoch war wie sie, Benzin in einen Zehnliterkanister pumpte. Das Beste, was ich tun konnte, war, ihn ihr abzunehmen und kein weiteres Wort darüber zu verlieren. Ich tankte den Pickup auf, ging zurück und füllte den Kanister wieder, vergewisserte mich, daß er fest verschlossen war, und verstaute ihn auf der Ladefläche. Ich spannte die Plane so straff wie möglich und verriegelte sie. Catherine war schon klug; der Gedanke an Benzin war mir nicht mal in den Sinn gekommen. In der Großstadt bekommt man es einfach, wenn man es braucht, und meckert dann immer noch über die damit verbundenen Unannehmlichkeiten. Hier mußte man genau überlegen. Vielleicht würde ich auch noch lernen zu überlegen, eines Tages. Als ich endlich damit fertig war, den Pickup herzurichten, stand Catherine, das Gesicht der langen verregneten, schlammigen Schlickbahn zugewandt, die die Zufahrt zu den Rosewalls sein sollte, und runzelte die Stirn.

»Erzähl mir was von einem anderen Weg von hier fort«, sagte ich.

Catherine ging um den Pickup herum und sah sich die Reifen an.

»Wie zuverlässig ist diese Klapperkiste?«

»Weiß nicht. Sie hat siebenhundert Dollar gekostet.«

»Wahrscheinlich haben wir mit ihr bessere Aussichten als mit dem Torana.«

Ich konnte ihren Gedanken folgen, nämlich, daß die Richtung, die wir würden einschlagen müssen, um von hier zu verschwinden, dort draußen lag, wo es keine Straßen gab.

»Ein Vierradantrieb wäre hilfreich gewesen«, sagte Catherine, »aber wenn wir in Richtung Südwesten quer durchs Gelände fahren, dann können wir ein paar Kilometer weiter wieder auf die Straße gelangen. Vielleicht ist es gar nicht mal so weit. Normalerweise hätten wir keine Chance, denn das hier draußen ist Weideland für Schafe und Rinder. Um diese Jahreszeit hätte das Gras eigentlich hüfthoch stehen sollen, doch so was wie ›normal‹ gibt es wohl nicht mehr. Es ist alles Ödland. Wie auf dem Mond. Genaugenommen nicht wie auf dem Mond, denn vor dem Regen war es hart wie Fels. Jetzt wird da jede Menge Schlamm sein, aber wir müssen es einfach nehmen, wie es kommt.«

»Ich bin dabei«, sagte ich, wobei mir unsere Aussichten nicht gefielen. »Mir gefällt der Gedanke. Wieviel Weideland liegt da draußen?«

»Gott, hier herum? Der Besitz meines Vater hat nur Babygröße, eine Art von Hobbyfarm für einen trunksüchtigen Soldaten im Ruhestand. Der nächste Besitz ist vierunddreißigtausend Hektar groß, der dahinter noch viel größer. Alle stecken in Schwierigkeiten. Die Regierung und die Distriktverwaltungen haben etwa fünfunddreißig Prozent des Staates zum Dürregebiet erklärt, und du kannst darauf wetten, daß es seit Menschengedenken nicht so schlimm gewesen ist.«

»Von Überschwemmungen abgesehen?«

Catherine nickte und beobachtete den niedergehenden Regen.

»Welche Naturkatastrophe dir am liebsten ist, bei uns kannst du sie alle haben.«

Regen, Schlamm oder nicht, sobald wir erst einmal fuhren, war es, als wären wir auf Wellblech unterwegs. Anfänglich fuhr ich vorsichtig an den drei riesigen Schuppen entlang, die den Pickup gut vor dem Lieferwagen verbargen, und Catherine folgte mit dem Regenschirm über dem Kopf, so daß sie eine Reihe von Gattern öffnen und hinter uns wieder schließen konnte, damit die Rinder, die ohnehin nicht da waren, nicht entlaufen konnten. Schließlich stieg sie ein, und wir befanden uns draußen im Gelände in einem Fahrzeug, das nicht dafür gemacht war. Also, darüber liegen die Leute immer im Streit. Manche sagen, es sei das beste, in solchen Situationen schnell zu fahren, aber ich ging es sachte an, fuhr nicht gerade im Schneckentempo, damit wir nicht steckenblieben, aber auch nicht so schnell, daß die Stoßdämpfer ständig durchschlugen. Das letzte, was ich mir wünschte, war ein geplatzter Reifen oder eine gebrochene Achse, doch meine Bedenken erwiesen sich als grundlos, denn je weiter wir vorankamen, desto leichter wurde das Fahren. Trotz des Regens war dieses Land hart, kahl und platt wie eine Flunder. Wir hatten großes Glück, und es war einfach zu prosaisch; wir entkamen Isaac, indem wir den rückwärtigen Weg nahmen.

Aber der Regen ging weiterhin nieder, und das Dumme war, daß selbst in diesem endlosen Gelände keine Empfindung von weitem Raum oder Wildnis oder Ewigkeit aufkam oder wie sie es dort draußen auch immer nennen mögen. Der Regen war ein Käfig, und er beschränkte unsere Welt auf den Bereich des Pickups, und mich begleitete das vertraute Gefühl von Klaustrophobie, während ich über toten Boden fuhr, der zu Schlamm belebt worden war. Ich hatte die Vorhersagen vom Ansteigen der Flüsse nicht vergessen, doch Catherine meinte, auf dem eingeschlagenen Weg seien wir ziemlich sicher. Es war gut, daß sie den Weg kannte, daß sie sich von ihrer Kindheit her an das Gelände erinnerte, denn ohne sie wäre ich an jenem Tag wahrscheinlich noch nicht mal annähernd zum Mount Bass gelangt. Schon komisch, wie die Dinge sich manchmal doch wieder zum Besten wenden.

Oh, ja.

Eine Stunde später fuhren wir auf den Highway, und es war eine Erleichterung, eine sich dahinschlängelnde Asphaltstraße zu sehen. Wir grinsten einander an wie Kinder an einem Regentag voller Abenteuer. Ich trat das Gaspedal durch und ließ den Pickup so schnell fahren, wie er uns tragen konnte, was nicht gerade übermäßig oberhalb – oder auch nur in der Nähe – des Tempolimits lag. Eine weitere Stunde später veränderte sich die Straße und mit ihr der Himmel, und Catherine zeigte nach vorn, und endlich erblickten wir die düstere, sich gegen den Himmel abzeichnende Welt des Bass-Gebirges.

Wir fuhren in die Ausläufer der Berge hinein, und nahezu augenblicklich fing der Pickup an zu ruckeln; er mochte die Fahrt bergauf nicht. Irgend etwas unter der Motorhaube hämmerte, doch ich fuhr weiter, und die Fahrt wurde um so langsamer und schwerfälliger, je schlimmer die Steigung und die Straße wurden. Immer wieder schaute ich in den Rückspiegel, doch bisher gab es keinerlei weiteren Verkehr, weder aus der einen noch aus der anderen Richtung.

Ich fragte mich, wie überarbeitet die Einsatzkräfte in und um Thornhill herum wohl sein mochten. Ich fragte mich, ob die Deiche gebrochen waren und die Überschwemmung in großem Ausmaß begonnen hatte. Ich fragte mich, ob diese verheerenden Wasserfälle in den Bergen, die ich im Fernsehen gesehen hatte, die Flüsse zu reißenden Strömen hatten anschwellen lassen. Doch vor allem fragte ich mich, ob wir es schaffen würden. Die Straße war tückisch, und der Motor des Pickups klopfte. In seinen Tagebüchern hatte mein Vater geschrieben: *Friede zieht so leicht hier ein, bei Tageslicht und bei Mondschein, und mein Herz findet Ruhe, und alles ist gut.*

Genau das wünschte ich mir. Ich lächelte Catherine nicht an. Es war nicht die rechte Zeit, um zu lächeln. Doch ich schaute sie oft an.

Der Regen ging nieder, und die Straße war rutschig, schmal und immer schmaler werdend, sich verengend, und sie erinnerte mich an eine Anakonda mit schlüpfriger Haut, die sich um den Stamm eines Baumes windet. Catherine beobachtete die Verwandlung unserer Umgebung. In ihrem Blick lag so etwas wie ein bißchen Ehrfurcht. Mir gefiel die Tatsache, daß sie, obwohl sie aus dieser Gegend stammte, dennoch eine solche Regung zeigen konnte. Nach den wenigen Stunden, die wir gefahren waren, schien es bereits, als seien das Outback und die Dürre ein Traum gewesen, denn hier lag Mount Bass, und vor unseren Augen wurde es so grün und üppig wie im Regenwald. Nach so viel leerer Landschaft hing jetzt Nebel über der kurvenreichen Straße, und Wolkenfetzen schienen durch die Äste hoher, moosbedeckter Bäume zu treiben.

»Genauso, wie mein Vater es beschrieben hat«, sagte ich. Der Klang meiner eigenen Stimme wirkte fremd nach so viel Schweigen. »Er kam immer wieder her und verbrachte einige Zeit hier allein.«

Catherine blickte mich an. Seltsamer noch als der Klang meiner Stimme war es, zum Beifahrersitz hinüberzublicken und sie dort sitzen zu sehen und nicht Clifford Watt.

»Deswegen bin ich hierhergekommen, falls du dich gewundert haben solltest.«

»Glaubst du etwa, ich habe mich nicht gewundert?«

»Warum hast du dann nicht gefragt?«

»Manchmal behält man Geheimnisse besser für sich.«

»Das ist kein Geheimnis. Mein alter Herr starb, als ich im Gefängnis war, mußt du wissen, so kurz vor dem Ende. Du hast das Haus deines Vaters aufgeräumt, daher weißt du, wie es ist, wenn jemand gestorben ist. Es gab niemanden, der die Wohnung meines Vaters hätte auflösen können, also blieb sie gewissermaßen so, wie sie gewesen war. Eine der ersten Sachen, die ich in meiner neugewonnenen Freiheit erledigen mußte, war, mit seinem Leben aufzuräumen. Es war ein verdammt beschissener Job. Aber ich fand all diese Tagebücher, die er versteckt hatte. Ich war wie vom Donner gerührt. Drei A4-Notizbücher, angefüllt mit seinen Gedanken.«

»Na ja, jeder denkt schließlich, sogar Väter.«

»Aber er war eher der stille Typ. Das war es doch gerade. Und dann finde ich diese Tagebücher, in denen er über meine Mutter schrieb und über mich und über einige der alltäglichen Begebenheiten und seine Arbeit, und es war so schrecklich, das zu lesen. Es war so trocken und so, nun ja, gewissermaßen tot. Es war, als habe er überhaupt kein Herz für diesen Teil seines Lebens gehabt. Als habe er zu früh für zuwenig aufgegeben, und als sei er enttäuscht gewesen, aber ohne daß es eine Umkehr für ihn gegeben hätte, weißt du, weil das eben sein Leben war, und damit hatte es sich.«

»Und dann?«

Während ich mich auf die Straße konzentrierte, beobachtete Catherine mich jetzt. Dies war die Art von Geschichten, die sie gern hörte, das lag auf der Hand. Es verursachte mir beinahe Unbehagen, mich von ihr so genau beobachtet zu fühlen.

»Und dann änderte sich der Tonfall in seinen Tagebüchern. Er fing an, auf eine Art und Weise zu schreiben, die undurchsichtiger war, nachdenklicher, gewissermaßen indirekt, aber gleichzeitig auch irgendwie wunderschön. Es lag eine Art von Poesie darin. Ich kann das nicht richtig erklären. Er ging nicht in die Einzelheiten, aber es kam mir vor, als hätte er eine Wendung vollzogen. Der Black Fella Ledge tauchte in seinen Tagebüchern auf. Diejenigen Teile seiner Tagebücher, die am *realistischsten* waren, bezogen sich alle auf das Bass-Gebirge und diesen einen Ort, Black Fella Ledge. Er hatte ihn irgendwie entdeckt, und er kehrte immer wieder dorthin zurück. Hierhin, meine ich, unmittelbar hierhin. In die Bass-Berge. Mein Vater. Sie mußten für ihn irgendeine ganz außerordentliche Bedeutung haben. Das ist alles, was ich weiß. Er hatte sich verändert.«

Catherine meinte: »Du glaubst, daß er sich verändert hatte?«

»Lach doch nicht.«

»Ich lache doch gar nicht.«

»Na schön. Ich habe seine Tagebücher durchgelesen, und je weiter ich kam, desto mehr schrieb er wie ein Mann, der zu seiner Seele gefunden hat.«

Catherine war einen Augenblick lang still. Wahrscheinlich dachte sie über ihren eigenen Vater nach und darüber, wie Alkohol und Gewalttätigkeit ihn ohne eine Seele hatten dastehen lassen. Vielleicht war es falsch, mit ihr über einen Vater zu reden.

»Und dann?« fragte sie schließlich.

»Ich war aus Pentridge rausgekommen, und ich hatte mich mit Cliff zusammengetan. Das war schon eine komische Wendung der Ereignisse. Ich hatte niemals erwartet, ihn wiederzusehen. Er hatte mich nie im Gefängnis besucht, hatte nie einen Brief geschrieben, doch als wir uns wieder zusammentaten, da – ja, da hingen wir einfach zusammen. Er war zu mir gekommen. Ich erzählte ihm davon, was mein Vater niedergeschrieben hatte, und Cliff wollte einfach nicht aufhören, darüber zu reden. Er meinte, das sei eine ganz unglaubliche Sache. Er sagte, wir müßten eine Pilgerfahrt antreten und die Asche meines Vaters über den Black Fella Ledge verstreuen.«

»Black Fella Ledge heißt eigentlich anders.«

»Es ist der Ort, der ihm am liebsten gewesen ist. Es war einfach so ein Einfall, und Cliff war richtig besessen davon. Man hätte glauben können, er sei der Sohn, doch gewissermaßen sprach er bloß die Dinge aus, die zu denken ich Angst hatte, denn es bedeutete, meinem Vater wieder nahe zu sein, wenn ich hierherkam. Klingt das nicht blöd? Cliff hörte einfach nicht auf, davon zu reden, so wie er nachts auch nicht schlafen konnte, weil er daran denken mußte, daß mein Vater nicht dort ruhte, wo er hätte ruhen sollen. Cliff überzeugte mich, daß es für mich in meinem Leben eine notwendige Sache zu erledigen gab, ganz egal, welche Konsequenzen sie hatte, und das war, meinen Vater in Frieden zur Ruhe zu betten.«

»Du hast ihm also die Tagebücher gezeigt?«

»Nein. Sie waren nicht für die Nachwelt bestimmt. Sie waren auch nicht für mich bestimmt. Er konnte ja nicht wissen, daß er sterben würde. Das allerletzte, was er sich gewünscht hätte, wäre gewesen, daß ich oder irgend jemand anderer sie liest. Nachdem ich sie zu Ende gelesen hatte, habe ich sie verbrannt.«

»Es hat dir gutgetan, sie zu lesen.«

»Vielleicht. Was ich weiß, ist, daß er in die Berge zog und ihm sein altes Herz schier brach, bloß weil sie so wunderschön und nebelverhangen waren, aber was hat er dabei gedacht? Nichts von dem, was er niedergeschrieben hat, sagt mir das. Ich wünschte mir, ich hätte ihn gefragt, woran er dachte. Ich wünschte mir, ich hätte es getan, denn jeden Tag erinnere ich mich an die Sachen, die er aufgeschrieben hat, und ich wünschte mir, ich wüßte mehr darüber. Es ist so simpel, daß ein Sohn seinen Vater danach fragen sollte, was er denkt, aber eben das ist es, was ein Sohn niemals tut.«

»Nicht bloß ein Sohn.«

Ich nickte. Catherine war still, doch es lag Farbe auf ihren Wangen.

Sie saß da und starrte erneut auf die Szenerie, aber ich konnte ihr ansehen, daß sie in Gedanken versunken war. Sie tat mir leid. Am liebsten hätte ich den Pickup angehalten und sie in die Arme genommen.

Ich sagte: »Alles wird gut werden, Catherine«, und sie schaute mich an, und ihre Augen glänzten dabei.

Sie sagte: »Also, deinen Vater, du hast ihn hier bei dir?«

»Wir hatten ihn anfangs aufs Armaturenbrett gestellt, aber jetzt liegt er unter deinem Sitz.«

Catherine sagte: »Dein Vater befindet sich unter meinem Sitz?«

»Willst du ihm guten Tag sagen?«

»Ist schon gut«, meinte sie, doch dann beugte sie sich vor und stöberte umher.

Wenn ich das Behältnis zu Gesicht bekam, lief es mir immer ein bißchen kalt den Rücken hinab. Ich war ihm gegenüber noch nicht unempfindlich geworden. Nie sah es so aus, wie es eigentlich hätte aussehen sollen. Das Wort »Urne« läßt einen an einen eleganten, von Menschenhand geschaffenen Gegenstand denken, etwas unbestimmt Ägyptisches, eine Art von stilvollem Kunstwerk, dazu bestimmt, menschliche Asche aufzubewahren. Dieses Ding mit meinem Vater drin war rein funktional, bloß ein bronzefarbener rechteckiger Kasten mit Nieten obendrauf, um den Deckel niederzuhalten und es abzudichten.

Catherine sagte mit Leidenschaft: »Sie ist häßlich. Sie ist ein häßliches Ding. Wie willst du sie aufkriegen?«

»Was meinst du damit?«

»Wie willst du sie aufbekommen? Wie willst du ihn wieder hinauslassen?«

Diese Frage war mir noch nicht in den Sinn gekommen,

nicht ein einziges Mal, und erst jetzt, als ich darüber nachdachte, merkte ich, daß ich keine Ahnung hatte, wie ich dieses Ding öffnen wollte, damit ich meinen Vater über die Täler unterhalb dieses Orts namens Black Fella Ledge verstreuen konnte. Keine Bedienungsanleitung lag der Urne bei. Kein Bestattungsunternehmer hatte mich beiseite genommen, um mir einen Tip zu geben. Vielleicht könnte ich sie mit einem Stein aufschlagen oder einen Büchsenöffner benutzen; Catherines schlanke Hände hielten den Tod in all seiner schmucklosen Pracht.

Ich sagte: »Irgendwie wird es schon gehen.«

Catherine drehte die Urne hin und her. Ihre Wangen glühten.

Ich fragte: »Ist alles in Ordnung mit dir?«

»Sie ist schwer«, entgegnete sie.

Da war also mein Vater. Da war mein Fremder. Da war der Grund für diese Fahrt, doch diese Fahrt war jetzt zu etwas anderem geworden. Catherine studierte das gravierte Schild an der Seite. Sie weinte leise.

»Wir hatten nicht den gleichen Namen«, sagte ich. »Er hieß Morgan. Richard Joseph.«

»Morgan«, sagte Catherine. »Richard Joseph.«

»Santo kommt von meiner Mutter. Ihr Mädchenname war Santini. Ihre Familie war nach Australien ausgewandert und hatte sich in den Zuckerrohrfeldern von Nordqueensland niedergelassen, als sie ein Kind war. Sie hat einen braven Aussiejungen aus dem Ort geheiratet, und sie haben die Zuckerrohrfelder verlassen und sind weit nach Süden gezogen. Als ich in die Musik einstieg, dachte ich mir, ›Joe Santo‹ klänge vielleicht nicht schlecht. Ich habe meinen Nachnamen ganz legal geändert und mir nie die Mühe gemacht, ihn wieder zurückändern zu lassen. Geht's dir gut?«

Catherine hielt die Urne im Schoß. Ihre Unterlippe bebte.

»Was ist denn los?«

Sie sagte: »Wir kommen noch vor der Dunkelheit dort an. Kennst du den Weg?«

»Er stand im Tagebuch.«

Catherine nickte. Dicke Tränen kullerten ihr über die Wangen. Sie nickte noch weiter, ohne irgend etwas Bestimmtes anzuschauen. Wäre die Straße nicht so kurvenreich gewesen, hätte ich jede ihrer Bewegungen aufmerksam studiert.

Sie schüttelte den Kopf und wischte sich die Augen.

»Du hättest mir von Anfang an sagen sollen, daß du zum Black Fella Ledge willst. Ich hatte einfach nicht daran gedacht. Es ist mir einfach nie in den Sinn gekommen. Es wäre ja auch gar nicht möglich gewesen.«

»Was?«

»Wir fahren zur Hütte am Black Fella Ledge.« Sie lachte beinahe, aber auf eine erschreckende Weise. »Fahren wir doch, nicht wahr?«

»Woher weißt du von der Hütte? Ich habe nie irgend etwas von einer Hütte gesagt.«

»Joe. Diese Tagebücher waren kein Zufall. Dein Vater wollte, daß du hierherkommst. Er hat dir eine Fährte gelegt.«

»Quatsch. Warum denn? Wovon redest du überhaupt?«

»Er hat dir eine Fährte gelegt, damit du mich findest. Ich kenne ihn. Ich kenne deinen Vater. Dein Vater ist derjenige, auf den ich gewartet habe, und dein Vater kommt nicht, weil er tot ist. Also hat er dich geschickt. Er hat dich zu mir geschickt, Joe.«

»Nein«, sagte ich. »Du lügst.«

»Ich lüge nicht.«

»Ständig lügst du. Was gibt es für dich bei mir zu holen, daß du mich so anlügst? Das ist eine zu dicke Lüge. Ich werde nicht einmal so tun, als ob ich dir glaube. Hörst du das? Du hast meinen Vater gar nicht gekannt. Begreifst du das?«

»Wie ist er gestorben, Joe? Was ist passiert? Sag mir, wie er gestorben ist.«

»Nein! Hör auf, von ihm zu reden! Du hast ihn überhaupt nicht gekannt!«

»Ich habe ihn gekannt, Joe. Daran kannst du nichts ändern. Ich habe ihn wirklich gekannt.«

Catherine versuchte, sich das Gesicht zu bedecken, aber die Hände versagten ihr den Dienst.

»Fahr an den Straßenrand, Joe. Fahr bitte an die Seite.«

Mir war übel. Übel, wie übel Catherine aussah. Übel, wie ihr Gesicht und der Tonfall ihrer Stimme mir sagten, daß mir sehr bald noch viel übler sein würde.

Das war mehr, als ich mir von meiner Fahrt erbeten hatte. Das war zuviel. Ich wollte nicht wahrhaben, was da gerade geschah. Ich wollte Catherine zwingen, nicht zu reden, und mich dazu, weiterzufahren und sie danach einfach weiter zu ignorieren. Es ist soviel leichter, mit Lügen zu leben. Allen möglichen Lügen, den Lügen, die jeder sich selbst auftischt, den Lügen der Familie, den Lügen, die die Welt in Gang halten. Dazu sind Lügen ja da. Um sich das Leben leichtzumachen, schön leicht. Ich schaute nach einer Stelle, um an den Straßenrand zu fahren, und ich betete: *Lieber Gott, bitte mache mir das Leben schön leicht. Du verdammter Schweinehund, mach mein Leben ganz leicht. Du dreckiges Miststück von einem Gott, mach mir das Leben gefälligst leicht.*

Ich hielt Ausschau nach einer Stelle.

Catherine flehte: »Mach schnell, Joe.«

Aber ich war es doch gewesen, der zum Black Fella Ledge fahren wollte, ich war es, der so sehnsüchtig etwas über meinen Vater erfahren wollte, daß ich darauf vorbereitet war, noch mehr Gefängnis zu riskieren, bloß um etwas herauszufinden. Es brachte mich um, es brachte mich regelrecht um. Er war der Mann, der mich auf seiner harten Schulter getragen, er war der Mann, der mich angebrüllt, er war der Mann, der mir nachts eine zusätzliche Decke gegeben und der mich geliebt hatte, mich geliebt, und er war in seinem Laden gewesen und hatte seine

Bücher geführt, und jemand war eingebrochen und hatte ihm sein Geld fortgenommen und ihn darüber hinaus noch totgeschlagen.

So war Richard Joseph Morgans geheime Welt mit ihm dahingegangen, und seine Tagebücher waren Übungen in Frustration, Frustration, weil sie unklar ausgedrückte, halb gestammelte Gedanken und unangemessene Neigungen und Abneigungen wiedergaben, und dann tauchte plötzlich diese neue Sprache auf, als er vom Bass-Gebirge und vom Black Fella Ledge schrieb, eine Sprache, die aufgeladen war, weil sie von einem veränderten Mann geschrieben wurde, und das hatte mir den Anhaltspunkt gegeben, diese neue Sprache hatte mir gesagt, daß ich womöglich dort, hier, in dieser seltsamen Bergkette inmitten des seltsamsten Regenwetters, in den Bass-Bergen, fähig sein würde, mich in seine Lage zu versetzen, und vielleicht eine einzige Empfindung von der Art verspüren würde, wie er sie verspürt hatte. Er war ja mein Vater. Er war mein Fremder.

Schließlich war er doch, zum Teufel, war er doch ich.

Meine Hände am Lenkrad zitterten. Ich sah eine ausreichend große Lichtung ein Stück neben der Straße, und ich lenkte dieses alte Miststück von Pickup dort hinein. Vor uns lag eine Öffnung im Unterholz, in den nassen Wald hinein, ein kahler Pfad zwischen Bäumen, als sei er gerade für dieses Ding bestimmt, also fuhr ich den Pickup so tief hinein, wie es nur ging. Es war gut, sich so weitab von dieser kurvenreichen Straße zu befinden. Wenn ein anderes Auto vorbeikam, müßte es schon mit dem Teufel zugehen, daß wir gesehen wurden.

Ein dichter Baldachin von Bäumen schützte uns vor dem Regen, und zwischen den hohen, schweren Ästen schwebten Nebenschwaden. Ich hatte das Gefühl, als schwirrten diese Nebelschwaden in meinem Verstand umher und ließen mich nicht klar sehen, und wäre ich jetzt zum Zeitpunkt des Lichtlöschens in meiner Zelle gewesen, hätte ich wohl aufgesagt: *Wer bin ich? Ich bin Joe Santo, ein Möch-*

tegern, Gernegroß und jämmerlicher Blindgänger. Der Saft war heraus aus mir, und ich suchte nach Ablenkung bei Bäumen, Sträuchern, Büschen, all jenen Dingen, die gut aussahen, aber keine Namen trugen, wenigstens nicht in meinem Kopf.

Catherine war zur Tür hinausgestürzt. Ich half ihr nicht einmal. Sie übergab sich. Sie weinte und übergab sich. Vielleicht bekam sie ebenso wie ich auch manchmal Bauchkneifen. Ich ging um den Pickup herum und ließ sie ihr Geschäft verrichten, und eine Minute lang hielt ich ihr die Haare aus den Augen, während sie sich erbrach. Sie wurde von sehr heftigen Krämpfen geschüttelt. Sie war noch nicht ganz fertig, als ich sie verließ und begann, die Thermosflasche mit dem Kaffee und Becher unter der Plane hervorzuholen. Ich suchte nach dem Obst.

Ich fand eine lose Birne, eine Aprikose und sagte zu niemand Bestimmtem: »Gut, daß wir diese Sachen hier haben. Tut gut, sich mal die Beine zu vertreten. Wir sind schon zu lange gefahren.«

Catherine säuberte sich das Gesicht und riß sich zusammen. Es war nicht meine Absicht, sie zu drängen oder links liegenzulassen. Sie holte sich ein paar Sachen aus dem Pickup, und wir gingen in den Bergwald hinein, weiter hinein in die Lichtung. Sie bildete einen natürlichen Schutz. Mich schauerte. Ich zog mir meine Bomberjacke an. Ich goß Kaffee ein, aber ich konnte nicht trinken, weil meine Hand zitterte. Ich brauchte zwei Hände, um den Becher an den Mund zu führen. Seitlich von der Stelle, an der wir standen, wurde ein Wirrwarr von Zweigen und Büschen vom Regen gepeitscht, und eine Minute lang beobachtete ich einige Vögel, die sich in den Schutz des Gebüschs zurückzogen. Es waren fünf oder sechs unbeholfene kleine Dinger mit schwärzlichbraunen Tupfen an der Brust und Gefieder in der Farbe von Asche, und ich fragte mich, zu welcher Spezies sie wohl gehörten. Ich hatte nicht einmal die Ahnung einer Idee. Meine Welt war die von Bürogebäuden und Reihenhäusern und Programmkinos und Pizza Huts, und ich wünschte mir, ich wäre vernünftig genug gewesen, es dabei zu belassen.

Ich fragte Catherine: »Was sind das für Vögel?«

»Stare, glaube ich.«

»Stare. Ich wollte es bloß wissen. Wie steht es mit den Bäumen?«

»Das sind Farnbäume.« Ihre Stimme bebte. »Sieh dir die Form ihrer Blätter an, sie haben keine Samen. Der dort mit dem blassen Grün und den gelben Blüten könnte so was wie ein Sirrusbaum sein. Sie gehören zur blühenden Art, deshalb sehen sie so hübsch aus. Die größeren dort sind irgendwelche Koniferen. Schuppentannen oder Bunya-Bunyas oder so was. Ich kenne mich da auch nicht aus.«

»Jedenfalls bist du besser als ich.«

Catherines Kopf hing herab. Sie hatte sich neben mich auf eine große, freiliegende Wurzel gesetzt. Sie blickte mich an.

»Ich verrate dir jetzt mal was. Eine wenig beachtete Tatsache. Du weißt doch sicher, daß sich auf der südlichen Halbkugel das Wasser im Abflußloch in eine andere Richtung dreht als auf der nördlichen Halbkugel?«

»Ich habe es nie geglaubt.«

»Doch, es stimmt. Also, nun schau dir die vielen Reben an. Siehst du, wie sie sich alle um ihre Wirte winden?«

»Und zum Himmel aufsteigen.«

»Stimmt. Und alle winden sie sich rechtsherum. Auf der Nordhalbkugel winden sie sich alle linksherum, und niemand weiß, warum.«

Ihre Augen waren dunkel vor Überanstrengung. Catherine hörte auf zu reden und schaute mich mit, ich weiß nicht recht, Verständnis an, oder vielleicht war es sogar Liebe. Das Bedürfnis nach Liebe. Sie war schon ein starkes Mädchen, sie hatte sich gut im Griff. Es fiel auch leicht, sie zu lieben. Wir brauchten nur all diese verdammten Dinge hier hinter uns zu lassen, und die Liebe würde leicht sein.

Ganz leicht. Dann zwang Catherine sich zum Reden. Sie hatte eine nette Stimme. Die Stare blieben geschäftig, diese geselligen kleinen Bürschlein. Ein dicker Regentropfen klatschte auf meinen Schädel, und irgendwo hinter mir stieß eine Art von Flughund oder etwas Ähnlichem ein Quieken aus.

»Es war so, wie du gesagt hast, Joe. Isaac und ich, wir mußten uns immer unsere eigene kleine Welt ausdenken, in der wir lebten. Keiner von uns beiden kam besonders gut mit anderen Kindern aus. Es mag daran gelegen haben, daß die anderen Eltern gewußt haben, wie unser Vater war, und sie von uns fernhielten, oder vielleicht lag es daran, daß wir wußten, wie unser Vater war, und immer wieder versuchten, es zu vertuschen. Jedenfalls waren wir Außenseiter. Als Kind konnte Isaac sich nur schlecht ausdrücken. Er mochte nicht sonderlich viel reden, nicht einmal mit mir, und denk daran, ich war ein Kind, das sieben Jahre jünger war als er. Mein Vater verprügelte Isaac immer mit einem Gürtel und, wenn er richtig betrunken war, mit einem Stock. Die äußeren Anlässe spielten keine Rolle, auch als ich noch klein war, wußte ich bereits, mein Vater verprügelte Isaac, weil er sich in ihm nicht wiedererkennen konnte. Er sah nichts von sich selbst in Isaac. Er konnte ihn nicht verstehen. Isaac war ein schweigsamer Sohn, der für meinen Vater diesen Blick hatte, diesen Blick, der davon sprach, daß mein Vater ein böser Mann war. Einfach so, ein böser Mann. Mein Vater war nicht dumm, er konnte diesen Blick von Isaac verstehen, und alles andere, was folgte, waren lediglich Lügen, und der einzige Grund, weshalb er Isaac wie einen Hund verprügelte, bestand darin, diesen Blick aus seinen Augen zu vertreiben. Und das gelang ihm nie.«

Ich sagte: »Ich möchte etwas über meinen Vater erfahren.«

Catherine sagte: »Gerade deshalb mußt du dir das jetzt anhören.«

»Erzähl weiter.«

»Ich erinnere mich genau an den Tag, als ich für Isaac zu Sylvia wurde. Ich hatte den Namen erfunden. Es war der ausgefallenste Name, den ich mir ausdenken konnte. Anfangs spielten wir immer Spiele, Märchenspiele, in denen Isaac ein russischer Prinz oder so was war, der kam und mich von einem Turm errettete, und später verständigten wir uns, indem ich Klavier spielte und er Gitarre spielte, wenn mein Vater nicht in der Nähe war. Wir ersannen alle möglichen albernen Melodien, gemeinsam oder für den anderen, aber es war gefährlich, weil es mit Geräusch verbunden war und wir es nur machen konnten, wenn mein Vater sich nicht in der Nähe befand.

Dann eines Tages bezog Isaac die schlimmste Tracht Prügel seines Lebens. Er war sechzehn, und ich war neun Jahre alt. Mein Vater war acht Tage lang fortgewesen. Er war zu einer Sauftour in der Stadt gewesen, danach auf der Farm eines Freundes, dann im Busch, und er hatte die ganze Zeit über Bier getrunken. Das war nichts Neues, aber als er diesmal zurückkam, war er schlimmer als gewöhnlich, und sein Gesicht war so voll blauer Flecken wie deins jetzt ist, und es war offensichtlich, daß er in eine Schlägerei verwickelt gewesen war. Von der Schlägerei war er noch völlig verdreckt. Jemand mußte ihm schwer zugesetzt haben. Ich hatte Angst vor ihm, sobald ich ihn zu sehen bekam, und ebenso erging es meiner Mutter, aber es war Isaac, auf den mein Vater es abgesehen hatte.

Ich möchte nicht schildern, was geschah, Joe, aber die Sache war die, daß mein Vater Isaac einen Tag lang aufstachelte und Isaac danach zum ersten Mal zurückschlug. Was ich damit sagen will, ist, Isaac schlug meinen Vater, bevor mein Vater ihn schlug. Ich werde das Grinsen nie vergessen, das im Gesicht meines Vaters aufzog, als Isaac ihn schlug. Isaac tappte einfach in seine Falle hinein, und mein Vater sorgte dafür, daß er gehörig dafür büßte.

Danach fand ich Isaac in einer der Scheunen, und es kam mir vor, als ob er vom Scheitel bis zur Sohle überall blutete. Er weinte. Er hatte nie zuvor geweint, Joe, und ich hielt ihn in den Armen, und ich wiegte ihn, und ich sprach zu ihm. Ich war neun, Joe, und mein Bruder vergoß sein Blut in meinen Armen, und er weinte und weinte. Er sagte mit dieser schrecklichen Stimme, daß er einsam sei und daß er wisse, er würde immer einsam sein, und daß er nie frei sein würde und daß niemand ihn je lieben würde, und ich weiß nicht, wie es mir in den Kopf kam, aber ich sagte ihm, er habe unrecht. Ich sagte ihm, mein Name sei Sylvia, und ich käme aus der Großstadt, und ich sei zufällig auf diese Farm gekommen, und ich habe mich im ersten Augenblick, als ich ihn gesehen hätte, in ihn verliebt. Sylvia wusch Isaacs Wunden. Sylvia ging Verbandstoff für ihn holen, und Sylvia kleidete ihn in saubere Sachen. Sylvia heiratete Isaac, Joe, an jenem Nachmittag in der Scheune, so, wie eine Neunjährige eben heiratet, indem sie ihre Augen schließt und irgendeinen Spruch aufsagt. Ich habe die Worte vergessen. Isaac sprach die gleichen Worte. Er hörte auf zu weinen, Joe. Er hat nie wieder geweint.

Mehr war es nicht, bloß ein Märchen, um uns das Leben leichter ertragen zu lassen. Es war ein Geheimnis zwischen Bruder und Schwester, und es lag überhaupt nichts Schlimmes darin. Das Schlimme war mein Vater.«

»Wo tritt mein Vater in die Geschichte ein?«

»Eigentlich erst sechs Jahre später, obwohl er bereits seit Jahren nach Thornhill kam. Ich erinnere mich an Richard Morgan und seinen schwarzen Laster, lange bevor ich neun Jahre alt war. Gewöhnlich war er um die Osterzeit hier, einmal im Jahr. Vielleicht auch nicht ganz so oft. Er suchte eine Menge Leute auf, und dazu gehörte auch unser Anwesen. Er war auf der Suche nach allen Möbelstücken, die die Leute nicht mehr brauchten. Es war eine ziemlich einfache Art von Handel. Die Leute mochten ihn, und die Kinder mochten ihn, weil er immer wußte, welche Kinder zu welchen Häusern gehörten, und er hatte Lutscher oder eine besondere Kleinigkeit zum Verteilen. Er kam nicht so oft, daß die

Leute seiner überdrüssig wurden, und was er zahlte, wurde als ein guter Preis angesehen, daher waren seine Besuche nicht unwillkommen. Ich mochte Karamel am liebsten, aber für mich hatte er nie etwas Besonderes. Niemals, obwohl er doch den größten Eindruck auf mich machte, wenn er in unser Haus kam. Weißt du, Joe, er lachte und scherzte mit meinen Eltern und erinnerte sich an Isaacs Namen, aber ich konnte ihn nicht einmal dazu bewegen, mich auch nur anzuschauen. Er wich mir aus. Aber ich mochte ihn, weil er sich mit meinem Vater an den Küchentisch setzte und sie jeder eine Flasche Bier tranken, aber mein Vater trank seine Flasche immer ganz aus, und Richard Morgan ließ stets ein kleines bißchen in seinem Glas zurück, es war immer nur ein Glas, versteht sich, und ich wußte selbst in meinem Alter, daß er dieses bißchen Bier im Glas ließ, weil er meinem Vater damit zu verstehen geben wollte, daß er nicht so sei wie er und daß er ihn nicht mochte und ihn nie würde leiden können, obwohl er mit ihm lachte und scherzte.«

»Ich wußte nicht, daß er sich immer wieder für die gleichen Orte interessierte.«

»Joe, ich erinnere mich, wie er einmal meinem Vater erzählte, daß er auf der Suche nach guter Ware durch viele Städte fahre, doch sie sei schwer zu bekommen, daher sei er immer öfter unterwegs.«

»Das war er«, sagte ich, »immer öfter. Aber das war, nachdem meine Mutter gestorben war. Er besorgte sich eine Aushilfe für den Laden, und er fuhr einfach davon.«

»Was mich wirklich an Richard Morgan faszinierte, je älter ich wurde, war, daß er so frei zu sein schien. Mir gefiel, wie er in die Stadt gefahren kam und wieder wegfuhr und für so lange Zeit nicht wiederkam oder vielleicht überhaupt nicht zurückkehren würde, wenn ihm nichts daran lag. Das machte großen Eindruck auf mich. Ich haßte Thornhill, aber was gab es denn sonst schon? In meiner Phantasie wartete ich darauf, daß eines Tages jemand wie Richard Morgan, jemand wie er, nur jünger, in die Stadt kommen und mit mir davonfahren würde. Ich war ein Teenager damals, als ich diese Gedanken hatte, war ich vierzehn.

Ich erinnere mich an ein Jahr, als es ganz wichtig wurde, ihn wiederzusehen. Ich kann nicht erklären, warum ich mich ausgerechnet auf ihn versteifte. Vielleicht, weil Isaac inzwischen einundzwanzig und nicht mehr an einer Schwester interessiert war oder zumindest nicht mehr so sehr. Monatelang dachte ich an Richard Morgan. Dann eines Tages auf dem Heimweg von der Schule sah ich, daß sein schwarzer Laster vor dem Empire Hotel parkte, und ich wußte, er war wieder da. Ich ging nicht nach Hause. Ich wartete auf ihn. Ich sagte mir, ich wolle bloß mit ihm reden. Ich sagte mir, ich wolle bloß dieses eine Mal, daß dieser Mann mich bemerkte. Mich *zur Kenntnis nahm*. Und ich wartete und wartete und erledigte in einem Heft auf den Knien ein paar Hausaufgaben, und es dauerte ewig, und ich wußte, es würde Ärger geben, weil es schon auf Abend zuging, aber je später es wurde, desto schwerer war es zu gehen, und er war in der Bar, und er gab Runden für alle seine Freunde aus, und ich sagte mir, ich müsse weiterwarten, einfach weiterwarten, und es würde sich schon alles ergeben, und es würde die Tracht Prügel wert sein, die mein Vater mir verpassen würde.«

»Ich will keine Einzelheiten hören«, sagte ich. »Ich bin nicht dein Beichtvater. Erzähl mir einfach, was ich wissen muß.«

»Dann kam er endlich heraus, und er sah mich auf der anderen Straßenseite warten, und ich ging über die Straße auf ihn zu, frech wie Oskar, alles gut einstudiert, und er sagte: ›Hallo, Catherine‹, und ich erkannte, daß er die ganze Zeit über schon Kenntnis von mir genommen hatte, daß er soviel Kenntnis von mir genommen hatte, daß er mir aus dem Wege gehen mußte, und ich sagte: ›Guten Tag, Mr. Morgan, ich freue mich, Sie zu sehen, aber ich heiße nicht Catherine, Sie müssen sich irren. Ich heiße Sylvia.‹ Und er blickte mich jetzt an, blickte mich wirklich an, und er sagte: ›Karamel, nicht wahr?‹, und ich lachte und sagte: ›Nein, keineswegs‹, und wußte, er war nicht betrunken, nicht im geringsten, und ich wußte auch, daß er klüger als alle anderen war, denn drinnen waren sie alle betrunken, und sie waren ja alle seine Freunde, und er war nüchtern, und er wußte genau, was er in Thornhill wollte. Das machte mich noch verwegener. Ich glaubte zu wissen, wie sein Verstand arbeitete. Das ließ mich glauben, er würde mich verstehen. Ich sagte ihm, ich möchte von ihm nach Hause gefahren werden, und er sagte: ›Also, du weißt ja schon ganz genau, was du willst, junge Dame‹, und danach sagte er: ›Sylvia‹, und er schaute nicht nach links und schaute nicht nach rechts, er öffnete bloß den Laster und ließ mich einsteigen.«

Ich sagte: »Damit warst du also wieder Sylvia.«

Catherine ließ sich nicht stoppen. Ich hatte das Gefühl, sie müsse alles auf einmal loswerden oder überhaupt nicht.

»Auf der Fahrt nach Hause sorgte ich dafür, daß er zu meinem Liebhaber wurde. Er war mein erster, und ich wollte, daß er mein erster war, und ich wußte, was ich zu tun hatte. Es war eine sehr nüchtern getroffene Entscheidung. Ich habe darüber weder geweint noch geklagt, und ich habe es nicht analysiert, ich wußte einfach, was ich wollte. Nach diesem ersten Mal in seinem schwarzen Laster trafen wir unsere Verabredungen, um uns wiederzusehen. Es war sehr kompliziert, aber auch wieder ganz einfach. Wir hatten unsere kleinen Geheimkodes, und nach einigen Monaten wurde es einfacher, weil er sich umhörte und das Allerbeste tat: Er kaufte sich eine Hütte im Bass-Gebirge, am Black Fella Ledge, und das war danach unser Zuhause, vielleicht ein- oder zweimal im Jahr, und wir waren beide dort sehr glücklich. Das ist es, was ich dir verständlich machen will, Joe, falls du von all dem überhaupt etwas verstehen kannst: Wir waren dort glücklich.«

»Und wie lange ging das so?«

»Drei Jahre lang. Meine Aufgabe bestand lediglich darin, die Dinge so zu regeln, daß es den Anschein hatte, ich führe mit meinen Freundinnen ein paar Tage lang hierhin, dann wieder ein paar Tage lang dorthin. Wenn man nur gut genug überlegt und seine Spuren sorgfältig genug verwischt, ist es ziemlich leicht, mit solchen Sachen durchzukommen. Besonders wenn man einen Trunkenbold zum Vater hat und eine Mutter, die sich ständig mit ihm streitet. Ich hörte auf, mir Sorgen um sie zu machen. Für mich waren sie zwei Menschen, die in einer Hölle auf Erden gefangen saßen, und Isaac war inzwischen auch ausgezogen, er wohnte in der Stadt, aber wir schickten uns gegenseitig Kassetten mit unserer Musik zu, und der andere ergänzte sie ein wenig und schickte sie zurück, und auf gewisse Weise blieben wir uns auf diese Weise nahe.

Aber ich wußte, was ich wollte, Joe, und ich sorgte dafür, daß ich es bekam und behielt. Richard Morgan war glücklich, und ich war ebenfalls glücklich. Glaubst du etwa, das bedaure ich? Es war keine Liebe, aber es war auch nicht schlecht. Es war einfach das, was ich brauchte, um die Zeit zu überstehen.«

»Aber hättest du Thornhill nicht verlassen können? Ich dachte, du wolltest, daß er mit dir fortfährt?«

»Anfangs dachte ich das, aber er half mir zu begreifen, daß es vielleicht noch eine andere Möglichkeit gab. Was ich von Richard Morgan lernte, war, daß ich mir die Welt auf jede Weise gestalten konnte, die ich nur wollte, so, wie sie mir am besten zusagte und niemand anderem. Ich lernte, daß ich ihn dazu bringen konnte, so ungefähr alles für mich zu tun, was ich wollte, und mir alles zu bringen, was ich wollte, und daß ich vielleicht den Besitz und Thornhill zu meinen eigenen Bedingungen würde verlassen können. Ich war ja nicht dumm. Als Richard Morgan mir beschrieb, wie das Leben für ein Mädchen meines Alters ohne Familie in einer großen Stadt aussehen würde, begriff ich. Ich hatte *niemals* daran gedacht, als seine Geliebte dort zu wohnen.

Er war ja mindestens fünfunddreißig Jahre älter als ich. Verstehst du? Ich habe es mir genau ausgerechnet. Auf gewisse Weise war alles sehr romantisch, besonders die Mitteilungen, die Nachrichten, und dann das Warten, ohne je wirklich zu wissen, wann er kommen würde, und dann *kam* er endlich, manchmal Tage, manchmal Wochen später. Das Tolle war, daß ich lernte zu entfliehen, ohne fortzugehen, geradeso, wie es als kleines Mädchen mit Isaac gewesen war. Ich hatte meine geheime Welt, und ich liebte sie. Meine schulischen Leistungen waren danach soviel besser, und ich wollte nicht mehr davonlaufen, zumindest nicht, bis ich soweit war, und als die Zeit kam, wußte ich, ich würde mir die Universitäten und meine Karriere aussuchen können.«

»Dann hast du also mit ihm Schluß gemacht, als dir danach war?«

»Das war die Vereinbarung, die wir getroffen hatten. Richard Morgan war ein Gentleman, aber ich behaupte nicht, er sei ein Heiliger gewesen, denn die Abmachung hatte sicher auch für ihn Vorteile. Aber nein«, sagte Catherine, »es ging nicht alles so, wie ich es mir gewünscht hätte. Ich habe nicht Schluß gemacht. Die Dinge gehen ja nie so aus, wie sie eigentlich sollten, nicht wahr?«

»Du jedenfalls scheinst aus der Sache ganz gut herausgekommen zu sein.«

»Das kam durch Isaac.«

»*Scheiß!*«

»Hör mir zu. Meine Eltern konnte ich zwar an der Nase herumführen, aber Isaac verstand von geheimen Welten ebensoviel wie ich. Ich blieb nur deshalb so lange unentdeckt, weil er nicht mehr zu Hause wohnte und weil er keinen Kontakt mehr zu meinem Vater hatte und nur noch sehr wenig zu meiner Mutter. Aber irgendwie bekam er es heraus. Eines Abends, ganz aus heiterem Himmel, kam Isaac zur Hütte. Er hatte es sich zur Aufgabe gemacht, es herauszufinden, und von jenem Abend an war alles auf den Kopf gestellt.«

Ich nahm ihren Arm.

»Warte«, sagte ich mit leiser Stimme. »Sei mal still.«

Da waren die Geräusche von Bewegungen. Ich konnte Bewegung im Unterholz sehen und hören. Es wäre schön gewesen, hätte ich mir einreden können, es seien nur diese aschbrüstigen Vögelchen im Gebüsch, doch was hier ankam, machte viel mehr Lärm als sie. Isaac und seine Kumpane. Irgendwie hatte er unsere Spur gefunden, geradeso, wie er vor vielen Jahren die Spur von meinem Vater und Catherine gefunden hatte. Worüber verfügte dieses Ungeheuer nur, übernatürliche Instinkte? Ich legte einen Finger an meine Lippen, und ich zeigte auf den Pickup. Der Blick in Catherines Gesicht verriet, daß sie befürchtete, was auch ich befürchtete, und ihre Augen waren groß, aber sie nickte und erhob sich ganz langsam und leise. Die Geräusche kamen aus den umliegenden Tiefen des Waldes, nicht aus der Richtung des rauhen Weges, der zum Pickup und zur Bergstraße zurückführte. Vielleicht gab uns das eine Chance, und wir würden unbehelligt zum Pickup zurücklaufen können, doch die Geräusche waren nah und laut, und der Pickup schien so weit entfernt zu sein.

Ich dachte: Jetzt sind wir erledigt. Jetzt sind wir wirklich erledigt. Es ist alles umsonst gewesen, denn Isaac ist bereits hier.

Mit einer Art unnützem altem tierischem Instinkt schaute ich mich um und suchte nach etwas, das als Keule hätte dienen können. Nichts. Catherine nahm meine Hand und zog mich davon, und wir hatten jeder nicht mehr als zwei Schritte getan, als ein Mann in einem Akubra-Buschhut und einem flotten Drizabone-Wettermantel durch die nächstgelegenen Bäume gestapft kam. Er war bereits auf der Lichtung, dieser durch und durch stilvolle Buschläufer, dessen Montur durch schicke Stiefel, die ganz nach der Marke R.M. Williams aussahen, vervollständigt wurde. Aus seinem großen roten Vollbart blickte er uns zwei unverkennbar überrascht, wenn nicht gar ausgesprochen alarmiert, an. Dann traf hinter ihm eine kleine Expedition aus drei älteren Männern und zwei älteren Frauen ein, und auch sie waren mehr als nur überrascht, und bei ihnen befanden sich langhaarige Vierbeiner wie vom Planeten Mars, die große, gewichtige Bündel trugen.

Ich konnte kein Wort herausbringen. Ich war so überrascht, daß ich diese fünf Menschen bloß anstarrte, und während ich das tat, schnaubte eines dieser Tiere vom Mars durch seine lange Schnauze, und während es schnaubte, purzelten schwarze Köttel unter seinem Schwanz hervor. Das komische war, daß diese Neuankömmlinge uns ebenso anstarrten wie wir sie, von diesen Marstieren abgesehen, für die wir ganz selbstverständlich waren. Sie zupften an irgendwelchem Zeug am Boden.

Also fragte ich schließlich den Oberbwana dieser Expedition: »Was zum Teufel sind das für Tiere?«

Er antwortete: »Lamas.«

Ich sagte: »Lamas? Sie meinen, aus Südamerika?«

»Nun, zur Spezies *Lama glama* gehörend, aber diese wurden hier in der Nähe gezüchtet. Sie finden hier perfekte Bedingungen vor.«

Der Oberbwana schaute hinter sich, und die fünf ältlichen Herrschaften nickten zustimmend. Nun ja, sie waren nicht eigentlich ältlich, sondern in mittlerem Alter, aber sie waren alle in sportliche Kleidung gehüllt, die aus Fallschirmstoff bestand, mit Sportschuhen von Reebok und Nike, Baseballmützen und Sonnenbrillen ausgerüstet, obwohl gar keine Sonne schien. Die einzige Person außer dem Oberbwana, die nicht so aussah, war ein asiatischer Mann, der hoch in den Siebzigern sein mußte. Sein Gesicht war ein kompliziertes Netzwerk von Furchen und Falten. Er trug eine Tweedjacke und Bluejeans und kräftige Wanderschuhe, ebenfalls von R. M. Williams, und seine Augen waren so klar wie ein Bergbach.

Er sagte zu mir mit einem Akzent, wie er britischer nicht

hätte sein können: »Entschuldigen Sie, junger Freund, sind Sie auf dem Wege zum Chalet?«

Ich sagte: »Oh ...«

Eine Frau mit violett getöntem Haar sagte zu Catherine, als handle es sich um ein Scharadespiel: »Sind Sie vielleicht ein Pärchen in den Flitterwochen?«

Catherine antwortete: »Nein, tut mir leid.«

Der Oberbwana schmunzelte auf sehr liebenswürdige Weise. Es war sein Beruf, liebenswürdig zu sein. Er hielt den Blick auf meinen Kopf und die dunkle Hälfte meines Gesichts gerichtet und lächelte weiter auf diese Weise.

Er sagte: »Nun, falls Sie daran gedacht haben sollten, zu uns hinaufzukommen, das Wetter hat etliche Gäste ferngehalten. Der Boß ist ein bißchen verärgert. Wir hätten Platz für Sie, obwohl es normalerweise unmöglich ist, müssen Sie wissen, Gäste ohne Reservierung unterzubringen.«

Ich sagte: »Ich glaube, ich habe bei einem Gesangswettbewerb ein kostenloses Wochenende im Chimera Chalet gewonnen. Allerdings bin ich nicht dazu gekommen, mir den Preis abzuholen, daher war es eher ein moralischer Sieg.«

Er nickte und meinte: »Ja. Ein moralischer Sieg.«

Ich konnte einfach nicht über diese Lamas hinwegkommen, die ihrerseits keinerlei Probleme hatten, über mich hinwegzukommen. Sie fraßen und ließen Köttel fallen und waren frohgemut wie nur irgend etwas. Sie waren alle männlich, und jedes Tier trug Packsäcke, die vom Gewicht her sehr gleichmäßig verteilt zu sein schienen. Die Tiere hatten unterschiedliche Farben. Eines war fast völlig weiß, und ein anderes war fast völlig schwarz, und die übrigen lagen mit braunen und schwarzen Flecken farblich dazwischen. Alle hatten sie dunkle Schnauzen und schwarze Augen, die denen von Pandas ähnelten.

Dem Oberbwana gefiel die Tatsache, daß ich von den Tieren so eingenommen war. Er erkannte den Stadtjungen in mir, und er tätschelte den langen Kopf des einen Lamas und führte es zu mir.

»Nur zu, mein Freund. Schauen Sie es sich an.«

Ich sagte: »Ist es nicht ein bißchen zu naß für sie?«

»Naß? Schauen Sie sich dieses Fell an. Zehn Zentimeter lang.« Mit den Fingern schob er es keilförmig auseinander, und ich sah, daß das Tier bis auf die äußeren zwei, drei Zentimeter knochentrocken war. »Sie gedeihen prächtig bei diesem Wetter.« Das Lama beschnupperte seine Handfläche. »Sie sind so friedlich wie nur irgendwas, es sei denn, man ermüdet sie zu stark oder man überlädt sie, dann lassen sie sich mit großer Wahrscheinlichkeit nieder und spucken einen an, wenn man ihnen zu nahe kommt. Wir haben eine Farm oben beim Chalet, wo wir sie züchten, es ist der letzte Schrei. Sie sollten uns besuchen kommen.« Er schaute auf meinen lädierten Schädel und mein blau angelaufenes Gesicht und meinte: »Also, Sie wären willkommen.«

»Das wären Sie«, sagte die Frau mit dem violetten Haar.

»Allerdings«, ergänzte der Oberbwana, »müßten Sie sich beeilen. Wir haben auf unserem Treck noch jemanden getroffen. Das war heute morgen nach einer etwas feuchteren Nacht im Freien, als wir sie eigentlich geplant hatten, und wer weiß, er nimmt das Angebot vielleicht sogar an. Das Chalet ist nicht sehr groß, müssen Sie wissen, wir haben lediglich zwölf Zimmer.«

Er blickte zu seiner Truppe zurück, die enthusiastisch nickte und lächelte. Die feuchte Nacht hatte sie überhaupt nicht gestört. Und auch nicht der feuchte Tag. Sie waren ältere Leute, aber sie liebten den Aufenthalt im Freien, und sie waren eine insgesamt freundliche und kontaktfreudige Gruppe. Es mußte an der Wirkung der Berge und des Regens liegen, und daran, daß sie Urlaub machten. Ich war derartige Fröhlichkeit nicht gewöhnt. Sie war mir so fremd wie diese Lamas.

»Ach was?« staunte ich. »Sie haben jemand auf ihrem Wanderweg getroffen?«

Der Oberbwana lächelte mich an. Wo der Vollbart sein

Gesicht unbedeckt ließ, glich seine Haut altem, gegerbtem Leder.

»Ja, wir haben nämlich einen bestimmten Weg, dem wir folgen. Wir führen unsere Gäste auf zweitägige Lamaexkursionen. Es ist eine wunderbare Möglichkeit, die Gegend kennenzulernen, und mit diesen Tieren unterwegs zu sein, ist einfach wundervoll.«

»Wundervoll«, hallte es von jemandem wider.

»Und wir haben diesen sehr netten Herrn heute morgen am Ransom's Point getroffen. Normalerweise begegnen wir hier oben keinem Fremden, wenigstens bin ich schon lange Zeit hier auf niemanden mehr gestoßen. Früher soll das ja einmal ein beliebter Lagerplatz der Nomaden gewesen sein, aber wenn das stimmt, muß es hundert Jahre zurückliegen, denn ich habe nie irgendeinen Beweis dafür gefunden, daß die Stammesverbände der Schwarzen diesen Ort benutzt hätten.«

»Haben Sie mit dem Mann gesprochen?«

»O ja, er hat sich uns ein Stückchen weit angeschlossen. Auch er war von den Lamas recht beeindruckt, Sie hätten ihn einmal hören sollen. Er sagte, Tiere wie sie habe er noch nie gesehen, nicht einmal im Zoo.« Jetzt hatte der Oberbwana eine Hand auf den Kopf des weißen Lamas gelegt und die andere auf den des schwarzen. »Wir machen sie auch in anderen Staaten Australiens bekannt, müssen Sie wissen, bisher mit gutem Erfolg.«

Ich sagte: »Ich frage mich, wer das war, dem Sie da begegnet sind.«

Isaac war also bereits hier. Schon wieder dieser Gedanke an Isaac, allgegenwärtig. Natürlich war es Isaac. Wie hatte er uns nur schlagen können; konnte er etwa fliegen? Kannte er Straßen, von denen nicht einmal Catherine etwas wußte? Er hatte also nichts genutzt, unser Versuch, ihm davonzulaufen. Catherines Geschichte hatte mich gelehrt, daß Isaac alles über die Hütte am Black Fella Ledge wußte. Wir waren keineswegs sicher. Ich dachte angestrengt nach.

Vielleicht gab es noch einen Ausweg. Vielleicht bestand unsere einzige Sicherheit darin, uns dieser Gruppe anzuschließen und ihr Angebot auf ein Zimmer im Chimera Chalet anzunehmen. Schließlich war Isaac hier und dort und allerorts, und ich war eine überängstliche Memme, und damit hatte es sich.

Der Oberbwana setzte seinen Akubra-Hut ab und kratzte sich den Kopf. Er hatte buschiges Haar, das in seinen Vollbart überging, als wäre alles eins.

»Nun, unter uns, der arme Bursche ist nicht so leicht zu vergessen. Er sah auch ganz schön mitgenommen aus. Er hat uns beim Morgentee Gesellschaft geleistet und sich dabei immer wieder entschuldigt, weil ihm eine Hand fehlte. Im wahrsten Sinne des Wortes. Er sagte, seine Prothese sei ihm eines Abends verlorengegangen, als er ein bißchen zuviel getrunken hatte. So etwas habe ich noch nie zuvor gehört. Aber er meinte, er sei ziemlich zuversichtlich, daß sie bald wieder auftauchen würde. Er brachte uns damit ordentlich zum Lachen. Ein braver Bursche.«

Die anderen schmunzelten beim Gedenken daran.

Und mein Herz war voll. Ich konnte es einfach nicht glauben. Ich blickte Catherine an, und wir sahen wahrscheinlich ebenso überrascht aus wie die anderen auch.

Der Oberbwana fuhr fort: »Also, hören Sie, hier machen wir halt, um unseren Nachmittagstee einzunehmen. Wir wollen ja nicht, daß der Treck zu anstrengend wird. Wir haben bereits einige großartige Aussichten genossen, nicht? Wie hat euch Ransom's Gorge gefallen?«

»Unheimlich.«

Er lachte darüber.

»Wollen Sie uns beim Nachmittagstee Gesellschaft leisten? Wir haben Tee und Gebäck und Sandwiches, und wir werden hier wohl ein Weilchen bleiben, bei diesem Wetter. Vielleicht schlagen wir sogar unser Lager hier auf und lassen es für heute gut sein. Es hat ja auch ununterbrochen geregnet.« Er blickte erneut auf meinen Schädel und auf die dunkle Hälfte meines Gesichts. »Sie sind herzlich dazu eingeladen.«

»Dieser einhändige Mann«, sagte ich, »er war an dieser Stelle, wann? Heute vormittag?«

»Am Ransom's Point, ja, drüben an der Schlucht. Dort führe ich meine Touren am liebsten zuallererst hin. Großartige Aussicht.«

Catherine wandte sich zu mir: »Black Fella Ledge.«

Das weiße Lama hob den Kopf, riß die Augen auf und ließ einen Wind streichen. Der Oberbwana sagte: »Oh, diesen Namen gebrauchen wir nicht, Miß. Wir gebrauchen diesen Namen überhaupt nicht«, und er blickte zu seiner Truppe von Urlaubsmachern, um sicherzustellen, daß sie auch erfuhren, daß er es wirklich nicht tat.

»Na schön«, sagte ich. »Die Lichtung gehört Ihnen. Ich hoffe, der Regen verdirbt Ihnen Ihren Treck nicht.«

»Er verdirbt ihn keineswegs«, meinte er.

Ich hielt Catherine an der Hand. Wir verließen die Lichtung. Wir hatten unsere Sachen, und wir gingen. Mir war zumute, als sei mir eine Gnadenfrist gewährt worden. Die Dinge hatten schwarz ausgesehen und jetzt auf einmal doch nicht mehr. Isaac war nicht in der Nähe. Cliff ging es gut. Welch doppelte Dosis guter Nachrichten.

Die kleine Wanderexpedition konnte den Nachmittagstee auf ihrer Lichtung in Frieden und Ruhe und mit meinem Segen einnehmen. Das einzig Komische war, und dessen war ich mir sicher, daß ein weiteres Lama einen Wind streichen ließ, als wir gingen, diesmal sehr laut, und wenn diese Wanderer Gefallen daran fanden, ihren Tee und ihr Gebäck inmitten einer Gruppe furzender, köttelnder Lamas einzunehmen, dann sollte es mir recht sein. Was mich betraf, mir ging das Herz einfach immer weiter auf. All diese Schuld, ich konnte sie einfach vergessen. Cliff ging es gut, und wenn es Cliff gutging, also, dann würde auf lange Sicht auch alles andere in Ordnung kommen müssen, jedenfalls sah ich das so, und so, wie Catherine mir Ermunterung zugrinste, wußte ich, sie sah es nicht anders.

Der Pickup schlitterte ein wenig hin und her, als wir losfuhren. Catherine winkte der Expedition zu, und einige der Teilnehmer winkten zurück, und die Lamas knabberten weiter am Boden, außer dem weißen, das uns, dessen war ich mir sicher, beim Wegfahren beobachtete, und ich war mir auch sicher, daß sich seine Augen zu großen blassen Untertassen weiteten, wußte ich doch, was es hieß, seine Zeit ausfüllen zu müssen.

Catherine sagte mir, wo ich abbiegen mußte, welche Nebenstraßen in den Bergen uns ans Ziel bringen und welche stillen Wege jene waren, die uns nirgendwohin führen würden. Ich hatte das Gefühl, schon einmal hiergewesen zu sein. Ich hatte das Gefühl, alle Abzweigungen zu kennen, ohne daß Catherine etwas sagen mußte. Jedesmal, wenn sie dennoch sprach, schien sie einen unausgesprochenen Dialog zu bestätigen, der zwischen meinem Vater und mir geführt wurde. Oder einem Buch und mir, aber es war eine gute Illusion.

Nachdem ich so lange gebraucht hatte, um hierherzugelangen, machte es mir jetzt nichts mehr aus, daß ich mit jemandes Hilfe am Black Fella Ledge ankam. Es hatte mich lange Zeit mit Stolz erfüllt, daß ich in der Lage sein würde, den Weg anhand der Hinweise zu finden, die mein Vater in seinen Tagebüchern niedergeschrieben hatte, doch das war jetzt so bedeutungslos, daß ich kaum noch daran dachte. Das wahre Herz der Dinge waren Catherine und die Geschichte, die sie mir über ihn erzählt hatte, und dazu kam, daß ich wieder viel zuversichtlicher war, nachdem ich wußte, daß Cliff noch unter den Lebenden weilte. Ich hatte mir kaum gestattet, an das Schlimmste zu denken, das ihm hätte zugestoßen sein können, er jedoch hatte den Weg zu diesem Ort selbst gefunden. Ich wollte hören, wie er es bewerkstelligt hatte und warum, und gleichzeitig schalt ich mich, nicht so gedacht zu haben, wie er gedacht haben mußte, nicht erkannt zu haben, daß er genug Verstand besaß, um sich selbst aus einer mißlichen Lage zu befreien und mir das gleiche zubilligte und plante, sich letztlich mit mir an dem einen Ort zu treffen, an den, wie er wußte, wir beide uns begeben mußten.

Warum war er bloß so schlau und ich so blöd?

Catherine und ich redeten während des letzten langen Abschnitts der Fahrt nicht viel. Ihre Geschichte hatte mich zum Schweigen gebracht. Ihre Geschichte hatte meine Eingeweide durcheinandergewirbelt. Die Straßen wurden jetzt noch schmaler und waren wegen der Haarnadelkurven noch langsamer befahrbar. Der Pickup polterte mächtig unter der Haube. Mir war egal, ob der Motor hochging oder sich festfraß oder auseinanderfiel, solange er uns nur bis zum Abend zum Black Fella Ledge brachte.

Daher waren unsere Gespräche sporadisch.

Irgendwo unterwegs sagte ich: »Aber hat er denn nicht irgendwann einmal von mir oder meiner Mutter gesprochen?«, und Catherine erwiderte: »Du hattest recht, als du sagtest, er sei ein stiller Typ. Er war glücklich, wenn er mit mir zusammen war, aber er mochte nie über seine Familie oder sein Leben in der Großstadt reden. Er hat dich nie erwähnt. Ich hatte nie die Chance, euch beide miteinander in Verbindung zu bringen. Ich kann mir nicht vorstellen, in welche Richtung meine Gedanken gegangen wären, wenn ich gewußt hätte, daß du sein Sohn bist. In den Zeiten, als ich mir eure Band angehört habe, ich weiß nicht, vielleicht hätte ich da versucht, dich kennenzulernen. Na, egal. Manchmal erzählte er von seiner Frau, aber nicht sonderlich viel. Auf gewisse Weise war er zu sehr Gentleman, um mir von seinem Leben zu erzählen. Wenn wir redeten, dann sprachen wir über meine Familie und mein Leben und darüber, wie mein Leben würde verlaufen können. Vielleicht war ich zu selbstsüchtig, und ich habe einfach nicht mehr gehört. Jedenfalls habe ich es so in Erinnerung.«

Irgendwo anders auf dem Wege sagte ich: »Isaac hat dich dann also gefunden?«

Catherine brauchte ein Weilchen, um diese Frage zu beantworten. Ein bitteres Steinchen in meinem Herzen sagte mir, sie denkt sich gerade eine neuerliche Lüge aus, doch es kam mir in den Sinn, daß sie letztlich doch von ihren Lügen gelassen hatte, und als sie wieder sprach, wußte ich, daß das, was sie sagte, die Wahrheit war.

»Er ist eines Abends mitten in die Hütte hineingeplatzt, und wir waren dabei, uns zu lieben. Richard sprach gerade meinen Namen aus, doch der Name, den er sagte, war ›Sylvia‹. Das war Teil des Spieles, das wir gelegentlich ganz gern spielten, und Isaac hörte es. Ich konnte spüren, daß es ihn innerlich zerriß, aber er wirkte ganz gelassen, und getrunken hatte er auch nicht. Er war eine lange Strecke gefahren, und nun hatte er uns gefunden. Isaac sagte zu Richard, er solle sich anziehen und sich ihm draußen stellen, dann ging er in die Dunkelheit hinaus und wartete. Richard zog sich an. Er hatte keine Angst, aber es war das erste und einzige Mal, daß ich dachte, wie alt Richard in Wirklichkeit war, daß er einen kleinen, behaarten Schmerbauch hatte, daß das Fleisch an seinen Armen und Schenkeln schlaff herabhing. Die Sache war die, er war ein Mann in den Fünfzigern, aber ich sah das während der ganzen Zeit, die wir zusammen verbrachten, eigentlich nie so, jedenfalls nicht, bis Isaac kam und ihn nach draußen bestellte.

Ich sagte ihm, er solle nicht hinausgehen, er solle es nicht mit Isaac allein aufnehmen. Er nahm keinerlei Waffe oder irgend etwas mit hinaus, womit er sich hätte verteidigen können. Er ging nach draußen. Isaac fing unverzüglich an, auf ihn einzuschlagen. Ich lief hinaus in die Dunkelheit, und Isaac hielt mich auf Abstand, und zur gleichen Zeit prügelte er Richard nieder, und als er auf dem Boden lag, trat Isaac auf ihn ein, bis er still war. Ich kreischte und schrie und versuchte, Isaac mit bloßen Händen umzubringen. Ich hatte ihn noch nie zuvor so erlebt. Ich haßte ihn. Ich konnte gar nicht glauben, daß ich ihn derart hassen konnte. Er hatte sich in unseren Vater verwandelt und schlimmer, denn er war nicht einmal betrunken. Er mißhandelte Richard, und er war stocknüchtern dabei. Er zerrte mich an den Haaren in sein Auto. Die ganze Zeit über sagte er kein Wort zu mir. Es war, als hätten wir keine gemeinsame Vergangenheit. Er fuhr los, und wir ließen Richard liegen, wo er war. Ich habe nicht einmal richtig gesehen, wie er da vor der Hütte lag. Er hätte tot sein können.

Isaac fuhr mich aus dem Gebirge hinaus und reagierte auf nichts, egal, was ich zu ihm sagte oder wie sehr ich ihn beschimpfte, und einmal, als ich sein Gesicht mit meinen Fingernägeln zerkratzte, schlug er mich so heftig, daß ich wohl das Bewußtsein verloren haben mußte. Als ich wieder zu mir kam, stand das Auto, und Isaac war draußen, und er jaulte den Mond mit diesem Laut an, der mich begreifen ließ, daß er sich tatsächlich innerlich zerfleischte. Danach stieg er wieder ein, und wir fuhren die Nacht hindurch in Schweigen. Am nächsten Tag nahm ich das Auto meines Vaters und fuhr in die Berge und zur Hütte zurück, aber Richard hatte seine Sachen gepackt und war verschwunden.«

»Was ist danach geschehen?«

»Was geschehen ist? Ich habe nie wieder von Richard gehört. Kann man ihm einen Vorwurf machen? Ich habe nie so getan, als sei er ein russischer Prinz hoch zu Pferde, der gekommen war, um mich erretten. Er hatte zuviel Angst, erneut mit mir Verbindung aufzunehmen. Seitdem bin ich nicht wieder am Black Fella Ledge gewesen, obwohl ich wußte, daß er immer noch herkam. Er kam weiter zur Hütte, nur eben ohne mich. Wenn er gewollt hätte, daß ich komme, dann hätte er sich mit mir in Verbindung gesetzt. Ich entschied, daß dieser Mann in den Fünfzigern, der wegen eines jungen Mädchens zusammengeschlagen worden war, einfach seinen Frieden haben wollte, und ich dachte, ich müsse ihm eben das geben, Frieden. Ich habe nie wieder versucht, ihn zu erreichen, nicht bis vor kurzem, als ich wieder nach Thornhill kam. Das war mehr als zwei Jahre später. Ich habe ihm eine unserer alten Kodemitteilungen geschickt, an seine Postfachnummer, und ich habe im Haus meines Vaters darauf gewartet, daß er sich meldet. Er war jemand, der mir hätte helfen können. Ich wollte ihm alles geben, was sich in diesem Haus befand. Ich habe gewartet und gewartet.«

»Was meinst du damit, du hast ihm eine Kodenachricht an sein Postfach geschickt?«

»Er hat mir nie erlaubt, seine Telefonnummer oder seine Anschrift zu benutzen. So entstanden unsere Kodenachrichten überhaupt erst. Es machte richtiggehend Spaß. Er sagte, wenn ich ihn zu Hause oder in seinem Geschäft benachrichtigte, dann würde das schreckliche Probleme mit seiner Frau geben, und das wollte er nicht, vor allem wollte er keine Probleme mit seiner Frau bekommen. Er sagte, was wir hätten, sei wichtig, aber sein Familienleben sei ihm das allerwichtigste. Ich habe ihn deswegen geachtet, wirklich, Joe, das habe ich getan.«

Ich sagte: »Catherine, meine Mutter war zu dieser Zeit bereits seit vielen Jahren tot. Ich habe in einer anderen Stadt gewohnt, seit ich siebzehn war. Es gibt niemand anderen. Mein Vater hat ganz allein in seinem Haus gewohnt. Niemand außer ihm hätte eine Nachricht in die Hände bekommen.«

Catherine war einen Augenblick lang still, und dann sagte sie: »Ich bin froh, daß du mir das gesagt hast.«

Draußen war der Abend angebrochen, und das Fahren wurde beschwerlicher und langsamer. Die Scheibenwischer klickten.

Sie sagte: »Es ist gut zu wissen, daß bestimmte Dinge auch nach seinem Willen gegangen sind. Ich begreife jetzt, daß das gut ist. Es ist gut, daß nicht nur ich die Dinge bestimmte.«

Ich brauchte lange Zeit, bevor ich imstande war zu sagen, was ich wirklich dachte.

»Könnte Isaac meinen Vater ausfindig gemacht, ihn umgebracht und einen Raubüberfall vorgetäuscht haben?«

Catherine sagte: »Das ist unmöglich. Das ist völlig unmöglich, Joe. Er hätte gar keinen Grund dazu gehabt. Zwei Jahre waren zwischen meinem letzten Treffen mit Richard und dem Zeitpunkt vergangen, als er, wie du sagst, umgebracht wurde. Warum hätte Isaac zwei Jahre lang warten sollen? Er ist ein Mann des Augenblicks, schnipp, und das wär's gewesen. Er hätte keinen Grund gehabt, nach Richard zu suchen. Du sprichst hier von einem planmäßigen Mord, und das ist nicht Isaacs Sache. Zwei Jahre? Nein. Was du da sagst, es ist einfach unmöglich.«

Das komische war, daß ich das verstand. In meinem Herzen stimmte ich ihr zu.

Sie saß einige Minuten lang schweigend da, und dann sagte sie: »Da vorn, Joe, die Abzweigung nach links.«

»Wir sind da?«

»Wir sind da.«

Diese Nebenstraße, nicht viel mehr als ein Schotterweg, führte zu einem Plateau, und wir sahen augenblicklich, daß der Regen das Plateau verwandelt hatte, nicht so sehr in Schlamm als vielmehr in einen glitzernden, flachen, ebenen See. Der Pickup hatte bisher gut durchgehalten, doch da würde er nicht durchkommen. Im Fernlicht erhellten die Scheinwerfer eine grasbestandene Ebene, die vor Wasser glänzte; vereinzelt hoben sich Bäume gegen den Himmel ab, und ausgedehnte graue Bereiche von Steinbrocken und knotigen Wurzeln lagen bloß.

Catherine meinte: »Wir können unsere Sachen aus dem Pickup mitnehmen und zu Fuß gehen. Es ist nicht allzu weit.«

Es regnete, doch es störte mich nicht. Catherines Regenschirm war groß, und sie hielt ihn aufgespannt über mich, während wir das, was wir von unserer Habe unbedingt brauchten, von der Ladefläche des Pickups nahmen. Ich stellte mir vor, wie ich mir etwas von dieser Suppe mit Cliff teilte, und aus irgendeinem Grund kitzelte der Gedanke meine Nerven. Ich wollte ihn wiedersehen, und jetzt war er überhaupt nicht mehr fern; die Hütte auch nicht, das Ende der Fahrt, die ich mit Cliff angetreten hatte und die ich jetzt mit Catherine beendete, lag nur wenige Minuten entfernt.

Ich würde diesen Ort sehen, ich würde mich dort aufhalten, wo sich mein Vater aufgehalten hatte, aber jetzt wußte ich ein bißchen mehr. Ich schaute Catherine an, die im Regen stand, die Arme naß und mit ernstem Gesicht, ihre Hüfte an meine Hüfte gelehnt, und stellte mir vor, wie dieser mein Fremder sie berührt und liebkost hatte, seine Finger durch ihr damals kastanienbraunes Haar gezogen, sie zum Lachen gebracht hatte und mit dem Lächeln gesegnet wurde, das ich lediglich von Isaacs zerknitterter Fotografie kannte.

Wir hatten unsere Sachen. Ich belud mich wie eines dieser Lamas. Der Boden war morastig, und das Gras gab unter den Füßen nach. Das Wasser war tiefer, als ich geglaubt hatte, reichte etwa bis zur Wade, und es war, als watete man durch Marschland. In der Abendkälte war die Luft schneidend, und der Regen blieb dick und schwer.

»Wir müssen einen kleinen Umweg machen«, sagte Catherine. »Komm hier entlang.«

Ihr Gesicht verriet ihre Erregung, wieder in der Nähe des Black Fella Ledge zu sein. Sie brauchte nur wenige Minuten, um mich zum Felsrand zu führen. Der Regen fiel wie Sternenspray in eine Welt tiefer Täler und Bergketten. Das war kein touristischer Aussichtspunkt, war es nie gewesen. Hier gab es keine Schutzgeländer oder Schilder, keine Abfallbehälter für Speiseeisverpackungen, keine münzbetriebenen Fernrohre. Das einzige Anzeichen menschlichen Lebens war eine kleine Holzhütte, die vom Felsvorsprung weit zurückgesetzt war, eingebettet in wildes Unterholz, am Rand des Waldes. Drinnen brannte ein Licht, das durch ein Seitenfenster zu sehen war. Ich schmunzelte. Es war jetzt alles so gut.

Wir standen auf dieser zerklüfteten Felskuppe, die die ausgedehnten Bergketten überblickte. Der Wind wütete in Sturmstärke, und es war, als befänden wir uns im Mittelpunkt des Universums. Durch den Regen hindurch sah ich ferne Bergspitzen, die blau und grau schimmerten; der Mond stand irgendwo am Himmel, schien durch Lücken in den schweren Wolken und verlieh dem umliegenden messerscharfen Rand dieses riesigen, jähen Abgrunds ein gespenstisches Glühen. Unten, tief, tief unten versank der Grund in eine bodenlose Schlucht aus Wolken und Nebel.

Ich ließ die Taschen fallen und legte mich auf den nassen Boden, streckte meinen Kopf vorsichtig über den Vorsprung. Catherine stieß eine Art lautlosen Fluchs aus, dann lachte sie und kniete sich hin und drückte fest auf meine Knöchel. Es ließ einem das Herz stocken, was dort über diesen Vorsprung hinweg zu sehen war und auch das, was nicht zu sehen war.

Als ich aufstand, hielt Catherine mich fest. Sie zitterte. Der Regen trommelte auf ihren großen Regenschirm, und dann wurde er durch eine Windböe zur Seite geweht, und wir wurden durchnäßt, und wir küßten uns lange und innig, weil der Regen uns nicht störte, er störte uns überhaupt nicht. Nichts störte uns. Das war jetzt unser Ort, und es war so leicht zu glauben, das Böse läge völlig hinter uns. Ich wollte Catherine, ich wollte sie wirklich. Ich wollte ihr erzählen, was in meinem Herzen brannte, und was in meinem Herzen brannte, war, daß dies mehr als bloß das Ende der Reise eines abgehalfterten Rock-Musikers in einem klapprigen alten Pickup-Truck war. Passende Worte fielen mir nicht ein, daher betrachteten wir die zeitlose Aussicht auf die Bergwelt. Wie hätte ich ihr denn sagen können: *In Ordnung, Catherine, jetzt weiß ich also Bescheid über die Schönheit, die im Herzen dieser dummen Welt zu finden ist.*

Wir gingen quer über die morastige Ebene und durch die Bäume dort, Eukalyptusbäume, dachte ich, der Morgen würde es ans Licht bringen, zu der kleinen Holzhütte hin. Catherines Tempo verlangsamte sich ein wenig, und sie war einen Schritt hinter mir.

Ich sagte: »Komm schon, wird schon alles in Ordnung sein. Sehen wir zu, daß wir aus dem Regen herauskommen.«

Catherine meinte: »Joe, was, wenn das dort drinnen nicht dein Freund ist?«

Sie hielt den Regenschirm hoch, und wir standen darunter.

Natürlich war es Clifford Watt, der da drin war. Der Oberbwana hatte uns doch von dem einhändigen Burschen erzählt, der so mächtig mitgenommen aussah. Aber es stimmte, ich konnte verstehen, was sie meinte, was, wenn Isaac uns zuvorgekommen war?

Dann würde ich ihn umbringen.

Wieder ließ ich die Taschen fallen und schritt durch den Regen zur Tür und packte den Türgriff, und halb trat ich, halb stieß ich die Tür weit auf.

Cliff lag flach auf dem Bett, auf dem Catherine und mein Vater sich dumm und dämlich gebumst hatten, die Beine ausgestreckt und an den Knöcheln übereinandergeschlagen, den großen behaarten Kopf von Kissen gestützt, während er ein Buch mit dem Titel *Der Tod ist ein einsames Geschäft* las.

»Herrgott, Joe«, sagte er, als er aufschaute, »wird ja langsam Zeit. Ich habe mir schon seit gestern abend hier die Fingernägel abgekaut, und du weißt ja, daß ich nicht so viele Nägel zum Abkauen habe.« Er grinste mich an und setzte sich auf. »Warum zum Teufel hast du so lange gebraucht?«

Er kam auf mich zu und hatte mehr Leben in sich, als ich seit dem Unfall bei ihm je gesehen hatte. Er umarmte mich, was er noch nie zuvor getan hatte, und seine eine Hand klopfte mir auf die Schulter, und sein handloser Unterarm pochte mir irgendwie auf den Rücken.

»Wer ist denn das?« fragte Cliff. »Hast du dir einen anderen Beifahrer gesucht?«

Catherine sah sich zwischen den Wänden und den wenigen Möbelstücken um und blickte Cliff nicht eigentlich an. Seine Haare waren mit einem Gummiband unordentlich zurückgebunden, sein Bart war verwahrlost, und seine Narben warfen im Licht der beiden Öllampen, die die Hütte erhellten, tiefe Schatten.

Ich sagte: »Cliff, das ist Catherine.«

Cliff sagte: »Hallo.«

Catherine nickte ihm zu und lächelte schwach, doch ihre Gedanken waren bei der Hütte. Sie ging umher und stöberte hier und da. Ich versuchte, sie nicht dabei zu beobachten, wie sie die Dinge beäugte, an die sie sich erinnerte.

Cliff sagte zu mir: »Was hältst du von dem vielen Regen? Ich kriege glatt eine Gänsehaut dabei.«

Wir schoben unsere Sachen beiseite, so daß sie nicht im Weg lagen, denn die Hütte war klein, und Catherine suchte sich ein Handtuch und trocknete sich ihre Arme und die Haare ab. Es war mir peinlich, wieder mit Cliff zusammenzusein, als hätte ich in den vergangenen Tagen irgendeinen Akt des Verrats begangen, dabei hatte ich das gar nicht, und Thornhill hinter mir zu lassen und hierher zu kommen, hatte sich doch am Ende als das Richtige erwiesen.

Aus der Thermosflasche goß ich Kaffee ein. Cliff war froh über einen Becher. Er war noch warm. Er grinste mich immer noch an.

Cliff sagte: »Weißt du, ich bin gestern abend hier angekommen, und ich habe mich gefragt, wie lange du wohl brauchen würdest, um hierherzufinden. Wie ich schon gesagt habe, ich habe mir die Nägel abgekaut.« Er scherzte, aber er verbarg seinen Unterarm ohne Hand vor Catherine. »Aber wenigstens hatte ich ein Buch.«

Ich fragte: »Hast du die Lamas gesehen?«

Er sagte: »Klar, komische Lamas. Du auch?«

»Der Oberbwana hat uns gesagt, daß du hier bist.«

»Aber ihr wart sicher schon auf dem Weg hierher, stimmt's?«

»Stimmt. Was ist mit dir passiert, nach jener Nacht? Wo bist du hingegangen?«

»Oh, ich mußte einfach von dort weg.«

Cliff blickte Catherine an, einigermaßen unsicher, was er vor ihr sagen sollte, doch er entschloß sich, mit der ganzen Wahrheit herauszurücken.

»Also, es ging ja ziemlich rauh zu, und du hattest alle Hände voll zu tun. Ich weiß nicht, wie es bei dir ausgegangen ist, aber eins von diesen Mädchen, also, es kriegte ziemlichen Schiß wegen der ganzen Sache mit diesen Saftsäcken. Sie boten ihr Geld dafür, sich festbinden zu lassen. Sie durchschaute das aber, und sie wollte fort. Wir haben es gemeinsam ausgeheckt. Wir sind aus dem Motel raus und haben uns ein Plätzchen für uns gesucht. Keiner von uns beiden kannte diese blöde Stadt, und keiner von uns beiden wollte bei diesem ausgeflippten Typen herumhängen, wie heißt er noch?«

Catherine sagte: »Isaac Rosewall.«

Cliff nickte. »Ja, Isaac. Herrgott noch mal. Also, wir haben am Morgen mit ein paar Leuten gesprochen, und sie haben mir erzählt, daß Black Fella Ledge eigentlich ein Ort ist, der Ransom's Point heißt, und daß der Zubringer zum Chimera Chalet in die Berge fährt und ich den Fahrer wahrscheinlich dazu bringen könnte, mich nahe genug an der Stelle abzusetzen, zu der ich hinwollte, wenn ich ihm zehn Dollar oder so was in die Hand drückte. Also, du kennst mich ja, Joe, ich mag keinen Ärger. Ich wollte nicht länger in Thornhill bleiben, während diese Burschen dort umherliefen. Also sind wir zur Bushaltestelle gegangen, und sie hat einen Bus dorthin zurück genommen, wo Isaac sie aufgelesen hatte, und ich bin in den Zubringer eingestiegen. Ich wußte ja, du würdest früher oder später hier aufkreuzen.« Cliff warf mir einen Blick zu. »Eher später, wie sich herausstellt. Aber jetzt bist du ja hier. Und das ist es, was zählt.« Er schaute zu Catherine. »Ihr beide.«

Catherine sagte: »Die Hütte war so, als du kamst?«

»Ist doch gut, nicht wahr? Glücklicherweise hatte ich daran gedacht, am Samstag vormittag ein paar Vorräte einzukaufen, bevor ich losfuhr, denn sonst wäre ich am verhungern. Habt ihr irgend etwas mitgebracht?« Durch sein schwarzes T-Shirt rieb er sich den Bauch. »Meine Vorräte haben sich nicht als besonders interessant erwiesen.«

Catherine fragte: »Wie bist du reingekommen?«

»Bin einfach hineingegangen. Die Eingangstür war nicht abgeschlossen.«

»Und es war Öl in den Lampen?«

»Streichhölzer waren auch da. Die Hütte muß wohl so sein, wie Joes Vater sie hinterlassen hat. Es ist Pulverkaffee da, Teebeutel, Konserven«, sagte Cliff. »Öl für die Lampen und irgend so ein Gasdingsbums, das, glaube ich, fürs Heißwasser da ist, aber ich habe nicht herausgefunden, wie es funktioniert.«

Ich sagte: »Cliff, morgen früh tun wir, was wir hier tun wollten.«

»Gut«, meinte er, »das ist wichtig. Ich glaube, ich kann deinen alten Herrn in dieser Hütte spüren.«

»Danach müssen wir aber weg. Wir haben Ärger mit Isaac und wollen morgen früh sehr zeitig aufbrechen.«

»Du meinst, wir alle drei.«

»Natürlich wir drei. Im Pickup.«

Cliff kratzte sich den Bart. In seinem schwarzen T-Shirt wirkte sein Bauch wie aufgebläht, und seine Arme waren ganz muskulös und schwer, die nutzlos gewordenen Arme eines Schlagzeugers.

Er sagte: »Ich habe den Pickup gar nicht gehört.«

Catherine sagte: »Wir mußten drüben am Anfang des Plateaus parken.«

»Ja, der Regen«, sagte Cliff, »Mist, daß er so viel durcheinanderbringt.« Er blickte mich an. »Joe, sag mir eins. Ich habe schon darauf gewartet. Du hast doch meine Hand, nicht wahr?«

»In der Seitenablage, vorn im Pickup.«

»Du hast ja keine Vorstellung, wie schlimm man sich ohne das Ding fühlt. Brauche ich die Schlüssel?«

»Ich hole sie dir.«

»Nein«, sagte Cliff, »ich weiß, wo ihr den Pickup abgestellt haben müßt. Ihr beiden braucht ein bißchen Zeit, um euch einzugewöhnen. Ich habe genug Zeit gehabt. Entspannt euch einfach. Und Joe?«

»Ja?«

»Ich glaube, dein Vater hat dir hier etwas hinterlassen.«

Hellwach blickte ich auf. »Was?«

»Sieht aus wie ein Brief oder so was. Ich habe ihn gefunden, als ich die Sachen umgeräumt habe. Da liegt er.«

Cliff zeigte auf einen Tisch, der ganz grob behauen und wacklig und halb von Holzwürmern zerfressen war. Ein flacher Umschlag lag obenauf. Ich konnte es nicht glauben; auf ihm stand: *An meinen Sohn.* Das übertraf alles, was ich mir hätte träumen lassen.

»In Ordnung«, sagte ich. »Danke.«

Cliff sagte: »Bin bald zurück«, und er nahm sich Catherines Regenschirm. »Darf ich?«

»Natürlich«, antwortete sie.

Cliff verließ die Hütte. Als er die Tür öffnete, wehten Wind und Regen herein, und als er sie wieder schloß, war es, als seien wir in ein Vakuum eingeschlossen.

Catherine schaute mich an.

Sie sagte: »Joe, irgend etwas stimmt nicht. Wir sollten besser nicht hierbleiben. Wenn Cliff zurückkommt, glaube ich, sollten wir einfach unsere Sachen nehmen und zum Chalet hinübergehen.«

»Ja«, sagte ich, doch meine Gedanken waren ganz und gar nicht bei ihr, »ja, gut.«

»Joe, ich meine das im Ernst, irgend etwas ist ganz komisch.«

Mein Herz pochte, und dieser Briefumschlag zog ganz einfach meine Augen an. Er war braun und rechteckig, eine Art von schlichtem Geschäftsbriefumschlag. Mein Vater hatte mir etwas hinterlassen, und es war das unglaublichste Geschenk, das mir je untergekommen war. Er hatte also gewollt, daß ich zu seiner Hütte kam. Meine Lippen und meine Kehle, selbst das Innere meines Schädels, es kam mir alles wie ausgetrocknet vor. Ich warf Catherine ein Lächeln zu, das nichts zu sagen hatte.

Dann hob ich den Umschlag auf und las das *An meinen Sohn* wieder und immer wieder, und allein diese Worte genügten, um in mir den Wunsch zu wecken, den Kopf zu senken und zu weinen. *An meinen Sohn.* Traurigkeit und Stolz lagen in diesen drei Worten, oder vielleicht waren die letzten paar Tage einfach zu lang und zu qualvoll gewesen, und ich hatte meinen Halt völlig verloren. Die Handschrift war unbeholfen. Meine Finger fühlten sich stumpf und taub an, als ich den Umschlag aufriß. Es befand sich lediglich ein kleiner quadratischer Zettel Notizpapier darin, und zwei Worte waren darauf geschrieben. Mein Gesicht mußte zu diesem Zeitpunkt wohl ziemlich ulkig ausgesehen haben.

»Was steht da, Joe?«

Geschwächt und gleichzeit betäubt reichte ich Catherine die Notiz und war überrascht festzustellen, daß meine Hand ganz ruhig war. Die beiden Worte in dieser unbeholfenen Handschrift lauteten: *Du Blödmann.*

»Das ist nicht seine Schrift. Ich kenne seine Schrift.«

Ich sagte: »Ich weiß, daß es nicht seine Schrift ist.«

»Wir müssen hier weg. Hörst du? Ich will schleunigst hier weg. Wir verschwenden keine weitere Sekunde.«

Ich fühlte mich wie ausgehöhlt. Die letzten Tage waren zu lang gewesen. Für weitere Überraschungen war ich nicht mehr zu haben.

Catherine suchte die Taschen und Sachen zusammen,

und beim Klang von Cliffs Schritten draußen wandten wir uns zur Tür. Er kam auf die Hütte zu. Er hatte nicht sonderlich lange gebraucht, um seine Plastikhand zu holen.

Catherine sagte mit leiser Stimme: »Das ist er nicht.«

Die Eingangstür öffnete sich, und die ganze Luft wurde vom Sturm hinausgesaugt, jedenfalls kam es mir so vor, und ich blickte Cliff in der Türöffnung an, doch sein Körper war schlanker und größer geworden und sein Kopf kahl, und sein Gesicht war glatt und jung und beinahe hübsch, hübsch auf diese vollippige Art und Weise, die ihm eigen war. Es war Isaac. Isaac mit einer halbleeren Flasche Diätcola und einem Dobermann, der zwischen seinen Beinen hindurchschaute.

Ich stürzte mich auf Isaac, und er schlug mich nieder, und mein Kopf schmerzte. Der Hund rührte sich nicht und bellte auch nicht. Ich stand auf und stürzte mich erneut auf Isaac, und irgendwie schnellte seine Hand in meine allgemeine Richtung, und ich lag wieder am Boden, mit einem Gefühl, als stürzte die eine Seite meines Kopfes ein, und mit einem Eimer voller Übelkeit in meinem Magen. Wie konnte er das bloß tun? Wie konnte er nur so schnell sein?

Catherine tat einen langsamen Schritt auf ihren Bruder zu. Sie behielt Max dabei im Auge, der ein hohes, jaulendes Grollen ausstieß. Im Schein der Öllampen, die jetzt vom Wind flackerten, sah Catherine so schön und anmutig aus wie nie zuvor.

»Isaac, das solltest du einfach nicht tun.« Ihre Stimme war sehr ausgeglichen. »Es gibt keine Sylvia, begreifst du das?«

Isaac schniefte und rieb sich das Kinn, trank einen Schluck von seinem Getränk und sagte: »Ja, in Ordnung. Ich habe das begriffen. Es gibt keine Sylvia. Also, wer ist hier?«

Sie sagte: »Nur ich, Isaac. Du und ich. Worüber wir sprechen müssen, hat mit niemand anderem etwas zu tun, und es ist unrecht, irgend jemand anderem weh zu tun. Das verstehst du doch. Hör zu, was ich dir sage. Entspann dich, Isaac, weil niemand dir weh tun kann und nur ich hier bin. In Ordnung? Verstehst du, was ich meine?«

Isaac lächelte und schüttelte den Kopf.

»Wir haben zu lange gewartet, das ist die Wahrheit.« Mit seinem nassen, schlammigen Stiefel versetzte er mir einen kleinen Schubs. »Aber jetzt sind da nicht bloß du und ich, also, jedenfalls nicht im Augenblick, wie du sehen kannst. Das ist zwar schade, aber, weißt du, es ist kein großes Problem. Wir tun etwas dagegen, ja? Ich möchte, daß du mich jetzt bloß ein kleines Weilchen allein läßt, wenn du nichts dagegen hast.«

Catherine trat daraufhin unmittelbar vor ihn hin. Ihre Augen leuchteten. Es machte mich krank, sie so nahe bei ihm zu sehen. Es sah aus, als wollte sie ihm einen Kuß geben, und zwar nicht auf schwesterliche Manier. Sie streckte die Hände aus, um sein weißes Gesicht zu ergreifen.

Isaac trat beiseite, und Roller und der Zapfsäulenjunge kamen herein.

Mit einer barschen, unzufriedenen Stimme, die den vergrämten Gesichtsausdruck des Zapfsäulenjungen widerspiegelte, sagte Roller: »Es ist scheißnaß draußen. Weißt du das eigentlich, Isaac? Es ist scheißnaß.«

Isaac sagte: »Kümmert euch mal ein Weilchen um sie, und haltet die Klappe. Nehmt Max auch gleich mit.«

Roller rollte die Augen zum Zapfsäulenjungen und sagte mit müder und resignierter Stimme: »Komm schon.«

Sie blickten zu mir hinab, und dann griffen sie Catherine und versuchten, sie an den Armen zu ziehen, aber sie wollte sich nicht ziehen lassen, und sie fing an zu kreischen, und ich konnte mich nicht von der Stelle bewegen, auf der ich am Boden hockte. Roller hob seine große, fleischige Hand, um Catherine mit der Rückseite ordentlich eine hereinzuhauen, doch Isaac stoppte ihn mit einem Blick.

»Na schön«, meinte Roller und klemmte ihr die Arme fest, konnte aber ihren um sich tretenden Füßen nicht ganz ausweichen und fing sich eine Ladung Spucke im Gesicht ein. »In Ordnung, Isaac, wir machen es so, wie du es willst.« Er stupste den Zapfsäulenjungen an, der alle Hände voll zu tun hatte. »Hilfst du mir gefälligst, oder was?«

Catherine rief: »Joe!«

Die Hüttentür schlug zu. Es gab nur noch Isaac und mich, und zwischen mir und Catherine waren keine poetischen letzten Worte gewechselt oder irgendein letzter sehnsüchtiger Blick ausgetauscht worden, und weil sie so schnell verschwunden war, hatte es den Anschein, als sei sie nie hiergewesen. Ein krank machender Gedanke zu glauben, sobald man einmal gegangen war, sei es, als wäre man nie dagewesen.

Der Regen klatschte schwer aufs Dach der Hütte. Isaac stellte seine Flasche ab und wühlte in der Tasche seiner Jeans und holte etwas Kaugummi hervor, steckte ihn sich in den Mund und fing an, wie wild zu kauen.

Er sagte: »Wo guckst du denn bloß hin, etwa auf meinen Schwanz? Warum schaust du mich nicht an wie ein Mann?«

Da war eine schmale, lange Wölbung in einer der Vordertaschen seiner engen Jeans im Stil der Siebziger. Ich wußte, was das war. Ich wünschte mir, es wäre sein Schwanz.

»Schön, ist es das, was du siehst?«

Isaac holte das Rasiermesser aus der Hosentasche, klappte es auf, hielt es mir vor die Augen, die lange Klinge, scharf und glänzend.

»Wenn du jetzt keinen Ärger machst, sehe ich davon ab, dir dein Gesicht in Streifen zu schneiden und an Max zu verfüttern. Wie wär's mit einer solchen Abmachung? Hältst du das für fair, Joe?«

»Ja, schon gut.«

»Woran denkst du jetzt, Joe? Denkst du etwa, du hättest

Catherine in Ruhe lassen und dich allein aus der Stadt davonmachen sollen, als ich dir die Chance dazu gegeben habe? Oder denkst du vielleicht, du hättest mir den Schädel einschlagen sollen, während du mich in meiner Wohnung besucht hast? Ich bin direkt vor deinen Augen eingeschlafen. Was hältst du davon? Eine derartige Angst hast du also vor mir, du dreckiges Stück Scheiße.«

Isaac versetzte mir einen Tritt in die Seite, und es war ein heftiger Tritt. Ich spürte, wie eine meiner Rippen brach. Nicht bloß anknackste, nein, durchbrach. Dennoch waren mir dieses Geräusch und der Schmerz in meinem Inneren nur allzu vertraut. Ich versuchte, aufrecht sitzenzubleiben und mich nicht zu krümmen.

»Mach schon, was denkst du gerade, Joe? Tust dir wohl selber mächtig leid?«

»Ich denke gerade, daß ich nicht möchte, daß du Catherine etwas zuleide tust.«

»Wage nicht, ihren Namen auszusprechen.«

»Was du auch tust, Isaac, tu ihr nicht weh.«

»Meiner Schwester? Was bist du eigentlich, blöd? Catherine weh tun? So'n Scheiß.«

Es schien einen Augenblick lang, als wollte er mich erneut treten, doch er hielt sich zurück. Isaac legte das aufgeklappte Rasiermesser auf den Tisch und fing an, in verschiedenen Schränken herumzuwühlen. Er hatte die Wahrheit gesagt, als er meinte, er habe keine Angst vor mir.

»Die andere Sache, an die ich denke«, sagte ich, »ist die, daß ich nicht möchte, daß du mir weh tust.«

Isaac schlug die Schranktür zu und öffnete eine andere.

»Laß das, mach mich nicht krank, Joe, nicht einmal dein Vater hat um Gnade gebettelt. Er war ein bißchen überrascht, aber er hat nicht gebettelt.« Isaac blickte zurück zu mir. »Es tut mir leid, sagen zu müssen, daß einige Schwinger mit dem Schläger nötig waren, um ihn niederzuschlagen und zu erledigen. Er wußte bis zuletzt, was lief, weißt du ...«, er machte eine weit ausholende, schwingende Bewegung. »Er hätte Catherine in Ruhe lassen sollen. Hatte ich ihm nicht die Chance gegeben, sie in Ruhe zu lassen, und dir auch? Ist es denn ein Wunder, daß alles in Tränen enden muß?«

»Er hat sie ja in Ruhe gelassen!« schrie ich hinaus und keuchte vor Schmerzen in meiner Seite. »Du hast unrecht. Du hat so verdammt unrecht. Du hast jemanden umgebracht, der dir nichts getan hat.« Ich schluckte es alles hinunter und riß mich zusammen. »Er hat sie ja in Ruhe gelassen.«

Dann schob ich mich zum Rasiermesser hin, während die gebrochene Rippe in meinem Inneren stach, und auf dem Weg dorthin traf mein Kinn mit Isaacs Knie zusammen. Mit Kreaturen, die in der Falle saßen, kannte er sich aus, er schien zu wissen, wie ihr Verstand arbeitete. Ich fiel zurück, blitzartig geschlagen. Ich wollte heulen, wirklich drauflosheulen, weil das das einzige war, was ich noch tun konnte.

»Nein, das ist nicht die Wahrheit. Ich weiß, was tatsächlich passiert ist. *Das* ist eine Tatsache. Eine weitere Tatsache ist, daß ich Baseball ganz gern mochte, bis ich deinen Vater erledigt habe. Jetzt kann ich einfach nicht mehr dabei zuschauen. Wie es klingt, wenn der Ball vom Schläger getroffen wird. Kricket ist genauso schlimm.« Er suchte in einem anderen Schrank. »Das hier habe ich eine Zeitlang als Zweitwohnung benutzt, nachdem dein Vater tot war, aber ich schätze, daß du jetzt der eigentliche Eigentümer bist. Tut mir leid wegen der ausstehenden Miete. Du wirst sie nie zu sehen kriegen.«

Isaac hatte gefunden, was er gesucht hatte. Es war eine Rolle Seil, ordentlich verschnürt und dick wie sein Schenkel zusammengerollt. Er blickte auf mich herab.

»Also, was werde ich wohl mit dir tun, Joe?«

Er stand über mir und beobachtete mich. Es war, als erstarrte man unter dem Blick einer Kobra. Er überlegte, und er bewegte keinen Muskel. Eine volle Minute verstrich, bevor sein Gesicht wieder einen Ausdruck annahm. Sein

Gesicht heiterte sich auf. Mir verdrehten sich die Eingeweide.

»Stimmt ja, du und dein Vater. Ihr beide habt die Dinge einfach auf den Kopf gestellt.«

Er hielt sich den Handrücken vor den Mund und versuchte, ein Lachen zu unterdrücken. Er mußte es buchstäblich ersticken. Er mußte nach seiner Diätcola greifen und die Flasche prustend und schlürfend restlos leeren, bevor er aufhören konnte.

Ich konnte ihn nicht einmal fragen, was so komisch daran war.

»Ich weiß ganz genau, wie ich dich mir vom Leibe halten werde, Joe, mein Junge.«

Er hob mich am Kragen hoch und warf mich mit dem Gesicht nach unten aufs Bett. Das Bett, das Catherine mit meinem Vater geteilt hatte. Das Bett, auf dem Isaac es sich in seiner Zweitwohnung gemütlich gemacht hatte. Das Bett, auf dem Cliff gewartet und gelesen hatte, die Beine lässig an den Knöcheln übereinandergelegt, als habe er alle Zeit auf dieser Welt; wo war dieser verdammte Feigling eigentlich, wo versteckte er sich, warum stürmte er hier nicht herein und schlug Isaac mit einem Hammer oder einem Montiereisen oder sonst was den Schädel ein?

Isaac fing an, mich zu fesseln und band mir die Hände hinter dem Rücken fest zusammen.

»Aus diesen Knoten kommst du nicht mehr heraus, Joe«, sagte Isaac, das Gesicht hinter meinen Kopf gesenkt, das Knie in meinem Rücken. Er hielt in seinem Tun inne, und sein nach Diätcola und Kaugummi riechender Atem drang mir ins Ohr. »Ich habe gleich von Anfang an gewußt, wer du bist. Am Motel. Ich habe gewußt, daß du kommst. Ich habe auf dich gewartet. Ich habe Nacht für Nacht davon geträumt, dich zu Gesicht zu bekommen, und dann, als ich dich gesehen habe, war es keine Überraschung für mich, daß du deinem Vater überhaupt nicht ähnlich siehst. Das war wohl deine Tarnung, wie?«

»Woher willst du gewußt haben, daß ich nach Thornhill kommen würde?«

Isaac war nicht mehr so sehr mit dem Seil beschäftigt. Sein Verstand war plötzlich zu einer seiner verrückten Ideen abgeschweift. Ich würde freikommen. Das war meine Chance freizukommen. Ich wand mich, doch er kniete sich auf meinen Rücken und zwang mich stillzuliegen.

»Ich weiß nicht, warum unsere Pfade dazu bestimmt waren, sich so eng kreuzen, Joe. Die Geschichte mit deinem Vater hätte eigentlich das Ende bedeuten sollen. Dann wußte ich, daß du kommst. Was ich an dir nicht ertragen konnte, war, daß ich sah – peng! auf einen Schlag –, daß du der Typ von Mensch auf diesem Planeten bist, der alles haben kann, was er nur will. Du weißt das ganz genau. Schau dir dein Gesicht an. Ich habe dafür gesorgt, daß es ordentlich zugerichtet ist. Du kannst diese Musik machen. Auch darüber weiß ich alles. Du glaubst wohl, ich würde die Musik von dem Sohn des Mannes, den ich umgebracht habe, nicht unter die Lupe nehmen? Klar habe ich das getan. Sie war gut, Joe, wirklich gut. Ich muß den Hut vor euch ziehen. Eure Band konnte echt kicken und swingen, und genau das wirst du jetzt auch tun, kicken und swingen, strampeln und schaukeln. Tut mir leid. Aber sag mir eins. Das Leben meint es so gut mit dir. Das Leben ist so freigiebig mit dir. Warum kriegt der eine Scheißer alles und der andere Schlucker nichts?«

»So ist das nicht, Isaac, du mußt blind sein. Warum machst du deine Augen nicht auf? Es ist doch überhaupt nicht so.«

»*Du* mußt blind sein.« Isaac lag jetzt auf mir, lag richtiggehend auf mir drauf. Er sagte: »Glaubst du etwa, du kannst dir vorstellen, wie es ist, wenn man nicht in der Lage ist, einen Grundton herauszubringen?«

Es dauerte einen Augenblick, um ihm folgen zu können. Erneut sah ich all diese aufgestapelten Schallplatten in seiner Wohnung vor mir, die verlockend glänzende Gitarre.

»Nein, Catherine hat gesagt, du hast mit ihr wunderbare Musik gemacht.«

»Erwähne gefälligst ihren Namen nicht, Joe, *nimm ihren Namen nicht in den Mund.*«

Er leckte mich seitlich am Hals, und dann biß er mich. Biß mich in den Hals wie ein Hund. Oder ein Vampir. Oder ein verdammter Werwolf. Ich wand mich, doch er drückte mich nieder. Ich glaubte, als nächstes werde er sich seine Jeans abstreifen, doch er hielt inne und atmete mir ins Ohr. Dann, mit dem nächsten Atemzug, während er mich so festhielt, fielen Tränen dort auf meinen Hals, wo er seinen Biß angesetzt hatte. Isaac zitterte. Ein kleiner Laut entrang sich seiner Brust, und er zitterte. Das mochte Isaacs Version des Weinens sein. Ich ängstigte mich zu Tode.

Indem ich meine Stimme zwang, ganz ruhig zu klingen, so ruhig, wie es nur irgend ging, sagte ich: »Isaac. Hör mir mal zu. Hörst du mir auch zu? Sie hat gesagt, sie hat gesagt, ihr habt euch gegenseitig Musik füreinander ausgedacht. Wunderbare, wunderschöne Musik. Du auf der Gitarre, sie auf dem Klavier. Sie hat gesagt, die Musik sei die einzige Sache gewesen, mit der sie der Welt ihres Vaters hatte entfliehen können. Sie hat über die Gefühle gesprochen, die sie dabei empfand. Was sie ihr bedeutet haben. Sie hat gesagt, Isaacs wunderbare Musik. Sie hat gesagt, es hat ihr echt – es hat ihr echt so viel bedeutet.«

»Jawohl«, flüsterte Isaac, »so viel. Aber ohne sie, Joe? Begreifst du? Ohne sie, was dann?«

Hübscher Versuch, keine Punkte.

Isaac kniete mir im Rücken und schlang das Seil erneut um mich und ging dabei richtig zur Sache. Dann wurde ich von seinem Gewicht befreit, und ich spürte, wie Knoten an meinen Knöcheln festgezogen wurden. Isaac schnaufte. Ich war froh, daß ich sein Gesicht nicht sehen konnte.

»Kein Wunder, daß Catherine auf dich abfuhr«, sagte er mit ganz normaler Stimme, falls es etwas Derartiges bei ihm überhaupt gab. »Sie hat nicht gewußt, wer dein Vater war, aber sie kannte eure Band. Hat sie für dich gespielt, Joe, hat sie sich etwas für dich auf dem Klavier ausgedacht, und hat sie es für dich gespielt?«

»Ja, hat sie. Es war echt gut. Du solltest es hören. Es ist wirklich etwas Außergewöhnliches.«

»Das war die Todesglocke für dich, mein Junge, in der Minute, als Catherine dich mochte.«

»Das Todesgeläut«, sagte ich.

»Was?«

»Es heißt nicht Todesglocke, du Idiot, sondern Geläut. Ein Glocke läutet das Todesgeläut. Du verdammter mörderischer Trottel.«

Isaac hievte mich hoch, schüttelte mich durch und warf sich meinen Körper über die Schulter, als ob ich nichts wöge.

»Eine Glocke läutet das Todesgeläut«, verfiel er in einen Singsang mit einer flotten Melodie, einer schlichten, kindhaften Melodie, der besten Melodie, die Isaacs Hirn je hervorbringen würde. »Eine Glocke läutet das Todesgeläut ... Und dabei hilft ihm auch kein Chef ... meinem lieben, guten, alten Freund ... dem heiligen Joseph.«

Dann hörte er auf herumzublödeln und trug mich aus der Hütte in den strömenden Regen hinaus.

Die Band konnte wirklich swingen, und auch ich schwang jetzt, von neuem verkehrt herum hängend, diesmal mit einem Schmerz, den keine Benommenheit lindern würde, zumindest noch nicht, zumindest noch nicht im Verlauf der nächsten Stunden, und um mich herum und überall unter mir war das Blau und das Schwarz der Ewigkeit, einer unwetterbetriebenen Hölle.

Weit aufgerissene und starrende Augen blickten hinunter direkt in die regenerfüllten, nebligen Täler und Schluchten der Bass-Berge. Das war der Tod. Vergiß dieses kleine Sinnbild der Vergänglichkeit, das ich auf dem rissigen und staubigen Armaturenbrett des Pickups transportiert hatte.

Das hier vor meinen Augen war der Tod. Der Wind schaukelte mich wie ein Pendel hin und her, doch ich hielt meinen Körper steif, als ob dies auch nur einen Deut Unterschied machen würde, und so schaukelte ich nach links und nach rechts und manchmal in kleiner werdenden Kreisen, und lediglich dieses Seil von Isaac, an dem ich vom Black Fella Ledge herabhing, bewahrte mich vor einem Absturz.

Er hatte es um eine große, freiliegende Baumwurzel geknotet, und danach hatte er mich über den Vorsprung hinabgelassen, beinahe behutsam, vorsichtig, mit seinem hübschen, vollippigen Lächeln, und das war das Letzte gewesen, was ich von der bekannten Welt gesehen hatte, und die Erkenntnis, welch großer Experte Isaac auf dem Gebiet der Knoten zu sein schien, hatte mich keineswegs besser fühlen lassen. Jetzt konnte ich kaum an den Absturz denken; ich konnte überhaupt kaum denken. Ich konnte nicht rufen, und ich konnte nicht schreien. Ich konnte mich bloß steif und gerade halten, während mein Kopf vor Blutandrang zu platzen drohte. Es schien, daß der einzige Gedanke, den ich wirklich noch fassen konnte, der war, soviel zusätzlichen Druck wie menschenmöglich von diesem Seil und von diesen Knoten fernzuhalten, es wenigstens zu versuchen. Und so hing ich da, verkehrt herum wie ein Judas, stocksteif und mit Glotzaugen.

Trotzdem brachte mich der wirbelnde Wind zum Schaukeln, und wenn mich ein Absturz schon in Schrecken versetzte, so hatte ich noch größere Angst davor, ewig verkehrt herum über diesen Tälern zu hängen oder zumindest stundenlang und tagelang, während das Hämmern des Blutes in meinem Kopf schließlich abklang und ich langsam zu sterben begann. Doch der Regen fiel unentwegt und drang mir in die Nase und in den Mund, und das wäre wohl echt das allerkomischste, verkehrt herum im Regen schaukelnd zu ertrinken.

Eine Stimme rief mich, rief über den Rand des Black Fella Ledge hinweg:

»He, Joe, Joe? Kannst du mich hören?« Er mußte am Strick gezogen haben, denn ich schwang in einem weiteren, schrecklicheren Bogen. »Joe, kannst du mich hören?«

Es war Cliff. Endlich Cliff, endlich der feige Cliff mit seinen kräftigen Armen, wie geschaffen, um ein Seil einzuholen und eine nutzlose Last vom Rand des Abgrunds zu bergen.

»Schaukle nicht am Seil!« und ich hustete und prustete Regen und erstickte fast, und beinahe wäre es in jenem Augenblick mit mir vorbei gewesen.

Also hielt ich meine Klappe. In einer Sekunde würde er mich oben haben. Mach schon, Cliff, möge Gott dich segnen. Ich schnaubte Regen durch meine Nasenlöcher aus. Ich kniff die Augen zu und hörte auf, in diese dunklen Täler unter mir zu schauen, in diesen Abgrund, so neblig, daß es schien, als würden dort unten Wolken geboren. Meine Schläfen hämmerten. Es gab keinen Alptraum, aus dem ich je aufgewacht war, der schlimmer war als dieser. Doch ich würde ja gleich erwachen, dank der mächtigen Arme von Cliff. Ich dachte: *Welch ein Glück, welch ein Glück. Wenn ich jetzt hier nicht herausgeholt würde, dann würde ich in wenigen Minuten gestorben sein, in Minutenschnelle. Es würde überhaupt nicht mehr lange dauern.* Meine Kräfte waren aufgebraucht. Die gebrochene Rippe und die hinter dem Rücken zusammengebundenen Hände und das in meinem Schädel pochende Blut und die panische Angst vor dem Ganzen, das alles hieß, ich war hilfloser als ein Baby.

Aber warum wurde ich denn nicht hinaufgezogen? Mir wurde schwindelig und immer schwindeliger. Dann wieder fühlte ich mich scharfsinnig und scharfsinniger. Nicht mehr lange jetzt. Sicherheit oder Ewigkeit, eins von beiden, nicht mehr lange jetzt.

»Joe, huste mal oder so was, damit ich weiß, daß du mich hörst.«

Ich öffnete die Augen und versuchte, mich ein bißchen hochzuziehen, um nach oben zu sehen. Meine Bauchmuskeln leisteten mir keinen sonderlich guten Dienst. Die Welt drehte sich und war unheimlich und unendlich, und die Muskeln in meinem Bauch waren schwach wie Wasser. Feuer brannte in meiner Seite, und es breitete sich aus. Ein Feuer auch im Kopf. Der Schmerz wollte nicht nachlassen. Es gelang mir lediglich, meine Füße und das meine Knöchel umschlingende Seil zu sehen und wie diese Linie im Regen verschwand. Regen, der mich blendete, und, wenn ich zu atmen wagte, Regen, der mich erstickte.

Doch da war diese Stimme aus dem Nichts.

Es war ein Versuch zu rufen: »Zieh mich hoch! Zieh mich doch endlich hoch!«

Dann fiel mein Kopf zurück und hing lose herab, und ich schaukelte tüchtig hin und her, ohne der Begrenzung des Berges im geringsten nahe zu kommen, mein Körper in der freien Luft hängend. In freier, kalter Luft. All meine Willenskraft war erforderlich, bloß um meine Augen erneut fest geschlossen zu halten, denn wenn ich jetzt in diesen Abgrund blickte, würde dieser Abgrund in mich hineinblicken, und mein Herz würde stehenbleiben.

»Du kannst mich doch hören, Joe! He, du sollst wissen, ich hätte von Isaac nie erwartet, daß er so was tun würde. Das ist einfach zuviel. Hörst du mich? Ich will dich hier nicht hängenlassen. Ich werde die Knoten lösen, und dann ist alles in Ordnung. Es wird einen kleinen Fall geben, aber es heißt, man tritt weg, schon lange, bevor man auf den Grund auftrifft. Wenn man Glück hat. Du solltest wissen, daß es mir gewissermaßen leid tut um dich, aber scheiß drauf, Joe, du hast mir so viel angetan. Ich schätze, für Gegenbeschuldigungen fehlt die Zeit, aber du solltest wissen, wer dir das alles eingebrockt hat.«

Cliff zog am Seil, zog heftig daran, und ich schaukelte, hoppla hier, hoppla da, hin und her. Vielleicht gewöhnte ich mich bereits daran, hier zu hängen oder an den Schmerz oder die panische Angst, oder vielleicht wechselte mein Hirn auf irgendeine neue Ebene, bevor es die Lichter ausmachte, doch ich glaubte, Cliff sehen zu können, wie er dort oben in Schlamm und Morast lag, und ich konnte wahrhaftig verstehen, daß er es war, der hinter all dem stand, denn wenn ich die Zeit gehabt hätte, es zu durchdenken, bevor ich über den Felsvorsprung gehängt wurde, würde ich begriffen haben; Isaac hatte mich heiliger Joseph genannt, und das konnte nur von einer Seite gekommen sein.

Cliff rief: »Du bist doch nicht etwa bewußtlos, oder?«

Heiser wie das Bellen eines tollwütigen Hundes hustete ich zurück: »Nein!«

»Gut. Hör zu. Dein alter Herr war nach dem Unfall völlig außer sich. Er war ein besserer Mensch als du, alter Freund. Der arme Kerl konnte gar nicht glauben, was du da getan hattest. Weißt du eigentlich, daß er mich besucht hat, als ich im Reha-Zentrum war? Sie haben mir dort beigebracht, wie man ihre Prothesen benutzt. Er wollte Freundschaft mit mir schließen! In gewisser Hinsicht sind wir tatsächlich Freunde geworden, während du im Knast herumgegammelt hast. Wen sonst hatte ich denn in meinem Leben noch, Joe, nachdem du mir Annie so erfolgreich ausgespannt hattest?«

Ich sah Annie wieder vor mir. Ich sah ihr Gesicht, als sie mich im Krankenhaus besuchen kam. *Es war nicht meine Schuld, Cliff, es war nicht meine Schuld.*

»Je enger dein Alter und ich uns anfreundeten, desto mehr wollte er mir über sein Leben erzählen, und dann hat er sein Herz über diese kleine Hexe Catherine und den Black Fella Ledge und die ganze leidige Geschichte ausgeschüttet, und danach, als er mir richtig vertraute, du würdest es nicht glauben, Joe, ließ er mich seine Tagebücher lesen. Jeden Tag mußte ich ihn um sie bitten.

Es kam mir dann ganz plötzlich, Joe. Es war so wundervoll. Ich konnte dir weh tun, ich konnte dir echt weh tun und sogar noch bei jeder Einzelheit zuschauen. Hörst du mir noch zu? Du hast mir mein Leben kaputtgemacht, also mache ich das gleiche mit dir. Klingt zwar sehr nach Altem Testament, aber manchmal sind die alten Bräuche die besten. Was mir besonders gut in den Ohren klang, war der Name Isaac. Der rächende Engel! Ich fuhr allein nach Thornhill und freundete mich mit ihm an. He! Was glaubst du wohl, wie schwer es war, ihn zu überzeugen, daß dein Vater Catherine nachstellte? Ich verwandelte deinen Alten in den größten Spanner der Welt. Dieser Junge ist so dumm wie Bohnenstroh! Er hat einen Baseballschläger benutzt, falls du es noch nicht gewußt haben solltest. Dein Alter hat mir leid getan, aber es gab ja niemand anderen, den du geliebt hast. Das liegt daran, weil du so verdammt von dir selbst eingenommen bist, daß dich niemand anderer auf der Welt schert. He! Kannst du mir noch folgen?«

»Ja.«

»Wie war das, Joe?«

»Ich kann dir folgen!«

»Nicht mehr lange. Weißt du, was? Das Seil ist genauso gespannt wie meine Erwartung! Hast du das mitgekriegt, Arschloch? Du verdammtes Stück dreckiges Arschloch. Also, der Rest ist Geschichte, und du kannst es dir ja auf deinem Weg nach unten zusammenreimen. Mir reicht es für heute abend, Joe, ich bin mächtig müde. Ich wünsche dir einen frohen Fall.«

Jetzt zappelte ich und wand mich wie ein Fisch an der Angel und rief: »Warum? Warum hast du das bloß getan?«

»Hast du denn nicht zugehört? Hör auf, Zeit zu schinden.« Dann: »Weil ich dich nicht leiden kann, Joe, du bist ein so nimmersatter kleiner Scheißer. All die Mädchen, die du gevögelt und dann fliegen gelassen hast, die Art, wie du den armen Jimmy und mich hast wie Sklaven schuften lassen. Du hast den Unfall verursacht, Joe, nicht, weil du getrunken hattest, sondern weil du nie genug kriegen konntest. Was glaubst du wohl, wie viele Auftritte wir hätten durchhalten können? Denkst du etwa, ich würde dir vergeben, was du mir und Jimmy angetan hast? Wer erinnert sich denn überhaupt noch an Jimmy und mich? Und dann haben sie dir bloß achtzehn Monate Gefängnis gegeben! Achtzehn Monate!«

Cliff legte eine Pause ein, und als seine Stimme wiederkehrte, klang sie nicht mehr so erregt.

»Was glaubst du wohl, wie ich mich in diesem Pickup mit dir die ganze Strecke über gefühlt habe? Da wurde ich ganz schön auf die Probe gestellt. Hast du dich je gefragt, warum ich so viele Bücher gelesen habe? Ist dir je in den Sinn gekommen, daß mir vielleicht allein schon dein Anblick und dein Geruch den Magen umgedreht haben? Und wie stand es mit deinen vielen Umwegen? Du hast mich damit regelrecht umgebracht! Der einzige Grund, weshalb ich es mit dir ausgehalten habe, war der, daß die Vergeltung auf dich wartete. Mein Freund Isaac. He, weißt du, was? Das komische ist, und ich will gar keinen Witz darüber machen, aber wenn du auf der Fahrt vielleicht ein bißchen Menschlichkeit mir gegenüber zu erkennen gegeben hättest, dann hätte ich die ganze Sache womöglich sausen gelassen. Du hattest ausreichend Zeit. Ich hätte nur dafür zu sorgen brauchen, daß wir nicht nach Thornhill oder in die Nähe dieses Motels kamen. Dann wäre überhaupt nichts passiert. Du hattest viele Tage Zeit, um dich zu retten, einfach, indem du dich menschlich gezeigt hättest, Joe, aber du warst weit weg in deiner eigenen Welt. Und was hast du für mich empfunden? Na los. Gesteh dir die Wahrheit ein.«

Ich hing da. Ich kannte die Wahrheit. *Es war meine Schuld, Cliff, es war ganz allein meine Schuld.*

»Joe, du hast mich verachtet. Weil ich häßlich bin, und weil du gedacht hast, du hast mich am Hals. Armer, armer Joe, einen häßlichen, einhändigen Mühlstein um den Hals. Glaubst du denn, du konntest das vor mir verbergen?«

Es klang, als müßte Cliff würgen, oder war das der Wind, der pfiff? Seine Stimme war so lange nicht mehr zu hören, daß ich schon glaubte, er sei verschwunden.

Dann: »Hör dir mal diesen Wind an, Joe. Weißt du, was er sagt? Er sagte, Jimmy war der Glückliche. Er sagt, ich war der Angeschissene. Guck dir an, was von mir übriggeblieben ist. Ich sollte dich hier hängenlassen, damit du über deine Sünden nachdenken kannst, aber ich bin gar nicht so böse. Ich führe ein Leben in der Hölle. Du aber kannst zur Hölle fahren. Sag mir bloß noch eins. Wie fühlst du dich?«

»Ich habe etwas Kopfschmerzen.«

»Leb wohl, Joe.«

Also wappnete ich mich und wartete, und nichts geschah.

Die geisterhafte Stimme kehrte zurück, und ein Lachen schwang darin.

»Du würdest es nicht glauben! Diese verdammten Knoten!«

Der Klang von Cliffs Stimme war Gelächter, das auf Regen schwebte.

»Ich kann sie mit einer Hand nicht aufkriegen. Isaac hat ganze Arbeit geleistet! Ich hätte eine meiner Prothesen mitbringen sollen, diejenige mit dem Haken am Ende, aber Junge, ich hasse das Ding. Weißt du, man öffnet und schließt den Haken durch IPSILATERALE VORWÄRTSBEUGUNG DER SCHULTER! Hörst du das? Das bringen sie einem im Krankenhaus sobald wie möglich nach der Amputation bei. Ich bin aus dem verdammten Koma erwacht, und das war das erste, was ich machen mußte. Glaubst du vielleicht, das hat Spaß gemacht? Du hast mich nie nach solchen Sachen gefragt, wie? Oder etwa doch, Joe?«

Es trat eine weitere lange Pause ein.

»Also, ich werde dich hier nicht so hängen lassen. Was ich brauche, ist ein Messer. Lauf nicht davon, alter Junge.«

Ein Menschenalter schien vergangen zu sein, aber vielleicht war es auch bloß eine halbe Minute. Das merkwürdige war, daß ich mich bewegte. Ich bewegte mich nach oben. Ich wurde aus dem Abgrund hinaufgezogen, ruck-zuck, ruck-zuck, Zentimeter für Zentimeter, und ich dachte: *Hoffentlich zuckelt sich da keiner einen ab und läßt mich wieder fallen.*

Dann wurde ich über den nassen Felsvorsprung des Black Fella Ledge gezogen, und eine Menge Hände krochen über meinen Körper, und der Regen klatschte mir ins Gesicht, bis sie mich auf den Bauch rollten und an den Knoten, die meine Hände und meine Knöchel zusammenbanden, zogen und zerrten. Verkehrt herum gehangen zu haben, gab mir das Gefühl, als wären alle meine Gelenke gestreckt worden und als würde ich, falls ich mich maß, feststellen müssen, ich sei um vieles größer geworden. In meinem Kopf drehte sich alles. Meine Schläfen pochten. Ich vergrub mein Gesicht in Schlamm und Morast. Regen trommelte auf mich ein, und ich begann, in den durchweichten Boden hineinzuschreien, zu schreien wie ein Baby, während meine Brust wogte und Sterne in meinem Schädel explodierten, und dann dachte ich an Catherine, und ich hörte auf, ich hörte einfach unvermittelt auf. Ich lag flach auf dem Bauch, und die eine Seite meines Gesichts war im Morast begraben, und mit dem Mund im Schlamm lag gleich neben mir auf dem Bauch und ein bißchen zusammengekrümmt Cliff, das fleischige Gesicht in Ruhe erschlafft, der Kopf vom Blut aus einer großen Wunde überströmt. Neben seinem Kopf lag ein kräftiger Ast.

Ein bißchen wie ein Baseballschläger, echt.

Sie rollten mich auf den Rücken und beugten sich über mich. Meine Augen waren voll vom Regen und darüber hinaus auch einem guten Stückchen Tod, und ich konnte ihre Gesichter nicht erkennen.

»Helft mir, mich hinzusetzen«, sagte ich, und sie halfen mir dabei, und ich fühlte mich hundselend.

Als ich aufblickte, erkannte ich Roller und den Zapfsäulenjungen.

Der Zapfsäulenjunge sagte: »Wir haben gehört, daß von

Umbringen die Rede war. Davon wollen wir nichts wissen. Das ist etwas, von dem wir nichts wissen wollen. Roller hat dieses häßliche Arschloch umgenietet. Wir wollen nichts damit zu tun haben, daß man Menschen über einen Felsvorsprung hängt. Wir dachten, wir ziehen dich hoch, Kumpel, du wirst doch auch nicht vergessen, daß wir das waren, nicht wahr? Du wirst nicht vergessen, wer vorbeigekommen ist und dich hochgezogen hat, denn wir wollen mit diesem ganzen Scheiß hier nichts zu tun haben.«

Ich saß da und hielt mir den Kopf, während meine Handgelenke schmerzten und steif waren. »Ist er tot?«

»Wir haben dir doch gesagt, wir haben mit Umbringen nichts am Hut. Er wird wieder werden. Er wird am Morgen zwar einen verdammt dicken Schädel haben, aber er wird wieder werden.«

»Wo habt ihr Catherine hingebracht?«

»Sie und Isaac sind weg.«

»Wohin?«

Der Zapfsäulenjunge antwortete nicht. Ich zwang mich, meinen Blick auf ihn zu richten. Durch einen Regenschleier hindurch blickte ich in sein spindeldürres Gesicht und seine zu großen braunen Augen. Er war in panischer Angst. Roller, ganz Muskeln und Haare, schaute woandershin. Es waren nicht Cliffs muskulöse Arme gewesen, die mich hinaufgezogen hatten, sondern die von Roller.

Mit seiner Hilfe kam ich auf die Füße. Ein heftiges Aufwallen von irgend etwas in meinem Inneren hielt mich davon ab, gänzlich albern und wacklig dazustehen. Ich packte eine Handvoll von Rollers krausen Haaren und riß seinen Kopf in den Nacken.

»Danke, daß du mich gerettet hast. Und jetzt, wo ist Catherine?«

Er sagte: »Drüben am Ransom's Gorge«, und ich ließ ihn los.

Der Zapfsäulenjunge sagte: »Ich weiß, wie man dorthin kommt.«

Roller sagte: »Ich bleibe hier. Ich bleibe hier bei diesem Scheißer.«

Ich sagte: »Ist mir egal. Ich jedenfalls will ihn nicht wiedersehen.« Dann riß ich mich zusammen. »Laß ihn aber nicht verbluten.«

Roller hievte Cliffs unbewegliche Gestalt an den Armen hoch. Der Regen und der Schlamm machten Cliff schlüpfrig wie einen Fisch, und er rutschte Roller aus den Händen und fiel zu Boden.

Roller sagte: »Wie der Junge dir gesagt hat, wenn die Zeit kommt, dann vergiß bloß nicht, allen zu erzählen, wer dir zu Hilfe gekommen ist.«

Ich nickte dem Zapfsäulenjungen zu, der mich noch immer mit diesem seinen spindeldürren Gesicht anblickte. Doch seine Augen waren gar nicht so groß und braun und unschuldig, wenn man sie sich genau ansah. Er hatten einen verschlagenen Blick. Er wußte, er hatte sich bereits jetzt Entlastung für das verschafft, was später kam, wenn die Polizei hier dran sein würde. Mir war völlig egal, wie gewieft der kleine Mistkerl sein mochte. Ich gab ihm einen Klapps auf die knochige Schulter.

Wir machten uns auf den Weg.

Zum ersten Mal während des Unwetters, das über die karge Gegend um Thornhill und über die unermeßlichen grünen Flächen und Gipfel des Bass-Gebirges hereingebrochen war, war ein ständiges Donnern zu hören, doch es war ein Donnern, das nicht vom Himmel kam. Meine Fußgelenke waren durch das Seil geschwollen, und sie machten mir beim Gehen Beschwerden, und in meiner Seite brannte es wie Feuer, und bald schon mußte der Zapfsäulenjunge mir helfen, indem er mich einen Arm um seine kraftlosen Schultern legen ließ, doch es stand eigentlich gar nicht so schlimm um mich, und je näher wir dem Ransom's Gorge kamen, desto stärker wurde das Donnern.

Ich sah sie augenblicklich.

Vor dem Hintergrund eines tumultartigen Wasserfalls, eines mächtigen, ehrfurchtgebietenden Katarakts, der in Gott weiß welche Schluchten und einladende oder nicht einladende Lande hinunterstürzte, hockten Catherine und Isaac beieinander auf einem erhabenen, flachen Felsblock. Sie saßen dem eindrucksvollen, rauschenden Wasserfall zugewandt, und der Wind wehte dessen Sprühnebel von ihnen fort. Der Sprühnebel spielte ohnehin keine Rolle, denn da war der Regen, ständig dieser Regen. Ich rief ihnen zu, doch über das donnernde Tosen hinweg mochten sie wohl nichts gehört haben.

Sie saßen eng beieinander und umarmten sich. Catherine und Isaac, oder sollte ich sagen, Klein Sylvia und Isaac, denn es konnte ja durchaus sein, daß Catherine ihren Bruder tröstete, indem sie erneut ihre Rolle spielte. Ein glattes schwarzes Öltuch war über ihre Schultern gezogen, und ihre Köpfe waren triefend naß. Sie saßen dort wie ein Liebespaar, in Ehrfurcht erstarrt vor einem imposanten und gewaltigen Wunder dieser Erde.

Der Zapfsäulenjunge blieb wie angewurzelt stehen und weigerte sich, auch nur einen weiteren Schritt auf die Schlucht zuzugehen. Es war seine tiefsitzende Angst vor Isaac, und ich konnte das verstehen. Sie machte ihn menschlich, diese Angst. Ich brauchte den Jungen nicht, aber ich verfluchte meine Knöchel, weil sie mein Gewicht nicht tragen wollten. Ich hielt mir die Seite.

Es war ein wackliger Gang, und obwohl sie nichts von dem gehört haben konnten, was hinter ihnen vorging, und ich noch ein Stück entfernt war, drehte Catherine sich auf dem Felsblock um und schaute hinter sich und starrte mich durch den Regen hindurch an. Ich weiß nicht, was in diesem Blick lag, wie er so deutlich sein konnte, doch er sagte mir, ich störte. Dies war kein Ort für mich, sie brauchte mich nicht.

Oder aber ihr Blick sagte gar nichts, und wie der Zapfsäulenjunge hatte ich zu große Angst davor weiterzugehen.

Abrupt wandte sich Catherine wieder von mir ab. Sie küßte Isaacs Gesicht hier und da und dort, und er legte seinen Kopf an ihre Brust, und ihre Arme umfaßten und bedeckten ihn, und er war meinen Blicken entzogen, und ich sah nur seine Umrisse, ganz eins mit den ihren, und unter dem schwarzen Öltuch kam ein Beben auf, ein Beben, das eine sehr lange Zeit anzuhalten schien, und nach dieser sehr langen Zeit klang das Beben ab, und dann hörte es auf, und Catherine hielt ihren Bruder im Arm, und jetzt sah ich, wie ihre schlanke Hand seinen Schädel streichelte, und der Wasserfall toste und dröhnte und brüllte.

Als ich um den großen, flachen Felsblock herumkam und der Wasserfall hinter mir lag, streckte ich meine Hand aus und hielt sie dort, auf wortlose Weise fordernd, und Catherine händigte mir das Rasiermesser aus, ganz warm und naß und bösartig, und ich schaute es mir nicht an, weil ich nicht konnte, und ich warf es mit voller Wucht in die tobenden Wasser, in denen es verschwand.

Ich half Catherine auf die Füße. Ich hielt sie an mich gedrückt, aber sie war nicht anwesend, sie war irgendwo anders, und wer konnte ihr nach dem, was sie getan hatte, deswegen einen Vorwurf machen. Der Schmerz in meiner Seite hatte jetzt nachgelassen, und ich fühlte mich leichter als Luft. Catherine hielt mich, oder ich hielt sie, ich kann mich nicht mehr erinnern, wie es wirklich war. Ohne sie sackte Isaac langsam zusammen, und er lag auf dem Felsblock wie ein Schlafender. Ich bedeckte ihn mit dem Öltuch, und das Blut floß aus seiner Kehle und vermischte sich mit dem Regenwasser; es lief den Felsblock hinunter und auf den Boden, und ich stellte mir vor, wie es von diesem Boden in die Schlucht hineinlief und von dort in die Wasserfälle und von den Fällen in die angeschwollenen Flüsse, und wie es sich mit den Flüssen in das Gebiet ergoß, aus dem er herkam.

Catherine und ich gingen zum Zapfsäulenjungen hinüber.

Sie zog mich jetzt dicht an sich und flüsterte mir ins Ohr: »Es war das, was er gewollt hatte, es war das, worum er mich gebeten hatte«, und ich nickte, weil ich mir sicher war, daß Isaac gewollt hatte, daß sie es tat, und sie darum gebeten und ihr das Rasiermesser gegeben hatte, aber ich verspürte Kälte in meinem Inneren, und sie brachte mich durcheinander, diese Kälte, und dann erkannte ich, sie kam daher, daß ich mir nie würde sicher sein können, ob sie es nicht genauso gewollt hatte.

Himmlischer Pop-Hit

Die Hütte war still und kalt, als ich erwachte, und ich lag allein auf der harten Matratze und hatte weiche Kissen unter dem Kopf und wartete auf eine Eingebung, was ich tun sollte. Ich entschied, daß ich jetzt am liebsten Kaffee kochen würde, doch als ich mich unter Schmerzen in dem engen, rustikalen Raum umherbewegte, konnte ich die für eine so simple Aufgabe erforderlichen Utensilien nicht finden. Eine der Thermosflaschen stand auf dem Tisch, und ich goß Kaffee vom Vortag in einen Plastikbecher und kostete ihn, spuckte ihn dann jedoch in den Ausguß. Ich spülte mir das Gesicht mit kaltem Wasser aus dem Speicher ab und zog mich an, indem ich mir trockene Sachen aus meiner Tasche überstreifte, ein Hemd über den behelfsmäßigen Verband, den Catherine mir um meinen Brustkorb angelegt hatte, Jeans über meine wunden Beine. Die nassen, schlammverschmierten Sachen von der vergangenen Nacht lagen auf einem Haufen auf dem Boden, und daneben lag das, was Catherine getragen hatte, und ich konnte mir die ausgedehnten Flecken darauf nicht anschauen, jedenfalls nicht so früh am Morgen.

Als ich die Hüttentür öffnete, fuhr eine kalte Windböe herein, aber ich sah, daß es in Anbetracht des jüngsten Unwetterverlaufs ein ganz annehmbarer Tag war. Es nieselte tatsächlich nur sehr leicht, doch der Himmel war bleiern und versprach weiteren Regen. Quer durch den Matsch auf der nassen Ebene machte ich mich auf den Weg zum Pickup, und während ich voranging, war mein Herz angefüllt von schneidendem Wind und den hoch aufragenden Gipfeln und den düsteren Tälern, die sich ringsum überall ausbreiteten. Ich war überrascht, mich so gut zu fühlen, andererseits aber hätte es mich vielleicht gar nicht so überraschen sollen, denn ich war ja noch da, war noch am Leben und nicht für immer ein Teil der Bass-Berge.

Die Schlüssel für den Pickup baumelten im Schloß an der Fahrertür, wo Cliff sie zurückgelassen hatte, als er seine Hand holen gegangen war. Ich schaute mich um, doch nicht mit sonderlich großer Neugier. Es gab kein Anzeichen eines schmutzigweißen Lieferwagens, und ich wunderte mich darüber; ich wunderte mich, wo sie alle waren. Doch ich hatte etwas zu erledigen.

Vorn im Pickup tastete ich nach der bronzenen Urne. Nichts. Ich wühlte unter den Sitzen umher; noch immer nichts. Das allerdings war eine überraschende Wendung der Angelegenheit so früh am Morgen, und ich lehnte mich an die Seite des Pickups, um sie zu überdenken, und bald schon wurde mir klar, daß es sich um eine weitere Sache handelte, die mich eigentlich überhaupt nicht hätte überraschen sollen.

Also machte ich mich auf die Suche nach Catherine Rosewall.

Da war sie und saß auf einem Felsvorsprung, der Welt jenseits des Black Fella Ledge zugewandt. Max der Dobermann war bei ihr. Mein Vater in seiner häßlichen Urne stand auf einem Felsblock zu Catherines Linken, und in den Händen hielt sie einen Becher mit etwas, das dampfte. Ein Lager war auf dem höhergelegenen, bewaldeteren Gelände abseits vom Black Fella Ledge aufgeschlagen, und ich wußte, ihr heißes Morgengetränk stammte von dort. Ich sah die Zelte aus dem Material des Raumfahrtzeitalters und Rauch, der von einem Feuer in den Nieselregen aufstieg, und Leute, die in farbenfrohen Trainingsanzügen umherliefen. Nichtangepflockte Lamas kauten das, was sie auf dem Boden fanden.

Ich fragte: »Bist du schon lange hier?«

Catherine drehte sich zu mir um. »Ich weiß nicht.«

Ich nahm ihr den Becher ab, und Max beobachtete mich,

als ich einen Schluck trank. Es war Kaffee, gut und stark, und ich dachte mir, bald würde ich hinübergehen und allen diesen Wanderern einen guten Morgen wünschen, damit ich eine eigene Portion bekam, bevor wir uns für den Tag oder für immer verabschiedeten. Ich blickte erneut zum Lager hinüber und sah den rotbärtigen Oberbwana in seiner Kluft aus Akubra und Drizabone, wie er auf uns zukam, und er benutzte einen langen Ast als Stock. Zwei seiner Lamas folgten ihm wie Schoßtiere.

Catherine streckte die Hand aus, und ich setzte mich neben sie. Das komische war, daß es guttat, neben ihr zu sitzen, daß es richtig schien, ihre Hand zu nehmen.

»Was ist mit Roller und dem Jungen passiert?«

Sie sagte: »Sie waren nicht mehr da, als ich aufstand.«

»Und was ist mit Cliff?«

»Den habe ich überhaupt nicht gesehen, Joe.«

Der Oberbwana war jetzt näher gekommen, und er grinste voller Frohmut, war jener Typ, der, gesund und munter, jeden Tag in den Bergen die Wunder von neuem erschaute und dafür lebte, sie mit anderen zu teilen.

»So begegnen wir uns also wieder«, sagte er, kam heran, stand vor uns und versperrte uns die Sicht.

Die Lamas, das eine weiß und das andere von bräunlicher Farbe mit Flecken, senkten die Köpfe und stocherten mit ihren langen Gesichtern im Gras umher. Ihre Ohren waren dunkel, und ihre Schnauzen waren schwarz, und an diesem Morgen waren sie imstande, sich jeglicher Winde zu enthalten.

Der Oberbwana sagte: »Sie hätten mir sagen sollen, daß die Hütte jetzt Ihnen gehört. Das hier ist eindeutig eine der beliebtesten Stellen beim Abstieg und auf dem Weg zurück zum Chalet.«

»Woher wissen Sie, daß sie mir gehört?« fragte ich.

Er grinste noch immer.

»Ihr Freund hat es mir erzählt. Cliff. Habe ihn erneut gegen Sonnenaufgang getroffen. Sie hätten mir sagen sollen, daß Sie sich kennen. Er hat mir erzählt, daß Sie Richards Junge sind. Ihr Vater war ein gerngesehener Besucher im Chalet. Er kam herüber, um Vorräte einzukaufen, gelegentlich auf ein Gläschen und einen Schwatz. Ich heiße übrigens Joe.«

Wir schüttelten uns die Hände, und ich sagte: »Ich ebenfalls«, und er blickte meine Handgelenke an.

»Herrgott noch mal, mein Freund, was ist denn mit Ihnen passiert?«

»Nichts«, sagte ich, aber die Scheuermale und die Striemen, die das Seil hinterlassen hatte, sahen doch recht auffallend aus.

Joe blickte einen Augenblick lang verwirrt drein, und dann sagte er: »Entschuldigung, wie sagten Sie, heißen Sie?«

»So wie Sie«, wiederholte ich. »Ich heiße auch Joe.«

Er begriff.

Dann fragte er: »Ist das Richard?«

»Ja, das ist er«, erwiderte ich, »aber wir wissen noch nicht, wie wir den Deckel abkriegen.«

Joe meinte: »Sie würden überrascht sein zu hören, wie viele Leute hier heraufkommen, um die Asche ihrer lieben Verschiedenen an dieser Stelle über den Rand zu streuen. Es erfreut sich großer Beliebtheit, aber ich schätze, Richard hat ein größeres Anrecht, hier oben zu weilen, als die meisten, nicht?« Er setzte seinen Hut ab und kratzte sich die Haare und den Bart. »Schauen Sie. Ich lasse Ihnen das hier da. Damit müßte es gehen. Wenn nicht«, grinste er, »dann hilft auch nichts anderes mehr.«

Aus seiner Seitentasche hatte er ein schickes rotes Schweizer Armeemesser geholt, und er überreichte es mir.

»Danke«, sagte ich und meinte es ernstlich so.

Max schnüffelte um die Lamas herum, aber sie kamen gut miteinander aus.

Joe, der rotschopfige Oberbwana, sagte: »Ich nehme ihn mit zum Lager hinauf, wenn Sie mögen. Komm schon, Max, Zeit zum Frühstücken, laß diese braven Leute in Ruhe.«

»Sie kennen den Hund?«

»Aber natürlich, schließlich kenne ich doch Isaac. Er und diese Hütte waren ja so gut wie unzertrennlich. Er hat mir nie erzählt, daß Richard verschieden ist, hat nur gesagt, er sei ein Freund. Isaac hat die Hütte in der letzten Zeit immer häufiger besucht. Also, ich denke, daß er bald hier auftaucht. Er ist wohl auf einer seiner Wanderungen?«

Ich sagte: »Ich glaube schon.«

Catherine blickte bloß in die Ferne.

Dann sagte ich: »Übrigens, Sie sagten doch, Cliff sei bei Tagesanbruch unterwegs gewesen?«

»Ja, er und seine Kumpel. Komischer Bursche, dieser Cliff«, lachte Joe. »Nachdem wir Sie gestern nachmittag getroffen hatten, habe ich das Chalet übers Handy angerufen, um anzufragen, ob wir in der Lage wären, ein paar Nachzügler aufzunehmen, und der Manager hat gesagt, das könnten wir gewiß, bei all den Stornierungen. Ich habe das Cliff heute morgen erzählt, und er hat gesagt, er würde eins der Zimmer nehmen, und er ist sofort losgezogen. Ich habe ihm den Weg gezeigt. In etwa fünf bis sechs Stunden wird er dort sein. Es ist ein ganz ordentlicher Marsch. Ich habe ihm gesagt, er solle warten und mit uns weiterziehen, aber er war darauf erpicht, allein dorthin zu gelangen. Ein Einzelgänger. Seine Freunde sind in ihrem Lieferwagen davongefahren, in die entgegengesetzte Richtung, aber sie werden sicher bald wieder zurückkommen. Sie wollten ja nicht auf meinen Rat hören. Ziemlich dumm von ihnen. Wollen Sie mitkommen, oder haben Sie vor hierzubleiben?«

»Wir müssen nach Thornhill zurück.«

»Nun, das versuche ich Ihnen ja gerade klarzumachen. Sie haben es offenbar noch nicht gehört. Das Gebiet ist völlig überschwemmt. Die drei Flüsse haben ihre Deiche durchbrochen, und so wie ich verstanden habe, sind sie alle zu einem einzigen unglaublichen, reißenden Strom geworden. Über Tage oder vielleicht sogar Wochen hinweg wird niemand von diesen Bergen hinuntergelangen, und ich glaube, Sie können sich echt glücklich schätzen, hier oben zu sein. Da unten ist es die reinste Katastrophe. Kommen Sie zu uns herüber, und bleiben Sie eine Nacht, und wir trinken ein paar Gläschen miteinander, ich schätze, wir können Ihnen in Anbetracht der Verhältnisse einen Sonderpreis machen. Was halten Sie davon?«

Catherine sagte: »Man kann nie wissen, vielleicht sehen wir uns ja dort drüben wieder.«

»Ja«, sagte ich. »Wir hoffen, daß wir Cliff noch einholen können.«

»Schön«, meinte er, »das wäre gut. Diese älteren Herrschaften sind zwar nett, aber am Ende des Tages sind sie so erschöpft, daß sie um acht zu Bett gehen. Kommen Sie herüber, und wir trinken ein paar Gläschen, und dann möchte ich gern, daß Sie mir erzählen, was zum Teufel sich hier oben zugetragen hat.«

Er pfiff leise, und Lamas und Dobermann spitzten gleichermaßen die Ohren und folgten ihm.

Er drehte sich noch einmal um und sagte: »Seien Sie etwas vorsichtig mit der Asche. Die Winde in den Schluchten bilden heimtückische Wirbel, und schon oft haben sie den Leuten die Asche ihrer lieben Verstorbenen ins Gesicht zurückgeblasen. Sehr peinlich, wenn ein Toter in der Nase kitzelt und einen zum Niesen reizt.« Er überlegte kurz, was er da eben gesagt hatte. »War nicht respektlos gegenüber Richard gemeint.«

Dann waren wir allein.

Catherine sagte: »Wir sind ziemlich in Schwierigkeiten, Joe.«

Jetzt mit dem Schweizer Armeemesser beschäftigt, sagte ich: »Ich weiß. Wir setzen uns entweder jetzt gleich mit den, ich weiß nicht, Behörden in Verbindung und packen aus, oder wir tauchen einfach unter.«

»Du wirst doch nicht über mich richten, oder? Du hast kein Recht, über mich zu urteilen.«

Ich hatte den Deckel von der Urne ab. Die Asche darin war sicher in Plastik verpackt.

Ich sagte: »Das Unwetter hat uns etwas Zeit verschafft, um hier oben zu bleiben. Vielleicht können wir das Beste daraus machen.« Ich blickte auf. »Cliff hat panische Angst vor Regen. Ich frage mich, wie er wohl vorankommt.«

»Und was ist mit mir, Joe?«

»Isaacs Vorgeschichte, dein erstes Vergehen, Cliff, was mit meinem Vater passiert ist, ich weiß nicht. Mit einem guten Anwalt und hoffentlich guten Geschworenen, da brauchst du vielleicht gar nicht einzusitzen ...«

»Darüber weiß ich Bescheid«, sagte sie. »Das ist es nicht, was ich gemeint habe.«

Da verstand ich, was Catherine wissen wollte. Sie wollte wissen, ob ich von ihr weglaufen würde, sie kannte ja meine Vorliebe fürs Weglaufen. Jetzt hatte ich natürlich einen guten Vorwand. Catherine bedeutete Ärger hoch drei. Zu sagen, ich würde nicht weglaufen, wären bloß Worte, und dann dachte ich an ihr Bedürfnis nach Berührung, und daher nahm ich ihre Hand und legte sie mir auf die dunkle Seite meines Gesichts und hielt sie dort, und was sie nun daraus machen würde, hing ganz allein von ihr ab. Ihre Hand war warm, und meine Brauschen schmerzten nicht. Komisch, daß eine solche Hand ein Leben genommen haben konnte. Das gab mir noch immer zu denken.

»Na komm«, sagte ich, »sagen wir dem alten Burschen Lebewohl.«

Catherine sagte: »Du hast ihn also doch geliebt, nicht wahr?«

»Ja«, sagte ich.

»Wie ist es, wenn man einen Vater liebt?«

Ich spürte, wie die wirbelnden Winde aus den Schluchten mir kalt und feucht ins Gesicht schlugen. Ich dachte an Cliff, der wie ein verängstigter Hase ins Nichts davonlief, und an meinen Vater, wie er tot hinter dem Ladentisch in seinem Geschäft lag, und an Isaac, dessen Körper jetzt vor dem Wasserfall am Ransom's Gorge auf dem flachen Felsblock unter dem Öltuch lag, falls der Wind es nicht davongeweht hatte.

Catherine kannte mich bereits.

Sie kannte mich durch und durch.

Sie sagte: »Es tut weh, nicht wahr?«, und sie legte den Arm um mich, und wir gingen an den Rand des Felsvorsprungs, und wir achteten sehr sorgfältig darauf, daß diese Winde sich nicht meines Vaters bemächtigen konnten, und wir sagten ihm Lebewohl, und ihr tat das ziemlich weh, doch ich schwebte irgendwie mit ihm, meinem Fremden, über diese nebligen Bergketten, und das schmerzte gar nicht so sehr, und als ich Catherine anschaute, sah ich, daß auch sie mit mir in der graublauen Ewigkeit weilte, und auch das schmerzte nicht, das war es also, was uns aneinander band, und ich mochte es, mit ihr auf diese Weise verbunden zu sein.

Anmerkung des Autors

Wie Leser, die an australischer und neuseeländischer Popmusik interessiert sind, vielleicht bereits festgestellt haben, beziehen sich der Titel des Buches, die Kapitelüberschriften, der Name des Nachtclubs in Thornhill und der dort gesungene Titel alle auf Songs – und zwar auf Songs, die eine bedeutende Rolle in Joe Santos Emotionen spielten, während er dem Autor die Ereignisse dieses Buches schilderte. In Joe Santos Vorstellung gibt es sogar schon eine CD zu dieser Geschichte:

1. »*Rain* / Regen« – DRAGON (die Version aus dem 1984er Album)
2. »*Wide Open Road* / Weite, freie Straße« – THE TRIFFIDS
3. »*Just Forever* / Einfach für immer« – DIED PRETTY
4. »*Caressing Swine* / Schweinestreicheln« – DIED PRETTY
5. »*Space Time Disco* / Space Time Disco« – DEF FX
6. »*I Am Woman* / Ich bin Frau« – nicht die Version von HELEN REDDY, sondern so, wie VINCE JONES sie im inzwischen geschlossenen Nachtclub mit Karaoke-Bar Tricks in Rockhampton für STUART GLOVER gesungen hat
7. »*What the Eyes Have Made Welcome* / Was die Augen willkommen geheißen haben« – STEPHEN CUMMINGS
8. »*Spirit of a Vampyre* / Geist eines Vampirs« – GO BETWEENS
9. »*All Fools Day* / April, April« – THE SAINTS
10. »*Eternally Yours* / Auf ewig Dein« – THE SAINTS
11. »*Hieronymus* / Hieronymus« – THE CLOUDS
12. »*Adam's Ribs* / Adams Rippen« – YOU AM I
13. »*Heavenly Pop Hit* / Himmlischer Pop-Hit« – THE CHILLS